大学通识课系列教程

中国现代文学经典解读

陈子平　主编

苏州大学出版社

图书在版编目(CIP)数据

中国现代文学经典解读 / 陈子平主编．—苏州：苏州大学出版社,2015.10(2025.7 重印)
大学通识课系列教程
ISBN 978-7-5672-1534-4

Ⅰ.①中…　Ⅱ.①陈…　Ⅲ.①中国文学－现代文学－文学欣赏－高等学校－教材　Ⅳ.①I206.6

中国版本图书馆 CIP 数据核字(2015)第 237861 号

中国现代文学经典解读
陈子平　主编
责任编辑　许周鹣

苏州大学出版社出版发行
(地址:苏州市十梓街 1 号　邮编:215006)
广东虎彩云印刷有限公司印装
(地址:东莞市虎门镇黄村社区厚虎路20号C幢一楼 邮编: 523898)

开本 889×1194　1/16　印张 14.25　字数 356 千
2015 年 10 月第 1 版　2025 年 7 月第 4 次印刷
ISBN 978-7-5672-1534-4　定价:35.00 元

苏州大学版图书若有印装错误,本社负责调换
苏州大学出版社营销部　电话:0512-67481020
苏州大学出版社网址 http://www.sudapress.com

目录

中国现代文学经典解读

中国新文学:“引导国民精神的前途的灯火”

(代序)

回首百年中国新文学的演变,我们不能不记起那些曾经冲锋陷阵的新文化运动的先驱者们。陈独秀在上海创办《青年杂志》开篇就“谨陈六义”(1915 年),胡适在《新青年》上大胆推出“八事”和“八不主义”(1917 年),陈独秀紧随其后气势磅礴地高树“三大主义”旗帜(1917 年),鲁迅以《狂人日记》为起点,通过自己的创作实绩,为中国新文学奠定了“现代”的基础和“新”的方向……先驱者们也许没有预料到,他们开辟草莱的伟绩如此深广而久远,一个世纪的苦难而悲壮的岁月,竟然成就了中国新文学的一片崭新天地和一段辉煌历史。

总结百年中国新文学的历史,我们大致可以给出这样几点理解和认识:

其一,青春的记忆与写作。诗人兼文学史家林庚曾断言:唐人的生活实是以少年人的心情作为它的骨干。因此,在他看来,唐诗尤其是极具“盛唐气象”的王维、李白、杜甫等伟大诗人都是少年气魄和心境的挥洒书写。与之见解稍有不同,李泽厚在《美的历程》中则特专列一节,大书“青春李白”,以“青春”隐喻“盛唐气象”。我倒觉得说唐诗是“少年”或“青春”的书写,多少都脱不了有点对文学史急迫的“拔苗助长”的嫌疑。我认为,只有经过“欧风美雨”的洗礼,“五四”的号角吹遍神州大地,中国的新文学才谈得上是真正意义上的青春记忆和写作。这倒不仅仅是新文学第一批登上文坛的“五四”一代人,他们大多是二十上下的年轻人,如胡适、郁达夫、徐志摩、冰心等,陈独秀、鲁迅、周作人等也不过三十多岁,早已在文坛上如日中天。而更突出的是,百年新文学史不管经历过怎样的血雨腥风和寒冻霜降,从鲁迅到李泽厚,从周作人到钱理群,从郁达夫到莫言,从徐志摩到北岛,从林语堂到章诒和……不同的文学理论家、小说家、诗人、剧作家、散文家,他们的思想和艺术水准虽有所差异甚至相互冲突,但“青春”的记忆和心理始终都渗透在他们的笔下和字里行间,或慷慨悲壮,或忧愤伤感,或悲天悯人,或讽刺幽默……林林总总的表现各异的书写,都无法掩饰“青春”的昂扬和苍凉。这是生长在这块古老大地上凝视和抚摸芸芸众生、体验和挖掘沧海桑田的人间岁月的不老的青春和不死的精魂,这也是中国新文学赖以生存和发展的内驱力和生生不息的源泉。

其二,人类共同价值的探寻和确认。中国新文学的作家们,他们也许都带着各自的创作目的和动机踏上文坛,每个人都以自己的十八般武艺纵横驰骋,他们的创作风格和艺术水平也异彩纷呈各有千秋,他们中也有很多人曾经历经磨难厄运或误入歧途,但只要是经得起时代和历史检验的真正作家,他们一定会在自己的创作实践中不断探寻和确认人类共同的价值。"五四"时代所标举的民主和科学,以及一代代中国人所不断追求的独立的人格和完善的人性、文明、理性、自由、公平、正义、法治、博爱,等等,这些符合人类文明发展和历史潮流且为全世界大多数人所接受的共同价值观,都是中国新文学作家们所弘扬和彰显的永恒主题和创作宗旨。这不是什么"概念创作"或"主题先行",而是一个真正的作家所必须具备的合乎人类文明和基本人性人情的素养和道行。否则,即使此人著作等身,曾经享誉文坛显赫一时,那也只能是过眼烟云,谈不上是现代意义上的作家,只能落得身后的骂名和永远洗不尽的耻辱。从严格意义上来说,那些否定人类文明和人类共同价值的所谓创作者,也算不上是中国的新文学作家。

其三,现代性艺术的开掘。中国新文学首先是在西方思想和艺术的熏陶与启发下发展起来的,我们无法否认其对西方艺术和创作经验的吸纳借鉴。正因为有西方文学作为参照物,中国新文学的先驱者们才勇猛决绝地打破几千年的古典文学传统,对祖宗留存下来的语言和艺术做了全面的革新和创造。鲁迅的短篇小说,曹禺的剧作,徐志摩的诗,朱自清的散文,茅盾的长篇小说,等等,都大踏步地脱离了传统中国文学的藩篱,确立了中国新文学的"现代性"艺术方向。百年来的中国新文学,就是不断深挖和开掘"现代性"艺术的厚度与广度,不断探索新文学的"现代性"艺术的可能性。一代代中国作家不断汲取西方艺术的营养和乳汁,努力提高自己的艺术修养和能力,在对西方作家作品不断消化吸收的过程中,建立和完善自己的创作风格和艺术倾向。

其四,东方忧郁情调的自觉。中国新文学的理论家和作家们,在充分吸纳与借鉴西方文学的经验和艺术的基础上,也在不断寻求接续中国文学传统的榫头和路径。早在新文学的开端之初,周作人就开始思考"中国新文学的源流"问题,他把新文学的前进步伐与晚明的"公安派""竟陵派"挂上了线,我们完全可以不同意或彻底否定他的一厢情愿甚或有点自作多情的判断和观点,但我们还是不得不说,周作人有他的敏锐的眼光和独到的发现,他显然走在了时代的前列。当年那些很鄙夷周氏"说法"的人,其实没能体会其良苦用心和独辟蹊径的用意。追寻传统的"源流"和路径,就是要逐步摆脱"他者"的命运,确立从"自在"到"自为",为中国新文学的发展"立法"。今天想来,在那个疾风骤雨的"文学革命"时代,周作人才是真正有世界眼光和传统修养相结合的现代文人，虽然他身上多少还是有点古代文人的“名士气”。中国新文学作家中，很多并没有周作人的理论自觉，但他们在创作上还是不断尝试运用古典文学的艺术运思和技巧，努力营造中国传统文化的“东方忧郁”情调。这种“情调”迥异于西方的艺术趣味和格调，有一种从《诗经》到《红楼梦》所贯穿的忧郁感伤的“抒情性”，从谋篇布局到遣词造句，都浸润着古老中国的氛围气，这在鲁迅(《朝花夕拾》)、郁达夫、李金发、张爱玲、孙犁(晚年写作)、汪曾祺、阿城等人创作实践中，我们都能或多或少地感受到有别于西方艺术特征的“东方忧郁”情调的一面。

我这样匆促而又粗率的概括，显然对百年来的中国新文学的历史来说，只是“掬一瓢饮”而已。中国新文学还在发展中不断调试自己向前的步子。鲁迅先生说：“文艺是国民精神所发的火光，同时也是引导国民精神的前途的灯火。”(《论睁了眼看》)中国新文学这把引导国民精神前途的“灯火”，必将照亮我们这块多灾多难的土地，指向文明理性的未来。

陈子平

2015 年 10 月 10 日于苏州大学

鲁迅：时代的“刀笔吏”

【作家简介与创作历程】

在现代文学史上，鲁迅的作品数量并非最多，或者可以说不多，但是，这些薄薄的小说集与杂文集，已经奠定了鲁迅在文学史上的地位，迄今，还未有人能超越他。谈鲁迅，是知难而进。也正因为此，当下读鲁迅仍然不会过时，可以说，时代越久，则会涌现出更多学习鲁迅、研究鲁迅的作家。

要介绍鲁迅，竟显得无从下手。革命者、思想家、文学巨匠，太多溢美之词现于脑海，但这些竟不足以概括他，抑或是这些都还不够。我似乎找不到一个很贴切的词来概括。在萧红眼里，他非常慈爱；在许广平眼里，他充满魅力；在读者群里，他则严肃而深刻；在其“口诛笔伐”的对手眼里，又毒辣而凉血。然多数人谈鲁迅未尝不是一件好事，因为哪怕是批评他，都能从他那里收获很多。

鲁迅作品题材很多，多为杂文、小说，还有散文、随笔、杂感之类，但值得注意的是，鲁迅很少写诗。鲁迅在给友人的信里曾说自己是散文式的人，也曾多次说他并不喜欢写诗。在作家眼里，散文与诗歌并不只是体裁的不同。诗歌灵性飘逸，带着一份悠闲自得与诗意盎然，这与鲁迅的深刻是极不协调的。鲁迅的文笔往往深刻挑剔，不喜欢拖沓与散漫，常常一针见血，爽快干脆。这一点上，多数作家是达不到鲁迅这番境界的。所以，鲁迅成不了诗人，也不愿意成为诗人。他就算对当下绝望，也不会选择躲避隐居、寄情山水，而是直面人生的阴暗，在绝望里找出希望来。

(一)

鲁迅于1881年生在浙江绍兴府城里一户周姓人家，这是一个没落的封建官僚家庭。其祖父周介浮热衷功名，通过科举做官，后因科举而入狱。其父多病，其弟年弱，身为长兄，鲁迅很早就承担了家庭的重担。亲人的遭遇使青年时代的鲁迅切身感受到科举制度的黑暗以及官场的险恶，还有周氏子弟在科举制度下牺牲落魄的实例，在鲁迅的记忆里，早早地生了根。家道中落，成为幕友或商人是读书人常常选择的两条路，然而鲁迅坚决不走科举之路。在求学过程中，鲁迅也一直对中国的科举制度进行思考。童年的生活，长妈妈、闰土这些人的陪伴，让鲁迅作品里经常流露出柔性的一面。鲁迅后期对劳动人民的肯定、饱含同情，且无论何时何地都站在劳动者的一边，也都与早期的这些人物有关。鲁迅的童年生活较之常人多磨难艰辛，形成了他前期作品中沉郁深刻、敏感多疑的风格。

18岁，鲁迅旅行到南京，考入水师学堂，分在机关科。半年之后，鲁迅改进矿路学堂学开矿，毕业之后，则被派往日本去留学。19岁，改入江南陆师学堂附设矿路学堂，功课无需温习，却逢考试辄名列前茅。课余辄读译本新书，尤好小说，时或外出骑马。21岁，鲁迅从矿路学堂毕业。22岁，由江南督练公所派赴日本留学，"逃异地、走异路去寻找异样的人们"，入东京弘文学院。课余喜读哲学与文艺之书，特别关注人性及国民性问题。在日本求学期间，鲁迅始终关注着中国的命运，探索着人民解放的道路。

在日本，鲁迅感受最深的是中国人的辫子，鲁迅把这种感受写在《无辫之灾》里，中国人的辫子是满人砍了多少汉人的头才种定的，大家却忘记了这一血史。所以，鲁迅大大肯定了剪辫子的好处，"我觉得革命给我的好处，最大，最不能忘的是我从此可以昂头露顶，慢慢地在街上走，再不听到什么嘲骂"①。可想而知，即使是社会的一点点改变，鲁迅都能先别人一步察觉。然而悲哀的是，鲁迅回到国内，却无奈地装了一个多月的假辫子，这种愤怒也是可想而知的。

回国后，鲁迅立即接受进化论思想，将其作为自己的指导思想并慢慢形成了自己的世界观，社会观，国家观，民族、文化、人性观等。难能可贵的是，鲁迅的半辈子都践行他的思想，并非如很多学人一样，言行不一，学术上一套，生活上一套。

1906年，鲁迅26岁。6月回家，与山阴朱安女士结婚。中国传统思想根深蒂固，即便是有着非常觉悟的鲁迅也难逃传统的束缚，鲁迅不忍心违背母亲的意愿而让她伤心，最终妥协。正如鲁迅自己所说："这是母亲给我的一件礼物，我只能好好地供养她，爱情是我所不知道的。这婚姻全凭别人主张，别人撮合。把他们的一句戏言当我们百年盟约，仿佛两口牲口听主人的命令'咄'，你们好好住一块儿吧。"②这场不幸的婚姻给鲁迅带来寂寞，并含着凄苦的辛酸。结婚对鲁迅的影响是巨大的，包括鲁迅之后与许广平相爱，勇敢地跨出第一段婚姻的禁锢，其勇气，其决定，必是经历过一番挣扎的。这是鲁迅第一次切身体会到封建礼教对人的影响，且是不可抵抗的，若鲁迅后来没有与许广平相遇，于鲁迅，这种无爱的果实可以说是影响其一生的惨剧，且同样影响其妻朱安。鲁迅结完婚，同月便返回日本，在东京中止学医改研究文艺。

当时，孙中山正在日本进行革命宣传活动。在孙中山的影响下，鲁迅慢慢看到了革命的影响力，开始冲破维新思想的束缚。戊戌变法运动，六君子血洒长安街；百日维新失败、义和团运动的失败……这些慢慢"洗净"了鲁迅，使鲁迅逐渐"蜕变"，对其思想产生了很大的影响。他彻底抛弃了科学救国的维新改良思想，坚定地用文艺来唤醒民众，从事思想革命，"寄意寒星荃不察，我以我血荐轩辕"。关于转变思想，鲁迅在《呐喊·序言》里提及："有一回，我竟在画片上忽然会见我久违的许多中国人了，一个绑在中间，许多站在左右，一样是强壮的体格，而显出麻木的神情。"③可以想见，这种国民现状是造成鲁迅思想转变的很大成因。

---

① 鲁迅. 且介亭杂文·病后杂谈之余. 鲁迅全集(第6卷). 北京：人民文学出版社，1981：189.

② 鲁迅. 随感录四十. 新青年，第6卷第1号.

③ 鲁迅. 呐喊·自序. 天津：天津人民出版社，2011：2.

（二）

“为了人生，并且为了改良这人生”①，鲁迅开始走上文艺之路。27岁，鲁迅拟创办文艺杂志，名曰《新生》，因费绌未印，后为《河南》杂志撰文。28岁，跟从章太炎先生学习，成为“光复会”会员，与二弟周作人译域外小说，合曰《域外小说集》，1921年，鲁迅在群益版《域外小说集》（增订本）的序中，透露了该书的售出情况：“（东京）计第一册卖去了二十一本，第二册是二十本，以后可再也没有人买了。至于上海，听说也不过卖出了二十册上下，以后再没有人买了。”②此后存书的仓库不幸遭了火灾，所有存书化为灰烬。尽管销量寡淡，鲁迅的翻译在当时的研究界并未引起足够的重视，但从早期的《谩》《默》《四日》到后期的《死魂灵》《苦闷的象征》等，鲁迅一生从未停止对域外著作的翻译。29岁，鲁迅回国。接下来两年，鲁迅从绍兴中学堂教员到成为绍兴师范学校校长。1911年，辛亥革命爆发。也正是在这一年，鲁迅第一篇小说《怀旧》发表，署名为周逴，以传统文言体写成，发表在《小说月报》上。这篇小说没有被收入任何集子里，后人把鲁迅《狂人日记》说成是鲁迅的第一部小说，这是错误的。《怀旧》这篇小说回忆了一个曾让他在儿时受过罪的令人讨厌的教书先生，描述了这位先生所用的拙劣的教学方法。再写了一位“守财奴”乡绅，他十分尊敬这位教书先生，告诉他太平天国起义“长毛”（长毛：对太平天国起义军的蔑称）已被剿灭的消息，于是，他们一起商议如何笼络起义军。小说并没有什么情节，这位乡绅的消息所激起的行动也随着闹剧慢慢消失，宣布原为虚惊一场。显然，鲁迅写这部小说的兴趣并非是为构思引人入胜、起伏跌宕的情节，而是突出怀旧情绪。哈利列文曾说，当代最好的作品不是在创作故事情节而是充满回忆，唤起人们的情绪。鲁迅的作品我们可以把它看作时代的标签，引发人的记忆。

接下来的几年，鲁迅未再创作，主要纂辑谢承的《后汉书》、公余校《嵇康集》、刻《百喻经》，且经常搜集研究造像及墓志拓本。直到1918年，鲁迅38岁，发表其第一篇白话小说《狂人日记》，以鲁迅为笔名，载在《新青年》第四卷第五号上。鲁迅后来在《呐喊·序言》里提到写作原因。他曾问办《新青年》的朋友：“假如一间铁屋子，是绝无窗户而万难破毁的，里面有许多熟睡的人们，不久都要闷死了，然而是从昏睡入死灭，并不感到就死的悲哀。现在你大嚷起来，惊起了较为清醒的几个人，使这不幸的少数者来受无可挽救的临终的苦楚，你倒以为对得起他们么？”③“然而几个人既然起来，你不能说决没有毁坏这铁屋的希望。”④鲁迅描绘了一个吃人的社会：大哥要吃弟弟，母亲要吃子女，连狗都知道。

《狂人日记》抨击了封建家族制度与礼教之弊害，实为文学革命、思想革命的先锋，其文学意义已无须强调。值得注意的是，鲁迅的作品永远不会过时，无论放在现代还是当下社会，都有其无法超越的时代性。鲁迅在《关于〈狂人日记〉》中说：“《狂人日记》很幼稚，而且太逼促，照艺术上说，是不应该的。来信说好，大约是夜间飞禽都归巢睡觉，所以单见蝙蝠能干了。我自己知道实在不是作家，现在的乱嚷，是想闹出几个新的创作家来——我想中国总该有天才，

---

① 鲁迅. 历史小说论. 创造月刊，第1卷第2期.

② 鲁迅. 域外小说集·序言（合订版）. 上海：上海群益书社，1921.

③ 鲁迅. 呐喊·自序. 天津：天津人民出版社，2011.

④ 鲁迅. 呐喊·自序. 天津：天津人民出版社，2011.

被社会挤倒在底下,——破破中国的寂寞。"①所以,《狂人日记》是一部新作。早期的压抑与妥协,中年的焦虑与多疑,鲁迅将其切肤之痛都写在文章里。从此之后,鲁迅的作品源源不断。1919年1月,鲁迅谈爱情观《随感录四十》,后收入杂感录《热风》;10月,发表主张改革家庭与解放子女的《我们现在怎样做父亲》,后收入《坟》。鲁迅关注的总是日常生活中被人忽略的方面,见微知著。

1920年,鲁迅的主要精力放在翻译著作上。1月,译成日本武者小路实笃著戏曲《一个青年的梦》;10月,译成俄国阿尔志跋绥夫著小说《工人绥惠略夫》。这一年,鲁迅兼任北京大学及北京高等师范学校讲师。1923年这一年,鲁迅与兄弟周作人失和。9月,鲁迅发表小说集《呐喊》。《呐喊》收录了鲁迅1918年至1922年所著的14篇小说。像《阿Q正传》《孔乙己》这样的名篇都收入其中。革命能引起人的无数希冀。阿Q想到的革命结果却是讨老婆,在小D面前要威风。鲁迅真切地描绘了生活,创造了人物典型,将人内心深处的痛苦麻木含泪带血地表现出来。鲁迅要通过对想反抗而又不得的描绘,来促进觉醒,来激起反抗和斗争,发出非改变这个现实不可的激越呼号。鲁迅本人最欣赏的是《孔乙己》,他亲自动手将其翻译为日文,在日本杂志上发表。孔乙己是一位穿着长衫站着喝酒的读书人形象,生活在辛亥革命以前的农村,他没有考上秀才,自此丧失做人的尊严。通过他,我们看到了中国传统知识分子的形象,死要面子活受罪,只会"之乎者也",没有工作又不愿意放下架子,连最基本的生活技能都没有,最后可怜地死去。鲁迅的伟大,在于他描写了知识分子的精神状况,读者在悲叹孔乙己的命运时对自己又何尝不感慨!平淡的叙述过程中,我们似乎寻到鲁迅当年自己出入铺子时的复杂心情。鲁迅之所以对《孔乙己》赞赏有加也是因为其直指包括鲁迅在内的所有读书人之隐痛,经久不衰。

还有类似《故乡》《药》这样的文章,每篇都有深刻的主题和追问的问题,也折射出鲁迅真实的内心,可看作鲁迅的自我解剖小说。同月,鲁迅《中国小说史略》上卷印成,一直到1924年6月,鲁迅的下卷才完成。《中国小说史略》是当时中国的第一部小说史专著,理出了一条脉络清晰的数千年中国小说创作的线索。内涵丰富、校正严谨、观点精辟,是文学史上的一部佳作。1930年,鲁迅再次对其修正。这部作品是鲁迅多年来坚持研究历史拓本的成果。

尽管鲁迅一直呼吁否定传统,他对愚忠愚孝、封建宗法制这些传统是极其反感的,看似偏激,但在鲁迅的文章里,我们亦能发现传统对鲁迅的影响。例如,鲁迅一直坚持校对工作,嵇康这样洒脱不羁的诗人对鲁迅做人的风格也产生了一番影响。鲁迅的伟大在于他总能精确地做到取其精、去其糟,去伪存真后留下有意义的精神内涵,且鲁迅对传统精华的利用、对人间疾苦非常关怀、对中国文化的生存智慧有所赞扬,早已掌握了中国传统文化的魂魄。这方面是大多数学者望尘莫及的。

孙中山领导的辛亥革命失败、二次革命的不彻底等,这些社会现实让鲁迅开始变得怀疑、失望。1920年末《新青年》团体的分裂,标志着五四运动开始慢慢退潮,在五四运动高潮中热血沸腾,高呼反抗旧社会礼教的青年人也开始变得消沉、颓唐。"然而现在何以如此寂寞?难道连身外的青春也都逝去,世上的青年也多衰老了?倘使我还得偷生在不明不暗的这'虚妄'

---

① 鲁迅.致许寿裳(1918年8月20日).鲁迅全集(第11卷).北京:人民文学出版社,1981:353.

中，我就还要寻求那逝去的悲凉漂渺的青春，但不妨在我的身外。因为身外的青春倘一消灭，我身中的迟暮也即凋零了。”①鲁迅发出了“新的战友在哪里呢”的呼唤！显然1924年，鲁迅处于精神上的烦闷期，是很不从容的一年，鲁迅孤独地咀嚼寂寞。但庆幸的是，这一年，鲁迅兼任北京大学、北京女子高等师范学校及世界语专门学校讲师，认识了许广平，这位陪他走完余生的女士。接下来，鲁迅开始坚持为《语丝》撰文，生活相当忙碌。为了糊口，上课占据了他很长的时间。值得一说的是，关于教书，鲁迅直言是为了生活，他的身上完全没有文人的酸腐气，这也是鲁迅为青年人所喜爱、敬佩的原因。

1926年，是极为沉重的一年。这一年，发生了震惊国人的“三一八惨案”。北洋军阀政府屠杀爱国青年，帮闲文人造谣污蔑爱国青年，鲁迅此时跌入沉默的痛苦境地，“整个中国像一个没有窗户的铁屋子，人们都在里面昏睡，有少数觉醒者则在痛苦中挣扎，他们呼喊或呻吟过，然而如入无人的荒原，没有回音，便又沉默了。结果将是不在沉默中爆发，便在沉默中死亡”②。鲁迅用泪与血写成了《记念刘和珍君》。面对这样的社会环境，小人、帮闲大行其道，鲁迅只能选择“愤然而前行”，当一个真正的勇士。

这一年的9月，鲁迅出版了其另一本小说集《彷徨》。《彷徨》收录了鲁迅1924年至1925年的11篇短篇小说。鲁迅毕生倡导革命，这部小说记录了鲁迅在革命征途上的探索。《祝福》是继《孔乙己》之后的探索。封建礼教在将祥林嫂的希望一点一点扑灭时，鲁迅的内心是极其复杂的，鲁迅必定想到在现实社会中被自己丢到一边的朱安女士，所以“我”在与祥林嫂的交往过程中，内心产生了很大的震动。封建礼教对人的毒害是毁灭性的，中国社会有太多的祥林嫂与朱安，其悲哀坎坷，可想而知。在接下来的《在酒楼上》《孤独者》《伤逝》，每部小说里，鲁迅都对自己进行了分析，这也是作品可贵的地方。

（三）

“我爱我的野草，但我憎恶这以野草做装饰的地面。”③1927年，鲁迅发表散文诗集《野草》，收录1924年至1926年陆续发表在《语丝》刊物上的23篇散文诗，包括一首打油诗和一出喜剧。《野草》是苦闷的产物；记载了鲁迅在五四运动退潮后的苦闷与彷徨。鲁迅在序中说：“过去的生命已经死亡。我对于这死亡有大欢喜，因为我借此知道它曾经存活。死亡的生命已经腐朽。我对于这朽腐皆大欢喜，因为我借此知道它还非空虚。”④不难看出，鲁迅对过去有一种决裂的心态。1927年，对鲁迅来说是特别的一年。在《两地书》里，我们看到了他们两者关于爱的隐忍与纠结。这一年，鲁迅跨出了重要的一步，就是公开与许广平同居。许广平的出现对鲁迅精神状态的改善是有很大作用的，感情缺口的填补让鲁迅度过了他的苦闷期。

1927年10月，鲁迅定居上海，度过了生命的最后10年。他始终以战斗的姿态对待人生。鲁迅病情加重，除了要忍受疾病折磨，还要躲避当局的小动作。1928年11月，鲁迅出版了他的杂文短评集《而已集》：“这半年我又看见了许多血和许多泪，然而我只有杂感而已。泪揩了，血

---

① 鲁迅．野草·希望．语丝，1925(10).

② 鲁迅．呐喊·自序．天津：天津人民出版社，2011.

③ 鲁迅．《野草》题辞．北京：北新书局，1927：7.

④ 鲁迅．野草·自序．北京：人民文学出版社，2006.

消了,屠伯们逍遥复逍遥,用钢刀的,用软刀的。而我只有'杂感'而已。连'杂感"也被'放进了应该去的地方'时,我于是只有'而已'而已。"这些话,原在1926年写在《华盖集续篇》后的,重新被拿来做题辞。

接下来的几年里,鲁迅几乎都以杂文为体裁,杂文成了鲁迅的匕首,且主要从政治层面入手。1930年,鲁迅加入左翼作家联盟。思想发生了阶级性变化。革命形势和工农革命运动发展加深了鲁迅身上斗争进化的思想。他开始看重群众的力量,并一直给予很高的评价。"这三十年中使我目睹许多青年的血,层层淤积起来,将我埋得不能呼吸,我只能用这样的笔墨写几句文章算是从泥土中挖一个小孔,使自己延口残喘,这是怎样的世界呢。"①鲁迅从血色中看到了社会的希望,烈士的鲜血和遗体并没有消沉鲁迅的心,更没有让其恐惧,更坚定地让鲁迅成为一名真的猛士,更加奋然前行。

鲁迅更积极地和一些共产党人交往。在瞿秋白等人的影响下,鲁迅开始注意了解与研究俄罗斯和苏联的文学艺术,特别是马克思主义文艺理论和无产阶级文学的理论与实际,将阶级论作为主要思想武器,在大众文艺理论、民间文艺形式的运用和文字改革等问题上鲁迅都有了自己的新发现。

1932年4月,鲁迅出版短评集《三闲集》,收录1928年至1929年的杂文。其思想已经接受马列主义的影响,坚持实事求是的态度,服从真理,不以人废言。其后出版《二心集》,收录1930年至1931年的杂文。在序言里,鲁迅公开表示憎恶其所"熟悉的本阶级,毫不可惜它的溃灭",并强调"由于事实的教训,以为惟新兴的无产者才有将来"②,"对于坚执而有组织的革命,已比别的阶级有更大的才能"③。这完全可以看作是鲁迅愿意为无产阶级革命事业献身的宣言。10月,鲁迅整理出版《两地书》,收录鲁迅与许广平600多封信件。1933年3月,《鲁迅自选集》于天马书店出版,10月《伪自由书》出版。1934年1月,《北平笺谱》出版。3月《南腔北调集》印成。当时上海一署名美子的文人在其文《南腔北调》中攻击鲁迅:"鲁迅很喜欢演说,只是有些口吃,而且是'南腔北调'。"鲁迅迅速反击:"我不会说绵软的苏白,不会打响亮的京调,不入调不入流,实在是南腔北调。"④对这样的无聊文人,鲁迅给予鄙视并表示自己不妥协的态度。1936年,鲁迅逝世的那一年,不知是预测到自己的身体状况还是有未说完的话,这一年,鲁迅依旧不停地工作。1月,校订出版了《故事新编》。《故事新编》是鲁迅最后的创新之作,收录了鲁迅在1922年至1935年间创作的短篇小说8篇,其中有5篇写于鲁迅生命的最后时期。既要面临死亡的威胁,精神上又处于围剿之中,身心交瘁。《故事新编》是鲁迅停止小说创作10年后又提笔创作的作品,整体风格却显示出前所未有的从容、充裕、幽默和洒脱。尽管骨子里依旧藏着鲁迅固有的悲凉,却出之以诙谐的"游戏笔墨",是研究鲁迅晚年思想极其重要的一部作品。

鲁迅一生短暂,躯体早已作古,化作大地的养料,然其思想经久不衰,即使几十年之后的今天,仍然能读出新意。

---

① 鲁迅.为了忘却的纪念.现代,1934(6).

② 鲁迅.二心集·序言.北京:人民文学出版社,1980.

③ 鲁迅.二心集·序言.北京:人民文学出版社,1980.

④ 鲁迅.南腔北调集·题记.北京:人民文学出版社,2006.

【经典解读】

《故事新编》:“后现代”阐释

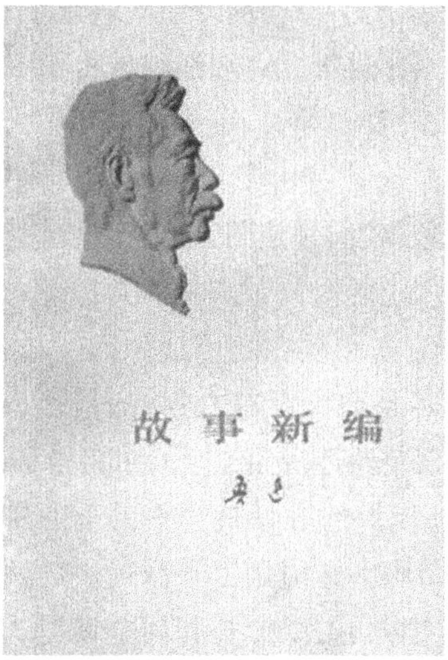

作为唯一一位被亚洲所认可的新文学大家,鲁迅的文章中并没有使用“后现代”一词,但他的作品中对现代问题的反映、对传统观念的质疑、对圣人之言的大胆否定、对他者文化的包容,已经使鲁迅身上具有明显的“后现代”格调。深入地研究鲁迅的作品也会使我们发现,鲁迅的思想始终贯穿着一种否定糟粕、挑战权威的后现代精神,现以鲁迅 1936 年出版的《故事新编》为例,探讨鲁迅身上所体现的后现代精神。

《故事新编》的 8 篇小说均是选取古代题材所作的短篇小说。按鲁迅的原意,是想从古代和现代都选取题材,为何最后只选取了古代题材?一方面是由于巧合,但另一方面也是作者有意想把我们拉入对“传统”的思考中。作为现代的人,我们如何对待传统,如何对待圣人?或者说鲁迅对传统的态度至今都是值得探讨的问题。

传统是一段严肃的历史,后人对待传统的态度往往是敬畏的、谨慎的。而《故事新编》中的某些小说却被人说成是“油滑”。鲁迅自己也说:“中途停了笔去看日报了,不幸看见了谁对于汪静之君的《蕙的风》的批评,他说要含泪哀求,请青年不要再写这样的文字。这可怜的阴险使我感到滑稽,当再写小说时,就无论如何,止不住有一个古衣冠的小丈夫,在女娲的两腿之间出现了。这就是从认真陷入了油滑的开端。油滑是创作的大敌,我对于自己很不满。”按鲁迅的解释,油滑来源于自己一时的较劲,可是作为一位创作高手,鲁迅在创作的过程中是可以克制住自己极端的创作情感的,可是鲁迅并没有这么做,这恰恰表明了作者对历史的态度。鲁迅对待历史是不那么“严肃”的,正是因为对待历史的不严肃,对其冷静的拒绝才让鲁迅从另一种层面揭示出历史的不足之处及老百姓对古代先贤的那种狂热与愚昧。

一、对传统显学的嘲笑

《理水》《采薇》《出关》《非攻》《起死》这 5 篇小说均涉及中国的显学,作者用意何在?作为统治者管理国家的政治根基,儒家、道家、墨家这三种文化无疑是中国传统文化的显学,也必是我们分析鲁迅对传统的态度时,不能忽略的一点。鲁迅对支撑中国历史发展的“根基”是深恶痛绝的。

《采薇》讲的是伯夷和叔齐“不食周粟”的故事,两者都是具有高风亮节的读书人,然而鲁迅对其却是嗤之以鼻的,这表现在三个方面。第一,语言讽刺。“做法也多起来:薇汤、薇羹、薇酱、清炖薇、原汤焖薇芽、生晒嫩薇叶……”①“两人就笑嘻嘻的来尝烤薇菜”②等,可以看出,鲁

① 鲁迅. 故事新编·采薇. 北京:人民文学出版社,1982.

② 鲁迅. 故事新编·采薇. 北京:人民文学出版社,1982.

迅对二人的语言描写是很荒诞和油滑的。按说作为读书人,鲁迅的用词本该经过推敲一番的,所以可见鲁迅是从态度上否定了二人。第二,内容讽刺。鲁迅在小说内容的设置上是独具匠心的。身为读书人,伯夷、叔齐二人在离开养老堂的路上遇到了强盗,这个情节中,二人与小穷奇的对话正应了“秀才遇到兵,有理说不清”的古话。按一般的写法,鲁迅应该歌颂读书人、贬斥野蛮人。可鲁迅并没有这么做,他的笔下,叔齐、伯夷二人不仅被搜了身且灰溜溜地逃走了。“叔齐、伯夷立刻擎起了两只手;一个拿木棍的就来解开他们的皮袍,棉袄,小衫,细细搜检了一遍。伯夷没有话好回答,连衣服也来不及穿好,和叔齐迈开大步,眼看着地,向前便跑。”①作为读书人,鲁迅让他们陷入尴尬的境地,没有保全他们的面子,反而让强盗占了上风,实则是借“野蛮人”的嘴来羞辱他们。“老先生,请您不要怕。海派会剥猪猡,我们是文明人,不干这玩意的。什么纪念品也没有,只好算我们自己晦气。现在您只要滚您的蛋就是了。”②小穷奇一边说“您”一边说“滚蛋”,鲁迅绝对是有意书写这段对话借以嘲笑伯夷和叔齐的境地。第三,结局讽刺。叔齐、伯夷抗食周粟,最后肯定会饿死。可是他们的死不是因为没有食物,却是因为阿金姐的一番话被气死的。“普天之下,莫非王土,你们在吃的薇,难道不是我们圣上的吗!”③这句话对听者是一个晴天霹雳,也是莫大的羞辱,二位圣贤苟且、侥幸的心理被身份低下的婢女所看破,阿金轻而易举便点破他们的心思,这便是鲁迅安排的结局。作为儒家学派代表的两位知识分子,鲁迅为何让他们如此不堪地死去?实则是鲁迅在借小丙君、小穷齐和阿金调侃式的口吻讽刺、批判儒学。儒家学派作为封建统治的正统思想,是被神化了的学说,而鲁迅没有盲从权威,对“不食周粟”的“气节”进行讽刺,揭示儒学者“满口高风亮节,实则虚伪荒唐”的弊病,与后现代主义反基础主义的传统相契合,消解伯夷、叔齐的“义举”,是对圣人、先贤赤裸裸的否定。

《起死》中,庄子是圣贤,汉子却是彻头彻尾的平民。在鲁迅的故事中,二者相遇了,庄子开始讲道,满口的相对主义哲学,而汉子在整个对话过程中,只关注一件事,即他的衣服、包裹、伞。故事最后应该是汉子屈服于庄子,被庄子的哲学所感化,可是汉子宁可再死一回,也要他的那块“遮羞布”,而这时,司命大臣走了,庄子陷入尴尬。《出关》中的老子与庄子的窘境相似,“呆木头”似的老子在出关时要求讲学,可他的听众却是滑稽可笑的,“大家显出苦脸来了,有些人还似乎手足失措。一个签子手打了一个大呵欠,书记先生竟打起瞌睡来,哗啷一声,刀,笔,木札,都从手里落到席子上面了”④。后来,老子的讲堂变成了表演,实在荒唐。而最后老子的出关与否跟讲学无关,实则只是几个饽饽的问题。伯夷、叔齐吃薇被侍女点破,圣贤庄子被一个庄稼汉苦苦纠缠,老子出洋相……为何鲁迅总是将这些圣人再三地落入窘境?为何这些满口仁义的圣贤在面对现实时只能“落荒而逃”?鲁迅是有意的,他有意让这些学者在青天白日下哑口无言,他们的圣贤之道在关键时刻连一块“遮羞布”都抵不上。鲁迅毫不留情地把他们放到现实情境中,圣贤之道本该是高尚而严肃的,而在鲁迅的眼中,不仅一文不值,甚至比不上一棵薇菜、一个饽饽,或者是一块遮羞布,实则是赤裸裸的嘲笑。

---

① 鲁迅.故事新编·采薇.北京:人民文学出版社,1982.

② 鲁迅.故事新编·采薇.北京:人民文学出版社,1982.

③ 鲁迅.故事新编·采薇.北京:人民文学出版社,1982.

④ 鲁迅.故事新编·出关.北京:人民文学出版社,1982.

鲁迅对传统文化是拒绝的，然而他的拒绝却是冷静而客观的，从他对墨家文化的态度更可看出。

《理水》是以传统故事大禹治水为题材进行解构的。故事以文化山为中心，语言讽刺、手法戏谑，写一群荒谬的学者对“禹是不是一条虫”进行争论，再到认可“禹是一个人”，肯定大禹治水的功劳。禹“便一径跨到席上，在上面坐下，大约是大模大样，或者生了鹤膝风罢，并不屈膝而坐，却伸开了两脚，把大脚底对着大员们，又不穿袜子，满脚底都是栗子一般的老茧”①。禹是以务实、粗鲁、不拘小节的平民形象出现的，他长年在外治水，为民除害兴利，与墨家“兼爱”的精神相契合，是鲁迅所推崇的。禹劝说舜：“做皇帝要小心，安静。对天有良心，天才会仍旧给你好处！”禹为天下的人格精神也是备受肯定的，这与墨家所提倡的“有力者疾以助人”的精神也不谋而合。而在《非攻》这篇小说里，鲁迅则明显地肯定了墨家学说。小说主人公墨子去楚国“劝（阻止）楚攻宋”，吃的是盐渍藜菜干和窝窝头，喝的是井水，穿的是草鞋，背的是一张破包袱，典型的农民形象，但他毫不在意，一路几经挫折，终于阻止了楚国攻宋。小说里，鲁迅花了大篇笔墨写墨子的形象，“墨子穿着太短的衣裳，高脚鹭鸶似的”，“墨子在这里一比，旧衣破裳，布包着两只脚，真好像一个老牌的乞丐了”②。当公输般拿出衣裳、鞋子给墨子换时，墨子诚恳地说：“我其实也并非爱穿破衣服的……只因为实在没有工夫换……”③墨子的一切生活习惯都是农民式的，但这并没有阻止墨子完成止楚伐宋的历史功绩，尽管形象狼狈不堪，却让读者觉得很平和亲切。墨子利民的思想及“有利于人的，就是好，不利于人的，就是拙”的是非观念与鲁迅关注国民性的观念是一致的，这也是鲁迅肯定墨家的原因。

从后现代主义反基础主义的角度出发，反基础主义者志在将人们从对“基础”的沉迷中解放出来，从基础主义的束缚中解放出来。鲁迅的思想里有对传统显学如墨家文化的认同，但其对儒家、道家的批判性，将人们从传统的迷雾里拉出来才是真正具有决定性意义的。可是作为新文学的大将，鲁迅看问题的深度和广度远不止这些，这也是鲁迅对传统的分析异于普通学者之处。他将眼光放在高处，也会把眼光投向低处。他不仅否定了旧的文化体制，甚至对这个体制里的人也进行了分析。

二、对英雄人物的否定

《故事新编》中鲁迅对圣贤是持批判态度的，对圣贤所推崇的国王即统治者也是持抵制态度的，所以鲁迅的感情定调，《铸剑》中的复仇者与国王是直接地表达鲁迅的喜与恶的，而在《补天》和《奔月》这两篇小说中，鲁迅在对统治者给予否定的同时却表达了另一种情绪。《补天》中的女娲在无聊之中萌生了创造的想法，“伊早已带着疲乏了……然而伊还是照旧的不歇手，不自觉的只是做。”④女娲不分日夜地劳作着，柴堆多少，伊也就瘦多少，最后的结局却是人类在女娲的肚皮上扎了寨。作为一个开创者，女娲的丰功伟绩在鲁迅的笔下是可怜的，她的一切付出化为悲凉，与普通人的命运无异。鲁迅同情其命运，对女娲的遭遇表达了怜悯，但其对女娲作为一个普通人身上表现出来的实干精神是大加肯定的。可见，鲁迅的笔下，将崇高进行消

---

① 鲁迅. 故事新编·理水. 北京：人民文学出版社，1982.

② 鲁迅. 故事新编·非攻. 北京：人民文学出版社，1982.

③ 鲁迅. 故事新编·非攻. 北京：人民文学出版社，1982.

④ 鲁迅. 故事新编·补天. 北京：人民文学出版社，1982.

解和否定，没有英雄，只有个人。《奔月》中作为开创者的后羿其实与女娲的命运相似。他可以射落太阳，却逃不了只能让自己的老婆吃炸酱面的窘境。他早早出门狩猎，得了一只小母鸡心里沾沾自喜时，回到家却发现妻子走了；他将自己的技艺不留私心地传给他的弟子逢蒙，却遭到了弟子的背叛，抢占其功劳。他是战功赫赫的英雄，可为何落得如此下场？空有一身好本领却连自己的家庭都无法守护。鲁迅是彻底绝望了。可以说，鲁迅对传统是不留情面地批判的，然而鲁迅对传统的否定与贬斥是否意味着鲁迅要摧毁一切？其实不然。“当激进的后现代主义强调否定一切、摧毁一切的同时，也就暗含着保留一切、建设一切的意思。”①鲁迅不是激进、狂热的改革家，他只是对现状绝望，对现状同情。像女娲、后羿这样的英雄，鲁迅对其遭遇是充满同情的，他们是实干家，是建设者，然而他们却没有找到归宿，或死去，或绝望，鲁迅实则消解了英雄。

后现代主义中包含的“温和的”非中心论主张对人进行消解，破除主体性。这在鲁迅的思想里则表现为对英雄和圣人的否定，即对“英雄”的主体性进行消解。鲁迅对于大禹、墨子、女娲、后羿的塑造，颠覆了传统意义上的英雄和圣人形象，更多的是根据普通人的形象将英雄和圣人还原成为生活中本真的人，摧毁了原本建构的人物形象，继而加以解构成更加真实丰满的人物，也摧毁了英雄和圣人在百姓心目中的绝对权威，将英雄和圣人拉到日常生活中去，这种改变已经超越了现代主义对基础、权威、统一的迷恋的特征。他拒绝将传统显学作为绝对权威，将英雄和圣人还原，这实则是鲁迅的一生中一直努力的方向，即不迷恋，不盲从，关注底层民众问题。

三、对底层人物的反思

鲁迅一生所强调的关注国民性，强调底层大众的感受，其实就是另一种对“英雄和圣人”迷恋的批评，将统治者所忽略的国民地位放到主要位置上进行剖析，哀其不幸、怒其不争。

《理水》中，“文化山”的学者们整日高谈阔论，讨论的不是切实存在的治水问题，而是整日围绕“禹是虫是人”这一问题纠缠不休，尽显荒唐。在灾民见官这个场景上，鲁迅更是没有放过机会揭示乡下人那种可怜愚昧的丑态，“吃得来的。我们是什么都弄惯了的，吃得来的。只有些小畜生还要嚷，人心在坏下去哩，妈的，我们就揍他”。“我们总有法子想。比如水苔，顶好是做滑溜翡翠汤，榆叶就做一品当朝羹。剥树皮不可剥光，要留下一道，那么，明年春天树枝梢还是长叶子，有收成。如果托大人的福，钓到了黄鳝……”②农民在遭遇水灾衣不蔽体、极度贫困的情况下还要向官献媚，学者不讨论民生大事整日为鸡毛蒜皮大动干戈，官员不反映民情、报喜不报忧。鲁迅用一贯的反讽笔法借小说反映了中国20世纪二三十年代的各色现状，现实被披上了历史的外衣，以1934年间的南方数省发生的水灾为背景，借历史折射现实，重新解构了历史与现实。

鲁迅对人、对权威进行消解，对现实提出否定，揭示了中国圣贤的种种面相，也体现了其“持续不断的否定、摧毁”为特征的后现代思维。

（撰稿人：王小波）

---

① 王治河. 论后现代主义的三种形态. 国外社会科学，1995(1).

② 鲁迅. 故事新编·理水. 北京：人民文学出版社，1982.

周作人：闲适的书斋文人

【作家简介与创作历程】

周作人，毁多于誉的争议人物。毁，人也。周作人附敌，担任伪官，导致其人臭，背负骂名。誉，文也。周作人长寿，才气逼人，单语言就通晓日、英、希腊等多门外语。一生著作颇丰，留下上千万字的文章，文学之劳，令人钦佩。但因为个人的选择也导致其文臭，被人唾骂。所以谈论周作人必须坚持辩证唯物主义与历史唯物主义的观点，对其人其文有客观的概括，暂且不去臧否他，试着做到“人归人、文归文”，更何况其兄是鼎鼎大名的鲁迅，黑白分明，对比之下，更显周作人是个复杂的人。

周作人(1885—1967)的家庭，前面介绍鲁迅先生的时候已有提及。周家家道中落，生存处境拮据，这些也都发生在周作人身上，不再赘述，只略微补充几点。周作人古典文化修养极高，自幼接触文学是从中国古典小说开始的，三味书屋读书期间，接触到不少小说，后来在杭州更是读了众多小说。《镜花缘》《西游记》《封神榜》《聊斋志异》都是其偏爱的小说，这些旧派文言奠定了他良好的文学修养。杭州侍读时，周作人接触到《砚云甲编》等一类古书，对“杂学”的兴趣尤甚。按周作人自己讲，他的治学之路是一条“从旁门入”的“野路子”，这话放在鲁迅身上，亦很准确。这种对传统或正统相违背的道路在周作人身上无论是艺术趣味还是性格命运都产生了很大的影响，加之后来周作人受到西方文化的影响，这些对于其选择一条别样的道路，都是大有联系的。

周作人刚出生不久，便染上天花，由其祖母抚养，未满周岁的妹妹因其传染也得了天花，不幸夭折，周作人侥幸存活下来。天花愈后的周作人身体孱弱，全家人可怜他体弱多病，因此对他格外照顾，事事放松要求。因为方便照顾，周作人被留在祖母身边，在祖母身边长大。祖母是传统守节的女人，一生孤苦。周作人回忆说：“我心目中的女人一生的命运便是这祖母悲痛而平常的影象。”在其后来的作品中，很关注女性问题，想必与祖母这位传统意义上的女性有很大关系。

在教育方式上，周作人的母亲曾说：“太先生和我两人，一向反对打骂孩子。太先生比我严厉，孩子们既怕他，又尊敬他；孩子们对我除尊敬外，更亲近些。太先生和我对孩子们的过错是讲道理,道理懂了,过错就会改正的。在给孩子们挑选老师时,我们有两个条件:第一,学问好,为人正直;第二,不打孩子,因为打骂中长大的孩子,好的不多。"①周家的孩子都特别出色,这与其父母的教育方式是分不开的。

周作人回忆自己的童年生活:"节候之变换,风物之欣赏,人事与自然各方面之了解,都由此得到启示。"②周作人对中国传统"四时八节"特别在意研究,且特别喜欢故乡的民间艺术,节日让平日的生活蒙上了神秘的色彩,在其思想中,则是对生活平添了一份艺术的眼光,于心性是大有益处的。

周作人回忆自己的童年曾说:"我觉得很是运气的是,在故乡过了我的儿童时代。"③儿童的生活在某些人眼中早已忘却,但在周作人心里,却是极其珍贵的。家人的关怀备至、放任客观的教育方式、童年的玩乐,多多少少让周作人的个性发展更为自由,也与周作人后期固执的个人选择是分不开的,同时也让他产生了去看看外面世界的想法。

1898 年,周作人 14 岁,帝国主义瓜分中国的第二次狂潮正在进行。这一年 4 月 7 日,周作人在日记里写道:"报云,俄欲占东三省,英欲占浙。"这种时代的浪潮与周作人是切身联系在一起的,在他还没有开始思考社会人生、憧憬未来时,却让他过早思考民族的命运与走向。这种时代背景让周作人从小体验到本国的悲哀与弱小,长大必抱忧国之心。那一年,"绍兴抢米"事件出现在其日记里。可见,童年的美好生活已经早早地被外忧内乱的现实生活取代了。他的心性和热血早已被激发,在日记中他愤怒地写道:"驱逐洋人在此时矣。"这种生活以后作为写作素材亦体现在鲁迅的《怀旧》里。兄弟二人对此事件都是记忆深刻的。

1901 年,辛丑年,周作人 17 岁。清政府变通科举章程,废八股,改试策论。鲁迅从南京归家,周作人向他表示要出去读书的想法。他心生烦闷,常作古体诗排遣苦闷。《送戛剑生往白》《游赵园有感》《惜化四律》等都是这段时间写下来的。8 月,鲁迅回信。周作人赴南京江南水师学堂学习,学校课程名义上是中西合璧,其实顶着新学的名号依旧行"旧学"。鲁迅当时以"乌烟瘴气"来概括学校的气氛,周作人则不然,他也感叹时事的混杂,然而就算周遭的环境甚为恶劣,他总能在忙里寻出闲来、在乱中寻出美来。如他所写的怀旧诗《夏日怀旧》里所言:"昔日南京住,匆匆过五年。炎威虽可畏,风趣却堪传。喜得空庭寂,难销永日闲。"可见,对于同样一件事情,他与鲁迅的感受是截然不同的,在他的文字里很难看见鲁迅风格中尖锐沉重的一面。此外,周作人身上有股传统文人都看重的东西,就是对吃的讲究,且不管随着时间的流逝,对吃始终如一。"杭沪道上的糕团,实在顶不能忘记的了,这种糕团乃是一种湿点心!是用糯米或粳米粉蒸成!与用麦粉所做的馒头烧卖相对!似乎是南方特有的东西!我说南方还应修正!因为我在嘉兴和苏州看见过它!在南京便没有了。"④周作人有很多谈吃的作品,而这些简单的东西在周作人的文字里则生出趣味来,在当时的年代读来略觉荒诞,在和平年代则别有一番休闲清淡的滋味。也是周作人刚去南京的这一年,清政府与英、美、俄等 11 个帝国主义国家签订卖国的《辛丑条约》。中国局势的变化再加上学校里的学习,周作人的思想慢慢发生了

---

① 俞芳. 鲁迅先生的母亲谈鲁迅先生. 新文学史料,1979(4).
② 周作人. 周作人自编集:立春以前. 北京:北京十月文艺出版社,2012:9.
③ 周作人. 周作人自编集:立春以前. 北京:北京十月文艺出版社,2012:9.
④ 周作人. 路上的吃食. 知堂回想录. 北京:北京十月文艺出版社,2013:10.

变化。中国传统文化重虚无，西方思想则相信科学、民主、人道、革命等，所有的思想混杂在一起，闯入其脑海。周作人在《秋草园日记甲》序中说："世界之有我也已二十年矣，然廿年以前无我也，廿年以后亦必已无我也，则我之为我亦仅如轻尘栖弱草，弹指终归寂灭耳，于此而尚欲借驹隙之光阴，涉笔于米盐之琐屑，亦愚甚矣。"①此番言辞已透露出其浮生若梦和虚妄处世的思想。后来的文章中，均有多次表现出其乐生主义的想法。确实，周作人与鲁迅走的是两条路。

1902 年 2 月 2 日，周作人在日记中写道："今日大哥（按：指鲁迅）忽至，携来赫胥黎《天演论》一本，译本甚好。"也是这本书，对包括周作人在内的知识分子产生了很大的影响，风靡一时。在中国屡次战败的情况下，国人的心路情感复杂，赫胥黎的"优胜劣汰，适者生存"有如当头一棒，敲醒了国人的心。"自立自强"的口号开始在国人的心中响起。从此，周作人的日记里多了热血的词汇：自励、自主。严复、梁启超的思想也开始为人所知，时代的气氛变得激烈，青年人的思想开始被"启蒙"。此时的周作人，风声、雨声、读书声，声声入耳；家事、国事、天下事，事事关心。周作人一生中，这是仅有的一次爆发出革命激情，这种激情维持了不久就因一次生病而终止。1903 年 10 月，周作人偶发大病，且愈好时又反复，这对周作人产生了很大的影响。病好后，周作人在日记里流露出"此前种种为大谬，以后乐天"的想法。1904 年夏，祖父介孚公去世，这种切身的离别之苦以及大病初愈后悲伤的情绪，周作人在日记里概括心绪："昔主强权，今主悲悯；昔主欧华，今主国粹。"之后，周作人由政治活动转向文学活动。水师学堂"中学为体，西学为用"的格局对其而言慢慢变成了压抑，周作人产生了"奔向东瀛作远游"的想法。

1906 年，周作人在争取出国去学海军时最后一轮体检中因近视未被录取，撰诗《秋草闲吟序》，流露出一种伤感颓败的心绪。上半年，便考取出国留学，远赴日本学习建筑。

（一）

1905—1921 年，周作人多翻译外国作品。

到日本东京不久，第二年的夏天，便传来了秋瑾姑娘被杀的消息，所有绍兴同乡聚在一起热烈讨论时事，此时的周作人对革命早已缺乏热情，相比之下，他对日本的生活文化则更有兴趣。他看重的是悠闲自在的读书生活，所以在日本得闲，周作人便往书店跑。周作人广泛阅读，对文学史一类的书特别感兴趣，蔼里斯《性心理研究》是当时的启蒙之书，"对于人生与社会成立了一种见解"②。这种对阅读的广泛涉猎与周作人一生的思想流向是分不开的。慢慢地，周作人的兴趣从阅读转向翻译。

周作人的译作无论是量还是质历来备受称誉，后人是有过之而无不及的。钱理群对周作人做出了高度的评价：在中国现代翻译史上，译作能够自成独立艺术世界的翻译家是不多的，周作人是其中最杰出者之一。

语言与感觉是有隔阂的，文字只是敲门砖，翻译不仅是语言与语言之间繁杂地替换，而且是深层次的把握与交流。翻译名家的作品更需要译者高屋建瓴地对作者思想和作品均有所掌握才能有所突破。周作人能在此有一番成就，必是学富五车、博古通今的，而且在译作的过程中，原著作者的思想对译者亦有潜移默化的影响。

---

① 周作人. 风雨谈. 北京：北京十月文艺出版社，2012：2.

② 周作人. 东京的书店. 瓜豆集. 北京：北京十月文艺出版社，2012：2.

早在1905年1月，周作人翻译美国亚伦·坡著的侦探推理小说《山羊图》；3月，参照英国星德夫人著《南非搏狮记》作短篇小说《女猎人》，发表在关注妇女启蒙刊物《女子世界》上，而且同期又发表短篇小说《好花枝》；其后又译英国作家雨果的作品《天鹦儿》，到日本之后，发表在《天义报》上的《妇女选举权问题》。周作人翻译与写作的题材均与“新民”有关，可看出其对妇女命运的同情。正如他所言：“吾以此深悲我女界，吾见有许多同胞甚苦。”

周作人与鲁迅合译《红星佚史》《银公爵》《域外小说集》，而其自己又翻译了《匈奴奇士录》《西伯利亚纪行》《庄中》《寂寞》等，在当时，周作人与鲁迅是介绍和翻译欧洲新文艺最早的人。1907年至1908年，周作人跟随鲁迅，以《天义报》《河南》等杂志为阵地，发表了一批文章。《论俄国革命与虚无主义之别》《论文章之意义暨其使命因及中国近时论文之失》等均在这些刊物上发表，周氏兄弟开始在文学领域发出自己的声音。当时社会上流行的虚无主义（无政府主义）成为周氏兄弟反抗传统的有力武器和依据。克鲁泡特金所推崇的“社会协爱”等主张与周作人性格里的温和、中庸一拍即合，周作人极其推崇。

1908年夏天，章太炎在东京主持同盟会的机关报《民报》，周作人等有机会听到章太炎讲课。早在南京读书期间，章太炎的思想就对周作人有过影响，周作人对其敬佩许久。周作人推崇“无政府主义”的主张与章太炎也有关系。

1909年，周作人与羽太信子在日本登记结婚。

周作人一生将日本作为自己的第二故乡，他对日本的感情极其深厚，对日本语言更有独到而精辟的见解。在他的民族观里，日本文化与中国文化是一样的，想要靠近他第一步是学会尊重。在周作人的文字里，“日本化”倾向已显露。1911年9月，周作人携其妻回到绍兴，六年日本生活暂告结束。

回国后的周作人对革命一直讳莫如深。相反，日本生活让他留恋和追忆，中国的现实生活根本激不起周作人的希望与想象。对中国的当下局势，他始终是有距离地观望，对于辛亥革命，周作人看到的更多的是历史惰性的可怕力量。“昔为异族，今为同气；昔为专制，今为共和”，而共和不过是专制的变种，这种以暴易暴的革命方式与周作人所信奉的哲学是相冲突的，他痛恨对人加以裁决，对人权加以侵犯。他超前地预感到当时的社会只是历史长河中的一环，对于这种历史循环论的见解，周作人一生都是坚信的，这种执拗与他后来的政治选择有很大的关系。在当时，周作人的思想在很多同辈人眼里是不被理解的，使他陷入苦闷与孤独当中。

之后，周作人开始在教育界求职，默默耕耘文化教育事业。一来无意介入政治，二来可养家糊口，日子过得清闲自在，并开始创办《绍兴教育会刊》，关注儿童问题，将儿童作为民族的未来。之前的妇女问题，现今的儿童问题，周作人始终抱着顺应本性和尊重个人的原则，这种态度无论是对周作人的语言研究或文学创作均有所帮助。在这期间，周作人创作了论文《童话研究》《童话略论》《儿歌之研究》等，并翻译日本新井道太郎的《小儿争斗之研究》。周作人认为，童话是文学之始也，这种相互研究的方式让周作人对其他体裁如小说、散文等亦有所研究。文学的社会效用与文学平民化的文学观始终支配着他的文学活动，《江村夜话》也是这一时期的尝试之作。周作人在《艺文谈话》一文中，向中国文坛介绍了很多西方的小说家、诗人、学者，且一直注重儿歌的收集。

1915年10月，周作人在小说月报社出版译著精选集《异域文谈》，积极地介绍俄国、东欧、希腊文学，客观上也为新文化运动做了准备。1917年9月，周作人收到了北京大学的正式聘书，主讲欧洲文学史和罗马文学史，因教学需要，周作人得其兄鲁迅的帮助，编著《欧洲文学史》，由商务印书馆出版，成为北京大学丛书之三，这也是周作人的第一部学术著作。凭着自己的学术功底与教学活动，周作人慢慢被北京大学所认可。

1918年1月至1919年12月间，周作人翻译小说，后来集为《点滴》。书中，周作人将“直译的文体”与“人道主义精神”相结合，认为这才是“真正的理想的文学”。这自然是翻译家对于翻译对象的独特发现，显然，周作人有意将中国新文学引向多元化的自由发展的道路。1918年5月，周作人在《新青年》上发表译作《贞操论》；9月，又在《新青年》上发表《随感录·三十四》，系统介绍英国凯本德《爱的成年》一书，对妇女问题进行了探讨；其后1919年初，周作人在《新青年》上又发表翻译的契诃夫小说《可爱的人》（现通常译为《宝贝儿》）。妇女问题和性道德问题仍然是其关注的问题。

1918年12月，陈独秀、李大钊、胡适主编的《每周评论》在北京创刊。周作人参加《每周评论》的筹备会后，相继写了《人的文学》《论黑幕》《平民文学》，其中，《人的文学》这一篇更是让周作人享誉整个文坛。

在《人的文学》里，周作人大刀阔斧地对中国文学进行批判，提倡“人道主义”，指出中国文学的致命伤不是文字问题，而是道德问题。无疑，这种观点在当时是史无前例的，引起了一场思想界的革命。现在看来，他的思想里亦有偏颇之处。例如，他将包含戏剧小说等通俗文学称为“非人的文学”，这种激烈的排他性在现今社会是不被认可的。1919年，周作人在《新青年》上发表《小河》《微明》《路上所见》《北风》等一系列新诗，可见，周作人利用这种形式更为自由自然的新诗体裁有意打破旧诗词格律的束缚。胡适将《小河》评为“新诗中的第一首杰作”。

1919年5月4日，五四爱国学生运动爆发，周作人第一次面对反动军警与爱国学生、反革命与群众的对立。五四运动结束后，周作人去了一次日本，这是他离别日本8年后又一次踏上日本国土，从回国后写下的《游日本杂感》来看，周作人的日本之行有意想在日本文化里找到一种寄托，对中国文化中的保守和排他给予剖析。再有，回国后的周作人热烈倡导中国的新村运动。革命的激情似乎又回到周作人身上。1920年周作人任新潮社主任编辑。11月，周作人发表《儿童的文化》，发表之后便引起思想文化界的震动。1921年，周作人几乎整年都在病床上度过，再一次，身体的异样浇灭了周作人的革命热情，他身上仅存的理想主义期望也在残酷的病痛面前隐去了。这是周作人第二次经历这样的生命循环，在他看来这不是简单的巧合。“我近来的思想动摇与混乱，可谓‘至其极’了。”

（二）

1922年以后，周作人多写批评文章。

1922年1月，周作人在《晨报副镌》上开辟了一个专栏《自己的园地》，强调尊重个性独立与自由。可见，在病中，周作人的思想经过一番斗争之后，趋于平淡自由。在当时的中国社会，“自由”被淹没在“民族独立与社会平等”的呼声中，往往被人忽略。周作人希冀在文学上找到慰藉。然而接下来舆论便把周作人推到风口浪尖上，在《拥护宗教的嫌疑》一文中，周作人再三强调自己的目的不仅是维护约法上的信教自由，也是进一步维护个人自由。在当时，西方思想以侵略的方式进入中国，周作人的这种思想无疑是有悖中国社会上那些非理性的爱国青年所宣称的“反基督教”思想的，这场斗争直接影响了他与共产党的关系。这种认识上的差别让周作人亲身体验到封建专制的味道。陈独秀等人的过激言论让周作人做了一个重要的决定,即与中国共产党所领导的革命群众运动划清界限。1922 年 4 月,周作人的《思想界的倾向》很清晰地表明了其态度和隐忧,认为国粹主义只会导致复古和排外两种倾向,却很快遭到胡适的批评。恰巧此时文坛的道学家对郁达夫的《沉沦》进行批判,周作人为其辩护,先后发表了《"沉沦"》《什么是不道德的文学》,他尖锐地呐喊"我不明白为什么性爱是如此丑陋,至于不能说起,至于会增加罪恶"。这里值得一提的是,周作人对郁达夫能做到很宽容,但是对于章太炎的"国学"却大加否定,他的理由是"国学"是一种复古主义,一不小心就会落入历史的陷阱。这种观点现在看来是不理性的,但放到当时处于变革的环境看,中庸的力度并没有偏执的力度大,周作人时刻警惕封建时代的再次席卷。所以 1922 年至 1923 年,周作人一直在坚持反复辟反复古的斗争,捍卫五四"人的解放"的成果。

在此期间,周作人还将五四之后的新小说《孔乙己》《爱的实现》(冰心)《一个流浪人的青年》等翻译成日语推广到国外,可见,周作人在有意地使中国文化精神接受异域的冲洗,包括主编《语丝》,也在有意地培养新人,期冀这种"新"能扫除更多顽固的旧思想和旧礼教。

不难发现,周作人讲神话、童话、儿歌与谜语,说男人、女人、小儿与原始人,论文学、艺术、爱与性欲都在追求一个目标:人性的和谐以及精神的超越。但在不一样的社会背景中,周作人是孤掌难鸣的。

1923 年 7 月,周氏兄弟失和,尽管是由于生活琐事所引起的不快,但竟闹到"大打出手"的地步,可见仇恨渊源之深。这次失和对周作人与鲁迅都产生了很大的思想影响。鲁迅大病一场,而周作人则多次反复强调:我以前的蔷薇的梦原来都是虚幻,现在所见的或者才是人生,我想修正我的思想,重新入新的生活。可见,周作人开始不再相信生活的美好,将人生中的"不美好、虚伪、欺骗"放大到令人绝望的地步。

太多无法掌控的变革,中国知识分子开始觉悟,既然一首诗吓不走孙传芳,但大炮总可以把他送走的。所以,很多知识分子开始投笔从戎,鲁迅开始把眼光从思想启蒙转移到革命启蒙,创作杂文。还有一部分人则坚持艺术为革命服务,不惜忽略文学本身的艺术。周作人的思想逻辑也很清晰:"既然看来愚蠢的大多数国民不需要启蒙,那更不必硬要扮演单相思的情人,还是个人自走自的路为好。"①看来,周作人已经将他的激情彻底转移到艺术和生活自身了。怀着可悲的心情,周作人相继写下《寻路的人》《一封反对新文化的信》。此时,霭里斯《性心理的研究》再次让周作人觉悟,他写下《蔼里斯的话》,宣称已找到自己"最喜欢"的"一种很好的人生观"。

1924 年,周作人《自己的园地》被当局查禁。一月之后,他在《问星处的预言》中感慨:中国国民暂时要这样地昏聩糊涂下去。1924 年年底,周作人作《死之默想》:"我现在的快乐只想在闲时喝一杯清茶,看点新书。"②此时的周作人已将生活的重心转向对生与死的思考。另一篇《礼的问题——给江绍原的信》载于 12 月的《语丝》上。想复兴原本的"礼",由其所关注的内容可以看出,周作人生活的重心已经彻底转移。听雨、赏花、看书才是下半辈子追求的状态,寻找自己生活的艺术,在文学里寻找真正的生命之重。但尽管这样,周作人对社会还是在尽自己

---

① 钱理群. 周作人论. 上海:上海人民出版社,1991:416.

② 周作人. 死之默想. 周作人集. 广州:花城出版社,2004.

的责任。1924 年 1 月，他给同样坚持自由主义的胡适去信，针对当局逐出清帝溥仪背离条约的行为给予讽刺。或许在此刻，周作人终于可以冷静地面对五四的余热了，并开始反省自己："五四时代我正梦想着世界主义，讲过许多迂远的话。去年春间收小范围，修改为亚洲主义，及清宫废号迁宫以后遗老遗小以及日英帝国的浪人兴风作浪，诡计阴谋至今未已。我于是又悟出自己之迂腐，觉得民国根基未稳固。"①现在须得实事求是"从民族主义做起才好"②。这一年周作人 40 岁，不惑之年。

1925 年，周作人在《元旦试笔》一文中公开宣布："我的思想今年又回到民族主义上来。"不同的是，这一次周作人选择了"性心理的研究"这个方向，这是中国人一向讳莫如深的话题。从《女裤心理之研究》到其后的《抱犊谷通信》等，周作人对假道学、伪君子进行了严厉的批判。纵观周作人的一生，只要涉及封建礼教，他从来都不会袖手旁观，反而直言不讳，与假道学是不共戴天的仇人。

五卅运动爆发，引起了知识分子关于"雪耻与御侮"的斗争，周作人发表《六月二十八日》，毫不犹豫地站在俞平伯一边，也认为"欲御外侮，必先自雪其耻"。值得一提的，五卅运动中，周氏兄弟的观点几乎是倾向一致的。在《知堂回想录》里，周作人对此有所涉及。此时的周作人再次被卷入革命斗争之中，思想也开始充满革命色彩。1926 年 8 月，周作人《谢本师》对章太炎与孙传芳混在一起的行为表示愤怒，反应激烈，一改平日里温和、宽容的性格。

1929 年，周作人提出了"闭门读书论"，抒发了在白色恐怖面前"忍耐着不说"的无奈之举。乱世之中，周作人提出了凡人的悲哀，但始终重视个性价值。直到 1930 年，周作人才走出情绪的低谷。

（三）

1932 年以后，周作人只写随笔，或称读书录，看书偶记，心性淡泊。

1933 年《五十字寿诗》，很好地总结了周作人的思想，轰动一时。

前世出家今在家，不将袍子换袈裟。
街头终日听谈鬼，窗下通年学画蛇。
老去无端玩骨董，闲来随分种胡麻。
旁人若问其中意，且到寒斋吃苦茶。
半是儒家半释家，光头更不著袈裟。
中年意趣窗前草，外道生涯洞里蛇。
徒羡低头咬大蒜，未妨拍桌拾芝麻。
谈狐说鬼寻常事，只欠工夫吃讲茶。

历史与现实给了周作人无尽的思考，这种闲适的背后更多的是难以言表的情愫，既有坚持自由主义知识分子对内心的审视，也包含着太多无言的悲哀。鲁迅在写给曹聚仁的私人信件

① 周作人. 元旦试笔. 雨天的书. 北京：北京十月文艺出版社，2011：1.

② 周作人. 元旦试笔. 雨天的书. 北京：北京十月文艺出版社，2011：1.

中发表了如下意见："周作人自寿诗，诚有讽世之意。然此种微辞，已为今之青年所不，群公相和，则多近于肉麻。于是火上添油，遽成众矢之的。而不作此等攻击文字，此外近日亦无可言。此亦（古已有之）文人美女，必负亡国之责。近似亦有人觉国之将亡，已在卸责于清流或舆论矣。"①周作人也觉得，鲁迅是最能看透其内心的，然当时兄弟失和已成事实。1934 年，周作人第三次去日本，追怀与寻访明治文学。1937 年，突发卢沟桥事变，抗日战争爆发的前夕，很多知识分子选择南下，而周作人却留在北平。1938 年 2 月 9 日，周作人出席大阪举办的"更生中国文化建设座谈会"，表示了与日本军方合作的意愿。这在当时社会上引起了很大的反响，很多人认为其已叛变，指责其晚节不忠，特别是青少年都感觉被信任的人欺骗、侮辱了，内心痛苦。诗人艾青甚至发表了题为《忏悔吧，周作人》的诗。此时周作人有话却没有说，他已不愿向世人说真心话，心情想来很矛盾。9 月，周作人在日记中表达了躲进书斋的想法。然而，1939 年元旦，周作人在家中险遭学生暗杀。这让周作人在"两难"中要迅速做出选择。至此，周作人跌入深渊。

1942 年，周作人为《汪精卫先生庚戌蒙难实录》作序，虚情追捧。周作人必定明白，自己的选择让其与汪精卫等伪政权已站在一条船上。此间，批评文章几乎于无。1943 年，周作人《桑下小谈・序》中提及"要到故乡，故土，故人，故园，以及一切成为历史的陈迹里重寻诗情"。1944 年，周作人表达此想法："我对于中国前途向来感觉一种忧惧。近年自然更甚，不但因为己亦在人中，有沦胥及溺之感，也觉得个人捐弃其心力以至生命，为众生谋利益至少也有为之有所计议。乃是中国传统的道德。凡智识阶级均应以此为准则，以前杂文中道德的色彩，我至今完全的是认，觉得这样是好的。以后还当尽年寿向这方面努力。"②显然，在周作人看来，他还是一位以天下生平为己命的知识分子。

1945 年，周作人因汉奸案被国民党政府逮捕，送至北平炮局胡同监狱。这一年，周作人行文多以回忆为主，写了《五十年前之杭州府狱》，回忆了当年与祖父在杭州监狱的生活；并创作《小说的回忆》，回忆幼年时期读一些古典小说的感受。《红楼门外》回忆了新文化运动前后的一些人和事。这一年，周作人 61 岁。1946 年 8 月，周作人为自己辩解："参加伪组织之动机完全在于维持教育，抵抗奴化。前后所任职务，此外兼职有为当然的，有为名义的，在事实上可谓毫无关系。"或许，在周作人看来，他始终是一介书生，做学问、谈自由才是其根本工作；他并非坏人，不一定选择了别样的道路就给他定上卖国求利的标签。1946 年 11 月，周作人被判有期徒刑 14 年；同年 12 月，周作人还作旧诗答谢友人探监送物之情："名物松子糕，记忆至今存。烧饼重双酥，其价才二文。"可见，即使面对死亡的威胁和人身的不自由，周作人都能在天地间寻其一隅，赋予生活以情趣。

1949 年 6 月，周作人因为南京蒋介石政府快要倒台，被保释出老虎桥监狱。作诗《拟题壁》，对蒋介石的失败表示出可喜的情绪。据统计，周作人在狱中三年，旧体诗创作达 200 多首。

新中国建立后，周作人被剥夺政治权利，只能用笔名发表文章。期间，周作人主要研究散文。其作品主要分为知识性趣味的散文和时事评论，知识性趣味的散文包含了对童年往事的

---

① 鲁迅. 致曹聚仁书. 鲁迅书信. 北京：人民文学出版社，2006：12.

② 周作人. 立春以前・后记. 周作人自编集. 北京：北京十月文艺出版社，2012：9.

回忆，对历史、名人趣事的介绍，还有读书偶感和生活杂记类，涉猎范围庞大，内容宽泛，“语言俗白，纯净而有韵味，没有了三四十年代掉书袋的沉闷，也滤去了以往散文中的苦涩味，变得明朗，轻松，洒脱，却依然有余味”①。“据不完全统计，周作人建国后公开发表于大陆和海外报刊的散文有1000余篇，约180多万字。”②1964年，《知堂回想录》在香港《新晚报》上刊登了小部分之后，由香港三育图书文具公司出版。

翻译方面，周作人未曾停歇。新中国建立后的翻译主要以希腊文学和日本文学为主，收获颇丰。《日本狂言逊》《伊索寓言》《欧阳庇得斯悲剧集》都是当时留下的经典译作。他多次表达希望后来人阅读关注其翻译作品。

最后，值得文学界关注的是，周作人的后期写了很多关于鲁迅作品的评论以及回忆鲁迅的文章。《鲁迅的故乡》《鲁迅小说里的人物》《鲁迅的青年时代》，这些史料为后人研究鲁迅提供了很大的帮助。周氏兄弟关系破裂之后，再没有言和。周作人此番选择，不管其意图为何，还是值得后人称道的。

1967年，周作人逝世。纵观周作人的一生，复杂多难，我们很难用寥寥数语进行概括，或褒或贬，独留于我们心中。

【经典解读】

《自己的园地》："立言"与"立人"

文学虽然与实际的利益没有很直接的关系，但必定需要以某种方式直达人的内心，触碰人的灵魂。周作人，其文字，冲淡、平和；其文风，驳斥、抵抗，一生经历纷繁，思想离经叛道，深刻性并不低于鲁迅，夹杂着绅士气和流氓气，所编的第一本文集便流露出无法遮掩的文学才华。

1923年9月，北京晨报社出版印行《自己的园地》，内含《自己的园地》18篇（作于1922年），《绿洲》25篇（作于1923年），杂文20篇，除了《儿童的文学》等3篇，其余也收录了1923年前两年的一些文章，总共53篇。这些文章都是周作人在“自己的园地”专栏上发表的，在序言里，周作人提到这些都是“我所想说的话”。虽然周作人强调并非是关于文学批评的，但研究者早已将这些文章认为文学批评的佳作，其思想内涵和艺术价值并不能因为作者别样的选择有所抹去。

一、立言

1918年，周作人提出“人的文学”口号，成为新文化运动的代言人。很快，周围的人就对“人的文学”与“平民文学”的提法产生争辩。对此，1920年，周作人做了题为《新文学的要求》

① 钱理群.周作人传.北京：北京十月文艺出版社，1990.

② 严辉.周作人建国后文学创作活动研究述评.南京师范大学文学院学报，2008(2).

的演讲,认为文学是“用艺术的方法”表现出“对于人生的情思”。而1923年,周作人则提出文学应有“自己的园地”,依照人的个性表现自己的情思。可见,周作人慢慢从一位新文化运动的领头人变为一个自由的思想者,“自己的园地”是其自五四以后出现于文坛的重要口号,标示着其一套独特的文学理论观开始形成,不管园地里是地丁还是蔷薇,都不重要,重要的是文学要尊重作家自己的个性,坚持个性的抒发。他坦然宣告:要坚持“独立的艺术美与无形的功利”,作家写什么、怎么写,就如同在园地上种什么以及怎么种。因此,周作人提出的“自己的园地”不只是一个生活术语,更是为突出作家在创作过程中体现个性以及人格,只有承认“自己的园地”才能发出自己的声音。

1919年五四新文学运动,是一个社会变革的时代,亦是一个开放进步与文学自觉的时代。胡适、陈独秀等领军人物都在自由发声,强调文学中的个性发挥成为当时的文学主潮,很多人对于这种“放开大脚、随便去迈”的口号欢欣鼓舞。周作人在《自己的园地》里非常冷静地提出了作家发挥个性也要有自己的人格品性。文艺既要有“平民文学”又要有“贵族文学”,“文艺以自己表现为主体,以感染人们为作用,是个人的而亦为人类的;所以文艺的条件是自己表现,其余思想与技术上的派别,都在其次”。① 这意味着周作人在尊重个性独立和自由的个性主义思潮与同情下层人民、向往社会主义为特征的人道主义思潮之间选择了个性的解放与自由。

《自己的园地》亦是周作人对文学本质的解读,他已经去除了运动领导人身上的激情与口号,转而投向书斋,在“人的文学”里,周作人从纯文学的角度将神仙书类、强盗书类、才子佳人类归于非人的文学,是妨碍人性的生长、破坏人类和平的东西,是应该加以排斥的文学。放在现在的文学领域,该观点带有偏激和主观,因为我们很难设立一个具体且严格的标准去评判文学。但在《自己的园地》里,周作人显然对这种观点做了批正,在园地种植应该根据自己的喜好和意向所决定。这种文学观点的形成打破了之前的绝对专断,显然是周作人深思熟虑的结果,对新文学的兼容并蓄大有裨益。既然提倡作家表达自己的情思,宽容自由的文学批评观也必是周作人强调的方面。

20世纪30年代,著名的左翼评论家阿英认为,周作人的文学批评“确立了中国新文艺批评的基石”。在《文艺上的宽容》里,周作人对“批评的自由与宽容”做了独到的阐释与概述。他提出“文艺的生命是自由不是平等,是分离不是合并,所以宽容是文艺发达的必要的条件”,对文艺,我们要坚持宽容的态度,人的活动、变化是生命的本质,无论流派怎么发展各异,都应注重个性与创造,都是人生的文学的方向,应该主张宽容,任凭自由的发展。但传统意义上的封建旧文艺则不属于宽容之列,将从封建旧文艺中寻求新的文学潮流作为我们的使命与任务,为文学宽容的原则补足条件。

“宽容原则”需要尊重作家的创作个性以及特殊思维,将特殊性与普遍性相结合。批评家不能以“统一”的思维去驱逐“个体”,不能以“规范”取消“自由”。批评家的角色不是客观的评判而是主观的欣赏,不是盛气凌人的指责而是宽容自由的鉴赏。周作人的这种观点在当下也是具有广阔性的,正是因为文艺上的宽容,才会形成“西方文学”与“东方文学”等多姿多彩的局面。随着时代的发展与开放,读者批评家们也能接受周作人的这种观点,然而在20世纪30

---

① 周作人.文艺上的宽容.周作人自编集.北京:北京十月文艺出版社,2011:1.

年代的中国,周作人的观点只能是“空谷足音”,太多人无法理解其深邃的精神境界,给他戴上绝对、偏执的帽子。

需要强调的是,周作人提出的反对统一、主张宽容的观点,除了能打破封建礼教以及封建旧文艺对人性和文学的束缚外,他早已敏感地预测到文坛上的“不自由”与“不宽容”。在《国粹与欧化》一文中,周作人注意到,传统的观点认为中学为体、西学为用有一种“国粹优胜”的偏见,这种条件之下才能容纳无伤大体的改革,这并非文艺上的宽容。国粹主义的盛行必然导致复古与排外两种倾向。当时周作人的老师章太炎在上海主张“讲学”,周作人迅速在文章中提及“太炎先生的讲学固然也是好事,但我却忧虑他的结果未必能于整理国故的前途有十分的助力,只落得培养复古的种子”。在周作人眼里,他早已看透发扬国粹的真相。再者,当文坛上一些道学家偏执地围攻一些新作品时,周作人也能及时地辩护。例如,《情诗》为汪静之《蕙的风》辩护。“在艺术上,同是情诗也可以分出优劣,在别一方面淫诗中也未尝没有以技工胜者,这是应该承认的,虽然我不想把他邀到艺术之宫里去。照这样看来,静之的情诗即使艺术的价值不一样(如胡序里所详说),但是可以相信没有‘不道德的嫌疑’。不过这个道德是依照我自己的定义,倘若由传统的权威看去,不特是有嫌疑,确实是不道德的了。”对于郁达夫的《沉沦》“这集内所描写是青年的现代的苦闷,似乎更为确实。生的意志与现实之冲突,是这一切苦闷的基本;人不满足于现实,而复不肯遁于空虚,仍就这坚冷的现实之中,寻求其不可得的快乐与幸福”。这些文字既是为当事人激烈地辩白,也是其所秉承宽容自由思想的重要依据。周作人曾经富有前瞻性地预言:“倚了传统的威势去压迫异端的文艺,当时可以暂占优势,但在后世看看往往只是自己‘献丑’。”事实证明,周作人所辩护的这些作品都成为文学史上的经典作品。除此之外,周作人还将五四之后出现的新小说翻译为日语,介绍到国外,他愿意看到两种文化撞击交流之后的结果,这与他一贯信奉的宽容作风是一致的。

周作人所主张的批评自由与宽容原则是批评理论中一项重要的议题,对于文学批评的初始阶段具有指导意义。但是现代中国更迭起伏的局势制约着文学批评,“宽容”很难成为众多文艺批评家坚持的原则,这也是造成周作人在时代的发展进程中精神不能为外人道也、孤独寂寞的原因。

在20世纪30年代,周作人发文对左翼文学进行攻击与批评,与他所坚持的“宽容自由”的观点相违背,遭到一些文人的反感与排斥,使得周作人的文学思想遭到抛弃。尽管这样,我们仍可以看出周作人在文学上留下了许多丰厚的思想,这些思想在历史上永远不会被抹去。

二、立人

周作人对于人的关注启发了其对于儿童的关注。从立言到立人,都代表了周作人利用思想文化先驱救国的方式。五四启蒙运动之前,人们对于儿童的思想主要表现在“儿童也是独立的个人”这一方面,不同的是,周作人却对儿童的“人性”与“儿童性”做了双重的关注。在周作人的思想著作中,他对女人、儿童的身份重新做了界定,提出经常被世人所忽略的一个问题,即把妇女当成妇女,将儿童当作儿童。可以说,周作人再次将儿童问题推到大家的面前,在当时的社会背景之下,周作人可谓独具慧眼,而历史循环发展至当下,儿童问题再次成为社会迫切关注的问题,可见,周作人的社会眼光是敏锐的。

在《自己的园地》的《绿洲》里,收录的是周作人关于儿童的文章。《歌颂儿童的文学》《儿童剧》《玩具》《儿童的书》等都是周作人关于儿童文学的创作。在立言上,周作人强调尊重个性；在立人问题上，周作人在《小孩的委屈》里曾说："人类只有一个，里面却分作男女及小孩三种；他们各是人种之一，但男人是男人，女人是女人，小孩是小孩，他们身上仍各有差别，不能强为统一。"在某种程度上，周作人对于"个性"的尊重涉及各类人物。

周作人多次强调，儿童是完全的个人，有他自己和内外两方面的生活。在封建传统社会，儿童是不被重视的，将儿童看成是不完全的小人，在心智和情感上都不成熟，动辄打骂，更别提精神上予以尊重了。往往就是这种思维导致大人扼杀了儿童的天性并造成精神的虐杀。周作人将儿童作为独立的个体，对儿童的心性与情感予以肯定。这是《自己的园地》作者多次突出的方面。"民间歌谣中有一种谜语，用韵语影射事物，儿童以及乡民多喜互猜，以角胜负。"（《谜语》）"世上太多的大人虽然都亲自做过小孩子，却早已失了'赤子之心'，好像'毛毛虫'的变了蝴蝶，前后完全是两种情状；这是很不幸的。他们忘却了自己的儿童时代的心情，对于正在儿童时代的儿童的心情于是不独不能理解，予以相当的保育调护，而且反要加以妨害。"（《阿丽思漫游奇遇记》）对现实问题进行批判。"安徒生的技术大半就在这里，他能很巧妙的把几种不相干的思想，联结在一起。因为他是诗人，又是一个永远的孩子。"（《王尔德童话》）肯定儿童视角。"小孩子没有不爱生物的。幼时玩弄小动物，随后翻阅《花镜》等书找寻故事，至今还略记得。"（《法布尔〈昆虫记〉》）对儿童的兴趣和天性进行洞察。"中国史书上所载有应验的'童谣'，有一部分是这些歌谣，其大多数原是普通的儿歌，经古人附会作荧惑的神示罢了。"（《歌谣》）将儿童文学与民间文学联系起来，阐述人本性的美，等等。还有一些专门谈论儿童的篇目。特别是在《儿童的书》一文里，周作人明确提出"儿童本位主义"的儿童观，尊重儿童个性的发展。显然，周作人将"儿童"作为独立的乃至特殊的生命与人、社会、文学紧密联系在一起，看重儿童的特殊和内涵，通过研究神话、童话等，去了解幼年时期的人。

《俺的春天》一文中，周作人对一茶进行评价："他的特色是在于他的所谓小孩子气，这在他的行事和文章上一样明显的表示出来，一方面是天真烂漫的稚气，一方面却又是倔强皮赖，容易闹脾气的：因为这两者本是小孩的性情，不足为奇，而且他又是一个继子，这更使他的同情与反感愈加深厚了。"这种概括既是在说一茶，更是在说自己，作家有熟悉的体验才会有如此中肯的表达。透过这些文字，我们好似看到周作人童年生活的状态，这种"儿童视角"让其对人与事的拿捏更细更准。

《自己的园地》始终贯穿着周作人自由宽容的思想，在其内心深处，有难以言解的隐秘，但其文字与思想里所包含的简单、童稚、质朴都是周作人在现实生活中苦苦追求的"蔷薇色的梦"，这种自由执拗的状态在周作人一生里，都是有所依附的。

（撰稿人：王小波）

郁达夫：生怕情多累美人

【作家简介与创作历程】

郁达夫，生于1896年12月7日，1945年8月29日在苏门答腊失踪。郁达夫原名郁文，字达夫，幼名阿凤，浙江富阳人，中国现代著名小说家、散文家、诗人。代表作有短篇小说集《沉沦》、小说《迟桂花》等。

在新文学大类中，郁达夫小说在中国现代小说发展史上占有重要的地位。郁达夫本人是较多被谈论却较少被理解的一位作家，他的名句“曾因酒醉鞭名马，生怕情多累美人”，正是其短暂一生中，自由的灵魂与风流不羁的性情的最真实写照。他从来不是高高在上的布道者，而首先是真实饱满的“人”，其次才是作为作家为大众所熟知。在他的身上激荡着多重人性特征。

一位孤独而自由的爱国者

郁达夫7岁入私塾，“九岁题词惊四座”，贫寒的家境促使他发愤读书，成绩优异。郁达夫1908年就读于富阳县立高等小学，1910年考入杭州府中学堂，与徐志摩是同学，后又到嘉兴府中学堂和美国教会学堂之江大学预科等校学习。1912年考入浙江大学预科，因参加学潮被校方开除。1914年7月入东京第一高等学校预科后，开始尝试小说创作。1919年入东京帝国大学经济学部，主修经济学。1922年7月毕业回国，前后整整9年。在日本9年的经历对郁达夫的性格以及思维的形成产生了很深的影响。郁达夫深深意识到国家贫弱造成的国民贫弱，在强国国民面前，中国人骨子里是没有自尊和地位的，这在一定程度上造成了郁达夫性格的懦弱与自卑。然而，再怎么责难，那也是自己的故土，郁达夫还是选择回到祖国母亲的怀抱。

郁达夫是成名较早的作家。1921年，他还在日本时，就有小说《银灰色的死》在国内报纸上发表。1921年6月，郁达夫和郭沫若、成仿吾等人组织成立创造社，其成员多为有留日背景的知识分子，该社也成为中国新文学史上最具活力的一个文学社团，为新文学的发展起过推动作用。郁达夫担任《创造季刊》《创造月刊》《洪水》半月刊编辑，同年10月，他出版了中国现代文学史上第一部白话短篇小说集《沉沦》，这也是中国历史上第一部新文学小说集，由此奠定了郁达夫在新文学运动中的重要地位。1922年春，他返回日本参加毕业考试，夏天正式回国。随后，郁达夫接连发表了多部小说，成为红极一时的小说家。

1926年3月16日，郁达夫、成仿吾、冯乃超等一群胸怀梦想的年轻的创造社作家们一起创办了自己的刊物《创造》，用以发表他们自己的文学主张和实验作品。郁达夫在发刊词中说："天地若没有合拢来的时候，人生的缺陷，大约是永远地这样的持续过去的吧！我们过去的努力，虽不值得识者的一笑，然而我们的一点真率之情，当为世人所共谅。再出月刊的原因，就是因为（一）人世太无聊，或者做一点无聊的工作，也可以慰藉人生于万一。（二）我们的真情不死，或者将来也可以招聚许多和我们一样的真率的人。（三）在这一个弱者处处被摧残的社会里，我们若能坚持到底，保持我们弱者的人格，或者也可为天下的无能力者、被压迫者吐一口气。"

成名后的郁达夫并没有畏手畏脚，或担心自己的大胆言论会对自己的声名造成损害。炽热的爱国心在他体内撞击，化为激荡的文字。1927年初，郁达夫从广州回到上海，虽然广州是当时的革命策源地，但郁达夫还是写出了自己对广州的真实看法，《广州事情》一文严厉地批评了广州革命政府的种种腐败与弊端。该文发表后，在社会与文坛上引起了极大的轰动，郭沫若、成仿吾都写文章批评，甚至与之绝交，郁达夫陷入孤立无援的境地。但是没过三个月，四一二政变发生。这正证明郁达夫目光如炬，坚持真理，不畏强权势力的爱国情怀。同年开始出版《达夫全集》，当时郁达夫才31岁。1928年郁达夫加入太阳社，并在鲁迅的支持下，主编《大众文艺》。

郁达夫对自由灵魂的坚守一再让他处在孤独的境地。1930年3月，中国左翼作家联盟成立，郁达夫是发起人之一。但是，"左联"里的党员要求郁达夫参加飞行集会，撒传单，郁达夫拒绝："我是作家，不是战士。"这句话传到"左联"后引起了很多人的愤慨，同年11月"左联"开会，通过"肃清一切投机和反动分子"的决议，开除了郁达夫。

郁达夫不被同伴所理解，他是孤独的，却又是自由的，不在意世俗目光的批判，郁达夫以自己独特的方式坚守着爱国热情。1942年，日军进逼新加坡，郁达夫与胡愈之、王任叔等人撤退至苏门答腊的巴爷公务。郁达夫化名为赵廉，过起了隐居生活，并开酒厂掩护身份。但是一次偶然事件，郁达夫暴露了身份，日本宪兵就让他当了通译（即翻译）。郁达夫利用翻译的身份暗中救助、保护了大量文化界的流亡难友、爱国侨领和当地居民。1945年8月29日，郁达夫在苏门答腊失踪（后来默认1945年为其卒年），终年49岁。关于其死亡的推测最早出于胡愈之的文章，胡愈之推测郁达夫是被日本宪兵杀害的。新中国建立后这一推论基本被延续下来。在1985年郁达夫纪念会上，日本学者玲木正夫提出郁达夫是被日本宪兵掐死在森林里的观点，但是其对"凶手"却用英文字母表示，似嫌证据不足。此外还流传着其他看法，如郁达夫是被印尼游击队杀害的。为严谨起见，现在学术界均称郁达夫失踪于1945年。

一位神经质的多情才子

郁达夫最不能离开的大概是文学与恋爱，这两样互为表里，缺一不可。恋爱的激情，总融化在他的血液里，飞扬在他的文学创作中，激发起他创作的才情和生的希望。生的苦痛，灵与肉的纠缠错乱，也只有通过爱情和文学才能抒发排解。郁达夫的恋爱经历正如同他的文学名篇一样，焕发着独特的光彩。郁达夫有过多段恋爱经历，恋爱对象大多是侍女或者妓女。他结过三次婚，三位夫人分别是：孙荃、王映霞、何丽有。此外，还有一位同居情人李筱英。对日本少女隆子的痴情，对原配夫人孙荃的怜惜与愧疚，对王映霞的一见钟情、狂热追求与纠缠苦闷，郁达夫的爱情故事远比文学作品曲折精彩，也正是丰富的情爱经历与内心世界给予了他文学创作灵感的源泉。

郁达夫风流倜傥，浪漫多情。与孙荃结婚后，不断爆出婚外恋。导致二人婚姻走向绝境的，是郁达夫与王映霞的恋情。郁、王二人结婚时，他与孙荃的第二个孩子即将出生。孙荃心灰意冷，开始吃斋念佛，于青灯古佛旁度过了余生，并独自照拂着郁达夫的老母与幼儿。由于郁达夫的放荡不羁与风流任性，本来是一桩美满的姻缘，最终以悲剧收场，郁达夫也为此负疚一生。

郁达夫与王映霞的婚姻关系持续时间最长，也最为世人津津乐道。1926 年 12 月 15 日，由于上海创造社出版部出现混乱，郁达夫自广州乘船赶往上海。次年 1 月 14 日，便在留日同窗孙百刚家邂逅了杭州美女王映霞，立刻坠入情网，不能自拔。王映霞面如银盘，眼似秋水，长身玉立，肌肤白皙，居当时杭州四大美人之首。郁达夫对其一见倾心，开始上演了现代文坛一段轰轰烈烈的恋爱传奇。

相识之初，王映霞在“犹豫、困惑、烦恼、兴奋”中举棋不定，最后还是敌不住“欲撰西冷才女传”的郁达夫苦心孤诣的追求，答应了郁达夫。1928 年 2 月，二人在杭州西子湖畔大旅社举行婚礼，才子佳人，名动全城。当时柳亚子赠诗郁达夫，其中“富春江上神仙侣”一句传诵一时。落花有意随流水，婚后郁达夫和王映霞过着虽然清贫却平静充实的生活，近代文坛上从而演绎出一阕“风雨茅庐”的趣话。

然而郁达夫是有点神经质的，他常常控制不住自己的情绪。他在自传里就承认自己“是有恐怖狂，是神经质的”。和这样一位心思细密、敏感内向却又大胆直白不知掩饰的“诗人”生活在一起，注定了婚姻里波折不断。这场轰轰烈烈的爱情并没有经得起时间的考验。许绍棣表面上是郁达夫的好朋友，但内心单恋着王映霞，一直嫉恨郁达夫，以至暗中向国民党中央呈请通缉鲁迅、郁达夫等文化名人。情形危急，郁达夫匆忙离沪避居富阳。在老家见到孙荃，郁达夫羞愧有加，欲与孙荃同居以弥补，却发现孙荃房门上贴着四个字：“闲人免入。”八一三事变后，在王映霞的坚持下，举家从上海迁到杭州，并在杭州修建了寓舍，郁达夫将它命名为“风雨茅庐”。王映霞为郁达夫生下了两个儿子，但双方的性格矛盾日益激化，家庭争吵越来越多。而此时一直爱慕着王映霞的许绍棣刚刚丧偶，也正携三个女儿在丽水，与王映霞朝夕相处，关系暧昧。许绍棣将郁达夫逃回富阳的消息告诉了王映霞，暗示郁达夫与原配孙荃情丝未断。自此，王与郁间的嫌隙更深，夫妻间纷争不断。

1938 年 7 月，郁达夫从浙东前线返回武汉，王映霞与郁达夫矛盾日深，争吵成了家常便饭。一日，汪静之前去探望郁达夫夫妇，却碰上二人因小事吵得不可开交。当天晚上，王映霞离家出走。郁达夫寻她不到，遂回家喝闷酒。无意之中，郁达夫发现了许绍棣写来的三封信，误以为是许绍棣写给王映霞的情书，便气急败坏地在王映霞的一件旗袍上写下“下堂妾王映霞改嫁之遗物”几个大字。二人明明是新式夫妻关系，郁达夫却把其妻称为“妾”，以故意羞辱王映霞，更诬蔑其要改嫁。别人是家丑不可外扬，他是没丑也要说成丑，一点小丑也要说成大丑，恨不得天底下的人都知道。7 月 5 日，郁达夫更是在汉口《大公报》第四版刊登《启事》：“王映霞女士鉴：乱世男女离合，本属寻常，汝与某君之关系，及搬去之细软衣饰、现银、款项、契据等，都不成问题，惟汝母及小孩等想念甚殷，乞告一地址。郁达夫谨启。”他甚至将许绍棣写给王映霞的情书照相翻印寄给各路名人,使本该难以启齿的家丑大白于天下。这让夫妻二人的关系走到了绝点。王映霞躲在好友家,郁达夫寻到此,求她回去,王映霞不肯原谅他的所为。经朋友努力撮合,郁达夫才刊登了道歉启事,承担一切责任。夫妻二人勉强复合,还订下协议,决心"让过去埋入坟墓,从今后各自改过,各自奋发,再重来一次灵魂与灵魂的新婚"。而此时,许绍棣也迅速与人结了婚,这混乱的局面暂时得以缓和。但郁达夫的种种行为已经在彼此心中留下了阴影。郁王二人的婚姻悲剧,也许有第三者介入的原因,但王映霞作为一个新式女性,自然是无法接受郁达夫对其人格的侮辱的。王映霞开始尝试着原谅丈夫,努力维系着二人的婚姻关系。无奈郁达夫独有的颓废文人的气质,神经质似的敏感多疑,歇斯底里式的为人处世,最终导致了婚姻的又一次破裂。1940 年 8 月,王映霞离开新加坡只身返国,而郁达夫则携带儿子孤独地漂泊在东南亚。

一位敢于暴露自我的浪漫主义勇士

郁达夫在文学创作上主张"文学作品,都是作家的自叙传",因此,他常常把个人的生活经历作为小说和散文的创作素材,在作品中毫不掩饰地勾勒出自己的思想感情、个性和人生际遇。我们从郁达夫的作品中,总能轻易找到作家生活的印迹:他的童年生活,他作为一个弱国子民在日本留学的经历,他贫困、奔波、疲乏、痛苦的生活。这种强烈的自传色彩,构成了郁达夫小说独特的艺术特色。郁达夫写下了许多青春期的苦闷与性纠葛的小说。这些小说以率真的态度裸露出青春期的性苦闷。这是人的本能,但在封建卫道者眼中,却是伤风败俗的不道德行径。《沉沦》出版之后遭受了众多非议,却受到众多进步青年的欢迎,这对于破除旧俗无疑是很有价值的。郁达夫时常把性的苦闷延伸到生的苦闷、社会的苦闷和时代的苦闷中来,于是民族的屈辱、苍凉的祖国危机意识和弱国子民的卑微心态常常是其小说中有意无意营造的潜在氛围,小说常常表现出一种时代的忧患和病态的情绪。

郁达夫的小说着意从外部世界的精心描写转向人物的内部世界,他的小说似乎是一种情感的宣泄,十分重视心理写实的作用。所以有人说:"鲁迅在其作品中,如深隐在幕后,满身铜盔铁甲的武士,而郁达夫则是裸露台上,任人观赏的疯人,不惜捐生的武士固然是大勇之人,脱除一切隐饰,暴露自我也同样是大勇之人。"郁达夫小说中所强调的自我,绝不是崇高与伟岸,相反,小说中的主人公常常是卑微、孤傲、脆弱,甚至是病态的"零余者"形象。当然,我们也不能把郁达夫的小说当成自叙传来读。他显然只是把生活的原型作为艺术创作的一个起点,以浪漫主义的方法,加以升华和改造。郁达夫自己也曾说:"并不是主人公的一举一动,完完全全是我自己的生活。读者若以读《五柳先生》的心情,来读我的小说,那未免太过了。"①作家的浪漫主义情怀体现在小说中,常常是丰富的情感渲染,小说情节却被淡化了,细节的描写常常披上浓厚的感情色彩,情感的强化也让小说呈现出诗化的色彩。

创作特色

郁达夫把笔触集中在"性的苦闷"和"生的苦闷"上,宣泄出个人情绪、时代遭遇和民族灾

---

① 郁达夫. 郁达夫文集(第 5 卷). 北京:当代世界出版社,2010:125 - 126.

难。郁达夫初期的小说多以“性的苦闷”为主题，郁达夫善于通过灵与肉的冲突，把自我的生活际遇与民族忧患紧紧联系起来。这与当时中国留学生所处的弱国子民的境遇有关，更与郁达夫的人生经历及敏感而又多情、自尊而又孤傲的性格有关。郁达夫前期小说中的主人公都是贫苦内向的留学生，因为国家贫弱被歧视而自卑、自弃，甚至有些屈辱认同的成分。他们一方面习惯于孤独游离的与自我相处的生活，另一方面却又深受这种孤寂生活的压抑，在痛苦压抑中挣扎。他们对爱情的追求受到挫败，便转向对肉欲的追逐和感官的刺激，而肉欲的短暂满足后带来的是更大的精神空虚，这让他们无路可走，最终只能是死亡。这类形象的代表是《沉沦》里的“他”，“他”渴望爱情而不得，陷入深深的苦闷中，在精神与肉体上不断折磨着自己。“他”对于自己在苦闷中的冲动行为始终处于深深的自责中，手淫之后“他”自责，偷窥之后“他”羞怯，由无意到有意去偷听别人约会后“他”自骂，宿娼之后“他”痛悔。最终“他”精神崩溃，投入了大海。《银灰色的死》中的Y君，也是一个凄凉孤独的留学生。他的新婚妻子在国内受着母亲的虐待，染肺病去世，他在国外怀着悼亡的伤痛，买醉于一个小酒家。在那里，他沉醉于酒家少女静儿的温柔中，彼此成为互相安慰的朋友，却因经济的拮据而受到静儿母亲的冷待。在静儿出嫁前夕，他不胜悲愤，用仅剩的几本书换得了9元钱，为静儿买了礼物送去，他报复似地拼命喝酒，最终脑溢血死在了静儿以前学校的空地上，甚至无人认识他的尸体。这世界上，确实再没有与他相关的人事，生存与精神的依托都丧失了，Y君最终的命运只能是走向死亡。

郁达夫回国后创作的一系列作品，多是关于“生的苦闷”。郁达夫把生活的艰辛融入作品中，完成了《血泪》《茑萝行》《春风沉醉的晚上》《薄奠》等作品。《茑萝行》中“一踏上了上海的岸，生计问题就逼紧到我的眼前来，缚在我周围的命运的铁锁圈，就一天天扎紧起来了”。这恰恰是他拮据生活的真实写照。郁达夫从日本学成归国后，不再领取原有的留学生官费津贴，必须自己工作，赚取生活的费用。他是自由职业者，常常陷入无业的困顿状态，过着漂泊离散的生活，所以生计问题是郁达夫首先要面对的问题。郁达夫饱受挫败，以“人生战场上的残败者，两袖清风的有识无产者”的形象自比。1923年2月初，郁达夫辞去安庆教职，在上海与郭沫若、成仿吾编辑《创造周报》，后来又出版《创造日》，三人分用100元编辑费，生活很是清苦，郁达夫时常陷入经济困苦的折磨中，使他在精神上越来越沮丧。这个时期，郁达夫笔下的人物多采取消极遁世的方式来短暂逃离现实的苦恼。例如小说《东梓关》，写的是常年在外的文朴为养病，专程回乡到东梓关寻找名医的故事。作品着力刻画了名医徐竹园的形象以及他隐逸生活的悠闲情调，隐约透露出作者对这样的远离尘世、隐居独处的生活方式的羡慕之情。小说反映了郁达夫当时真实的思想情绪——大革命失败后，日本侵略者和国民党政府的黑暗统治使郁达夫的革命热情冷却下来。他在撰文声讨侵略者的罪行和鞭挞黑暗的专制统治的同时，也流露出明显的逃避现实的归隐情绪。郁达夫在这一时期的小说呈现出一个共同的特点，就是毫无例外地流动着一种消极避世的倾向。

“时代的苦闷”，在小说中大多不是作家着力直面突出的，而“时代的苦闷”这一题材，在郁达夫后期的创作中有所尝试。对时代战乱的映射，在郁达夫的小说中大多是作为主人公悲惨命运的背景存在，读者只能从人物生活困顿、经济窘迫来推测出时代的动乱，作家很少直接描绘。在《她是一个弱女子》中郁达夫做了尝试，直接出现过几次战斗场景。一是革命士兵的一小部分打到上海龙华，上海的70万工农群众来了一次惊天动地的大罢工总暴动，他们或拿镰刀斧头，或用手枪刺刀，拼命分头冲向孙传芳的残余军队，放火的放火，肉搏的肉搏，终于取得了胜利，冯世芬在这场战争中负了伤。二是直接写革命军阀的残暴，革命告一段落后，把枪头掉转向工农兵，总工会的纠察队被包围屠杀，最后全部灭亡，冯世芬的爱人陈应环也在这场杀戮中牺牲。三是1932年1月29日清晨，上海虹口与闸北都陷入战火，飞机掷弹，机关枪乱扫，似在奏响二战序曲，一队巡逻队带着几个日本浪人，用枪托、斧头打进了吴一粟与郑秀岳的屋里，最终，吴一粟疯了，郑秀岳也因被轮奸而毙命，女主人公最终在乱世里终结了自己软弱的一生。然而，这三处战祸纷争的描写，略显空洞乏力，似在交代与自己无多大关系的事实，远没有达到郁达夫以往写景抒情的艺术水准。那么，郁达夫为何会在这篇小说中如此强调战争背景呢？这与一向写自我、写内心的"郁式"风格明显不符。一方面当然是和刻画的冯世芬这一积极向上奋斗的形象追求的理想是分不开的；另一方面，此时的郁达夫，因与创造社和"左联"的主流意见相左而退出，郁达夫在备感孤独的同时也许开始反思自己，目睹了混战的国内现实，再按捺不住自己的悲愤，遂诉诸笔端，可惜他的这一尝试并不成功。然而他没有放弃，1935年3月，小说《唯命论者》发表，11月，发表反映1927年大革命的中篇小说《出奔》，这成了郁达夫公开发表的最后一部小说。

整体来说，郁达夫的小说具有明显的散文化、抒情化特色。作家追求的不是复杂的故事情节，故事似乎是被强烈的情感与内心活动推动发展起来的，故事叙述过程中总穿插着景物描写与抒情议论，然而读来却层次分明，错落有致，特别是人物的鲜明性格和强烈感情，自始至终贯穿全篇，一气呵成。作家淡化了客观叙述，强化了主观性描写，无论是对自然景物的描写，还是对人物心理的描写，都融入了强烈的主观情绪，以此构成了郁达夫小说强烈的抒情性特征。在郁达夫的小说中，描写自然景物非常精细，而描写人物的行动以及人与人之间的纠葛，却常常浅浅带过。他描写人物的行动十分粗疏，注重的是表现人物的情绪、感情与心理，再配之以富有诗情画意的精细的景物描写，这就形成了其小说独特的抒情风格。在《春潮》的开头部分这样描写乡间午后的自然景象："三月中旬一天的午后，和丽的阳光，同爱人的微笑似的，洒满在一处静僻的乡村里，这乡村的前面，流着清沧的钱塘江水，后面有无数的青山，纵横错落的排列在蓝苍的天空里。三五家茅檐泥壁的农家，夹了一条如发的官道，散点在山腰水畔农家的前后四围，各有几弓空地围着，空地的杂树，系桑拓之类，地上横着矮小的树影，有二三尺长。大约已经是午后三点钟了，几声鸡叫的声音，破了静寂的空气，传到江水的边上来。一家农家，靠着江边的高岸……沙滩上有许多乱石蚌壳，夹在黄沙青土的中间。日夕的细浪狂潮，把水边的沙石蚌壳，洗涤得明净可爱，一个个在那里反射七色的分光。"这一段景物描写，精细之极。以"日光"、"钱塘江水"、"散点的农家"、"几弓空地"、"如发的官道"、"杂树"、"矮小的树影"、"几声鸡叫"等意象共同营造出静谧安闲的乡村美景，而"贴水的沙滩"、"黄沙青土"、"细浪狂潮"、"反射七色分光的沙石蚌壳"这种具体真切、细致入微的笔触，让人感受到这乡间的自然景物都是那样的贴人心意、自然可爱，在一开头就定下了小说整体明朗纯美的风格。但是，作者接着描写人物的行动以及他们的关系，就不是这样细致的笔调了："从远处看，二人并无分别，身上穿的青花布衫，身材的长短，全是一样的。但从他们的前面看来，罗汉圈和丫角不同，红黑的脸色和细白的脸色不同。她虽也有黑晶晶的两只大眼睛，但她那一副常在微笑的脸色却和他那威猛的面相大有不同的地方。她比他早生一个月，但是她总叫他'三哥'的。"如上，两位小主人公的肖像、外貌、衣饰等的描写，均一带而过，只由远及近从二人简单的比较中，就算完成了人物的出场以及性格刻画。浅浅几笔，读者就能从作家简短的描绘中想象出二人的形态、性格与内心纯粹而又丰富的情感。这样重景物描写而轻人物外貌刻画的安排，让小说看起来更像散文。景象、气氛和感情，三者合而为一，情景交融，便有了一种淡淡的诗情。

【经典解读】

“弱者”形象:《她是一个弱女子》阐释

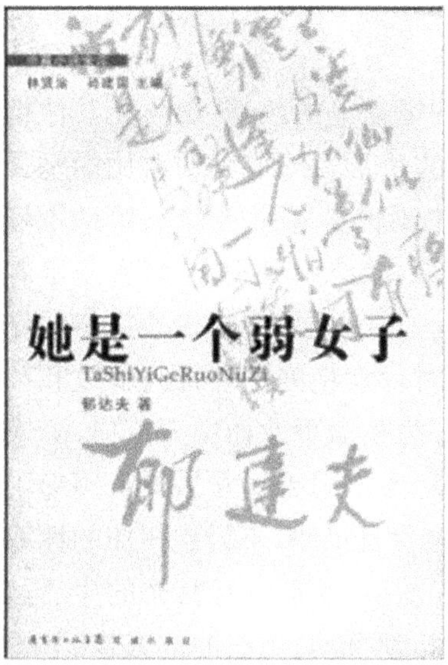

小说《她是一个弱女子》中的弱女子郑秀岳，美丽单纯，性情柔弱，意志薄弱，容易受外界的诱惑，这样一个弱女子有似郁达夫“自叙传”小说中的“零余者”的性格特征。小说着力突出的是其柔弱的性情造成的悲惨命运。

小说以郑秀岳为主要线索人物，以其成长、心理及生活历程为主线，围绕主人公郑秀岳三段主要的恋情展开。女主人公郑秀岳，是杭州某有名女学校的学生。冯世芬和郑秀岳都是单纯的少女，相对于郑秀岳的被动和柔弱，冯世芬则是直率大方。一天郑秀岳接受了比她大两岁的冯世芬驱车送其回家，接触越来越多，两人渐渐像一对亲姐妹般形影不离。不过，郑秀岳虽然文弱，感情却十分浓烈，一刻也不愿意离开冯世芬。冯世芬去上海接舅舅的几天时间，郑秀岳从开始的“心里头又悲酸又惊异难过的状态”，到一留再留，冯世芬离开后更是觉得时间是最恐惧最孤独最寂寞刺骨的，得知冯世芬回来后竟丢下自己独自与舅舅游西湖，愈加觉得她可恶，“索性还是同李文卿去要好罢”，“冯世芬真可恶，我总有一天要报她的仇！”恨到几乎要掉眼泪，这强烈的占有欲已经超越了友谊，然而郑秀岳自己却未意识到，自己已经把精神完全托付给冯世芬了。待回到家发现冯世芬已经在等她，一扑就扑进冯世芬的怀里，两手紧紧抱住她的身体，什么也不顾地很悲切很伤心地哭了出来。她立刻在心里起了绝大的悔意，断定，冯世芬究竟是冯世芬，同为女性的李文卿比不上她的万分之一，决心即刻就要回到学校里把李文卿的戒指与手表还回去。郑秀岳和冯世芬的这段无意识的精神爱恋最终以冯世芬的出走而终结。

郑秀岳的堕落是必然的，一刻也少不得寄托的她自然地投入了李文卿的陷阱。冯世芬通过不断地自我约束和学习，迅速成长为有觉悟的、有独立性格的革命女性。虽说郑秀岳和冯世芬彼此形影不离，但冯世芬的人格和人生目标并没能影响郑秀岳。郑秀岳对冯世芬的人生目标也没有表示出兴趣，反而是金钱与物质的诱惑让她内心激起波澜。在冯世芬有事外出大概一个礼拜的时候，郑秀岳想她想得不得了，就拿冯世芬的被子来盖。李文卿就摸索着爬上了郑秀岳的床要引诱郑秀岳，然而未能得逞，郑秀岳朦胧的欲望却由此被激发。冯世芬的精神力量显然无法完全传递给软弱的郑秀岳，冯世芬出走后，李文卿只是随意的物质诱惑，郑秀岳很快就落入了李文卿的陷阱，失去了童贞。两人短短时间的相处，李文卿就把郑秀岳变成了一个只沉迷于物欲与性欲的依附者，郑秀岳的堕落全在于其对物欲与肉欲的贪婪、渴望。作者把李文卿写得粗野丑鄙：长得又高又大，脸上洒满一层红黑色的雀斑，面部之大，可以比得过平常长得很魁梧的中年男子，有副很洪又亮的沙喉咙，狮子鼻上架一副金边眼镜，两手上各带三四个又粗又大的金戒指在那里……李文卿家里很有钱，和女校的众多女学生都同过床，甚至和自己的父亲保持着不伦关系。这样粗鄙的形象在郑秀岳眼中似乎被她的不凡出手所美化了，郑秀岳对于李文卿的热爱，比对冯世芬的更强烈，因为冯世芬不过给了她些学问上的帮助和精神上的启发，而李文卿却除了物质上的赠予之外，又领她入了一个肉体的现实的乐园。郑秀岳并不知道李文卿只是把自己当成了玩弄和泄欲的工具，很快她就被抛弃了。爱情和肉体均无了寄托，郑秀岳竟先后投向李得中、张康两位先生，暂时寻得了一个依托之所，郑秀岳彻底向物欲和肉欲缴械投降了。

虽然郑秀岳在这一生中不断追求着爱情，可是，除了虚妄的情爱上的热情，她再无其他精神追求与独立人格，所以才会有这么悲惨的结局。而总是与郑秀岳形象形成鲜明对比的坚强的冯世芬，永远以淡泊的性情回应外界的引诱。冯世芬收到情书不惊不喜，面对李文卿的示好与礼品不屑一顾，她内心清楚自己是受着资本家土豪的深重压迫，始终不卑不亢，暗自坚定着自己的信念，就像她与李文卿的辩论《富与美》一样，人格美才是真美，她始终追求着人格的修炼和完善。后来，她与舅舅的私奔，虽不为常人所理解，却是新时代女性的一种自我解放和革命，她和陈应环是当时进步思潮的代表。小说后半部分，冯世芬为革命事业而中刀流血，陈应环牺牲，她依然坚强乐观地面对生活，还是为理想激情奋进，展现出不同于郑秀岳整天缠绵于情爱之中的一种令人敬佩的人格魅力。而土豪阶级的李文卿，富贵且虚华，不说她扭曲的性取向和人格，她的作风就像她的金丝眼镜和金牙般，代表着金钱和欲望，她混乱却富裕的生活虽也被一些蒙昧无知的人所崇拜。李文卿这一形象的塑造，从长相到行动，到扭曲的人格，都透露着粗鄙丑陋之气。

郁达夫曾在《沪战中的生活》中说过："我的意思，是在造出三个意识志趣不同的女性来，如实地描写出她们所走的路和所有的结果，好叫读者自己去选择应该走哪一条路。三个女性中间，不消说一个是代表土豪资产阶级的堕落的女性，一个是代表小资产阶级的犹疑不决的女性，一个是代表向上的小资产阶级的奋斗女性。"郑秀岳便是其中那个代表小资产阶级的犹豫不决的女性，郑秀岳家是退隐下来的清末官僚，便是这一小资产阶级的代表了，她身上有着这一阶层大部分人的劣根性，贪图享乐，爱慕虚荣，而又软弱无能。而其好友冯世芬，同样为没落的世家，却是向上的小资产阶级的奋斗女性的代表。郑秀岳每每流露出对富贵的崇拜时，冯世芬便会"给以很诚恳很彻底的教诫"，在冯世芬的劝诫下，郑秀岳也会对自己的行为感到羞愧，但这也只是一时的，冯的思想并没有对郑产生真正的影响，所以，稍有诱惑，郑秀岳便沦落了。李文卿则是土豪资产阶级堕落女性的代表，认为金钱能买来一切，在她眼中毫无纲常、人伦和道德，也正是因为她的引诱，郑秀岳一步步走向堕落。财大气粗却又有男子气概的李文卿在冯世芬与舅舅私奔后占据了郑秀岳的生活，从此郑秀岳的生活开始向金钱物质和肉体欲望转移。以往郁达夫小说中的女性或温柔体贴，或可爱善良，或活泼娇艳，或柔弱美丽，这些女性都有一个共同的特征：作家对女性的形象往往着墨不多，常常以一两个鲜明的特征一笔带过。然而这些女性对男人极具魅惑性，往往只消稍稍撒娇，甚至不用说出口，男人就愿意为她们付出一切。而像《迷羊》《她是一个弱女子》等小说这样极力刻画几位女性或敢爱敢恨，或丑陋不堪，或柔弱无力的女性形象，塑造出如此丰富立体的多样性格，似乎还是少数。

小说中的男主角吴一粟，在郑秀岳一家搬到上海后才出现。旧式军阀革命战争后，郑秀岳随父母搬到上海，开始了又一段生活。与此同时，同在上海的冯世芬开始露面，两条线索平行展开：当郑秀岳深陷感情纠葛时，冯世芬在革命中洒热血。吴一粟是一个女性崇拜的理想主义者，长相清秀，性格腼腆，为人老实规矩。郑秀岳之所以爱上吴一粟就是因为他重情与老实，能给郑秀岳所谓的爱和关爱。本应欢欢喜喜的新婚之夜，吴一粟竟替“纯洁”的郑秀岳伤悼，为她即将失去的处女尊严而哭泣，他并不知此时的郑秀岳其实早已污浊不堪，他的表现让本就迂腐的行径更具有讽刺意味。正是他那让郑秀岳看重的老实规矩，在婚后的物质经济压力下变成了让郑秀岳厌烦的懦弱无能。在恋爱过程中，吴一粟时时“羞缩”，处处被动；结婚后，丧失理想沉溺于情爱不能自制；因病被解雇，不敢奋争，一蹶不振，坐以待毙，却依靠妻子四处奔走，甚至因为困境一时的缓解而轻易放弃了改变窘境的机会。这已经够软弱了，但郁达夫似乎嫌他软弱得不够彻底，还安排了旅社撞破妻子奸情的那一场戏：经济的窘迫最终直接导致了妻子的出轨，面对妻子的不忠和奸夫的嚣张，他惊呆了，似乎犯罪的是他，而不是他们。他不但不恼怒，反而含泪一遍又一遍地苦苦哀求奸夫：“饶了她，饶了她，她是一个弱女子！”被戴了绿帽子却要替妻子找理由解脱，并无原则地原谅，这似乎真是一个没有自尊窝囊至极的男人。这位比弱女子郑秀岳还要软弱无能的男子形象，虽值得同情，却真正是有些惹人厌恶了！郁达夫一向擅长塑造弱者形象，在《她是一个弱女子》之前，他就塑造过众多文人弱者，而孱弱窝囊如吴一粟一般的，却从未有过。

郁达夫撰此文是献给他的夫人王映霞的，在小说初版的扉页上有题辞：“谨以此书，献给我最亲爱、最尊敬的映霞。”郁达夫创作《她是一个弱女子》除了要反映那个动荡的社会外，恐怕还要借作品努力诠释自己的生活命途。这篇小说写于1932年3月，虽然是以献给“最亲爱、最尊敬”的夫人的名义，但是小说有些内容看上去太过灰暗且残虐，似乎充满了嘲讽意味。作家创作《她是一个弱女子》时，其时和王映霞关系正僵，小说整个沉郁灰色的笔调正应和了二人的情感状态，郁达夫的后记写道：“这一篇大概是我作品中最恶劣的一篇。”1932年也是他和王映霞的关系陷入冰雪时期，王映霞在杭州女学校的同学刘怀瑜前来探望，两人久别重逢，相见甚欢，王映霞夜不归宿，与友人彻夜长谈。郁达夫心生嫉妒，愤然离家出走半个多月，期间灵感大发，以王映霞与友人的关系为基础，加以幻想虚构，完成了这篇《她是一个弱女子》。小说前半部分女学生之间的同性爱情内容相当类似日本大正昭和时期的S，S是Sister的意思，指称女学生同性之间的交际。郁达夫早年曾经留学日本，对这些观念并不陌生，他写女学生的同性恋爱以及水性杨花婚外出轨的情节似乎是对王映霞指桑骂槐。主人公郑秀岳的精神空虚无聊，崇尚物欲，沉湎肉欲，水性杨花，一再出轨，正是以此讽刺王映霞结交权贵，爱慕虚荣。而软弱到极致的吴一粟形象，更是作家的自讽。前言的致词可真是莫大讽刺，这对于郁王二人的纠葛无疑是火上浇油。同时，这篇作品主要还是讲大革命时期的故事，上到“五四”，下及“一·二八”，既有新旧军阀横行，亦有淞沪抗战，还不乏1927年上海工人群众的革命行动。处在如此混乱社会的郁达夫，空有一腔爱国热情，与创造社主流思想不合、与“左联”的决裂让郁达夫陷入孤独无助的境地；加上与王映霞之间的嫌隙，自身苦闷的情绪和抑郁的性格，在多种情感交汇下，完成了这部浪漫而又颓废、微须色情却又真诚大胆的作品。

苏雪林在他的《郁达夫论》中提到“丑恶的题材本非不能采取，不过紧要的是能将它加以艺术化，使读者于享乐之中而不致引起实际情感”。郁达夫显然做到了一点，虽然小说对色情和肉欲有着赤裸裸的描写，事实上却也让主人公的形象更加饱满、立体。这一点过于裸露的新异的情色描写，分散了读者的关注点，也一定程度上遮掩掉了当时动荡政局下的阶级矛盾与民族矛盾。而其思想在当时还是具有进步意义的，他大胆的自我解剖和表白，以及他对隐私性情的大胆描绘，却正是中国旧风气开化的一道利剑。虽然大家对郁达夫以及这篇《她是一个弱女子》的认识褒贬不一，认为其在革命情节上的描绘不足，这也许是作家自身缺乏战争经历的原因。整部小说是他通过想象和虚构创作出来的，但其中战争场景的描写也让读者惊喜地看到了一些现实主义的影子，这是作家试图突破自我的一种尝试，从郁达夫个人的写作历程看，这是他写实风格的自序传小说的一大突破。

（撰稿人：鞠　美）

林语堂：中国现代文学的幽默大师

【作家简介与创作历程】

林语堂出生于光绪二十一年八月二十二日，即公元1895年10月10日，那时清朝的封建统治已经走向穷途末路。因为慈禧太后将准备建设近代海军的钱，挪用去修建颐和园，中国在甲午战争中吃了败仗，被迫签订了屈辱的《马关条约》，条约规定割让台湾和承认朝鲜“独立”。然后在林语堂出生后的第三年，即1898年，以康有为和梁启超为首的维新派在光绪皇帝的支持下实行“戊戌变法”，只可惜这次维新虽扯开了大旗，整装待发，最后却是草草落幕。数年后，义和团攻入北京，慈禧太后携着光绪皇帝灰溜溜地逃到了西安。

时代的风云变幻并没有太大地影响到偏安一隅的闽南漳州平和县坂仔村。这里青山环绕、花木葱茏，乃僻静的世外桃源。林语堂在青山绿水间度过了人生最初的10年。

“童年的部分记忆和我所居住的这环山的村落有关，因为接近高山就如同接近上帝的伟大。我常常站着遥望那些山坡灰蓝色的变幻，及白云在山顶上奇怪的、任意的漫游，感到迷惑和惊奇。它使人轻忽矮山及一切人为的、虚假的、渺小的东西。这些高山早就成为我及我信仰的一部分，因为它们使我富足，心里产生力量与独立感，没有人可以从我身上带走它们。”①

山滋养了林语堂的生命和精神，给了他一颗宽容的心，用广博的眼光去看待这个世界，而不是拘泥于低洼平地之间。林语堂把自己的文学成就归功于这些养育了他的山川。那高峻的山峦，带着青草气息的空气，都是他艺术生命的来源。他始终怀揣着对山的尊敬，一直把自己定位在山之子的位置，将大山视为自己生命的摇篮。

林语堂的父亲林至诚是一名教会牧师。林至诚夫妇育有六子两女，林语堂是他们的第五个儿子。儿女成群，本是人丁兴旺的好事，可林至诚只是一名乡村牧师，要供养这么一大家子

---

① 林语堂.从异教徒到基督徒——林语堂自传.西安:陕西师范大学出版社,2007:12.

人,其艰难困苦可以想象。

虽然家庭条件并不富裕,可林至诚作为父亲却给了自己子女精神上无尽的财富。

父亲是当时时代的先锋。他是一个梦想者,敏锐、富有想象力、幽默,并且永不休止。他传授给他的孩子一切新的及近代的东西,培养他们对被称为"新学"的西方知识的兴趣。①

林至诚年轻时没有机会读书,但他深觉读书之重要,靠自学达到能够略懂诗文的水平。他将读书成名的希望寄托在自己的儿子身上。林语堂曾经这样回忆父亲:"他教我们古诗、古文和一般对句。他讲解古文轻松流利,我们都很羡慕他。"林至诚细心地教自己的子女读四书五经、《声律启蒙》《幼学琼林》等书。后来林语堂及其四个兄弟都成为文化人,这与林至诚自幼给他们撒下的好学种子是有很大关系的。

林语堂和他的哥哥都在厦门鼓浪屿读完小学,并继续念中学,为了得到经济上的资助,他们兄弟做了鼓浪屿有钱的吕家寡夫人的义子。林语堂就读的学校都是基督教美公会所办,注重英文和自然科学。在寻源中学就读时,林语堂对科学的兴趣非常浓厚,他甚至表示将来想要成为一名物理教员。后来,林语堂年近半百,痴迷于研发"明快打字机",几乎倾家荡产。

从幼年到青年时代,林语堂受到闽南乡土文化的培育,家乡的风土人情成为他后来创作的源泉,而新式学校的教育,也让一个山村的孩童走进更加宽广富饶的文化世界。

1911 年,辛亥革命推翻了清朝的统治,结束了封建帝制统治中国的历史,但在闽南山丘并未引起多少波澜。由于林语堂就读的寻源中学看不到中文报刊,对这一历史变动,林语堂并未十分注意。辛亥革命后的第二年,17 岁的林语堂以第二名的成绩结束了中学阶段的学习,并且顺利考取了上海圣约翰大学。

由闽南山村到遥远的上海念大学,所需要的费用已经远远超过了一个乡村牧师的经济负担能力。林至诚只好卖掉祖辈在漳州留下的房屋,供儿子上学。林语堂的二哥玉霖先前已经进入圣约翰大学。而他的两个姐姐却没有机会升学,只得回家嫁人。林语堂离家去上海读书前,二姐送给他四毛钱并对他说:"你有机会去读大学,姐姐因为是女孩不能去。不要辜负自己的机会,下决心做个好人、一个有用的人、一个著名的人。"②两年后二姐死于一场瘟疫,但这些话却一直影响着林语堂。

林语堂在圣约翰大学就读的这几年,国内国际形势风云突变,1912 年南京临时政府成立,袁世凯窃取了总统大权。1914 年第一次世界大战吹响了战争的号角。这些对身处圣约翰大学这座世外桃源的林语堂并没有什么太大的影响,彼时,他正徜徉在书海里,被求知欲带动着,孜孜不倦地博览群书。圣约翰大学图书馆的藏书,林语堂几乎都读过了,从社会学到伦理学,从进化论到婚姻论,涉猎范围之广远远超出了他所学的专业。

四年的大学生活,让林语堂广泛地接触了西方文化,对西方资产阶级的世界观、社会观、人生观有了大致的了解,使他对西方文化产生了浓厚的兴趣,为这位来自闽南山村的青年开拓了文化视野。

1916 年夏,林语堂结束了圣约翰大学的生活,开始走上社会,这一年,他才 21 岁。

那个年代流行早婚,但林语堂由于两段感情的不幸夭折,大学毕业还没有结婚的打算。

---

① 林语堂. 从异教徒到基督徒——林语堂自传. 西安:陕西师范大学出版社,2007:13.

② 林语堂. 从异教徒到基督徒——林语堂自传. 西安:陕西师范大学出版社,2007:17.

林语堂的初恋是青梅竹马的同乡姑娘，一个叫“橄榄”的俏人儿。“橄榄”本名赖柏英，如果按照辈分来算，林语堂还是赖柏英的长辈。赖柏英是林语堂母亲干女儿的女儿，按理，赖柏英要喊林语堂一声“五舅”。但两人年龄相近，两小无猜，亲密长大，自然而然地走到了一块儿。

然而，爱情与生活却并未同步，他们虽然相爱，可这段初恋最终还是无果。当林语堂满怀着对外面世界的憧憬，想着出国去看看这个世界有多大的时候，赖柏英却因为要照顾双目失明的祖父不忍离开家乡，两人只能忍痛分手。

林语堂在自传小说《赖柏英》中笔触细腻地写下了这一幕：

“你不高兴和我在一起?”他问她。

“高兴。我真希望能永远这样。你，我和我的田庄永远聚在一块儿。”

“你的田庄对你就那么重要?”

“是的。不只是田庄，那是我的家庭。你不懂……”

完美幸福的一刻已经过去，阴影向他们袭来。

回到河滩上，她说：“新洛，我爱你，以后也永远爱你，但是我想我不可能嫁给你。”

……

“你到外国会学到什么?”

“我不知道。”

“你觉得你会像我们现在一样快乐?”

“我不知道。”

她甩甩头，脸上有伤心的表情。

“好吧，那你去吧。我打赌你不会快乐。我想你也不会回到我身边，因为我那时一定嫁人了。”

她好像要打一仗逼他留在家乡似的，其实她只是说出自己平凡的意见。因为当时她语气十分肯定而自信，甚至带有一点挑战意味，所以他始终记得那几句话。

文中的新洛就是林语堂自己。两个年轻人，同样固执，同样坚持，彼此谁也无法说服对方。如梦似幻的初恋虽然结束了，却永远地停留在了林语堂的心间。林语堂离家那天，赖柏英还是前来为林语堂送行，她送了很远很远，山水依旧，唯独他们今后的人生不会再有任何的重叠。

后来，赖柏英嫁给了一个商人，长寿而且儿孙满堂。

多姿多彩的大学生活很快抚平了林语堂失恋的悲伤。林语堂成绩优秀，兴趣广泛，在学校各项活动中大出风头。他是ECHO编辑部的编辑，刊发了不少文章；获得英文短篇小说大赛金奖；作为校辩论队的核心成员，击倒众多对手，获得银质奖章；以5分钟1.6公里的成绩刷新了体育运动的学校记录；成为校划船队的队长；被选为中国队的代表参加了远东运动会……

林语堂是校园里的明星，是姑娘们眼中的白马王子。

林语堂在老乡会上认识了来自厦门的陈希佐、陈希庆两兄弟，彼此一见如故。陈家兄弟的妹妹陈锦端在上海圣玛丽女校读书，常来圣约翰大学找哥哥，也就认识了林语堂。林语堂对陈锦端一见钟情。在林语堂心中，陈锦端便是美的化身。天真烂漫的陈锦端对林语堂也颇有好感。林语堂编织着才子佳人的美梦，希望有情人终成眷属，却没想到会来一出棒打鸳鸯的戏码。

陈锦端的父亲陈天恩早年追随孙中山先生，讨袁战争失败后，一度逃到菲律宾。回国后，陈天恩大兴实业，创办了造纸厂、电力厂、汽车公司等，是厦门数一数二的巨富。陈家笃信基督教，陈天恩看出林语堂对宗教的怀疑，再加上两家家世上的差距，便觉得不能把女儿托付给林语堂。

林语堂因为父亲的关系，自小受洗，不过随后林语堂在去清华学校任教时，剪断了同基督教的联系，晚年，饱经风霜的林语堂又回到了基督教的怀抱。

林语堂同陈锦端之间的爱情之花还没有绽放便已凋零，这段感情成为林语堂心中永远的伤口。这位美丽的少女一直活在林语堂心里的某个角落。据林语堂女儿林太乙回忆：

> 父亲对陈锦端的爱情始终没有熄灭。我们在上海住的时候，有时锦端姨来我们家玩。她要来，好像是一件大事。我虽然只有四五岁，也有这个印象。父母亲因为感情很好，而母亲充满自信，所以不厌其详地、得意地告诉我们，父亲是爱过锦端姨的，但是嫁给他的，不是当时看不起他的陈天恩的女儿，而是说了那句历史性的话："没有钱不要紧"的廖翠凤。母亲说着就哈哈大笑。父亲则不自在的微笑，脸色有点涨红。我在上海长大时，这一幕演过很多次。我不免想到，在父亲心灵最深之处，没有人能碰到的地方，锦端永远占一个位置。

陈天恩虽然不赞同林语堂同女儿的婚事，却给林语堂介绍了邻居钱庄老板的女儿廖翠凤，也正是这位廖翠凤陪伴着林语堂走过了后来的风风雨雨，夫妻俩同舟共济，"执子之手，与子偕老"，谓为佳话。

1915 年 8 月，林语堂与廖翠凤正式订婚后，并没有马上结婚，而是一直拖到了 4 年后的 1919 年。

1916 年，林语堂在清华学校担任英文教员一职，于教学过程中深感对中国文化之生疏，下了苦功夫，熟读四书五经，文化典籍，并且经常到琉璃厂的古旧书店选购图书，练习书法。在林语堂那个时代，大学老师周末逛"八大胡同"妓院是常事，林语堂对自己要求甚严，不喝酒，不近女色，有同事笑称其为"处男"，胡适当面称其为"清教徒"。

在清华学校的三年，对林语堂有着非同寻常的意义，改变了林语堂对中国传统文化的态度，为以后林语堂向西方介绍中国传统文化奠定了深厚的基础。

按照清华学校的规定，教员任教满三年可由校方资助出国留学，1919 年，林语堂申请到奖学金前往哈佛大学念比较文学硕士。临行前，林语堂与廖翠凤举行了婚礼，婚礼在英国圣公会协和礼拜堂举办。办完婚礼，两人就踏上了前往美国的"哥伦比亚"号轮船。

读了一年，助学金却被停了，林语堂只好前往法国打工，后来到了德国。先在耶鲁大学攻读，1922 年通过转学分的方式获得了哈佛大学的硕士学位，后又到莱比锡大学攻读比较语言学，1923 年获得博士学位。同年回国，任北京大学英文系教授、北京女子师范大学讲师。

林语堂此番回国，同妻子廖翠凤怀孕也有极大关系。两人的第一个孩子，林语堂给她取名"凤如"。待廖翠凤坐完月子，林语堂举家来到北京。

林语堂出国时，胡适和陈独秀等人发起的新文化运动正在如火如荼地进行。一大群现代文学史上的文化巨擘，如陈独秀、李大钊、鲁迅、胡适等，在运动中初显身手。林语堂到北京大学任教时，新文化运动结成的统一战线发生了明显的变化，先后加入这个阵营的人实际上已经各奔东西。

以蔡元培、胡适为代表的知识分子主张政府改造；而以鲁迅、周作人为代表的自由知识分子对政治和政府不感兴趣，以自由文化人的身份进行发言和批评。与两派文人相关的是《现代评论》和《语丝》两个刊物，它们都是1924年底创办的。

按理，林语堂应该加入《现代评论》，这一派的主要人物大多是欧美留学生，从接受西方文化的角度来看，林语堂与之相通，再加上林语堂初到美国留学时，曾受到胡适经济上的支援，同徐志摩私交甚笃。然而实际上，林语堂却更加亲近鲁迅和周作人。

尽管林语堂也把文章送《现代评论》发表，却是《语丝》名副其实的长期撰稿人，实际上也是语丝派成员。为什么在《现代评论》和《语丝》之间选择了《语丝》呢？林语堂后来回顾说："说来也怪，我不属于胡适之派，而属于语丝派。我们都认为胡适之那一派是士大夫派，他们是能写政论文章的人，并且适于做官的。我们的理想是各人说自己的话，而'不是说别人让你说的话'。这对我很适宜。我们虽然并非必然是自由主义者，但把《语丝》看作我们发表意见的自由园地。"①

林语堂与《语丝》诸子一起以杂文的形式进行战斗，批判社会不合理的现象，揭露文人丑态。林语堂以初生牛犊不怕虎的姿态冲锋陷阵，完成了回国后在中国文坛上的第一次亮相。

1926年，震惊中外的"三一八"惨案发生后，林语堂和鲁迅一起用手中的笔作为武器鞭挞封建军阀的倒行逆施。林语堂写了《闲话与谣言》《讨狗檄文》《"发微"与"告密"》等文，与鲁迅的《可惨与可笑》《空谈》《大衍发微》等文相互呼应。

5月间，北京城的白色恐怖氛围更加浓重，林语堂带着家人避入东交民巷的法国医院，后又在好友林可胜大夫家藏了三个星期。林可胜的父亲林文庆是厦门大学校长，经过儿子介绍，聘请林语堂为厦门大学文科系主任。1926年6月，林语堂逃离北洋军阀的血腥统治，来到美丽如画的厦门。

鲁迅及一大批北京大学教授经由林语堂的介绍先后来到了厦门，其中，语丝派和现代评论派的人物兼有。鲁迅不理解林语堂聘请现代评论派的做法，同林语堂之间的分歧和误解由此产生。加之，在厦门大学期间，学校安排鲁迅住在地下室，彼时，许广平在广州，鲁迅身边无人照顾，常用火腿和绍兴酒度日。种种不快之下，鲁迅辞职离开厦门大学。随后，林语堂也无法在厦门大学待下去，决定离开。

林语堂并没有接受鲁迅的邀请前往广州，而是在1927年3月去了武汉国民政府。

随着时间的推移，林语堂清楚地认识到，政治原来是如此的瞬息万变，又是如此的血腥残酷，对此产生了倦怠之心的林语堂在南京、武汉国民政府合并时，于1927年9月辞职。

在这6个月里，林语堂度过了一生中唯一的官场生涯。他说："世界上只有两种动物，一是管自己的事的，一是管人家的事的。前者属于吃植物的，如牛羊及思想的人是；后者属于肉食者，如鹰虎及行动的人是。"林语堂自认为是"吃植物的"，"决不做政治家"成了他终身的宗旨。

---

① 林语堂. 从异教徒到基督徒——林语堂自传. 西安：陕西师范大学出版社，2007：259.

20世纪30年代的上海是一个大避难所。受军阀威胁的文人教授,被南京政府通缉的"左"倾作家,包括一些后来成为新中国开国元勋的革命小将,都逃到了上海。这些人都靠笔杆子吃饭,上海的文坛显得异常热闹和活跃。

1928年6月,鲁迅和郁达夫合办了《奔流》月刊。林语堂在上面发表了生平唯一的独幕悲喜剧《子见南子》。这个剧本讲的是卫灵公夫人南子召见孔子的故事。林语堂从自己的理解出发,把孔子写成了一个乐天派的幽默家,有很多趣事,常和学生开玩笑。

结尾有一段有趣的对话:

> 孔丘:我不知道,我还得想一想……(沉思着)……如果我听了南子的话,受南子的感化,她的礼,她的乐……男女无别,一切解放自然……(瞬间现狂喜之色)……啊!不(面色黯淡而庄严),不!我走了!
>
> 子路:哪里去?
>
> 孔丘:不知道。离开卫,非离开不可!
>
> 子路:夫子不行道救天下百姓了吗?
>
> 孔丘:我不知道。我先要救我自己。

山东省立第二师范学校排演了这幕剧,曲阜县的孔子宗族联名上告校长宋还吾,最终以宋还吾被撤职而让整出闹剧落幕。

在新文化运动10年后,《子见南子》事件居然还以"宗姓大胜"而告终,着实有几分荒谬。《子见南子》输了,林语堂却赢了。他的名字一下子红遍了十里洋场。《中国评论周报》英文版请他做专栏作家,专写一些评论短文。一年半后,林语堂成了《中国评论周报》的主要撰稿人,写了上百篇"小评论"。这段写作经历,直接催生了一个横跨东西半球的幽默大师。

早在20世纪20年代中期,林语堂就写过《征译散文并提倡"幽默"》和《幽默杂话》两篇文章,率先提倡幽默。到了30年代,林语堂深感社会政治之混乱黑暗,文化思想之道学气,世道人心之焦虑浑浊,越来越感到大力倡导幽默之必要。

1932年9月16日,由林语堂主编的《论语》杂志诞生。《论语》奉行"海纳百川,有容乃大"的宗旨,稿件不分派别,不分政治倾向,只要言之有趣,都可以用。《论语》出刊后,读者争相购买,创刊号竟然一印再印还供不应求。后来,每期刊物销售量多达三四万份。幽默成了一时的潮流,所有的报纸杂志争相效仿,一时间幽默遍及天下。1933年因此被称为"幽默年",而《论语》主帅林语堂则被称为"幽默大师"。

冰心、郁达夫、刘半农、苏青等都是《论语》的常客。鲁迅虽然颇有微词,但也写过几回,其一便是有名的《由中国女人的脚,推定中国之非中庸,又由此推孔夫子有胃病》。

正当幽默刊物《论语》颇受读者欢迎、销量一路看涨之际,林语堂主动辞去主编之职,退出了《论语》,于1934年4月5日另办新刊《人间世》。之所以会出现这个状况,原因颇为复杂。一是经济原因,《论语》创刊之初,大家因为共同的志向走到了一块儿,并未考虑酬劳问题,后来刊物盈利,按理应该给予等价的酬劳,可时代书店每月只给林语堂100元编辑费。二是同仁间的矛盾,林语堂在《论语》这本刊物上花费了大量心思,却受到诸多否定和误解,尤其是时代书店经理章克标对林语堂颇有微词。三是林语堂自身性格缘故,不愿意拘泥于一处,《论语》既然已经打开了局面，他就想要去挑战新的天地。四是文学观念主张上的原因。《论语》核心主张在于幽默，林语堂虽然提倡幽默，却并不认为幽默就是文学的全部，他想要创办一个以闲适和性灵为核心的小品文刊物，于是，便有了《人间世》的问世。

林语堂身体力行，用小品文创作来提倡性灵文学。它不讲让人生厌的大道理，世间种种皆可入题，摆脱了思想主义、社会伦理、文章做法的局限，具有随意性、趣味性和个性。像《大暑养生》《秋天的况味》《个人的梦》《我的戒烟》《孤崖一枝花》《论玩物不能丧志》等，虽未见其内容，灵性却扑面而来。

1934年，对林语堂而言，不是值得怀念的年份。"左联"办了个刊物叫《太白》，专门批判林语堂的闲适小品。转眼间，林语堂从让人津津乐道的幽默大师，成了过街老鼠，人人喊打。之前还高唱幽默之风的大众媒体以迅雷不及掩耳之势改弦更张，骂起林语堂来，一个比一个叫嚣得厉害。

林语堂心里颇不好受，一天到晚被人骂，心底总归是不高兴的。再加上，他一手创办的《人间世》卖得不理想，以及同鲁迅先生的绝交……凡此种种，竟无一顺遂。

在上帝关了门之后，林语堂找到了一扇打开的窗子。那就是诺贝尔文学奖得主赛珍珠。

在美国，有不少所谓的"中国通"，但都是挂羊头卖狗肉，以揭露中国的丑陋习俗为主要卖点。中国人几乎成了懒惰、愚蠢、长辫子、畸形的代名词。这些作家根本不懂中国的文化。

赛珍珠很痛心恶意丑化中国人的行为，立志要写出不同形象的中国人。她以中国农村为题材，创作了《大地》《儿子们》和《分家》三部曲。《大地》一经出版，立即风靡美国，还被译成多国文字，成了西方世界了解中国的通行范本。

尽管如此，赛珍珠认为自己毕竟是美国人，在文化观念和审美情趣上与中国相去甚远。赛珍珠希望能够找到一个真正的中国人，能用英语向美国和世界介绍中国。就在这样的期许下，林语堂同赛珍珠敲定了合作，两人商定，由林语堂用英文写一本《吾国与吾民》随笔散文著作，全面介绍中国文化，由赛珍珠在美国出版。

1935年9月，《吾国与吾民》在美国出版。短短4个月，该书重印7次，登上了畅销书排行榜。西方人在辫子和小脚之外看到了有血有肉的中国人，看到了5000年文化的深厚积淀，一个遥远的东方国家剥去神秘的面纱，以最美好的姿态展现在美国人面前。

《纽约时报》星期日书评副刊第一版大篇幅刊登了著名评论家克尼迪的专稿。他说："读林先生的书使人得到很大启发。我非常感激他，因为他的书使我大开眼界。只有一个中国人才能这样坦诚、信实而又毫不偏颇地论述他的同胞。"另外一位以稳重公正闻名评论界的书评家伯发则在《星期六文学评论周刊》上不吝赞美之辞："林先生在欧洲、美国都住过，能以慧眼评论西方的习俗。他对西方文学有丰富的认识，不仅认识而且了解西方文明。他的笔锋温和幽默。他这本书是以英文写作、以中国为题材的最佳之作，对中国有真实、灵敏的理解。凡是对中国有兴趣的人，我向他们推荐这本书。"

这本书被译成多国文字，同样被抢购一空。

《吾国与吾民》出版后，赛珍珠建议林语堂去美国写作，于是，1936年8月10日，林语堂携家眷举家前往美国。

《吾国与吾民》一书中最受读者欢迎的是"人生的艺术"一章，因为它让美国读者发现了什么是真正的快乐和人生的意义，在遥远的中国竟然有这样艺术地生活着的人们。只可惜，书中并未就此展开具体的论述。出于经济效益的考虑,也是为了迎合出版市场,林语堂于 1937 年 3 月开始动笔创作《生活的艺术》,写到 5 月初已有 260 页,但林语堂觉得不行,将稿子毁去重新再写,到 7 月底完稿。同年出版发行,随后又在多伦多、伦敦等地出版,立即成为畅销书。

《生活的艺术》不仅仅有吟风弄月和品茗赏雪的风雅,还在叙述中蕴含了中国人独特的生活方式和人生哲学,将一种幽雅的、悠闲的陶渊明式的生活态度,介绍给读者。1938 年此书连续 52 周高居美国畅销书榜首,林语堂也成为美国家喻户晓的新闻人物。

到 1938 年,林语堂虽然已经成为具有世界性影响的学者作家,但他的成就主要集中在学术研究和散文随笔两个方面,他还从来没有写过小说。自从有了写小说的念头,林语堂很快便将其转化为行动。

出于经济上的考虑,在纽约住了一年后,喜欢到处跑的林语堂拖家带口地搬到了法意交界的小镇蒙顿。欧洲的消费低,而且小镇上人口少,环境又好,实在是再适合写作不过了。

林语堂不写则已,一写就要写一部能够传世的长篇巨著。林语堂从 1938 年 3 月底开始拟定计划、准备材料,8 月动笔,历时一年,次年 8 月完成《京华烟云》的创作,交约翰·黛公司于当年出版。9 月份《京华烟云》出版,叫好声不断。《时代周刊》的书评说:"《京华烟云》很可能是现代中国小说经典之作。"

知父莫若女,如斯(凤如)的评论最得林语堂的心意:"此书最大的优点不在性格描写得生动,不在风景形容得宛如在目前,不在心理描绘的巧妙,而是在它的哲学意义。你一翻开来,起初觉得如奔涛,然后觉得幽妙、流动,其次觉得悲哀,最后觉得雷雨前之暗淡风云,到收场雷声霹雳,伟大壮丽,倏然而止。留给读者细嚼余味,忽恍然大悟;何谓人生,何谓梦也? 而我乃称叹叫绝也! 未知他人读毕有此感觉否? 故此书非小说而已! 或可说'浮生若梦'是此书之主旨。小说给人以一场大梦的印象时,即成为伟大的小说。"

《京华烟云》的创作,标志着林语堂从散文创作领域跨进小说领域,而且进入了一个新的创作高潮。

1940 年 5 月,林语堂举家回国,正是战火纷飞之际,炮火轰击之下,林语堂无法安心从事创作,最终决定再去美国。由于这次亲历祖国苦难的经历,感受了人民的抗日情绪,林语堂开始用英文写他的第二部小说《风声鹤唳》。这部小说与《京华烟云》在人物上有些联系,其抗日反战的比重和情绪明显加大。

《风声鹤唳》带有明显的理性说教色彩,其思想水平和境界品味都不能与《京华烟云》相提并论,人物形象的塑造上也有概念化的倾向。《风声鹤唳》是仓促之下的作品,由于作者太想为抗战服务,主题先行,反倒减损了文学性和艺术性。

一贯亲蒋的林语堂,在 1944 年出于挽回蒋介石在国际上的声誉,洗白蒋介石的目的,以"抗日游记"的形式写作了《枕戈待旦》,此书一出,引来了各方批评。许多自由人士批评林语堂,赛珍珠夫妇也严厉告诫林语堂不要越走越远。

林语堂虽然情绪低落,却并没有中断创作。抗日战争胜利后,他就着手《苏东坡传》的写作。历时三年,林语堂完成了这部著作。这本传记按时间发展顺序描写了苏东坡的一生。与一般传记的不同之处在于林语堂非常注重从生活角度反映苏东坡,将苏东坡的日常生活细节写得妙趣横生。

《苏东坡传》1947 年出版后获得一致好评,许多人认为林语堂已经从亲蒋的阴影里走出,重新回到自由作家的行列。

在《苏东坡传》完稿后，林语堂又开始了《唐人街》的创作，这是一部以美国纽约唐人街为背景描写华人家庭生活的小说。林语堂写小说，总是喜欢给作品带上一些哲理色彩。《京华烟云》中的庄子哲学，《风声鹤唳》中的佛教语言，而在《唐人街》中则是通过小说人物之口说一些老子的语言。《唐人街》在人物塑造上有些单薄，不过从表现海外华人生活的角度看，却也有难能可贵之处。

1953年，林语堂完成了长篇小说《朱门》的创作，此书一经出版，再次成为畅销书。但从艺术层面来看，《朱门》这部小说缺乏丰富的文化意蕴，也缺乏富有个性的典型形象，还缺乏深刻的思想和高远的境界，其成就远不及《京华烟云》。不过，《京华烟云》借鉴《红楼梦》过多，《朱门》则是林语堂别出心裁之作，比之《唐人街》又更具可读性。

1954年，林语堂赴新加坡筹建南洋大学，任校长，因与南洋大学校董之间意见发生分歧，仅上任半年便离开。离开新加坡后，年过六十的林语堂依然笔耕不辍。在法国小镇享受幽居生活的林语堂，写了一部幻想小说《远景》，不过对于这部小说，学界的评价不高，在林语堂自己的小说中，也并未占据重要位置。

1957年，《武则天传》出版，与对苏东坡的喜爱不同，林语堂对武则天非常厌恶并给以不遗余力的鞭挞，将武则天定位为荡妇和暴君，用来影射当时的一些重要人物，未免有些偏颇。

林语堂随后几年也不断有作品推出，《红牡丹》《赖柏英》《从异教徒到基督徒》《八十自叙》等。不得不提的是1972年由香港中文大学出版的《林语堂当代汉英词典》，这部词典采用林语堂在制作中文打字机时创造的《上下形检字法》，避免过去常用按部首查字的烦琐，特别适用于对中文并不熟稔的外国人。这部词典的出版，是林语堂在辞书领域做出的一个重要贡献，有利于中外文化的交流，特别是有益于中外学者的汉译英工作。

1976年3月26日，林语堂因严重心脏病和并发肺炎抢救无效，在夫人廖翠凤、女儿太乙、相如和女婿黎明的环绕中逝世，享年81岁。

【经典解读】

《苏东坡传》：千古旷达真名士

苏东坡是林语堂挚爱的人物，每每谈及苏东坡，林语堂总是充满敬意和喜悦之情。在林语堂的《八十自叙》中，他总结道："我写过几本好书，就是《苏东坡传》《庄子》……"

1936年，林语堂因为《吾国与吾民》声名大噪，赛珍珠几次邀请他去美国。举家赴美时，林语堂淘汰了许多书籍，有的还是善本珍本，但苏东坡的书和有关资料，他却一直带在身边。他一直梦想着要将自己心中才华横溢的苏东坡给描绘出来。1944年，《枕戈待旦》的出版，让林语堂遭受到了冷遇，来自自由主义者的攻击让他颇受打击。在创作《苏东坡传》前夕，林语堂正处于一个失意的状态，而创作《苏东坡传》给了林语堂精神上的寄托。

在《苏东坡传·序》中，林语堂说："我写苏东坡的传记没有别的理由，只是想写罢了。多年来我脑中一直存着为他作传的念头。一九三六年我携家赴美，身边除了一套精选精刊的国学基本丛书，还带了几本苏东坡所作或者和他有关的古刊善本书，把空间的考虑都置之度外。那

时候我就希望能写一本书来介绍他，或者将他的一部分诗词文章译成英文，就算做不到，我也希望出国期间他能陪在我身边。书架上列着一位有魅力、有创意、有正义感、旷达任性、独具卓见的人士所写的作品，真是灵魂的一大补剂。现在我能动笔写这本书，我觉得很快乐，单单这个理由就足够了。"①

苏东坡流传下来的相关资料极为丰富，诗文有100多卷，后人的注疏更是不计其数，宋以来历代学者撰写的有关苏东坡的生平事迹也为数不少，但为苏东坡写传记并不是一件容易的事。苏东坡的一生坎坷曲折，同北宋时代错综复杂的政治斗争密切交织。为苏东坡写传记除了要熟悉苏东坡所创作的诗文外，还须全面了解苏东坡所处时代的历史和人物。

1945年，林语堂开始动笔创作《苏东坡传》，他写得很慢，用了三年时光去写他心中的苏东坡，但他写得很快乐，也很充实。林语堂在序中对苏东坡这个历史人物做了一个概括性的描绘：

> 苏东坡是一个不可救药的乐天派，一个伟大的人道主义者，一个百姓的朋友，一个大文豪，大书法家，创新的画家，造酒试验家，一个工程师，一个憎恨清教徒主义的人，一位瑜伽修行者，佛教徒，巨儒政治家，一个皇帝的秘书，酒仙，厚道的法官，一位在政治上专唱反调的人，一个月夜徘徊者，一个诗人，一个小丑。但是这还不足以道出苏东坡的全部。一提到苏东坡，中国人总是亲切而温暖地会心一笑，这个结论也许最能表现他的特质。苏东坡比中国其他的诗人更具有多面性天才的丰富感、变化感和幽默感，智能优异，心灵却像天真的小孩——这种混合等于耶稣所谓蛇的智慧加上鸽子的温文。不可否认的，这种混合十分罕见，世上只有少数人两者兼具。这里就有一位！终其一生他对自己完全自然，完全忠实。②

这是一幅苏东坡的全身像，寥寥数笔，勾勒出一个多才多艺的天才诗人，道出了苏东坡的天真淳朴、豁达无畏。《苏东坡传》的各卷各章就是将这幅画像精工细雕，化静态为动态，让我们对苏东坡的生平事迹有了一个更全面的了解。

中国古代，科举入仕乃知识分子的必经之路。苏东坡在父亲苏洵的栽培下，成功考上进士，以大理评事身份任陕西凤翔府判官，其后，宦海浮沉，几经辗转，仕途大起大落，颇为坎坷曲折。位居高位时，苏东坡曾经当过吏部、兵部、礼部尚书，并且成为帝师，给皇帝做秘书，其荣宠可见一斑；被贬谪时，一度连温饱都成了问题。

苏东坡一生不管仕途如何，总是笔耕不辍，在诗文的写作上从未停歇，甚至他的创作才华

---

① 林语堂. 苏东坡传. 长沙：湖南出版社，2001：19.

② 林语堂. 苏东坡传. 长沙：湖南出版社，2001：19－20.

在生活陷入低谷、处于困境时，反而愈发得到展现。

《苏东坡传》将苏东坡60多年的生活历程，笔触细腻灵动地呈现在读者眼前，其中又花了大半笔墨，用来记述苏东坡遭贬谪流放时期的生活。全书共28章，描写苏东坡谪居黄州、流放岭南各用了三章。如《第十五章·东坡居士》《第十六章·赤壁赋》，描写了苏东坡因为“乌台诗案”坐了4个多月的冤狱后被贬谪到黄州的生活。苏东坡在黄州4年，写了大量诗文，有《初到黄州》《别黄州》等诗作150多首，并有《赤壁赋》《后赤壁赋》等多篇散文。《苏东坡传》充分运用这些诗文中的事实和意境，逼真地展现了苏东坡在黄州时期的生活。

苏东坡在《东坡八首》《次韵孔毅父久旱已而甚雨三首》等诗篇中，记下了在黄州开荒种植的苦与乐。《苏东坡传》根据这些诗篇以及书信资料，用散文描述了苏东坡在黄州俭朴勤劳的生活情景以及写诗自娱自乐的创作生活。

苏东坡中年谪居黄州，晚年流放海南，生活上磨难重重，四处颠沛流离。这样的经历也给了苏东坡体察民情的机会，让苏东坡对下层人民的疾苦感同身受，思想感情上更加接近人民，儒家思想中的仁爱和佛家思想中的悲天悯人在他的言行中得到了体现。《苏东坡传》记叙了这样一个故事，苏东坡上书武昌太守要求采取措施制止当地因穷困而溺杀婴儿的恶习，并且成立救儿会，表现了苏东坡的仁爱之心。又特意专立一章题为《百姓之友》，描写了苏东坡在地方为官时体恤百姓、为民请命的事迹，苏东坡救灾民、疏运河、修西湖等一系列举措跃然纸上。

苏东坡一生交游甚广，挚友亲朋遍布各地，《苏东坡传》择取了苏东坡生活经历各阶段中与之交往密切的友人加以描写，在京城任职时有司马光、范镇、张放平诸友人，谪居黄州时有书生马梦得、和尚参寥、道人杨世昌等相伴，流放岭南、海南时期亦有程之才、张中等友人慰藉，道士吴复古更是在苏东坡每每生活寥落困顿之际出现在苏东坡身边，给予其精神上的支持。苏东坡在同朋友的交往过程中，待人以诚，其坦荡、豪爽、幽默、乐天的性格，自然让友人在交往中付出同样的真诚。

苏东坡许多诗文的灵感也是在同这些友人的交往中迸发出来的。《赤壁赋》《后赤壁赋》便是苏东坡月夜与友人泛舟湖上所作。苏东坡所交友人多是推心置腹的至交。一个人越是身处逆境困顿之中，越能够感受到友谊的可贵。正如《苏东坡传》中所载，在苏东坡被贬谪到惠州后：“惠州东、西、北三面，计有五县的太守，不断给他送酒送食物。惠州太守詹范和博罗县令林杯变成了他最亲密的朋友。其他至交如杭州僧人参寥、常州的钱世雄，不断派人带礼品药物、书信来探望。苏州有一个姓卓的佛教徒，步行七百里给太湖地区苏家与那里的朋友来送信。”与友人交往成为苏东坡生活中不可或缺的内容。《苏东坡传》中记载了苏东坡在海南时的情景，“他从没有一天没有客人，若是没人去看他，他会出去看邻居。像以前在黄州一样，他与身份高身份低的各色人，读书人、农夫等相交往”。可见苏东坡交友之广。

与友人交往，显出苏东坡之坦率诚挚；与山水相和，道出苏东坡之乐天知命。《苏东坡传》通过诗人与大自然的关系，让苏东坡的形象得以更立体化地呈现，这也是这部传记的特色之一。

无论身居何处，苏东坡都不忘欣赏大自然的美丽，都不忘沉醉于各地的湖光山色之中，正是与大自然的亲密关系，愈发显出这位大诗人纯净开阔的心胸。《父子行》这一章主要写苏家父子三人（苏洵、苏轼、苏辙）离开家乡四川眉州，乘船遨游长江三峡的情景，其笔触之优美，让人身临其境，沉醉其中。

优美的行文中，一个具象化的苏东坡呈现在大家眼前，他不再只是一个简单的诗文大家，而是一个有血有肉有着自己的性格和坚守的活着的才子。作为一个诗文大家，苏东坡即使经历了“乌台诗案”，依旧用诗歌寄托自己的情怀；作为一个书画大家，苏东坡为中国绘画和书法做出了不小的贡献。《苏东坡传》从多方面切入，将苏东坡这个历史人物形象描画下来，让不了解苏东坡的读者也能够大致了解这位伟大的诗人的生平，这是一部较为成功的传记文学作品。

《苏东坡传》还对传记写作的手法做了新的尝试。《苏东坡传》同一般传记作品一样，按照时间线索，将苏东坡从出生到死亡的生活历程展现在读者面前，但是并没有采用编年体的方式平铺直叙地进行叙事。相反，林语堂将苏东坡这位伟大的诗人的一生分成了若干阶段，每一个阶段又挑选了诗人生活中富有特色的活动和事迹来加以描述。

全书共分四卷，即童年至青年时代（1036—1061）、壮年期（1062—1079）、成熟（1080—1093）、流放生涯（1094—1101）。各卷所记叙的年代、时间长短不一。每卷又分为若干章。

第一、二卷主要描述苏东坡初登政治舞台、涉足文坛的经历，其中王安石变法与司马光反对变法的斗争占据了相当大的篇幅。林语堂着重从人与人之间的关系描写苏东坡，《父子行》《手足情深》比较集中地描写了苏家父子、兄弟之间的关系。苏家父子三人都是文学家，苏东坡和弟弟苏辙都曾位居高位，这在中国文学史上是极为罕见的。在这两章的描述中，采用小说的写法，展现了苏家父子、兄弟之间的深厚情谊，其中的人物、场面描写极为生动。第三、四卷则主要描写了苏东坡遭到贬谪后的生活，行文优美，笔墨流畅，许多篇章单独拿出来也可独立成文。

《苏东坡传》将苏东坡的早年生活、宦海浮沉与晚年流放的生活境遇连为一体，始终将苏东坡置于广阔的社会生活背景上来进行塑造，形成了历史的纵深感和连续感，耐人寻味。一个生动灵性、历经磨难却始终乐观豁达的苏东坡形象，通过林语堂手中的笔，传达给全世界的读者。其在人物形象刻画和传记写法上的特色，都为人称道。

当然这并不是说，《苏东坡传》就没有什么瑕疵，相反因为林语堂本身在创作过程中对苏东坡太过偏爱，在写这部传记的时候，也难免影响到他对历史人物与事件的看法，与历史有一定的背离。最明显的一点就是其对王安石变法，以及苏东坡与王安石关系方面的论述。

11 世纪中叶的中国，在宋王朝的统治下，“三冗”造成的国库空虚加剧，北方游牧民族虎视眈眈，国力日益衰弱，宋神宗登基后，采用王安石、吕惠卿等人提出的“均输法”、“青苗法”、“农田水利法”、“免役法”等政策与措施，在经济和政治上进行一些改革，力图有所振兴，但是以司马光为代表的势力激烈反对变法。这场变法与反变法的斗争持续了 30 多年。党派之间的斗争错综复杂，使得朝廷政治风云变幻。

苏东坡起初也是赞成王安石变法革新的，不过后来想法改变，基本上站在司马光这边。与司马光全然反对变法不同，苏东坡是赞成变法中的“免役法”措施的。苏东坡在两派之间摇摆不定，身不由己地被卷入了政治斗争，两派都不把苏东坡当作自己人。而《苏东坡传》中，林语堂将苏东坡命途多舛的政治生涯全归罪于变法派的小人，贬低王安石，抬高苏东坡，未免有些偏颇。

《苏东坡传》第一、二卷用三章比较集中地描写王安石，对王安石的变法，除了苏东坡本身赞同的“免役法”以外，都写得一无是处，都是弄得农民家破人亡的政策，而王安石更是成为一个狂妄、固执、偏狭的人物。“他和古代的王莽、近代的希特勒一样，具有‘一个国家、一个信仰、一个领袖'的信念，他像希特勒，遭到反对就大发雷霆；现代精神病学家可以把他列为妄想狂。"①这样的描述未免太过抹黑王安石。苏东坡和王安石都是中国古代的杰出人物，他们各有所长，只是彼此政见不同。

事实上，苏东坡本人对于王安石的人品、学问、诗文都是赞赏的。只是他们各为领袖，身处政治旋涡，自然也就为政治本身所利用，最后都成为现实政治斗争的牺牲品。

《苏东坡传》中用了极为深情的笔触考证出苏东坡有一个初恋情人，是他的堂妹，只是因为两人同姓，宗法不允许，不能够成亲。即使如此，苏东坡仍然对这位堂妹情根深种。林语堂对此考据颇为自得，只是其所用考据之论证未免有些牵强附会。

熙宁六年(1073)十月到次年四月，苏东坡在杭州任职通判，奉命赈济灾民，同行的有柳瑾，即这位堂妹的公公，一路上诗词唱和，来到润州后，见到了堂妹的两个儿子。林语堂说，这几个月里，苏东坡给堂妹的公公和其儿子都写了诗，却偏偏对堂妹的丈夫只字未提，实在难以理解。这一番揣测，其个中意味了然纸上。

事实上，这个时候，这位堂妹的丈夫柳子文在熙宁六年刚中了进士，正在外为官，不在现场，苏东坡自然没有为其写诗。柳子文官不大，但交往的不乏名人，他和父亲柳瑾、儿子柳闳在当时都颇有些名气。柳子文更是在苏东坡的文集中多次出现。元祐元年(1086)，苏东坡与当时最有名的画家李公麟合作为柳子文画了一幅画，苏轼先画了石头，李公麟又画了松树，柳子文还挑了杜甫的四句诗，让李公麟按照诗的内容添了一个和尚。此事在元祐年间传为一段佳话。可以说，柳子文同苏东坡之间没有丝毫芥蒂，更没有不相容之说法。

林语堂认为，苏东坡爱恋堂妹的证据是从苏东坡的诗作中得出的猜测和联想。一首诗为《刁景纯赏瑞香花忆先朝侍宴次韵》，林语堂觉得其中的两句"厌从年少追新赏，闲对宫花识旧香"。暗指一段对堂妹的旧情。可从题目便可知，这是写给刁景纯的诗，而刁景纯那年已经80岁了。给一位老人的诗歌中暗藏对昔日堂妹的情思，这番解释未免有些牵强。

林语堂出于对苏东坡的喜爱，越过严密的考证，在历史人物的界定和描写中加以主观的情绪喜好，又将心中的臆想当作历史的真实，塑造了苏东坡初恋情人的说法，虽然这让《苏东坡传》在一定程度上偏离了历史的轨道，让这本书呈现出些许瑕疵，却不能遮掩这本书的光彩。

《苏东坡传》在林语堂的著作中占有重要的地位，在古代人物传记作品中也是不可多得的。这部书巧妙地将学术性和艺术性相结合，生动浅显地向读者介绍了苏东坡这位伟大的诗人，正是该书的成功之处。在物欲横流的今时，让苏东坡走进你的精神世界，通过林语堂生动的包装，同这位伟大的诗人近距离接触，感悟苏东坡的旷达人生，岂不妙哉！

（撰稿人：黄佩佩）

① 林语堂. 苏东坡传. 长沙：湖南出版社，2001：133.

徐志摩：追求爱、自由与美的一生

【作家简介与创作历程】

徐志摩，1897 年出生在浙江省海宁县硖石镇的一个殷实的商人家庭，原名章垿，字槱森，小字又申（因其父字申如），笔名计有鹤、仙鹤、云中鹤、南湖等十数个，如今家喻户晓的“徐志摩”这个名字是他 1918 年去美国留学后改的。徐父在上海、浙江等地经营工商业，规模较大，加之徐志摩是家中的独子，故他青少年时期备受宠爱，生活也较为富裕。

徐志摩幼年上过一年左右的私塾，于 11 岁时入新式学堂，成绩优异。1910 年，经沈钧儒介绍，徐志摩入杭府中学就读，与新文学小说名家、创造社创始成员郁达夫为同班同学。至 1913 年，杭府中学在停办一年多后更名为杭州第一中学重新开办，徐志摩复入校读书，此时的他十分喜爱梁启超的文章，并开始研究小说。1915 年，徐志摩中学毕业，考入上海浸信会学院，成绩优异；同年秋，时年 19 岁的他与第一任妻子张幼仪举行了新式婚礼结婚。

3 年后，1918 年 8 月，徐志摩从上海启程前往位于美国马萨诸塞州的克拉克大学留学，入历史系，修习课程丰富多样，涉及商业、军事、历史、政治学、法文、社会学等，次年以优秀的成绩毕业，并获一等荣誉奖。1919 年下半年，徐志摩进哥伦比亚大学经济系修硕士学位，但很关注政治学，他在这时开始接触马克思、欧文、罗金斯等人的著作，并对欧文的乌托邦主义很感兴趣。次年，徐志摩在哥伦比亚大学获硕士学位，并放弃了本校研修博士学位的机会，前往英国想追随哲学家罗素学习，未遂愿。在这一年，徐志摩与知名“闲话”散文家、后来的新月社成员陈西滢（原名陈源）在伦敦相识，后经陈西滢介绍，结识了赫伯特·乔治·威尔斯（H. G. Wells）、亚瑟·威利（Arthur Waley）等英国著名作家学者，并在此时开始对文学产生了极大的兴趣。

1921 年，徐志摩开始创作新诗，但这一时期的诗歌大多数已经散佚，11 月 23 日创作的《草上的露珠儿》是迄今发现的徐志摩最早的诗作，当时并未单篇发表。这首诗用词华丽，情感奔放。但从新诗艺术角度来讲，创作仍显生硬，用韵也显得凌乱无章，与其说是诗歌，不如说更像是分行写就的散文。从此，徐志摩开始了他的诗歌创作生涯，陆续有作品发表于《晨报》副刊、

《时事新报》副刊、《学灯》《努力周报》等刊物。

1923年3月，新月社在北京成立。社名是徐志摩根据泰戈尔的诗《新月集》所取。参与者有胡适、徐志摩、王庚、梁启超、林长民（林徽因父亲）等。这是中国现代文学史上影响较大的一个文学社团，主要成就在新诗的创作上，成员们普遍赞同欧美自由主义的审美观与价值观。闻一多在《诗的格律》中提出了新诗的“三美”主张，即音乐美、绘画美和建筑美。音乐美是指诗歌的音节音韵悦耳，绘画美是指诗歌语言的华丽优美，建筑美则是指诗节诗句格式上的齐整。闻一多的这一主张是针对当时新诗形式过分散体化的现象提出的，这为新月派的新诗发展奠定了理论基础，并起到了指导作用，因此新月派又被称为“新格律诗派”。符合“三美”标准的诗歌代表作有徐志摩的《再别康桥》、孙大雨的《招魂》、闻一多的《死水》等。1925年8月，徐志摩的第一本诗集《志摩的诗》在中华书局自费出版，共收诗55首，包括知名的《沙扬娜拉》《雪花的快乐》《毒药》等。本诗集后来于1928年由上海新月书店再版，所选诗目有所删减。

1926年4月1日，《晨报副刊·诗镌》创刊。徐志摩当日发表《诗镌弁言》，谈《诗镌》的缘起和对新诗的看法。他在文中写道：“我们信诗是表现人类创造力的一个工具，与音乐与美术是同等性质的……” 这份杂志由徐志摩担任主编，但实际上是闻一多负责选稿，参与其事的还有刘梦苇、杨振声、胡也频、沈从文、朱湘等。《诗镌》创刊号为纪念“三一八”惨案专号，闻一多、徐志摩、朱湘等人均有文章或创作发表。但这份刊物并没有维持多长时间，仅仅两个月以后，6月10日，最后一期《诗镌》出版，徐志摩撰文《诗镌放假》，说明停刊原因。《晨报副刊·诗镌》一共出版11期，采用的大多数是同人稿件。同年6月底，徐志摩的第一本散文集《落叶》由北京北新书局出版，封面由闻一多设计。10月3日，徐志摩与京城交际花、女画家陆小曼结婚，由梁启超证婚。但这桩婚事不被徐志摩父母看好，因此他们必须自筹婚费，故婚礼仪式草草，并且两人婚后必须与父母同居家乡硖石。从此徐志摩的经济状况开始愈见拮据。

1927年，徐志摩在上海与胡适、邵洵美、闻一多等创办新月书店。徐志摩任总编辑，胡适任董事长，同年6月开始筹划创办《新月》月刊。尽管这家书店与新月社同名为“新月”，但梁实秋在《谈徐志摩》中称“上海的新月书店和北平新月社，没有正式关联”。这一年8月，徐志摩的散文集《巴黎的鳞爪》由新月书店出版。时隔1个月，他的第二本诗集《翡冷翠的一夜》出版，这本诗集主要收集的是1925—1927年间的作品，内有数篇他翻译哈代等英国作家的译诗，也有他行走欧洲时的游记。

从1928年起，徐志摩除了进行诗歌、散文创作以外，还开始在各大学任教兼职，先后有上海光华大学、苏州东吴大学、上海大夏大学、南京中央大学、青岛大学等，并兼任中华书局和大东书局编辑。1931年，徐志摩又应胡适邀请去北京大学任英文系教授，兼任北京女子大学教授，从此在上海、北平两地奔波。同年，徐志摩主编的《诗刊》创刊，在一年不到的时间里，徐志摩先后在该刊上发表数篇诗文。1931年8月，徐志摩的第三本诗集《猛虎集》出版，封面仍由闻一多设计。1931年11月19日，徐志摩搭载“济南号”邮机从南京起飞，因到济南附近时遇上大雾飞机失事而罹难，终年35岁。徐志摩的第四本诗集《云游》作为遗诗集在他遇难后由友人收集整理，于次年出版。《诗刊》杂志后来出版到1933年第4期7卷后宣布停刊，徐志摩生前参与的新月社、新月书店，也在他去世后逐渐瓦解。

在中国现代文学史上，徐志摩是一位比较具有代表性的人物。早年留学西洋，接受了与中国传统文化截然不同的、先进的英美教育，在发达资本主义的文化与社会氛围中浸淫多年，造成了他崇拜西方文化，有时甚至是过度崇拜西洋，支持自由主义的思想倾向。《列宁忌日——谈革命》是一篇集中表述徐志摩自身政治观点的散文，他曾做过这样直白大胆的宣言："我是一个不可教训的个人主义者。这并不高深，这只是说我只知道个人，只认得清个人，只信得过个人。我信德谟克拉西（democracy，民主——笔者注）的意义只是普遍的个人主义……"①这表明，徐志摩所提倡的是以个人主义为基石的资本主义民主制度。在讨论改变当时中国现状的途径时，他说："我们不要狂风，要和风；不要暴雨，要缓雨。"②态度鲜明地表明了自己反对革命、主张改良的立场。但同时，他的思想又以"杂"与"变"而闻名。"他师从过梁启超，求教过罗素，景仰过列宁，佩服过罗兰，结识过伏尔泰"③，思想来源极其庞杂；他也曾对马克思主义、乌托邦主义感过兴趣，在美国留学期间曾被人称为"鲍尔雪微克"④（即布尔什维克——笔者注），但后来又自我推翻，对这些主义产生了质疑。

除了政治思想，徐志摩对西方艺术的评价也甚高。1922 年，在清华大学所做的一次题为《艺术和人生》的演讲中，徐志摩对西方，主要是英国的艺术家表达了赞美景仰之情，甚至不无激进地认为中国文化中的冷静、节制、妥协、谦让这些传统美德"把神圣感情的火焰闷得几乎熄灭"，它们压制了中国人的"生力"。徐志摩如是说：

> 我们中国人虽然是一个有善德有品行的种族，但是我们却没有完全表达我们自己，而希腊人、罗马人通过艺术表达了他们，这种艺术就是对生活的意识……
>
> 我们的诗人中，大概除了李白之外，没人可以被说成是世界性的人物，这难道不说明什么吗？在我们文学英豪的名册里，我们找不到一点儿接近歌德、雪莱、华兹华斯的人物，更不用说但丁和莎士比亚了……⑤

除了这次宣言般的讲话外，徐志摩更是一生都在进行西洋诗作与小说的翻译，并数次撰文介绍评述他所赞赏的英国作家，他们中既有 18、19 世纪的诗人拜伦、雪莱、济慈，也有与他同时代的曼殊斐儿、哈代，还有法国的启蒙先哲伏尔泰、象征主义先驱波德莱尔等，除了伏尔泰，这些作家大多属于浪漫主义阵营或带有明显的浪漫主义气质，而徐志摩对这些作家的欣赏也对他自己的创作产生了明显且深刻的影响。

在徐志摩意外遇难后，胡适写了一篇悼文。在这篇文章中，他如此总结徐志摩："他的人生观真是一种'单纯的信仰'，这里面只有三个大字：一个是爱，一个是自由，一个是美……他的一生的历史，只是他追求这个单纯信仰的实现的历史。"⑥总的来说，这样的概括虽稍显虚空，但还是较为准确的。徐志摩对爱、自由和美这三者的不懈追求，在他的文学创作中得到了充分的展示。

---

① 徐志摩．列宁忌日——谈革命．徐志摩全集（第 2 卷）．天津：天津人民出版社，2005：358.

② 徐志摩．列宁忌日——谈革命．徐志摩全集（第 2 卷）．天津：天津人民出版社，2005：358.

③ 卞之琳．《徐志摩选集》序．邵华强编．徐志摩研究资料．北京：知识产权出版社，2011：373.

④ 徐志摩．南行杂记．徐志摩全集（第 3 卷）．天津：天津人民出版社，2005：120.

⑤ 李欧梵．徐志摩：伊卡洛斯的狂喜．邵华强编．徐志摩研究资料．北京：知识产权出版社，2011：418.

⑥ 胡适．追徐志摩．邵华强编．徐志摩研究资料．北京：知识产权出版社，2011：236.

作为文学家，徐志摩最为人所熟知的成就是他的新诗。他在短暂的十年间（1921—1931）共创作、翻译了185首诗①，他还对中国新诗的发展做了诸多积极的理论探索与实践，也取得了较高的成就。徐志摩的新诗形式与主题多样、感情充沛，具有非常明显的个人风格。

在徐志摩的诗歌中，尤其在他的早期创作中，有一部分作品正面表达了作者对自然、美好、爱、自由的向往与追求，这些诗歌情绪或昂扬或柔和，但内在的思想主题都较为一致，它们集中反映了徐志摩所秉持的艺术观与人生观，也是徐志摩诗歌的最高成就。这一类的诗歌代表作主要有：《春》《康桥再会吧》《沙扬娜拉》《为要寻一个明星》《雪花的快乐》《庐山小诗两首》《望月》《偶然》《再别康桥》等。

徐志摩善用自然景物入诗，青草、娇花、树木、河流、日月、星光、露珠、雪花、山峰、风、雨等都是他诗中常见的意象，它们往往带有一层积极昂扬、清新可爱、充满活力的意味，为诗歌带来一抹清丽的色彩。例如，《春》是徐志摩早期的作品，创作于1922—1923年，初刊于1923年5月30日的《时事新报》副刊《学灯》。这首诗共有6段，前5段每段4行，最后一段5行。诗歌的前5段写到康河左岸草长莺飞，情侣们“隐卧草中，密话风流”。在徐志摩笔下，亲密的情侣与这片大自然的“青毡”融为一体，更有蚱蜢、雀儿、钱花点缀，好一派浓郁的春景图。面对如此大好春光，作者的心中不禁滑过一丝惆怅，“我羡他们的双双对对，有谁羡我孤独的徘徊?”但在第6段，作者的情绪又转向了积极，他突然意识到“春呀！你在我怀抱中也!”作者由实转虚，春光幻化成“我”的爱人，依偎在“我”满怀，使得全诗乐观开朗的浪漫色彩更显浓郁。

《再别康桥》之所以成为徐志摩最为大众所熟知与喜爱的作品是有原因的，这首诗是徐志摩诗歌创作最高水平的集中体现。1928年6月，徐志摩再度出国游历，途经日本、美国、英国、法国和印度等地，花了将近5个月的时间，这首诗是徐志摩在从泰国回国的船上完成的，后收入《猛虎集》。《再别康桥》整首诗韵律整饬，语言优美，结构严谨，是符合闻一多提倡的诗歌“三美”标准（音乐美、绘画美、建筑美）的典型之作。徐志摩细致灵动地描写了康桥的美景，云彩、金柳、波光艳影、青荇、潭水、浮藻、星辉、夏虫一一入诗，意象虽多，但丝毫不显得堆砌，相反，几乎每一段都像是一幅精心构图的暖色调油画，它们为这首诗营造了柔和、温馨的意境。作者在诗中虽然表现得平和潇洒，“挥一挥衣袖，不带走一片云彩”，但内里却涌动着浓浓的不舍之情。既然无法留下，必须与之作别，无奈之下只能故作洒脱，独自一人沉默地在残阳余晖中离开康桥。同时，作者对这首诗的格式排版与用韵也煞费苦心。全诗7节，每节均有4行，每行字数6~8字不等，较为整齐；偶数行缩进一个汉字字符，使得全诗的结构在对称中又见参差，充满意趣。这首诗的格律也有所创新，奇数行不押韵，偶数行隔行押韵。全诗二、四行的韵脚字分别是：来—彩，娘—漾，摇—草，虹—梦，溯—歌，箫—桥，来—彩，它们一一对应，声韵调三个方面至少做到了韵尾相同。其中“溯—歌”一组，虽然今天的普通话发音已不押韵，但在一些南方方言中，两者的发音韵尾是一致的，近似于[o]音。这种隔行押韵的手法在西洋诗歌中较为常见，比如十四行诗，与中国传统格律诗截然不同。

但徐志摩的诗作并不全是阳光温暖的内容，也有部分描写生活的阴暗面、希望的破灭的作品，与前文提及的歌颂自然生命、描写人生感悟、抒发情感的作品形成强烈的反差。其实，悲观

① 据《徐志摩全集·第四卷·诗歌》统计.韩石山编.徐志摩全集.天津：天津人民出版社，2005.

的种子从早年便埋在了徐志摩的思想中，但那时还年轻，生活也舒心宽裕，让他偶然消沉的情绪可以被无限的希望所冲散。但到了他创作的中后期，人生的诸多不如意让他“手扪索着冷壁的黏潮”，开始陷入“生活的甬道”①中。他在诗中越来越多地开始使用诸如黄昏、死、尸体、凋零等话语，表现他的消沉与失意。

《悲观》大约创作于1922年，是他早期创作中一篇较典型的作品。诗中描绘的“黑沉沉的屋顶”、“生灵挤挤”、“破烂的木头”等景象，都具象为“黑昏昏，阴森森，鬼棱棱……”人间惨境。又如收入《志摩的诗》中的《毒药》(1924)，通篇阴暗狰狞，使用“坟堆里的夜鸮”、“蝎子的尾尖”、“蜈蚣的触须”、“迸断了的鹞线”、“被奸污的处女”、“破烂的鲜艳的荷花”、“五具残缺的尸体，他们是仁义礼智信”、“贪心搂抱着正义，猜忌逼迫着同情，懦怯狎亵着勇敢，肉欲侮弄着恋爱，暴力侵凌着人道，黑暗践踏着光明”等许多触目惊心的语言，表达了作者对周遭黑暗现状与受到压迫的满心悲愤，塑造了一位绝望的理想主义者的形象。

从以上列举的这些片段中，我们不难发现徐志摩从波德莱尔那里汲取了养分。这些丑恶、阴森、暗黑的意象正是波德莱尔的代表诗集《恶之花》中常见的元素。以波德莱尔的《忧郁之一》为例：

雨月，整个城市使它感到气恼
它从瓮中把大量阴暗的寒冷
洒向附近墓地的苍白的亡魂
把一片死气罩住多雾的市郊

我的猫在方砖地上寻找垫草
不停地摇着他那生疮的瘦身
老诗人的魂在落水管里升沉
像怕冷的幽灵似的发出哀号

大钟在悲鸣，冒着烟气的柴薪
用假声伴奏伤风的钟摆中之声
这时，在一个患浮肿的老妇人

死后留下的发臭的扑克牌里
红心侍从和黑桃皇后在一起
闷闷地交谈他俩过去的爱情

（钱春绮 译）

这是一首典型的波德莱尔“变态”和“忧郁”风格的诗，通过对比我们可以发现，类似的题

---

① 徐志摩．生活．徐志摩全集(第4卷)．天津：天津人民出版社，2005：340.

材，徐志摩与波德莱尔在意象的选择上非常相似，而且两者都描写黑夜、寒冷、坟地，营造虚无阴沉的意境来表达自身消沉的情绪。但同时，相较之下，徐志摩在意象的选取上缺乏整体性，显得零散，他没能像波德莱尔一样将各种意象统一整合起来，使节与节之间在意义上产生密切的关联。与《忧郁》相比，《悲观》的各节之间除了形式上的对照之外，意义方面的呼应是相对薄弱的。

作为人道主义者的徐志摩也写过一些反映社会贫富不均、下层劳苦大众艰难生存的作品。《一小幅的穷乐图》(1923)写的是女性拾荒者的悲惨生活。开篇第二句"大概是红漆门里倒出来的垃圾"，带有化用杜甫那句千古流传的诗句"朱门酒肉臭"的影子。《先生！先生！》(1923)写的是女童在寒冬向坐在黄包车上的先生行乞被冷漠拒绝的故事。另有一首同样创作于1923年的《叫化活该》，该诗前两节单数行写对话，偶数行白描，写的是一个在北风中讨饭的乞丐，他百般乞求，却只换来"西北风笑说，'叫化活该！'"诗歌第三节将"我"代入，自喻乞丐，"我也只要一些同情的温暖"，可结局与前面真实的乞丐一样，"街道上只冷风的嘲讽，'叫化活该'"。关于该诗的解读，有人将之理解为徐志摩不仅仅是在描写社会贫富问题，更重在表现自己与林徽因之间的情路坎坷。

值得注意的是，徐志摩还非常注重对白话诗形式的探索。最具代表性的是《白话词十二首》。《白话词十二首》是徐志摩用白话文改写的12首李清照词，1924年前后创作，初载于《新文学史料》1985年第4期，由陈从周先生整理。用白话改写宋词，这是一个颇具创意的尝试。这12首词中，徐志摩不拘音律，只求意达，有时甚至会改变断句，只为更符合白话的表达习惯。例如，《怨王孙》"帝里春晚，重门深院。草绿阶前，暮天雁断。楼上远信谁传。恨绵绵"。徐志摩就改成了"困处在深闺，春要快去了，行人一点的消息都没有，寄一个信给他么？托谁寄呢？这怎么好"。改写后的句式与原词完全不一样，徐志摩甚至对最后一句做了发挥，没有完全直译，但抓住了思想感情的精髓，精妙地传达了闺中女子焦急盼归却又无能为力的心情。改写古词，此举虽有新意，但很大程度上破坏了词这一文学样式的独特美感与特质，易安词原本含蓄的格调一经翻译便几近丧失殆尽，只余下一点故作柔弱的扭捏，得不偿失。

当然，徐志摩的诗歌创作也不是没有可以改进的地方。尽管花了不少心思雕琢诗歌的语言与格式，但他还是有不少诗歌犯了过于散文化的毛病，例如《夜》《秋阳》《翡冷翠的一夜》《爱的灵感——奉适之》，还有上文提及的《毒药》等。这些诗歌大多篇幅较长，字数较多。我们也可以看出，作者只求表情达意，并未在诗歌形式上下功夫。这几首诗格式散乱，几乎不用韵，最多只勉力维持每行差不多的字数，丧失了诗歌的建筑美与音乐美。其次，徐志摩有时又过于追求段与段之间形式的对称，多采用叠字和排句，这就容易造成语言单调重复、内容空洞。例如，陈西滢曾在《新文学运动以来的十部著作》中如是评价他说："文字方面，有时不免堆砌得太过，甚至叫读者感觉到厌烦，在音调方面，也没有下研究的功夫。"① 以徐志摩的另一首代表作《我不知道风是在那一个方向吹》为例，全诗6节，每节4行，但每节的前3句诗都是一样的，就是"我不知道风/是在那一个方向吹——/我是在梦中"，只有每节末句不一样，同时末句的最后一个字押韵。这就显得铺排过度，从而使诗歌内容显得空洞。故茅盾指出了这个问题："我们能

---

① 陈西滢. 陈西滢谈《志摩的诗》和《女神》. 邵华强编. 徐志摩研究资料. 北京：知识产权出版社，2011：202.

够指出这首诗形式上的美丽……但是这位诗人告诉了我们什么呢？这就只有很少很少一点儿，我们可以说，首章的末句‘在梦的清波里依洄’差不多就包括了说明了这首诗的全体。”①整首诗外形成熟，但内核只剩些许缥缈的情绪，言之无物，这便是茅盾称徐志摩为“末代的诗人”的最主要原因。

虽然徐志摩在诗歌方面的成就最为大众所熟知，但他的散文其实也屡有佳作，只是它们若与《再别康桥》这样脍炙人口的诗歌放在一起，往往容易湮没在后者的光环之下。徐志摩一生共创作了230余篇散文，在世时出版了4部散文集，分别是《落叶》(1925)、《巴黎的鳞爪》(1927)、《自剖》(1928)和《秋》(1929)。徐志摩的散文数量众多，内容也很庞杂，除去大量为书报杂志所写的附言、按语、广告语、序言以外，他的散文大致可以分为游记小品、文学译介、文化散文和自述四大类。

徐志摩曾先后在美国、英国各求学约2年，又去过俄国、日本、法国、印度等国家，所以他有许多记录自己旅途感想、沿途事迹的散文。这些散文往往笔调悠闲放松，所讲之事多是自然美景、人文历史、旅途见闻或是自己的所思所感，文风灵动清新，如《巴黎的鳞爪》《泰山日出》《北戴河海滨的幻想》《丑西湖》《南行杂记》这些文章，《翡冷翠山居闲话》与《我所知道的康桥》是这类散文中的佼佼者，它们是徐志摩写景游记的代表作。

《翡冷翠山居闲话》写于1925年7月，翡冷翠即意大利语“Firenze”，现译“佛罗伦萨”，是位于意大利中部的著名城市，曾是欧洲文艺复兴的发祥地。徐志摩并未详细描写佛罗伦萨的美景，更多的则是用闲适的笔调表达了有机会回归自然后的舒畅与愉快。文中将大自然比作“最伟大的一部书”，竭力呼吁读者应当亲近自然，因为“只要你自己心灵上不长疮瘢，眼不盲，耳不塞，这无形迹的最高等教育便永远是你的名分，这不取费的最珍贵的补剂便永远供你的受用；只要你认识了这一部书，你在这世界上寂寞时便不寂寞，穷困时不穷困，苦恼时有安慰，挫折时有鼓励，软弱时有督责，迷失时有南针”。

《我所知道的康桥》(1926)的篇幅相较前篇更长，用情也更深。全文分为四章，第一章介绍了自己前往英国求学的缘起背景，第二章的主题与《翡冷翠山居闲话》略有相似，强调要“单独”感受自然的力量与美好。余下两段分别写的是剑桥大学的自然美景与徐志摩在剑桥大学读书时的经历。徐志摩饱含深情地追忆剑桥大学康河两岸的一草一木，甚至说：“我这一辈子就只那一春，说也可怜，算是不曾虚度。”我们从字里行间不难发现，徐志摩对自己在剑桥大学的一段时光是极度怀念的，这所全球顶尖的高等学府不仅用其自然美景给他带来享受，更孕育了他那颗不懈追求美与自由的心灵，让他受用终身。后来，徐志摩在另一篇题为《吸烟与文化(牛津)》的散文中表述了剑桥对他一生所产生的深远影响：“我的眼是康桥教我睁的，我的求知欲是康桥给我拨动的，我的自我的意识是康桥给我胚胎的。”

徐志摩偏爱英国文学，尤其是英国的浪漫主义文学，加上他在英国期间有机会得以结交当时闻名全英的布鲁姆斯伯里团体里的一些文人，因而他的散文创作的另一大部分便是介绍、推荐、翻译、评介一些英法作家的作品。他先后写过白朗宁夫人、波德莱尔、济慈、泰戈尔、拜伦、罗曼·罗兰、哈代、曼殊斐儿(今译曼斯菲尔德，出生于新西兰，英国女作家——笔者注)等作家，

---

① 茅盾.徐志摩论.邵华强编.徐志摩研究资料.北京：知识产权出版社，2011：257.

其中，因为他曾亲自拜访过哈代与曼殊斐儿，故关于他们二人的文字记述尤为丰富。《曼殊斐儿》一文详细回忆了他在曼殊斐儿家中与她唯一的一次会面与交谈，徐志摩在文中极尽溢美之词，甚至用有些浮夸的语句极言曼殊斐儿容貌之妍丽与声音之悦耳，将她塑造成一个神女般的存在。这篇文章写于曼殊斐儿因肺病去世之后，故文章最后还附上了一首徐志摩创作的《哀曼殊斐儿》，这首诗同时使用了像罗马墓园、五彩虹、子规泣血、笑归仙官之类的中西方的文化意象，虽然全诗内容显得略微夸张与缥缈，但他的哀痛与不舍是真实的。关于哈代的文章则有《谒见哈代的一个下午》《哈代的悲观》等。《济慈的夜莺歌》一文则详细介绍了英国恶魔派浪漫主义诗人约翰·济慈的代表作《夜莺颂》，徐志摩在文中不吝篇幅，一节一节地详细分析，在徐志摩的散文中是一篇不多见的严肃的评论文章。

徐志摩另外两类散文就其艺术性而言，没有前两类拔萃，但如《自剖》《再剖》《"迎上前去"》这样的自叙类文章以直白坦诚而闻名。作者在这些散文中严肃认真地进行了自我剖析，大胆地坦露心中所想，鲜明地表明自身立场，精神可贵。而至于文化类散文，内容更为庞杂，社会、历史、文化，乃至哲学问题均有涉猎。例如在《吸烟与文化（牛津）》一文末尾，徐志摩就当时文人学者针对教育改革提出的方案在当局遭冷遇这一事件表达了不满。他如是写道："想来现在的学者们太忙了，寻饭吃的，做官的，当革命领袖的，谁都不得闲，谁都不愿闲，结果当然没有人来关心什么纯粹教育（不含任何动机的学问）或是人格教育。这是个可憾的现象。"

徐志摩散文的个人风格非常强烈，用他自己一部小说的标题概括便是"浓得化不开"。他作为一个浪漫主义者与唯美主义者，怀着一颗赤子般的天真的心拥抱世界，不拘格式，自然坦率地独抒性灵，因此他也将自己的散文创作称为"跑野马"。徐志摩散文的阅读体验大多很好，他常常在散文的叙述中转换叙事角度，插入使用第二人称"你"，有时是向你发出感慨，有时是给出建议，所以他的散文就像是一位故友在与你交谈一般亲切自然。梁实秋对其不吝溢美之词，他说："志摩的散文，无论写的是什么题目，永远的保持一个亲热的态度。我实在找不出比'亲热的'更好的形容词。他的散文不是板起面孔来写的——他这人根本就很少有板起面孔的时候。他的散文里充满了同情和幽默。他的散文没有教训的气味，没有演讲的气味，而是像和知心的朋友谈话，无论谁，只要一读志摩的文章，就不知不觉的非站在他的朋友的地位上不可。"①

其次，徐志摩文笔优美，在散文创作中同样注重语言美感，带有浓厚的诗化风味。阿英认为徐志摩的文字是一种新的文体，"组织繁复，词藻富丽"，可"作为一个独立的体系论"。② 但与他的诗歌一样，有时太过工于语言的精致，从而易造成堆砌之感。上文提到的茅盾对徐诗空有外壳、缺少内核的论断放在评论徐志摩的散文也同样适用，因为他的一些散文也是写得虚幻缥缈，言之无物，只剩驰骋的想象（毋宁称之为幻想更合适）和让人眼花缭乱的修辞来略作填补。

除了诗歌与散文的创作，徐志摩还有少量小说作品和一部戏剧《卞昆冈》（与陆小曼合著）。但与前两者相比，徐志摩小说的艺术价值并不是很高，人物塑造、情节安排都较生硬，对此他自己也承认："我实在不会写小说……我这路笔，也不知怎么的，就许直着写，没有曲折，也

---

① 梁实秋. 谈徐志摩的散文. 邵华强编. 徐志摩研究资料. 北京：知识产权出版社，2011：242.

② 阿英. 徐志摩小品序. 邵华强编. 徐志摩研究资料. 北京：知识产权出版社，2011：294.

少有变化。”①

另外，徐志摩还有相当数量的译作，其中多数是西洋诗人的诗作，还有曼殊斐儿的数篇小说，后结集为《曼殊斐儿小说集》于1927年出版。1927年是徐志摩翻译工作的巅峰期，同年他还出版了伏尔泰的《赣第德》和詹姆士·司芬士的《玛丽·玛丽》（与沈性仁合译）。尽管徐志摩的一些诗歌翻译在今天看来，存在一些理解误区，也有过度发挥从而造成二次创作的现象②，但在当时的环境下，其积极意义是大大超过不足之处的，借此之举，他向中国读者介绍了很多英国的著名作家，促进了西洋文学与文化在中国的传播。

因为徐志摩一向崇拜西洋式的英雄主义，李欧梵曾将徐志摩比作希腊神话中的伊卡洛斯（建筑师和雕刻家代达罗斯之子，他逃亡克里特岛时飞近太阳，身上的羽毛和蜡制的翅膀融化，最终坠海而死。——笔者注）③。徐志摩在著名的散文《想飞》中表达了自己对“飞出这圈子”的渴望并记录了一个关于飞翔的绮丽的幻想。这篇散文的结局如下：

> 同时天上那一点子黑的已经迫近在我的头顶，形成了一架鸟形的机器，忽的机沿一侧，一球光直往下注，砌的一声炸响，——炸碎了我在飞行中的幻想，青天里平添了几堆破碎的浮云。④

这篇写于1926年的散文无意中竟一语成谶，预言了徐志摩自己最后向世界告别的方式，这让我们不得不感叹诗人那精准的直觉力，甚至是异于常人的神性。

徐志摩的意外早逝引无数人叹惋。在他离开后，当时的文艺界名流和徐志摩的生前好友纷纷撰文纪念、哀悼这位一生都将自由、美与爱当作信仰般追求的浪漫诗人。徐志摩作为一位尊崇西方自由主义精神的文化名人，英年早逝，而且还是以如此壮烈的方式，虽不无遗憾，但离开的时候尚是他的黄金年代，这让他能够避免面对迟早会到来的创作力下滑的尴尬（这趋势在他最后两三年的创作里已初见端倪）。所以，谁又能说这样的结局或许不是上天对这位理想主义者的另一种厚待呢？

【经典解读】

《志摩的诗》：新诗“三美”的标本

《志摩的诗》于1925年8月在中华书局自费出版，共收录诗歌55首，后来这本诗集于1928年在上海新月书店再版，再版的诗集里增加了一首《恋爱到底是怎么一回事》，同时删去了15首诗作，分别是：《康桥再会吧》《地中海》《默境》《希望的埋葬》《一小幅的穷乐图》《哀曼殊斐儿》《月下待杜鹃不来》《一个祈祷》《一家古怪的店铺》《雷峰塔》《东山小曲》《留别日本》《冢中的岁月》《乡村里的音籁》和《青年曲》，另外《沙扬娜拉》原有18首，再版诗集中删去了前17

---

① 徐志摩.《轮盘》自序.徐志摩全集（第3卷）.天津：天津人民出版社，2005：355.

② 可参见刘全福.徐志摩与诗歌翻译.中国翻译，1999（6）：38－42.

③ 李欧梵.徐志摩：伊卡洛斯的狂喜.中国现代作家的浪漫一代.北京：新星出版社，2010.

④ 徐志摩.想飞.徐志摩全集（第3卷）.天津：天津人民出版社，2005：19.

首，仅保留了最后一首，即现在最广为人知的那一段。至于再版诗集删诗的原因，大概是徐志摩根据同人朱湘对他诗歌的评价，删去了一些朱湘认为不太优秀的作品。

这本诗集里的诗，根据主题内容，大致可以分为随感诗、写景抒情诗、情诗和杂诗四大类。随感诗大多是作者由生活所见所感生发而出，表达自己某一刻的心理或感受，它们或忧郁或激昂，但所表达的主题思想都是对自由、对真理的追求与歌颂，代表作品有《希望的埋葬》《为要寻一个明星》《自然与人生》《消息》等。第二大类的写景抒情诗是徐志摩所擅长的类型，这些诗歌的基调都颇和婉清丽，自然美景在他笔下显得细腻灵性，其中优秀的诗篇有《雪花的快乐》《月下雷峰影片》《沪杭车中》《留别日本》等。第三大类是以《月下待杜鹃不来》《她是睡着了》《沙扬娜拉》《这是一个懦怯的世界》为代表的情诗，创作这一类诗歌也是徐志摩的拿手好戏，诗人优美甚至带点柔弱的笔触所描绘的女性或恋爱中人的心理是别有风味的。第四大类是杂诗，这些诗内容相对较庞杂，有反映社会底层穷苦人的艰难生活的，如《一小幅的穷乐图》《先生！先生！》，也有反映军营情景的《太平景象》，还有怀念英年早逝的英国女作家曼斯菲尔德的悼亡诗《哀曼殊斐儿》等。

前文说过，新月社的骨干闻一多曾在《诗的格律》中提出了新诗的"三美"主张，即音乐美、绘画美和建筑美。他的这一理论在很大程度上影响了徐志摩的新诗创作，可以说，徐志摩是该理论的践行者。下面从诗歌"三美"的角度对《志摩的诗》中的诗篇简做分析。

徐志摩诗歌讲求音乐美是众所周知的，他的代表作题材不一，但朗朗上口的音乐感一定是它们能够广为流传的重要原因之一。徐志摩营构诗歌音乐美的方式是多样的。首先是最常见的韵母押韵，尤其是采用具有相同韵尾的韵脚字。中国传统格律诗的押韵形式多样，有一韵到底，也有两行一转韵等。徐志摩则在新诗的框架内充分运用了押韵的手法。例如《沙扬娜拉》第 18 首：

最是那一低头的温柔，
像一朵水莲花不胜凉风的娇羞，
道一声珍重，道一声珍重，
那一声珍重里有蜜甜的忧愁——
沙扬娜拉！

在这里，第一、二、四行的最后一个词温柔、娇羞和忧愁三个词韵尾相同，都是[əʊ]音，从而构成了押韵的效果，而且在诗句中，还有"低头"、"有"等字眼与韵脚字相呼应，加之第三行采用了一个叠句，它赋予了全诗一种连绵回环之美，让这首诗读起来朗朗上口，自有一份独特的含蓄美感。

又如诗集中的另一首表达勇敢追求自由与爱情的诗《问谁》，采用的则是 ABAB 式的交韵，即一节诗的一三行押韵，二四行押韵，以诗歌的第一节为例：

问谁？阿，这光阴的播弄
问谁去声诉，
在这冻沉沉的深夜，凄风
吹拂她的新墓？

单数行的“弄”和“风”韵尾相同，而偶数行的“诉”和“墓”则一样。这首长达 13 节的诗歌全诗都遵循了这样的韵式，只有极个别的字眼例外，是徐志摩创作的一首押韵较为严密的诗作。

除了韵母押韵，还有声母押韵，这主要体现在大量叠词的使用上。例如，《月下雷峰影片》第二节连用四个叠词，深深、依依、团团、纤纤；还有一些 ABB 式的叠词。例如，《破庙》第一节就用了黑丛丛、恶狠狠、静悄悄、昏沉沉四个叠词，还有其他诗作中的，如冻沉沉、怯怜怜、银晃晃、冷郁郁等。这种类似于西洋诗歌中押头韵的形式强化了诗歌的韵律感，让徐志摩诗的音乐美更显层次。

说到绘画美，最著名的当属《再别康桥》了。徐志摩在诗歌中用常见、但饱含深情的语言描绘了康河两岸、剑桥大学的美景，夕阳里的金柳、软泥上的青荇、拜伦潭中的彩虹倒影，在徐志摩的笔下都成了一幅幅色彩艳丽的油画。收于《志摩的诗》中的《消息》也是新诗绘画美的代表之作。

雷雨暂时收敛了；
双龙似的双虹，
显现在雾霭中，
夭矫，鲜艳，生动，——
好兆明天准是好天了。

什么！又(是一阵)打雷，——
在云外，在天外，
又是一片暗淡，
不见了鲜虹彩，——
希望，不曾站稳，又毁了。

这首小诗就写了一个短暂的瞬间：雷雨过后，天空中乍现彩虹，它传递出第二天一定天气晴朗的好兆头，但出乎作者意外，只一会儿，雷声乍起，又是一片云雨降临，彩虹瞬时消失，这让作者失望万分。在这里，彩虹是富于象征意义的，它不仅仅是指自然气象现象的彩虹，更是象征下文中的“希望”；一个“好天”，即晴朗的明天则象征美好的、充满希望的未来。诗人用简短但生动的语言描绘了彩虹在天空中出现又消失的过程：彩虹隐在雾霭之后，“夭矫，鲜艳，生动”，但远处一声雷鸣，天空便又只剩一片“暗淡”。这首诗虽短，但语言精练，极具画面感。

建筑美，顾名思义，便是诗歌结构编排整饬，不随意，符合某种秩序，使其具有规范又优美的形式。在具体的诗作中，徐志摩诗歌的建筑美主要体现在两个方面，一是利用缩进字符等排版手段，让某些诗行的开头缩进一到两个字符，这样诗歌整体的造型就变得灵活，不再是枯燥乏味的“豆腐块”，而是富有层次感的“阶梯”；二是徐志摩偏好使用铺排，就是一首诗歌各小节都有一个相对固定的结构，其中某几句句式、内容都一样，或仅修改个别词汇。

例如，《谁知道》写的是“我”一次深夜搭黄包车的经历，全诗6节，其中5节每节都出现“天上不见一个星/街上没有一只灯/那车灯的小火/冲着街心里的土/左一个颠播，右一个颠播/拉车的走着他的踉跄步”这6句，而且在格式排版方面，这6句都统一缩进两个汉字字符。为了避免语言的单调，其中第4句在每节做了以下调整：“冲着街心里的土”，“蒙着街心里的土”，“晃着道儿上的土”，“绕着道儿上的土”和“袅着道儿上的土”。虽然从结构上讲，“街心”换成“道儿”似乎显得没有必要，但首字的动词每段都不一样，这样的微调体现了作者创作时的用心。

接下来选取诗集中《为要寻一个明星》一诗为例，综合谈一谈徐志摩诗歌“三美”的体现。

我骑着一匹拐腿的瞎马，
向着黑夜里加鞭；——
向着黑夜里加鞭，
我跨着一匹拐腿的瞎马！

我冲入这黑绵绵的昏夜，
为要寻一颗明星；——
为要寻一颗明星，
我冲入这黑茫茫的荒野。

累坏了，累坏了我胯下的牲口，
那明星还不出现；——
那明星还不出现，
累坏了，累坏了马鞍上的身手。

这回天上透出了水晶似的光明，
荒野里倒着一只牲口，
黑夜里躺着一具尸首。——
这回天上透出了水晶似的光明！

这首诗的主题是追求与寻找，诗歌表现了“我”一个人在茫茫黑夜中孤独无助，骑的马是瞎马，即象征着“我”在黑夜中迷失方向。但抒情主人公仍不放弃，继续追寻，历经艰苦，终于等到“天上透出了水晶似的光明”，寻找到了希望。

这首诗采用的韵式是ABBA式的抱韵，即一、四行押，二、三行押，但通过仔细考察韵脚字，我们会发现这首诗的押韵不是很规范。第1节，一、四两句除了动词外完全一样，二、三两句也是叠句，所以第1节只有“马”和“鞭”两个韵脚字；到了第2节，一、四两句只有一半相同，后半句分别是“黑绵绵的昏夜”和“黑茫茫的荒野”，这两句用的是不一样但押韵的两个字，二、三两行仍是叠句，押“星”韵；第3节与第2节情况一致；而到了第4节，又变成了一、四行句子一模一样，用“明”字。假设作者想要将第4节与第1节保持一致，从而形成回环，那中间两行应该是再次使用叠句，而这里，徐志摩却填了结构一样但内容不一样的两个句子，押韵的分别是“口”和“首”，因而打破了整首诗歌韵律的对称性。尽管除了这个问题以外，这首诗还存在韵脚字重复使用显得单调的问题，但我们还是应该肯定诗人创作时追求音乐美的意识。

再说“绘画美”与“建筑美”。“明星”，在中西方诗歌传统中，都是个常见的歌咏对象，往往带有希望、光明的象征义，这篇也不例外。这首诗的语言虽然简单，但通过叠句、重复等手法，很到位地渲染了一个暗沉压抑的意境，同时反衬出抒情主人公内心对希望、对自由的强烈渴望。而且全诗铺垫很足，叠句的使用，一来强化了诗歌的节奏感与韵律感，二则从结构上体现了对称与呼应。譬如全诗第1节，第一行的“我骑着一匹拐腿的瞎马”是描述，那么第四行的“我跨着一匹拐腿的瞎马”则能够起到强调作用，进一步突出外部环境的压抑与诗人内心的焦虑。正因为如此，所以当抒情主人公在最后一节终于见到“水晶似的光明”时，情绪在此时到达一个高峰，并且显得顺理成章。而且“透”字用得非常精妙，它表现出当时星辰遮挡在薄云背后，但“犹抱琵琶半遮面”的朦胧之感，显得非常真实与形象，这就是本诗符合“绘画美”要求的表现。除了叠句的大量使用外，这首诗共分4节，每节4行，每节的中间两行缩进一个汉字的距离，加之二、三两行的字数略少，所以这首诗歌的外在形式即建筑美非常均衡匀称，也是很美观的。

《志摩的诗》尽管是志摩的第一本诗集，但其中不乏佳作，毕竟在此之前，徐志摩有给一些报纸杂志长期供稿的创作经验，所以可以说，他的首部诗集在艺术上便是成熟的。但我们也不能够回避徐志摩诗歌中存在的一些问题。当时学者普遍提出的批评有：用韵马虎（朱湘、陈西滢等）；有些诗歌内容空洞，只有形式缺乏内涵，显得矫揉造作（茅盾、阿英等）；太过柔弱忧郁，显得病态（茅盾、巴人等），不同的批评者提出这些问题的方式方法有异，但总的来说，他们指出的问题都较为中肯。但回过头看，徐志摩作为一个一生都将爱、自由与美当作信仰般全心追求的浪漫主义诗人，他为中国现代新诗规范的确立做了良好的奠基与表率，这个贡献同样不能被抹杀。

（撰稿人：夏彬彬）

李金发：象征主义诗歌的探路者

【作家简介与创作历程】

一、李金发的求学生涯

李金发，原名李权兴，字遇安，又名淑良。1900 年 11 月 21 日出生在广东省梅县梅南区罗田径上村的一个华侨家庭。他的先祖是 300 多年前从福建省宁化县石壁乡搬迁而来。李金发的父亲名李焕章，曾先后娶妻夏氏和朱氏，共生下李金发兄弟五人和姊妹八人。李金发为朱氏所生，在兄弟中排行第四。由于兄弟姐妹众多，以及父亲的严厉管教，使李金发感到生活的乏味和爱的缺少。所以他曾感叹说："我的童年是在无生趣中过去的。""这种无趣的童年无疑是李金发忧郁性格形成的最初根源，也是他诗歌中忧郁、烦闷的写照。"①

梅县是个山多田少的地方，男子多往东南亚谋生。李金发的父亲也同样漂洋过海去做生意，收入颇丰。做父亲的也希望儿子长大后能够经商发财，因此给儿子取名"金发"。所以，小时候的李金发，也想长大后跟父亲出国做生意。

尽管经商之风在梅县盛行，但梅县的教育事业同样十分兴盛，乡谚有云：斯斯文文写得好。这是形容梅县人做学问的禀赋。梅县教育发达的原因，主要是由出国经商带来的经济繁荣而促成的。男子一般小学毕业后十三四岁便乘船去东南亚，因此小学毕业必须学会打算盘，会记账写信，略懂一些外文。热心桑梓教育事业的华侨常常捐款修建校舍，添置图书仪器及颁发奖学金，迄今不断。李金发在乡村念完小学后，1916 年便进了梅县县城的梅州中学读书，其时与著名文学家黄药眠为同学。李金发受了中学教育后，希望将来做一名化学家或者飞机师。

1917 年李金发到香港入谭卫芝英文学校就读。半年后，转入圣约瑟中学(俗称罗马书院)。该学校为一所教会学堂，李金发在那里接受了一段短暂的英式教育，于年底回到家乡罗田径。回家之后，在母亲朱氏的主持下，于 1919 年春与自幼即被李家收养做童养媳的朱亚凤

① 李颖. 李金发《弃妇》的创作背景分析. 常州轻工业职业技术学院学报. 2010(2)：68.

结婚。婚后的李金发，阅读了许多中国古典小说，还读了不少唐诗和其他古代诗歌，以及袁枚的《随园诗话》等，并开始学写旧体诗词。

按照"男儿志在四方"的古训与家训，李金发于1919年夏和林风眠（著名画家）一起前往上海，住在大统路新康里，并进入"留法预备班"求学。五四运动以后，一大批青年到西方去寻求救国救民的真理，其中一部分选择到法国勤工俭学。勤工俭学最初由留法学生蔡元培和吴玉章提出，那时北京政府中断了留法学生的津贴，他们便提出"勤于做工，俭以求学"，创办留法勤工俭学会，并组织原来的华法教育会主持这事。同时号召国内青年到法国去以"半工半读"的方法求学，其时留法热潮如滚，前后到达法国有数千人之多，李金发便是其中之一。1919年秋，李金发与林风眠、张道藩、郎静山等67位青年为第六批留法勤工俭学学生，乘英国货船去法国留学。与一般抱着认识世界、改造世界的宏大愿望赴法勤工俭学的热血青年不同，李金发当时的人生信条还只是一个笼统的"男儿志在四方"的家训，并在这一想法的支配下四处寻找读书上进的机会。他是带着一定的盲目性卷入这场赴法留学的大潮的，而这就决定了李金发后来在法国与留学界主流的隔膜和疏远。

1919年秋，李金发等67人到法国补习法文，由华法教育会主持，送入枫丹白露公学学法文。枫丹白露镇在巴黎城南部，要坐两个小时的火车，地方虽然不大，但因为这里有拿破仑的行宫，有广袤的森林，还算是优美的乐土。李金发和同乡林风眠一起来到这里补习，每天坐板凳，翻字典，呢喃念着法语的"现在"、"过去"、"未来"。同班补习法文的还有一位湖南青年，即后来的无产阶级革命家李隆郅（李立三），李立三坐在最前一排座位，总是积极地回答老师的提问，由于枫丹白露公学教学双方都不够认真，李金发和林风眠等同乡五六人又转到法国东部接近德国边境的一所中学读书。

经过两年多的学习，李金发基本掌握了法文。在这以前的学习费用，都是由华法教育会负担的。1921年春，华法教育会因经费短缺，遂不能再负担留法学生的经费，李金发只得自费留学。1921年夏，李金发和林风眠来到法国中部的城市第戎。这是法国南北铁路的必经之地。这里教堂林立，有百钟城之称。在第戎的国立美术专门学校，李金发决定走雕刻艺术创作的道路，一面学习雕刻，一面学习美术。他请教曾经在上海学过美术的刘既漂，怎样画石膏像。在一灯如豆的灯光下攻读，很快他的眼睛变成了近视。在这里，虽然身心无限快慰，可惜学校中没有良好的学习环境，李金发担心学业有荒废的趋势，怕耽误前途，不久便转学了。

李金发和林风眠带着第戎国立美术专门学校校长给巴黎国立艺术学院雕刻教授布谢和画家高尔蒙教授的信，来到巴黎学习雕刻。李金发进了巴黎国立艺术学院雕塑科，从此提锥运凿，与金石土木为伴。他以为可以刻苦用功地学雕刻，可是那帮浪漫到不顾虔诚的学生经常干扰他。初进学校的新生要罚四五元的酒费，一同到酒店去痛喝，闹得天翻地覆。新生还得被强逼在大庭广众之下裸体一次以上，这些都引起他的厌烦和鄙视。他和林风眠住在塞纳河边一家旧旅馆里，房子小得可怜，而且每日只吃五个法郎的法兰西食物。冬天房子里没有火炉，衣冠不整，课后还要从学校里挑回一些泥土，放在房里做雕塑的材料。由于李金发的苦攻，1922年春，他为林风眠、刘既漂各做了一个小石膏头像，在朋友的怂恿下，把它们送到巴黎春季美术展览会去，数天之后，接到巴黎艺术沙龙办事处的通知，他的两个石膏头像入选了，这是中国人的作品第一次出现于巴黎沙龙。

1922年夏天，李金发在巴黎上议院前街一家叫做议员的旅馆，租到一间比较廉价的房子，和一个同学住在这里。房里铺着红地毯，有宽敞的铁丝床，还有19世纪风格的家具。住在这样漂亮的房子里，李金发乐不可支，适值暑假，他便又是游览画院，又是参观博物馆；或是日看小说，夜看小说，把托尔斯泰和罗曼·罗兰的几十本小说都看完了，直至神经衰弱还不知道。有一天，他和几个朋友在热闹的地方散步，忽然眼睛一花，满天星斗，几乎晕倒下去，立即叫了一辆车送回住处。那天大热大泻，昏昏迷迷，老是梦见一个白衣金发的女神，领着他遨游空中，好像身轻如羽，两脚一拨，即在空中前进数丈。这样的梦连续做了好几天，一直到病好为止。李金发觉得这次没有病死，是天使的帮忙，不可不纪念她，于是他在好几次写文章时都用“金髪”做笔名，朋友也都认为很新颖。此后他遂大胆地把“李金髪”作为自己唯一的名字。现在已将“發”、“髪”简化为“发”，人们就分辨不出他名字的奥秘了。

1922年冬，李金发在艺术和诗歌两个领域的成绩都已经相当可观，但学校里的气氛让他感到幻灭，年末又从家乡传来妻子朱亚凤服毒自杀的消息，使他陷入极大的苦闷之中。为了改变一下环境，他与林风眠、黄士奇等人结伴来到德国，住在柏林达尔曼街16号。德国作为第一次世界大战的战败国，当时正处于经济濒临崩溃、马克暴跌的“凶年”，而他们是一群去“享受低价马克之福”的“食客”。于是，李金发第二本诗集《食客与凶年》的题名由此而来。李金发在柏林前后10个月，其他时间用于学习德语和创作新诗。在柏林，林风眠单独开了一次美术展览会，参观者不下数万人，德国大画家哥麟、大雕刻家威乡、大文学家浩布特曼都亲自来参观，并与林风眠接洽商讨沟通东西艺术之方略。这是中国人在欧洲艺术界的第一次大活动。在艺术活动中，李金发和林风眠总是相互支持、互相鼓励。

二、李金发的诗歌生涯

在中国诗坛历史上，李金发因其在象征主义诗歌方面做出的贡献而获得“中国第一个象征主义诗人”的称号，而李金发的诗歌生涯还应追溯到他留法期间的种种际遇。1923年冬，李金发回到巴黎艺术学院，精神上受着种种压迫，厌世的、远人的思想冒出来；颓废的、神奇的情绪流露出来。爱情上也受着折磨，他被一个他不愿意爱的女同学，这个法兰西的少女纠缠贪恋着，而他所欲爱的反而失恋了，这对他的思想精神确有很大的影响。1924年，李金发认识了一位名叫格塔·朔伊尔曼的德国少女（后来李金发将她的名字格塔翻译为“屐妲”）。屐妲女士是一名画家的女儿，在父亲的熏陶下亦颇擅长绘画，她为李金发的诗集《食客与凶年》绘了四幅插图。1923年冬，李金发携屐妲一起离开柏林重返巴黎。1924年初，两人在巴黎南郊一个小镇结婚。婚后，李金发仍在巴黎美术学院学习雕塑。1924年初冬，由于经济上的原因，李金发决定应上海美专校长刘海粟之聘，回国任雕刻教授。回国之前，他编订了他的第三本诗集《为幸福而歌》。1931年，屐妲女士从上海回国省亲，此后再也没有回来。以后，李金发又和梅县梁智因女士结婚。

李金发留学的法国，是象征派诗歌的故乡。他常常手不释卷地读波德莱尔的《恶之花》，并动情地歌咏起来。他像基督徒教徒对基督笃信一样崇奉魏尔仑，自认为是魏尔仑的徒弟。李金发还大力翻译介绍象征派领袖马拉美的诗，“他（马拉美）虽死去二十八年，现在文坛后进仍尊之为大师，为文艺的泉源，他的作品及名字是国中很少人谈论过的”。可以说，李金发是把法国象征派诗歌介绍到中国来的第一人。

此外，李金发对意大利象征派诗人邓南遮也极为推崇，曾经翻译介绍过他的诗。李金发于

1925 年离法回国途中，打算顺道由意大利回国，好多看一些文艺复兴时期的作品。在意大利的罗马停留了半年时间，最后才于 1925 年 6 月 1 日回到上海，结束了他的留法学习旅程。

李金发对于诗歌有他独特的看法："我认为诗是文字经过锻炼后的结晶体，又是个人精神与心灵的升华，多少是带着贵族气息的。故一个诗人的诗，不一定人人看了能懂，才是好诗，或者只有一部分人，或是相当训练的人才能领略其好处。《离骚》的思想与字汇，恐怕许多大学毕业生还看不懂，但它仍不失为中国诗的净化大成。若说诗要大众看了都能懂，如他们所朗诵的《边区自卫军》之类，那不能算诗，只能当民歌或弹词。"

李金发认为，诗歌是根据诗人的主观随意性东一笔西一笔地涂抹自己的刹那间的感受，置读者是否跟着诗人瞬息万变的幻象和恣意横流的意念于不顾。他说："作诗全在灵感的锐敏，文字的表现力之超脱，诗人那时那地所感觉到的，已非读者局外人所能想象，故时时发生理解的隔阂。我作诗的主观很强，很少顾虑到我的诗境是否会令人发生共鸣，因为我始终以作诗为文字的玩意儿，不曾希望它发生副作用，如宣传之类，故有许多诗句，是我自己才知道来历的，那末，读者绞尽脑汁，也找不出解释来的，我很不同意人家赞美'采菊东篱下，悠然见南山'的名句；如同反对赞美沈尹默的《三弦》诗一样。我不觉得读后我会发生什么回味或神往的地方。随便觅一个'蜡烛有心还惜别，替人流泪到天明'，或'清风明月无人管，并作南楼一味凉'的句子，不是更有弦外之音的意味吗？这是我对于诗歌不能与人苟同的态度。"

因此，李金发对这种象征派诗歌创作持乐观态度。他指出："一般人都当做诗是很容易的事吧，于是人人都来写，既无章法，又无意境，浅白的像家书，或分行填写的散文，始终白话诗为人漠视，后有其应得的地位，也是这群人造成的结果。象征派诗，是中国诗坛的独生子，这一族的兴衰，都在这独子的命运上，不信且放眼看看周适紊乱的情景。"

李金发写诗始于 1920 年，但是他的第一首诗却在 5 年后才以"李淑良"的名字发表于孙伏园等人主办的《雨丝》杂志 1925 年 2 月 16 日出版的第 14 期第 8 版上。这首《弃妇》诗，既是李金发的处女作，也是他的代表作。据说，《弃妇》这首诗中弃妇的形象是以李金发故乡梅县一位名叫刘义妹的妇女为雏形，有人析为象征一个政治上被遗弃的人。不管怎样，诗人用象征的手法，蕴藉着伤感、怜悯的情怀，成功地刻画了一个被遗弃的妇女形象。

李金发的第一部诗集《微雨》在 1925 年 11 月出版，由周作人编辑，北新书局发行，志成印书馆印刷。《微雨》诗集共收有 99 首诗，此外还附录 8 家的译诗。《微雨》的内容：既有生命的揶揄，又有情爱的折磨；既有神秘的色彩，又有颓废的呻吟；既有异国的风情，又有欧化的句式。李金发在导言中说："虽不说作诗是无上事业，但至少是不易的功夫，像我这样的人或竟不配作诗！我如像所有的人一样，极力作序去说明自己作诗用什么主义，什么手笔，是大可不必，我以为读者在这集里必能得一不同的感想——或者坏得居多——深望能痛加批评。中国自文学革新后，诗界成为无治状态，对于全诗的体裁，或使多少人不满意，但这不紧要，苟能表现一切。除捡了一九二零年和二一年作的几首诗外，其余是近来七八个月中作的，我日忙碌于泥石中，每恨无力去修改它。附录中为各家之译诗，因读书时每将所好顺笔译下，觉其弃之可惜，故存之，或谬误甚多，现无法去校对，以后亦不再译了。本欲以新成的雕刻饰封面，因一时来不及，欲把素爱之罗丹的 Le'terneneidole 去替代。一九二三，二月柏林旅次。"

李金发写诗最多最勤的是在 1922—1923 年间。除了写《微雨》诗集中大部分诗外，《食客与凶年》也是在这期间写的。1923 年春，便将《微雨》和《食客与凶年》这两部诗集挂号寄给当时任北京大学教授的周作人。两个月后，李金发便得到周作人的复信，周作人在信中给了许多赞美的话，称这种诗是国内所无、别开生面的作品。即编入为新潮社丛书，交北新书局出版，可惜诗稿在印刷厂耽搁了两年半岁月，这大大影响了李金发诗歌创作的积极性。

李金发真正问世的第二部诗集不是《食客与凶年》，而是《为幸福而歌》，1926 年 11 月由商务印书馆以文学研究会丛书出版。这时李金发已加入文学研究会，与黎烈文、陆侃如、游国恩系前后加入的，李金发的入会号数为 149。《为幸福而歌》是他结婚以后的作品，虽然是歌唱幸福的情诗，但其充满着寻不到永远的悲哀，在爱情局中人的心理，是在未得到时，则恐不能如愿以偿；在已得到时，又恐在某一时期中失去，使人如醉如梦，诗集极尽表现此心理之能事。诗人在序言中说："从前在柏林时曾将稿集成两册，交给周作人先生处出版，因为印刷的耽搁，至今既两年尚没有印好，故所有诗兴都因之打消！后除作本集稿子外，简直一年来没动笔作诗，真是心灵的一个大劫。这集多半是情诗，及个人牢骚之言。情诗的亲亲喔喔，或有许多阅者看得不耐烦，但这种公开的谈心，或能补救中国人两性间的冷淡；至于个人的牢骚，谅阅者必许我以权利的。金发志于上海，一九二五年十月。"

直到 1927 年 5 月，李金发的《食客与凶年》才由北新书局印行。这部诗集大部分在柏林写成，它和《微雨》一样，也是充满着人生的悲哀、爱情的絮语，以及如梦幻一般的色彩。但它的诗风又较《微雨》有所转变，神秘的思想虽然在字里行间流露不少，但比起《微雨》却要少些，诗的结构也有紧切的词句、新颖的章法。他想把中国古典诗歌的创作方法与西方诗歌的创作方法结合起来进行尝试，可惜他没有成功，但毕竟这是个大胆的尝试。正如作者在自跋中说的："余每怪异何以数年来关于中国古代诗人之作品，既无人过问，一意向外采辑，一唱百和，以为文学革命后，他们是荒唐极了的，但从无人着实批评过，其实东西作家随处有统一之思想，气息，眼光和取材，稍为留意，便不敢否认，余于他们的根本处，都不敢有所轻重，惟每欲把两家所有，试为构（沟）通，或即调和之意。"

《微雨》《为幸福而歌》《食客与凶年》是李金发在法国留学期间（包括去柏林）所写的。李金发象征派诗歌的创作特点也充分表现在这三部诗集中。三部诗集的所有诗歌按主要内容可分为以下 3 类：（1）大部分是爱情诗；（2）异国风情的描写诗；（3）祖国故土的怀念诗。

李金发这三部诗集的出版，在中国 20 世纪 20 年代的诗坛掀起了波澜，或褒或贬，或赞或毁。最先看到李金发诗歌的李璜、周作人、宗白华等，"他们有的比之嚣俄（今译为雨果——笔者注）早年的作品，范仑纳的声调，有的叹为国中诗界的晨星，有的称之为东方之鲍特莱"①。而胡适则批评李金发的象征诗难懂，说他是一个使人难猜的"笨谜"。钟敬文则认为："这种以色彩，以音乐，以迷离的情调，传递于读者，而使之悠然感动的诗，不可谓非很有力的表现的作品之一。"②黄参岛则把"诗怪"的称号送给李金发，称他"满怀是全爱，同时又全憎，悲愤之余，纵笔狂歌，不知涕泪之何从也"③。又称《微雨》"是流动的，多元的，异变的，神秘化，个性化，天才化的，不是普通的诗，可以一目了然的"④。朱自清在《中国新文学大系·诗集导言》中指出：

---

① 转引自：唐旭. 李金发诗歌研究综述. 嘉应学院学报：2007（1）：70.

② 胡适. 谈谈"胡适之体"的诗. 胡适学术文集·新文学运动. 北京：中华书局，1993：465.

③ 转引自：唐旭. 李金发诗歌研究综述. 嘉应学院学报：2007（1）：70.

④ 转引自：唐旭. 李金发诗歌研究综述. 嘉应学院学报：2007（1）：70.

"他的诗没有寻常的章法,一部分一部分可以懂,合起来却没有意思。他要表现的不是意思而是感觉或感情,仿佛大大小小红红绿绿一串珠子,他却藏起那串儿,你得自己穿着瞧。这就是法国象征诗人的手法,李氏是第一个介绍它到中国诗里。许多人抱怨看不懂,许多人却在模仿着。他的诗不缺乏想象力,但不知道是创造新语言的心太切,还是母舌太生疏,句法过分欧化,教人像读着翻译;又夹杂着些文言里的叹词、助词,更加不像——虽然也可说是自由诗体制。"①朱自清选编的《中国新文学大系·诗集》中,闻一多的诗有29首,再就是李金发的诗,有19首,可见朱自清亦把李诗放在一定的位置上。比较系统而具体地谈论李金发的诗是刊登在《现代》第3卷第3期上苏雪林的文章《论李金发的诗》。李金发在《飘零闲笔》中说:"一位苏雪林女士,还写了一篇分析我诗的文章,说我的思想的来龙去脉,比我自己还明了。"苏雪林在文章一开头就指出:"虽然翻开那些诗集,只看见单调的字句,雷同的体裁,似乎产量虽多并没有什么稀罕,但近代中国象征派的诗至李氏而始有,在新诗界中不能说他没有相当的贡献。只这一点,李氏的诗便值得我们讨论了。"接着她讨论了李金发诗歌的特点:第一点为行文朦胧恍惚,骤难了解。第二点则为表现神经艺术的本色。第三点为有感伤与颓废的色彩。第四点为富有异国的情调。最后她谈到李氏诗的艺术,首为观念联络的奇特,次则为善用"拟人法",又次则为省略法。

李金发回国后,由于种种原因,虽也陆续写过一些诗,但其积极性大减,诗风也大变,影响也远不及那三部诗集。所写的诗发表在《美育》《小说月报》等杂志上,以及收辑在他的《灵的图圄》《异国情调》诗文集中。

李金发除了诗歌创作以外,还写过小说、散文、游记,收集过民歌,翻译过外国作品。他收辑了客家地区山歌中有关的情歌,编成一本《岭东恋歌》,1926年交华东印刷局出版,因原稿烧毁,1928年夏他又回到离别十年的故乡梅县,东搜西索,向村童聆教,注释抄写,重新编辑,1929年2月由光华书局出版。1926年7月,李金发又把碧丽蒂著的由法国贝尔鲁易译的法文版《古希腊恋歌》再翻译过来:"我译这书的意思,正如原译者写在卷首的一样:'这个有古爱情的小本子,愿恭敬地献给未来社会的少女们',尤望读者因之得于龌龊的现实生活中,掩卷追想古代生活底安愉,心头发生人生美化的酵。"后交由开明书店于1928年5月出版发行,蔡元培书题由商务印书馆出版的《意大利艺术概要》《雕刻家米西盎则罗》也是李金发所著。此外还有《德国文学ABC》《范仑纳诗选》《艺术论文集》等著译。1942年12月重庆出版的《异国情调》收集了他的2篇论文、12篇随笔、3篇小说、2篇游记、12首诗歌,他在卷头语中说:"记得自民国二十一年(1932年——笔者注)以后,就没有再出版什么诗文集,自己也不知是什么缘故。虽然也写了不少诗及论文,散载于各家报纸杂志,有几次想把它们出专集,但人事纷繁,终于没有实现。除一本诗稿还在未沦陷的家乡外,其余的文章,全丢在广州。现在因为朋友的敦促,才把一年来在韶关所写的文章,集成一册,在陪都的文坛凑凑热闹而已。象征派出风头的时代已过去,自己亦没有以前写诗的兴趣了,姑存此几首,聊作纪念而已。"李金发的小说创作绝大部分都是短篇小说,有《几段无系统的思想》《友谊》《世界是如此其小》《华工的信》《当男女懊悔的时候》《报复》等。

---

① 朱自清.中国新文学大系·诗集导言.上海:良友总公司,1935:7—8.

三、李金发的政治生涯

李金发并没有沿着象征派诗歌创作的道路走下去，也没有以雕塑创作作为终身职业，而是中途去政治舞台上充当了外交官的角色，但这个角色也没有演下去。

早在1927年，李金发认识了武汉政府代理外交部部长陈友仁的儿子，由他介绍给其父，让李金发在外交部担任秘书。不几个月，宁汉合作，陈友仁反对，出国而去，李金发也离开外交部。稍后，国民政府外交部知道李金发通晓英、法、德、意四国文字，通知他回到外交部工作，一起工作的还有林语堂、谢冠生、刘明钊、甘介侯。因为李金发与伍朝枢部长不认识，当时又正得到南京教育行政委员会委员、大学院院长蔡元培的赏识，因此没有去外交部任职。

抗日战争爆发，汪精卫投降，成立汉奸伪政府，李金发骂汪"认贼作父"，"枉食中国数十年的米谷"，"一言以蔽之，汪兆铭是生成一个野心家，所以不择手段，不顾人格，去设法实现所梦想的朝廷，此种人还有做人的资格吗?"就连对曾经把自己引荐到中国诗坛的周作人的汉奸行为，也非常愤慨："这个在苦雨斋窗下学画蛇的诗人，居然因利欲熏心，摆脱不了日本黄脸婆的诱惑，而在苦雨斋屋顶，悬起太阳旗来"，"贻羞吾国文化人，是铁一般的事实，用什么西江之水，也洗不干净的"。

1938年10月广州沦陷后，李金发从广州经梧州入广西，经南宁、龙州去越南海防市，任军事委员会西南物资进出总经理处海防分处文化专员。总经理处主任是宋子良，海防分处处长是黄强。1940年，日寇强逼越南殖民地政府断绝中国人的物资运输，在无可奈何的环境中，越南政府屈服了。于是，所有官员东移西徙，李金发携带家眷也开始逃难，从海防到河内、平马、东兰、河池、柳州，经过轰炸的恐吓，逃难的颠簸，辗转到了桂林，最后回到广东韶关。

1941年夏，李金发回到韶关后，为广东省政府办理文化工作，任广东省革命博物馆馆长。那时，他住在韶关芙蓉山下河西尾的梅庐，与住处相距不远的卢森一起创办文艺刊物《文坛》，《文坛》刚发刊2期，8月份又到重庆外交部工作。当时郭泰祺任外交部部长，委任李金发为欧洲司第二科专员。1942年11月，外交部派李金发前往柳州，兼任第四战区外事课课长。当时柳州是第四战区长官司令部所在地，司令是张发奎，为了策动越南的抗日，新设一外事处，处长由张发奎兼任，中央指派有关部会各派一人，共八人，到柳州去协助外事处。李金发到了这里，除了接待法国人并做翻译工作外，有时还要去侦查日军行动。一年后又回到重庆，仍兼任外事课长。

1945年，李金发由外交部派驻伊朗使馆任一等秘书，那是个需要法文的工作。李赴任不久，因大使李铁铮回国，于是从1945年10月3日起到1946年10月26日止代理大使馆馆务。他在伊朗也写了一些介绍伊朗文化和风俗的文章。如发表在《文坛》月刊第11、12期上的《近代波斯文学》，较为详尽地向读者介绍了伊朗的文学状况。

1946年6月，李金发被调往驻伊拉克任使馆任一等秘书代理馆务，任职四年。在国外虽然物质生活要比国内优越很多，进出有从美国买来的林肯新汽车，但苦无同胞可以往来交谈，也无中文报纸可以阅读，国内消息也甚为隔阂，因此李金发时常惦念国内的亲友，时而设法调往欧美使馆，借以旧地重游，在这种情形下，能得到国内寄出的中文书籍则感到不亦乐乎！同时1947年3月在伊拉克写了一篇小说《鬼屋人踪》寄回国内出版，聊解精神上的苦闷。

1951年，李金发离开伊拉克，辗转来到美国，先在离纽约112公里的新泽西州林湖小城经营农场,买了一大片土地,苦心经营8年多。1960年因农场生意倒闭,便移居纽约以雕刻工作为生。1971年退休,靠美国政府发养老金度日。李金发在美国偶尔为黎明主办的《天风》杂志写稿。1964年10月由侨联出版社出版的最后一部著作《飘零闲笔》,寄托了李金发在美国对家乡故土的深切眷念之情。故乡,“有无名子的山环绕着,因为雨量适宜,终年苍翠欲滴,最高的山顶,约有千把尺,上面设有观音宫,每逢佳节,很多人挑着东西上去膜拜”,“站在极峰,眺望下界,成为一片紫蓝远景,魅力得像神仙世界,不禁心向往之”。故乡的中间,“有一条无名的小河,横贯而下,而入梅江,河水清澈见底,都是丛山峻岭中渗出来的清泉”。故乡,又如李金发另一首诗中写的,“还有随风悠扬的,以烈日为生涯的女樵者之歌,——供给我多少诗料! ——我每次听着热泪就向腹中流”。

1976年12月25日,李金发在美国纽约长岛寓所因心脏病突发去世,享年76岁。他的两个儿子已在美国大学任教。颠沛流离、丰富多彩,诗人李金发传奇的一生在异域走向终结。

【经典解读】

《弃妇》:象征主义诗歌的“宠儿”

李金发的诗歌受到法国象征主义诗人的影响。以波德莱尔、魏尔仑、兰波等为代表的法国象征主义诗人,在诗歌创作中常运用象征、隐喻、联想等手法,透露诗人内心深处隐秘的情感与理念,使得诗歌具有很强的艺术张力。新批评派将张力视为诗歌内各种辩证关系的总结。台湾诗论家李英豪指出:“须知张力非一成不变的什么规律,而是一组一组‘技巧’的活用与创新,帮助诗人塑造或呈现个人的智境,严肃地运用他的媒介,达至内容与形式上无间的完整性。”①

李金发的诗歌,常常在纷繁的意象、奇异的联想、独特的比喻等方面,形成诗歌独特的象征主义色彩,具有独到的艺术张力,也构成其诗歌特有的风格。

作为中国早期象征诗派的探路者,他的诗作《弃妇》让人联想到罗丹的雕塑《欧米哀尔》(又名《老娼妇》),那种受尽欺凌与蹂躏的肉体,那种愁苦干瘪的病容,那种无奈却悲愤的情绪,都通过罗丹雕塑的这个年老枯瘦老娼妇的裸体展示出来。《弃妇》中大量运用隐喻、象征、通感等现代主义技法的组合,构成一幅尝尽人间辛酸与磨难的悲苦弃妇雕像。诗人也据此对“弃妇”的“内生命”、隐秘的灵魂、繁复的精神世界予以深层次的揭示,对个体生命的价值与意义展开了深入探寻。

“当中国诗人最初把同情心送给奔跑在风雪、泥泞和酷暑之中的人力车夫的时候(从胡适、沈尹默、刘半农到闻一多的《飞毛腿》、徐志摩的《谁知道》都是关于人力车夫的诗)……”②《弃妇》

---

① 杨剑龙.论李金发诗歌的艺术张力.杭州师范学院学报,2001(1):63.

② 谢冕.中国现代象征诗第一人:论李金发兼及他的诗歌影响.新文学史料,2001(2):25.

展现了中国新诗未曾有的颓废和没落的氛围，成为中国诗坛象征主义诗歌的代表作，更成为研究者探寻早期象征主义诗歌深刻内涵的“宠儿”。

《弃妇》全诗共四小节。诗人调动起人的各种官能，铺陈出多种具体意象，以逐层深化的递进式的内在抒情弦索：恐惧—哀戚—隐忧—绝望，从宏观上映照了个体生命所面临的衰败哀戚之处境，读后给人以寒彻肌骨之感。

长发披遍我两眼之前，
遂隔断了一切羞恶之疾视，
与鲜血之急流，枯骨之沉睡。
黑夜与蚊虫联步徐来，
越此短墙之角，
狂呼在我清白之耳后，
如荒野狂风怒号：
战栗了无数游牧。

第一节描写了被社会抛弃的弃妇在恶劣环境下痛苦不安的生活和恐惧的心理。她也挣扎、抗争，但都无济于事。在生活的沉重打击下，她将长发散乱地披在眼前，不愿看到人们羞辱她、厌恶她的眼光。她以头发遮脸保护自己，企图打消想欺侮她的人的冲动，不理会世人对她的极度的冷漠。可是，生活在恶劣社会环境中的弃妇仍不得安宁，无法抗拒来自各方面的侵扰。“黑夜”、“短墙之角”象征弃妇所处的恶劣社会环境。“蚊虫”的“狂呼”则象征人们对弃妇的侵扰。孤独的有恐惧心理的弃妇听到蚊子的鸣呼，也觉得如“荒野上使无数游牧者战栗的狂风怒号”，病态心理的人会敏感地产生幻觉。正如西哲所云“他人就是地狱”，生命个体所处的世界本身就是一个由他者构成的衰败的世界。这种现实所带来的压抑与恐惧使“我”不敢再目视耳闻，遂本能地用“长发”切断了自我与现实世界的联系，退守到内心去，暂求获得些微逃避带来的平静。然而退守后内心会怎样呢？

靠一根草儿，与上帝之灵往返在空谷里。
我的哀戚唯游蜂之脑能深印着；
或与山泉长泻在悬崖，
然后随红叶而俱去。

第二节紧承第一节，写弃妇一再遭受迫害和打击后，产生悲凉的“哀戚”。弃妇的哀伤难于言状，无人理解、同情，只有上帝才知道。她自喻为离巢觅花不遂在空谷中空转的游蜂。游蜂是无依无靠、痛苦不安的弃妇的化身。弃妇希望自己的悲伤能与山泉一起长泻，但最终也要等到红叶坠地时才能与之俱去，到死才能消除。

弃妇之隐忧堆积在动作上，
夕阳之火不能把时间之烦闷
化成灰烬，从烟囱里飞去，
长染在游鸦之羽，
将同栖止于海啸之石上，
静听舟子之歌。

第三节紧承第二节，弃妇不能排遣的“哀戚”进一步深化为“隐忧”、“烦闷”。“堆积”表示“隐忧”之加重，一再在行动上表现出来。弃妇变得神情麻木，动作呆滞，整日的长时间的烦闷同样无法消除。她真想让这烦闷烧成灰烬，或化作烟尘从烟囱里飞出去，染在乌鸦的羽毛上，与乌鸦一起留在大海边。弃妇希求恬静安适的心境，让烦闷离她远远的。但“夕阳之火不能把时间之烦闷化成灰烬……”弃妇还是无法排遣内心的无限忧愁。

衰老的裙裾发出哀吟，
徜徉在丘墓之侧，
永无热泪，
点滴在草地
为世界之装饰。

第四节写弃妇绝望的心情和悲剧归宿。“愁一愁，白了头”，时光流逝，饱经忧患的弃妇衰老了。裙裾破旧，风吹而作声。弃妇已经完全绝望，精神麻木，眼里再也不会流出热泪，徘徊在坟墓边，迎接死神的到来。她如同草地上零星碎小的露珠，随时都可能倒下。在世人的眼里，她已经成了这个世界可有可无的装饰，没有地位，没有价值。

对于《弃妇》一诗背后故事的解读，历来见解颇多。然而无论诗人在何种心境中写下这首诗歌，回顾诗人的人生历程我们或许能找到一些答案。

李金发认为，诗是“个人精神与心灵的升华”。幼年时候，被父亲寄予希望能子承父业——经商的李金发，在接受教育之后，内心对于知识的渴求使他萌生了当化学家、飞机师的想法。然而，1919 年秋赴法留学后在异国他乡却饱受歧视。《弃妇》蕴含着他那理想不能实现的失意伤感、在异国受歧视的怨愤。诗人在现实中得不到他追求的，在法国生活辛苦，前途渺茫，心中产生被社会遗弃的冷落感。他在短暂的人生旅途中有排遣不去的忧愁、哀伤、怨愤，这些通过弃妇形象抒发出来。有人说，诗中弃妇形象是以李金发故乡梅县一位名叫刘义妹的妇女为雏形。现实生活中的具象因与诗人之意契合而被摄取为创作材料，这在诗歌创作中是常见的现象。如果据此说李金发写此诗是为了表现现实生活中这类妇女的不幸遭遇和痛苦心灵，是为了抒发诗人对这类妇女的同情，那么，这也是弃妇这一形象的表层意义。李金发写此诗的侧重点在于借弃妇之形象抒写自己的思想情绪，而且，作品的客观效果有可能超出诗人的创作意图。就诗论诗，《弃妇》中的弃妇形象有更深更广的含义。诗中有象征性的社会环境的描写，也直言弃妇之“哀戚”、“隐忧”、“烦闷”，直接描绘其被弃后披头散发到垂暮之年“徜徉在墓之侧”。她是被社会遗弃者的化身，概括了一种可悲人生，表现了那一类人的恐惧、悲伤、忧郁、绝望。《弃妇》是一首哀伤、凄婉的人生悲歌。作品的主题可以涵盖：年轻的李金发、政治上的下野者、被抛弃的妇女、不幸死了丈夫的寡妇……弃妇是有典型意义的形象，而不是象征性的影像。诗中满眼是丑的形象：头发散乱的弃妇、枯骨、黑夜、蚊虫、短墙之角、荒野、空谷、悬崖、灰烬等。全诗笼罩着恐怖、凄凉、悲哀的氛围，流露出苦闷忧伤、悲观消沉，但也不乏挣扎抗争，从中可体会到诗人对抛弃"弃妇"的黑暗社会的不满、怨愤。诗中没有明晰的社会背景的描绘，是因为"对社会、人生感到失望和绝望，使他背向社会，而只面向内心"。

李金发在诗坛素来有"诗怪"之称，《弃妇》一诗则将其诗歌"怪诞"的特点表现得淋漓尽致。

从诗的整体构思看，《弃妇》不是那种"一部分一部分可以懂，合起来却没有意思"的诗。我们可以找出诗人藏起的"串儿"，把"大大小小红红绿绿"的珠子串起来。这"串儿"就是一条递进式的内在抒情弦索：恐惧—哀戚—隐忧—绝望。它随着弃妇的悲剧生活历程而逐层深化。在全诗的模糊集合过程中，中心意象"弃妇"是清楚的，其思想脉络明晰，这就使曲笔描写有明确的指向，读者可以在一定的范围内理解朦胧的诗意。

其次从闻一多提出的"绘画美、建筑美、音乐美"看，诗人以声、光、色的有机组合，描绘诗歌的形象美。蚊虫在黑夜狂呼，悬崖边山泉长泻，红叶坠地，乌鸦在礁石上静听舟子之歌……《弃妇》是自由体新诗，节与节不对称，诗行长短不齐，无固定韵脚。但其音节、句行安排有利于表达主人公的思想情绪。第二节表现弃妇欲排遣哀戚而不能，随这种欲望的低落，采用逐行缩短的阶梯式结构。第三节以长句表现弃妇长时间的烦闷。第四节表现弃妇的绝望，后四行每行末尾都是去声字，读起来有沉重之感。

从表现方式看，诗人采用隐喻、明喻、暗示、象征、比拟等修辞手法，创造诗的朦胧美。

"枯骨之沉睡"隐喻极度的冷漠。借助喻体"枯骨"这一具象，表现人的精神、态度，这种联想是异乎常态的。这种隐喻中的喻体是具体的、实在的、外在的形象，本体是抽象的、虚的、内在的因素。读者只有在喻体的诱导下，调动自己的生活经验，抓住两者"漠然不动"的相似点，才能由表及里地领会、把握刘勰所说的"文外之重旨"。"我的哀戚唯游蜂之脑能深印着"中的游蜂隐喻弃妇自身。联系上文"靠一根草儿，与上帝之灵往返在空谷里"，那离巢觅花不遂而在空谷中空转的游蜂，正是生活奔波、无依无靠、痛苦不安的弃妇的化身。在这里，"意象本身的意义却被勾销了，而实际所指的意义却通过意象所出现的上下文关系使人直接明确的认识出"。将只有"我"和上帝才知道的哀戚假托于"游蜂之脑"，强化了无人理解、同情哀伤的弃妇的状况，又能以游动之蜂暗示弃妇不安的生活。"点滴在草地/为世界之装饰。"也是隐喻句，言弃妇如草地上零星碎小的露珠，是世界可有可无的装饰物。这里的喻体"露珠"省略掉了。草地上的露珠和丘墓之侧的弃妇相似点在于：行将消失，渺小无价值，为世界之装饰。

"狂呼在我清白之耳后/如荒野狂风怒号/战栗了无数游牧"一句是明喻句。本体是蚊虫"狂呼"，喻体是"在荒野上使无数游牧战栗的狂风怒号"，喻体比较复杂，定语"战栗了无数游牧"置于中心词"狂风怒号"后，两者之间用了"："号，以声音喻声音，反映了弃妇的病态心理感受。

"鲜血之急流"则暗示冲动情绪，人在激动时血液循环加快，"心血来潮"。这里以较具体、鲜明的意象暗示抽象、潜在的情绪。"或与山泉长泻在悬崖"则以山泉长泻的形象画面暗示弃妇哀戚之深，表现其欲排遣哀戚的愿望。第三节中的"夕阳之火"暗示时间之长，日出日落，日复一日。

诗中的"黑夜"、"短墙之角"、"空谷"既是弃妇生活的自然环境，又是社会环境的象征。由黑夜联想到压抑、摧残人的黑暗社会，由简陋的短墙之角联想到受压迫者物质生活条件的低劣，由空荡荡的山谷联想到冷漠无情的人际关系。这种扩张性联想使读者跳出局部的自然环境，展开举一反三的创造性思维，有新的发现和收获，在作品提供的有限前提下尽量扩展作品主题的涵盖范围。"狂呼"的"蚊虫"象征侵扰弃妇者，正如李金发另一首诗《琴的哀》中的"微雨"、"风"："微雨溅湿帘幕/正是溅湿我的心/不相干的风，踱过窗儿作响/把我的琴声/也震得不成音了！"置于"然后随红叶而俱去"中的红叶象征人生的完结，这不是什么新鲜的玩意儿。伤春悲秋，在我国诗词中常见。它在诗中是作为了却哀戚的时间概念而出现的。

第三节从"夕阳之火"起李金发采用比拟的手法进行写意抒情。先是拟物，"烦闷"能用"夕阳之火"来烧，又能化作烟尘"从烟囱里飞去，长染在游鸦之羽"，把内在的抽象的精神当作有外在形态的物质来写。后是拟人，"烦闷"与乌鸦"将同栖止于海啸之石上，静听舟子之歌"。再看第四节中"衰老的裙裾发出哀吟"，裙裾是无生命的物件，却如人、动物一般"衰老"，发出"哀吟"。

就这样，《弃妇》一诗以异于常态的新奇联想将生命个体由外而内、从现实到虚幻再到现实这一彻底衰败的境遇淋漓尽致地展现出来。此中的那份心灵的挣扎、那份无可奈何的绝望与决绝、那份无以言诉的悲哀都足以震动读者的心弦。诗中的诸多意象，如弃妇、鲜血、枯骨、黑夜、蚊虫、游牧、游蜂、红叶、游鸦、丘墓等都浸染着浓厚的哀暮色彩，使读者在其中体验那份诗之情绪时更加具象可感了，从而也更具有冲击力和感染力。诗的标题"弃妇"本身作为一个意象，便正式象征着一种衰败的生命景象。

《弃妇》这首诗歌是李金发历尽波折后对世事的彻悟，诗中的一字一句都是李金发对生命的深刻体悟。诗歌虽为"弃妇"，但传神的意象与刻骨的情感使之成为读者心目中的"宠儿"。

（撰稿人：颜　霜）

老舍：太平湖边的失语

【作家简介与创作历程】

老舍（1899—1966），一位良心作家。他的《骆驼祥子》享誉世界，表露对穷苦市民的关切，折射出一位平民作家为生民立命的责任；一部《四世同堂》将抗日民族大背景之下中国人应对战争所表现的人心人性剖析得可圈可点。同时，老舍更是一位艺术家，他是旗人的典型，多才多艺。唱戏、打拳、说相声、养花养草等样样在行，他的作品里充满了“满族”特色，为他的思考注入了新的乐趣。只有走进老舍的作品，我们才能通过他的文字把握他的用意与希冀。

（一）

1922年，老舍23岁，发表了他的第一部短篇小说《小铃儿》。那时候老舍正担任天津南开学校中学部国文教员，他利用闲暇时间写了这篇作品。小说中的小铃儿知道自己的父亲因为南京一役阵亡，而对日本有着深刻的仇意，于是小小年纪，便想着锻炼身体走向战场，甚至在学校因看不惯一些事情开始打架。初次创作，老舍的文字里便有着对国家民族命运的隐忧，虽然看似不成熟，却清晰地看出老舍的心之所至。

老舍属于20世纪的“五四”一代。这一代无疑是20世纪思想史上举足轻重的一代。他们看到传统中国所暴露的一系列问题，又受西方思想中民主与科学的理论洗礼。这种结合使得“五四”一代的知识分子身上有一股尼采所强调的“超人”意志，每位热血沸腾的男儿都恨不得走上战场与敌人厮杀。再加上老舍特殊的民族身份，他是满族人，亲眼看见了“弱国无外交”的可怕下场，族群的没落、父亲的惨死让他比别的男孩更早熟、更敏感。老舍的身份与环境与其说决定了老舍的文学道路，毋宁说指引了老舍的文学选择。

1924年夏，老舍25岁，由燕京大学英籍教授艾温士推荐，远赴英国伦敦大学担任华语教师。直到1930年，老舍才回到北京。归国途中，老舍游历了巴黎、欧洲大陆、新加坡等地区。他国生活的经历对年轻的老舍的眼界、学识以及思维产生了很大的影响，在老舍的思维畛域里受到了潜移默化的熏育。当时身在伦敦的老舍就一口气创作了三部作品：《老张的哲学》《赵子曰》《二马》。

《老张的哲学》是老舍的第一部长篇小说。无论是创作内容还是创作手法均与早期的稚嫩表达和散漫支离拉开了差距，故事显得辛辣幽默。老舍塑造的人物老张，圆滑势利、贪婪抠门，借自己的小权力压榨学生，借孙八的愚昧让自己当官，为逞一己之私甚至会卖老婆，是一个“恶”人。老舍从现实取材，并联系本人的生活经历，揭露教育的弊端，批判世人的贪婪。

语言和情节是构成小说创作的重要因素，在这两个方面，老舍都意识到了。然而，在性格塑造上，初出茅庐的老舍是欠缺的。老张从头到尾表现出来的算计、贪婪、狠心、圆滑，与其说是一个人的性格色彩，毋宁说是作家借以批判的符号，老舍想借老张批判社会的黑暗残缺与丑陋的现实，却忽略了人物性格的复杂性。老舍如此，一方面有初创小说的不娴熟与不老练，另一方面，则是老舍早期创作中急功近利的心态，老舍想使人物深化，故他花了大量的笔墨描写老张“恰到好处”的语言及其经历的事件，但对老张的心理矛盾，却并未进行详细解剖。我们既听不到人格分裂的内心诉求，也看不到年轻人身上爱情的热烈，在老舍笔下，老张总是在作恶。李应与王德天生有种认命心理。在他们身上，我们能看到一点朝气，却看不到其血性。这种人物设置暴露出老舍太想深刻的心态，在他们身上，有许多热性的事，却没有热性的选择。这种创作的残缺之处与老舍的这种心态有很大关联。个人感受表达的技巧即艺术。老舍在早期创作中并未意识到这一点。

在《赵子曰》里，老舍遵循其创作思路，借批判主人公以达到警醒世人的作用。再到《二马》，小说以二马父子在国外的遭遇作为题材进行创作，作为中国人身在国外的遭遇和内心的窘迫，老舍把这些都写进《二马》。表现最为突出的是马威的徘徊不定、难成大事和马则仁的因循守旧、冥顽不灵。从这两个人物设定上可以看出，老舍开始关注现实状况和社会环境，老舍的文学想象开始由空中楼阁到尘埃落定，无论是创作题材还是创作技巧，对人物的语言和情节的把握，都已较以前更娴熟而老练，因为老舍有亲身经历而使作品的艺术价值得到提高，亦因为老舍开始从“民族”的角度看待问题。

早期的三部小说奠定了老舍创作的关注点——对现实和社会的反思是老舍文学创作的基本向度。老舍的创作心态受西方人的影响很大，狄更斯、但丁、康拉德的创作风格被整合在老舍关于现实的想象以及想象现实的创作心态之中。在他看来，现实问题是文学创作首当关心的问题，反映现实才是有意义的文学。当我们通过揭露现实去把握文学的价值，通过社会想象去参透生活之中，例如国难、贫穷，乃至一些黑暗的社会现状时，我们才能揭示文学的价值以及知识分子的使命。老舍关于文学的想象在笔尖下开始释放出来，我们通过老舍的作品，多少能把握当时社会的鲜活的生活状态。

1930 年，从国外回来的老舍开始创作《小坡的生日》《猫城记》《大明湖》等作品。狄更斯幽默讽刺的创作风格也体现在老舍作品中主要的表达方式和行文规律中，不同的是，前者更深刻老辣，后者则只发挥了一半的功力。鲁迅称老舍是林语堂创造的那种幽默理论下头的一个人物，这个人物不可取云云。从中我们可以看出关于老舍幽默方式的评价也有负面的声音，但无法否认的事实是，回国后创作的这些作品，老舍的思想认识明显有了不小的“进步”。也可以说，老舍的创作天分加之后天笔耕不辍，他开始跻身于名作家的行列。其中，《猫城记》这部作品是回国后创作的最杰出的一部作品。

回国后的老舍，不仅感受到社会的黑暗现状，以及整个国家所面临的社会危机。九一八事变，日本大举侵略中国东三省地区，而民国政府正面抗日有待时日，老舍敏锐地捕捉到中国在军事、外交等方面的失败，在这种背景之下，《猫城记》诞生了。除了科幻形式的自由想象以外，其创作魅力一方面表现在政治、历史、教育、文化等广泛的社会内容上，即涉及当时社会所暴露的一系列现实问题；另一方面表现在老舍开始追根溯源地思考种种问题，对破坏中国的未来走向及阻碍中国当下发展的本质问题，老舍用隐喻的方式直指导致清王朝灭亡的主要祸因——鸦片。他以清算的方式指出鸦片对人的精神奴役和物质绑架，以及中国人对外国人没有根据的盲从和谄媚。可以说，老舍的《猫城记》放在今日，都有其深刻的现代性。他以知识分子的视角对人身上的贪婪阴暗与自欺欺人口诛笔伐，以小我观社会，以己心体国家之状，以独特的人物世界揭示时代的滑坡。从老舍其后加入文艺界抗敌协会等选择，均可看出，老舍亲身践行他的表达方式，他从文学选择走向现实选择。

（二）

老舍的早期创作大胆挥洒自己的创作才华，成熟之后的老舍看待自己的作品也觉得不成熟之处颇多。但不管怎样，早期的创作风格和表达方式是老舍创作之路的一抹亮色，已成为其思想和心态必不可少的组成部分。所以，《猫城记》是早期的终结，也是另一个时期的开始。老舍开始尝试不同的创作叙事方式，早期老舍笔下的老张、赵子曰、马威父子等，他们只存在于某一个时期，是为环境特意塑造的人物，读者只知道他们的某一个过程，却不知道他们的命运走向，老舍文学作品中的人物走向都带有一种“戛然而止”的停顿方式。可是，自《猫城记》起，老舍笔下的人物开始丰满、具体。

从1930年到抗日战争爆发前夕，老舍一直住在山东，主要工作是教书。其实从国外回来后，老舍就萌生了成为一名专职作家的想法，但由于一些现实原因，老舍还是选择了教书。《猫城记》是在济南写完的。妻子胡絜青的分担让老舍生活轻松了不少。老舍每天时间安排得很有规律，除了上课，剩下的时间几乎都在写作。《大明湖》《离婚》《牛天赐传》和收在《赶集》里的十几个短篇都是在济南写成的。济南的日子，时短情长，济南几乎成了老舍的第二故乡。

1934年，老舍辞去了齐鲁大学的教职，跑到上海。他想找“专以写作挣饭吃”的活，住了半个月，沪上的朋友劝他还是找个稳定的活儿，这时的老舍接到了山东大学（当时在青岛）的聘书。原本带着不情愿，可是一到青岛的老舍却开心了。青岛自秋至春都很安静，非常适合写作，老舍到了这里，再也舍不得离开，生活相对稳定。

在山东大学任教的日子里，老舍未写长篇小说，主要以短篇小说、散文、生活回忆、杂文等为主，自传体文字的写作不如在济南时多。

1936年，老舍辞去山东大学教职，决定成为专业作家，开始构思长篇小说《骆驼祥子》。从《骆驼祥子》看来，老舍开始关注生活中的小人物。“物质上受累，精神上受困，人无往而不在枷锁之中”是老舍文学创作叙事立论的根本。他在普通人身上探索、挖掘并进行了淋漓尽致的表达：解剖物质对人心性的影响，可以让人从踏实走向贪婪，从健康走向毁灭。尤其对生活中忽视形而上只知挣钱致富的小人物而言，他们难逃物质之困，最终也难逃精神之困。老舍将这种残忍的现实撕扯成碎片揭示给读者看，他看到个人努力的渺小以及强大的现实之困，他写尽普通人身上的无奈和无知，亦感叹社会秩序让普通人无法安身立命的现状。老舍不再只关注广阔的社会背景，而是精心雕琢人的内心走向。反之，正是这一群祥子、月牙儿构成了社会，他们只是这个社会的几千万分之一。

《骆驼祥子》一经出版，便引起了很大的轰动，被翻译成各种语言远销国外，且销量居高不下。可以说，老舍笔下的祥子成了社会的典型人物，读者同情祥子的遭遇，祥子亦成了被人热议的对象，老舍的名字也开始享誉世界。

无论是叙述方式还是行文思路，老舍开始与早期的创作拉开距离，他不断地进行文学想象，找到属于自己的表达方式，自成一家。

如果说作家对生命的把握在文学创作上体现出人性的光辉，那么，在文学叙事中所表现出歇斯底里的绝望则构成人性的另一维。老舍欣喜于中国老百姓身上洋溢的上进、勤奋、善良的心态，而在叙述过程中极力去挖掘人内心的“热”，但老舍对人身上该有的坚持以及社会现实的不包容则持怀疑的态度，他坚定地用自己的方式记录着现实社会。

七七卢沟桥事变，全国抗战爆发，日本舰队在胶州湾游弋，造成青岛局势紧张，很多抗日爱国分子遭迫害，老舍此时正在赶写《病夫》《小人物自述》两部长篇小说，也匆匆搁笔了。老舍不愿再写，“初一下笔的时候，还没有战争的影子，作品内容也就没往这方面想。及至战争已在眼前，心中的悲愤万难允许再编制‘太平歌词’了”①。老舍当即赋诗一首：

弱女痴儿不解哀，牵衣问父去何来？
话因伤别潸应泪，血若停流定是灰。
已见乡关沦水火，更堪江海逐风雷；
徘徊未忍道珍重，暮雁声低切切催。②

国破，当局一味苟安妥协，自然家无宁日。老舍不得已再接受济南齐鲁大学的聘书，急忙把家迁到齐鲁大学内，此时的老舍坚持给地方报刊写抗日短文，为用通俗文艺宣传抗战，老舍主动向一些艺人学习鼓词。

（三）

1938年，在周恩来的支持下，老舍参加了由茅盾等14人组成的“文协临时筹备会”，执行筹备文协成立的任务，并被推为正式筹备委员之一。抗日战争的爆发，在国难面前，似乎一切美学都暗淡了，所有的文学创作都遵循着同一个主题：抗日。当时盛行的两个口号“文章下乡”和“文章入伍”影响了很多知识分子，“抗战文学”也成了当时的主流文学，一直到1945年，日本无条件投降，作家紧绷的神经才得到放松。此时的老舍心情复杂。

茫茫何处话桑麻？破碎山河破碎家；
一代文章千古事，余年心愿半庭花！
西风碧海珊瑚冷，北岳霜天羚角斜；
无限乡思秋日晚，夕阳白发待归鸦！③

① 老舍. 这一年的笔. 老舍文集（第14卷）. 北京：人民文学出版社，1995：134.
② 曾广灿，吴怀斌. 老舍研究资料（上）. 北京：知识产权出版社，2010：153.
③ 曾广灿，吴怀斌. 老舍研究资料（上）. 北京：知识产权出版社，2010：175.

抗日战争这段时期，老舍发表了很多通俗文艺作品，“在抗日战争以前，无论怎样，我绝对想不到我会去写鼓词与小调什么的。抗战改变了一切。我的生活与我的文章也都随着战斗急潮而不能不变动了”①。所以，在特殊的年代里，作家只能用自己的笔杆子代替枪杆子去战场。老舍利用鼓词等宣传抗战，想着法子去激发人民的战斗意志，创作了像《王小赶驴》《张忠定计》《打小日本》等作品，这些作品是时势跌宕下的产物，难以看到《骆驼祥子》中表现出来的艺术价值。

1944 年 1 月，老舍在重庆北碚开始动笔写以沦陷区北平为背景的百万字长篇小说——《四世同堂》，直到 1948 年才落笔。

老舍从抗日战争这样一个广阔的大背景出发，叙写了民族遭受危机的情况下，本民族是如何对抗外来侵略者的。老舍主要以北平的“祁家”为线索展开叙事。老大祁瑞宣、老二祁瑞丰、老三祁瑞全，分别代表抗日战争背景下的三种类型，以他们的选择与挣扎作为作品的主要叙事内容。在文本中，老舍对反抗者、徘徊者、顺从者这三种类型进行刻画，对中国人传统的思维方式和根深蒂固的守旧思想进行了深刻的揭露与批评，理性地思考了民族的命运，并对民族的未来提出了自己的想象。老舍借《四世同堂》表达其写作宗旨：一个人除了要对自己负责还要对社会负责，要积极地参与社会生活；且在国难当头、大难来临之时，每个人都应将自己的利益暂且放下，守护自己的良知，积极为国家、民族英勇反抗，否则民族就会陷入万劫不复的深渊。这些话可以看作老舍的内心自白，亦可从中看出老舍作为专业作家对创作的理解和把握。

这里值得一提的是，老舍《四世同堂》的后半部分是在美国写完的。1946 年，老舍被邀请赴美讲学，对外介绍中国文化。1945 年 11 月底，因《骆驼祥子》英译本（伊万·金译）在美国畅销并博得好评，美国使馆文化专员曾亲访老舍。可以说，老舍是作为美国人眼中最出色的中国作家之一而受邀请的。在美的生活，除了一些演讲，其余则主要集中在小说翻译上。这次美国之行，同时受邀请的还有曹禺。在美国的三年半，老舍全力完成《四世同堂》《鼓书艺人》的撰写及《离婚》的翻译。1949 年 7 月，中国文学艺术界联合会第一次代表大会举行。周恩来说，现在南北两路文艺队伍大会师了，就是缺少我们的老朋友老舍，已经邀请他回来了。10 月，老舍接到受周恩来嘱托的冯乃超、夏衍先后写来的邀请回国的信，扶病归国。

老舍在美，祖国已发生很大改变，所以，等到老舍再次踏入中国，内心是激动与复杂的，这种心情老舍写进了新太平歌词《过新年》里。

> 多亏了，民间出了真领袖，毛泽东同志文武双全。
> 他告诉人民须反抗，
> 他领导人民杀上前，
> 他替人民出主意，
> 政策军略想得周全。
> 一脚他踢出蒋土匪，屁滚尿流跑台湾；

① 老舍. 老舍生活与创作自述. 北京：人民文学出版社，1982：49.

再一脚踢出美国帮凶汉，丢了军火又赔钱。
这才有，解放全国，重见天日，欢欢喜喜贺新年。
胜利的新年这是头一次，工农翻身福在眼前。
从此后，大家生产，大家吃饱饭，真正的自由平等到了民间。
但只见，金星的红旗高悬起，秧歌新戏锣鼓喧天。
人民的胜利真胜利，
胜利的新年好新年。
劝诸位，紧跟着毛主席向前进，实现新民主，国泰民安！①

这也是老舍归国后写的第一个作品，记录了老舍当时的心情。

（四）

1949年10月，新中国建立。中国已经不再是半殖民地半封建的国家，这种“新社会”下的生活，老舍变得极少写关于个人社会的文章，他自称是“歌德派”，歌颂社会、共产党以及毛主席之德。这种“歌德式”的写作态度已经决定了老舍的创作范围，老舍除了借客观事实歌颂外，就是主观抒发。在其总结性的文章《十年笔墨与生活》里，老舍自己概括了其十年来的主要创作。十年来，老舍主要创作剧本和杂文，步伐与新社会保持一致，留下了不少作品，《茶馆》《龙须沟》等都是那时候写成的。然而，苦不堪言的是：“（按：指作家们）写的剧本，似乎人人有权修改，个个显出优越。一稿到来，大家动手，大改特改。原稿不论如何单薄，但出自一家之手，总有些好处；经过大拆大卸的修改之后，那些好处即连根拔掉；原来若有四成艺术性，到后来连一成也找不着了。由这种修改大会而来的定本是四大皆空：语言之美、情节之美、独特的风格、结构的完整，一概没有。用这种定本拍制出来的影片当然也是四大皆空，观众一齐摇头。”②这番话足以看出作为作家的无奈和辛酸。老舍表达自己的真切感受：“我不想加罪于任何人，不想追究责任。但一想起来啊，我就好不伤心！”③

要说明的是，老舍当时的官衔很多。据统计有：《说说唱唱》主编，中国民间文艺研究会副理事长、常务理事，北京市文联主席，政务院文教委员会委员，中央人民政府文化部电影指导委员会委员，文艺界抗美援朝宣传委员会委员，中国人民保卫世界和平反对美国侵略委员会北京分会副主席，北京盲艺人讲习所顾问，北京市人民政府委员，北京市节约检查委员会委员，中印友好协会理事，政务院华北行政委员会委员，北京市贯彻婚姻法运动委员会委员，北京市戏曲编导委员会顾问等。对于频繁的社会活动，老舍内心非常苦恼。因为虽然顶着许多光环，但老舍始终是位作家。作家的使命与责任要求他反映当时社会的精神面貌，用自己的双眼去“看”。政治活动过多，占据了老舍的时间和精力。况且一味地去歌颂现存秩序必定会曲解很多东西。此时的老舍有许多不可述说的难言之隐。

老舍自觉改造自己的思想，力图在创作上有所突破，表达自己的思想境界，回忆一代人痛

---

① 老舍. 太平歌词. 光明日报，1950－01－06.
② 吴福辉，钱理群. 老舍自传. 南京：江苏文艺出版社，1995：269.
③ 吴福辉，钱理群. 老舍自传. 南京：江苏文艺出版社，1995：269.

苦曲折的心灵历史。从回国之初，到老舍生命的结束；从满腔热情地投入改造，到成为"资产阶级老人"，老舍一直在努力，却始终跟不上"革命"的步伐，内心的无奈痛苦与焦急烦躁都溢于言表。当局频繁的政治运动让老舍很难顺从自己的内心，越是想转变，就越是让自己难堪。或许，这是那一代知识分子无法言说的真实内心。

不可否认的事实是，在老舍的作品里，起码是这十年未出经典。所出的几乎都是特殊时代的应生物，热情去掉后，再无冷静的沉思。因为一位优秀的作家，除了写别人，还应该写自己。

（五）

如果说，在 1949 年之前，老舍只是一位为祖国存亡笔耕不辍的文化人，对于政治，还只是一个积极的旁观者。那么，1949 年之后，老舍则成为政治的参与者，他不再只是一位作家。1950 年，老舍创作了话剧《龙须沟》。在剧作中，老舍歌颂人民政权、歌颂新社会，在当时的社会环境中，产生了很大的反响。老舍自己说："龙须沟动了工，我才赶上前去。"且辩解："赶任务不单是应该的，而且是光荣的。"①无疑，《龙须沟》是配合时事政治而操作捣鼓的作品。那一年，老舍创作了一系列话剧。五幕话剧《方珍珠》、大鼓词《生产就业》、太平歌词《开国纪念一周年》等，由这些作品，我们看到了老舍主动积极的政治参与热情。一时之间，老舍自觉地名正言顺地成了"歌德派"。1953 年，老舍作为中国作家代表团成员访问捷克斯洛伐克和苏联，回来后，老舍在《毛泽东给了我文艺生命》一文中说："毛主席告诉了我和类似我的人，你们错了，文艺应当服从于政治。"②老舍的创作与政治走得更近了。无论从艺术成就上还是创作内容看，我们找不到老舍作为作家独立自由的"发声"，老舍的国民性批判意识再也找不到了。尽管这样，老舍还是受到了追捧，成了新政权的好朋友。

随着新生秩序的建立，一切民族问题似乎都迎刃而解了，所以老舍的创作内容才会积极、乐观。当然，如果一直是这样，接下来根本不会出现《正红旗下》这种具有自传性质和民族意识的作品。

1955 年，批判"胡风反党集团"在中国知识界掀起了一阵狂风。"三十万言三十年"，胡风质疑和批判政治对于文学的绝对统治地位，决不妥协，他的大胆谏言最终让他进了监狱。老舍作为作协副主席，撰文与胡风划清界限。《看穿了胡风的心》《扫除人民唾弃的垃圾》《都来参加战斗吧》，从这些题目，我们已经找不到当年创作《骆驼祥子》的作者所流露出来的冷静深刻和深谋远虑。要真是一位有独立人格的知识分子，老舍面对昔日好友如此遭遇，即使不敢站出来抗争，至少可以保持一定限度的沉默。当然，要真是如此，老舍就不是老舍了。1957 年，反右运动展开，老舍积极地投入，有人站出来批评老舍是国家的应声虫，老舍在《答匿名信》中自豪地宣称："我以前歌颂过共产党，现在和将来还要继续歌颂。你以为这可耻，因为你恨共产党。你的仇恨使你变成睁眼瞎子，看不见国家逐步富强，人民生活逐步改善。"③可是，看着身边越来越多熟悉的朋友被打成"右派"、"反革命分子"，老舍开始沉默。什么是真正的文学，这个问题开始在老舍的内心缠绕。这一年，老舍创作了话剧《茶馆》，这部沉默之后爆发的作品冲击了

---

① 老舍.老舍创作论.剧本习作的一些经验.上海：上海文艺出版社，1982：145.

② 老舍.毛泽东给了我新的文艺生命.老舍全集（第 14 卷）.上海：文汇出版社，2008：494.

③ 老舍.答匿名信.人民日报，1957－09－11.

当时的文艺界。《茶馆》触及了三个过去的“时代”，涉及了关于旗人的描写，这种题材的创作很快被人指出是“一首旧时代的挽歌”。且一片叫座的《茶馆》的公演，也被勒令叫停，在“加红线”后才得以继续演出。其实，从《茶馆》中，我们已多少能看出，老舍对自己一向“歌颂”和顺从的焦虑与苦闷。看似是对三个时代的简单否定和批判，但我们熟悉的老舍在《猫城记》《骆驼祥子》《四世同堂》中的悲剧笔调和批判意识又开始复活了。《正红旗下》正是这一“渗透”的有意之作。

在《正红旗下》里，老舍将旗人的一生比作一个细致而糊涂的梦。在梦里，他们学会了吃喝玩耍，不务正业，且以找乐子为生，并坚定地认为：“祖宗定的法不许变！”①实则是听说：“一变法，旗人就须自力更生，朝廷不再发给钱粮了。”②

在旗人的眼里，装不了国家大事，更何况世界变化。“变法虽是大事，猫若扑伤了蓝靛颏儿，事情可也不小。”③除了这些人，剩下的要么是像老舍的父亲、多二爷一样老老实实、安分守己的旗人，要么就是像老舍的母亲、大姐一样的女人们——从嫁过去便要为婆家起早贪黑地做着、受着，要能洗能做，还得受婆婆的气，甚至还要看大姑子的脸色伺候着，办理婚丧大事时眼观六路、耳听八方。待人接物要守规矩、懂礼节、孝敬长辈，一生不辞劳苦地扶持操劳，及至自己熬成了婆婆，再反复压榨着自己的儿媳妇。所以，清朝覆灭后，便是这样的旗人，好吃懒做、不想改变、本本分分，这样的旗人去保卫大清朝，注定是失败的。《茶馆》里，常四爷说大清朝该亡，《正红旗下》里，老舍无疑道出了亡的本质：“怪不得英法联军直入公堂地打进北京，烧了圆明园！凭吃几份儿饷银的寡妇、小罗锅、小瘸子，和像大姐公公那样的佐领、像大姐夫那样的骁骑校，怎么能挡得住敌兵呢！”

1963年，老舍的《正红旗下》完成了前十一章，便匆匆搁笔了。这部对于老舍具有重要意义的作品还没来得及展开便夭折了。前十一章，老舍写到满族的命运。既然是自传形式的一部作品，从时间叙事上讲，老舍才写到义和团运动，更多标志着历史改变的大事都没有出现，老舍在新政权之后的想象更是成了看不到的谜底。

老舍创作了一生，思索了一生，但站在“太平湖边”，老舍已“无语”。

【经典解读】

《骆驼祥子》：“身份危机”的纠结

一直以来，老舍与“京味文学”被学者看作是相辅相成、不可分离的，老舍是京味文学的代表。一般说来，对“京味文学”的定义是：以北京话进行创作，反映北京人的社会生活、风土人情，表现他们的审美观念、艺术情趣的文学。阅读老舍的作品，德胜门、茶馆、大杂院等几乎成了老舍作品的符号，这与北京有千丝万缕的联系。然而，我觉得与其说老舍是“京味小说”的代表，不如说是老舍以他独有的北京腔调来消除自己的身份焦虑。

早期的作品《老张的哲学》《二马》《赵子曰》，老舍都强调了国民性的话题，老舍在老张、二

---

① 舒济，舒乙．老舍小说全集（第1卷）．武汉：长江文艺出版社，1993：316.

② 舒济，舒乙．老舍小说全集（第1卷）．武汉：长江文艺出版社，1993：316.

③ 舒济，舒乙．老舍小说全集（第1卷）．武汉：长江文艺出版社，1993：314.

马、赵子曰身上寄托着一种恶的符号，继而到《猫城记》，老舍寓言中国走向灭亡。无论是老舍本身的民族身份，还是老舍创作的大胆想象都足以将老舍带入话题人物之列。老舍由于身份带来的焦虑对其作品也有所影响。所以对于老舍接下来的创作，我们稍加注意，便可看出老舍的“身份焦虑”。

回到当时创作的社会背景。20 世纪 30 年代，左翼文学通过创作将作品中的人物与社会连接起来，起到揭露社会黑暗的作用，不知何时，通过人物的悲剧抨击社会的黑暗也已经成为一种文学现象。例如，茅盾的《子夜》《林家铺子》和“农村三部曲”等。但是我们回到作家的内心，作家的体验尤为重要，创作过程中的精神创伤也必会在作品中有所反映，现实生活中所难以言说的遭受的困境、屈辱必须通过作品慢慢释放、稀释。厨川白村说过：“生命力受了压抑而生的苦闷懊恼乃是文艺的根柢。”①非有那种被压抑无法释放的情感即无伟大作品的产生。所以，老舍创作《骆驼祥子》，其实是偶然之中的必然。在创作《骆驼祥子》之前，老舍创作了《猫城记》。《猫城记》的艺术价值已无须强调，然而由于特殊的历史氛围与政治环境，《猫城记》在当时并未得到认可，反而学人的愤激之词大于褒奖肯定。这部作品透露出老舍面对“身份危机”的焦虑和试图超越的内心挣扎，老舍是满族人，尽管《猫城记》是一部政治寓言小说，作品中并未明确涉及满汉之间的关系。写“我”目睹了猫国由出生到死亡的过程，在“哄的国”走向灭亡时，“我”发出了希望中国走向强大的呼声。很多学人认为，老舍带着一种偏见看待中国，甚至主观地认为老舍对中国不怀好心云云。所以，正值“风口浪尖”上，老舍创作了《骆驼祥子》。老舍有意想借《骆驼祥子》消除自己的“身份危机”。

《骆驼祥子》也是“京味文学”的代表作品之一。关于《骆驼祥子》的创作，据老舍讲：他与朋友闲聊，朋友向他讲述了一个人力车夫的故事。朋友说这个车夫曾买了一辆人力车，后又被迫卖掉，如是三买三卖。还有一个车夫被军队抓了去，谁料因祸得福，乘着军队仓促转移之际，顺手牵回了三匹骆驼。老舍听后便说这可以写一部小说。老舍日日思索，终于把那么点简单的故事变成了一部 10 多万字的小说。按老舍的意思，《骆驼祥子》是一部偶然之作，然而，我们仔细阅读作品，其实《骆驼祥子》是老舍用自己的方式在消除自己的身份焦虑，老舍选择了从一名车夫的命运来探索人的命运，缓解其身份危机，他想以特有的北京腔调得到别人的认可。

一、民族屈辱——本民族的焦虑

辛亥革命之后，满族人的地位受到冲击，整个社会洋溢着排满的情绪。而这时，习惯了养尊处优、拿国家饷银且以自力更生为耻的满族人是面临着生存威胁的。这些满族人只会享乐、玩耍，是缺乏生存技能的，且他们一贯以来也以学手艺为耻。清王朝灭亡，统治者易主，满族人风光的历史年代消失了。作为老舍创作的潜在背景，这些历史必会对老舍的创作产生影响，且在汉族人统治的环境之下对满人是不会“客气”的。社会上总有一股排满情绪挥之不去，老舍

① 鲁迅译.苦闷的象征.南京：江苏文艺出版社，2008：2.

作为满人,在"新"的社会环境下因为他的族群身份受到冲击,这让不是汉族子民的老舍内心有潜在的屈辱感。再加上在《猫城记》的创作过程中,老舍大胆的设想惹得众议,所以老舍需要释放出这种屈辱。而创作《骆驼祥子》,正是一个有力的宣泄手段。

一开始,祥子进城,对生活有幻想和激情,身上有一股使不完的劲儿。他凭着自己的努力买上了属于自己的车。可祥子的车被大兵抢走了,结果是祥子牵回了三匹骆驼。

满族人是游牧民族,崇尚骑射,富有竞争精神,更有"跳骆驼"这样的竞技活动。所以"骆驼"是北方游牧民族的一个象征,也是老舍探索满族命运的一个符号。再看骆驼在祥子手里的命运。祥子身上一无所有,骆驼的命运跟他的命运是连着的,他冒着生命危险将骆驼拉进城,指望在它们身上捞回本,抵上自己被抢的车。所以,祥子将卖了骆驼换来的30元,寄存在刘四爷那儿。按照故事发展的顺序来看,祥子卖了骆驼,骆驼的故事便可以结束了。可是老舍偏不这样,骆驼没了,已经易主了,主人已经换了,那么跟祥子没关系了,可是祥子却成了骆驼。

> 过了些日子,大伙儿看祥子仍然拉车,并没改了行当,或买了房子置了地,也就对他冷淡了一些,而提到骆驼祥子的时候,也不再追问为什么他偏偏是"骆驼",仿佛他根本就应当叫作这个似的。①

祥子的命运与骆驼的命运交缠在一起。祥子拉车,过着和可怜的骆驼相差一步的生活。祥子的命运,经历三起三落,身上所带有的热情和上进心正一点点因生活的苦难而流失,这何尝不是一只骆驼的命运!骆驼本来应该生活在北方,硬是被祥子牵进城里,要么被贱卖给老者继续养着干些农活,要么便是被卖给汤锅的成了别人的下酒菜。它的一生都必须负重,双峰上要承载着屈辱。老舍对祥子的命运所做的探索何尝不是对自身民族命运的探索呢!因为换了主人,所以命运就从此改变了。祥子遭受的委屈象征的就是满族人所遭受的委屈,由一个健全的、健康的人变成了一个堕落的、黑暗的鬼,祥子的勤奋统统失败了。老舍在祥子身上进行了关于本民族命运的想象,这种过程恰恰也是老舍释放出本民族屈辱的过程。祥子的车被抢,意外地牵回了骆驼,可是骆驼卖了,钱却没了。老舍让祥子一步一步走进无处可逃的围城,这种围城折射出满族人的困境。满族人没有生活的技能,要想在当下的社会活下去只能靠最基本的努力。可当勤奋、上进心最终变成了狡诈、贪婪,这便成了一种活着的屈辱。祥子是老舍关于民族屈辱的释放,暴露出老舍由于满族人身份所带来的危机。

二、他族歧视的焦虑

虎妞送来了祥子存在刘四爷手里的30元钱,他拒绝了像高妈一样去放利,他不喜欢走捷径,只觉得钱放在自己的手里踏实。他想着:如果再过几个月就可以买上自己的新车,有了自己的车就可以过上自己想要的生活,祥子对生活又燃起了幻想。可是,祥子却遇到了孙侦探,孙侦探敲诈了祥子的存款——祥子用命换来的30元钱。

> "我看看!"孙侦探笑了,一把将瓦罐接过来,往墙上一碰。

---

① 舒济,舒乙.老舍小说全集(第4卷).武汉:长江文艺出版社,1993.

> 祥子看着那些钱洒在地上，心要裂开。
>
> “就是这点？”
>
> 祥子没出声，只剩了哆嗦。
>
> “算了吧！我不赶尽杀绝，朋友是朋友。你可也得知道，这些钱儿买一条命，便宜事儿！”
>
> 祥子还没出声，哆嗦着要往起裹被褥。
>
> “那也别动！”
>
> “这么冷的……”祥子的眼瞪得发了火。
>
> “我告诉你别动，就别动！滚！”
>
> 祥子咽了口气，咬了咬嘴唇，推门走出来。
>
> 雪已下了寸多厚，祥子低着头走。处处洁白，只有他的身后留着些大黑脚印。①

孙侦探就这样当着祥子的面嚣张地拿走了闷葫芦罐里的钱，与其说他是抢，毋宁说是拿。他是一个破坏者，他破坏了祥子的宁静。孙侦探与祥子是“旧识”，第一次，孙侦探把祥子拉上西山，导致祥子丢了车。第二次，他出现在祥子面前，祥子不仅没有能力维护自己的权益，反而又赔上了自己的买车钱。如果祥子身上承载了满族的命运，那么，孙侦探就像一个异族，给“弱小”的祥子带来了悲剧，而祥子没有能力反抗。祥子的梦想、憧憬也随着罐子摔碎的时刻而碎裂了。侦探本是秩序的一种体现，可是侦探却像异族一样敲诈了祥子，破坏了祥子所处的秩序。祥子由心裂、哆嗦到冒火的过程是内心一点一点变得绝望的过程，这个时候，闷葫芦罐就像作家的一个结，罐子被侦探砸碎的一刹那，祥子的痛苦被砸碎了，作家的心结也彻底打开了。老舍由于他族歧视所产生的身份焦虑随着祥子的痛苦被慢慢地稀释、消解。

孙侦探的强横也让祥子在曹家的工作终结了。之前，祥子一直觉得自己很幸运，遇到了曹先生这样的人。他把曹先生当成圣贤，感恩曹先生的“人道主义”，心甘情愿地在曹家干活。

> 只有曹先生既认识字，又讲理，而且曹太太也规规矩矩的得人心。所以曹先生必是孔圣人；假若祥子想不起孔圣人是什么模样，那就必应当像曹先生，不管孔圣人愿意不愿意。②

曹先生不扣工钱，对祥子很好，是他激起了祥子攒钱买车的欲望。可是曹先生的好只是为了衬托孙侦探的恶劣而存在的，他的好就像一口虚无缥缈的气，待到孙侦探一出现也就散尽了。老舍让祥子走上绝望的过程实则也是自我内心的一种折射，随着祥子的痛苦，老舍慢慢地释放出被他族歧视的担忧和焦虑。而孙侦探再也没有出现过，因为作家的焦虑已经被稀释掉了。老舍作为一名中国人，在“迫害者”面前是没有能力自保的。孙侦探是“强大”的，他的背后自有支撑他的势力，而祥子呢？祥子如何自保？如何对抗孙侦探？老舍没有解答，所以老舍借祥子暴露出第二个关于身份的焦虑。

---

① 舒济，舒乙. 老舍小说全集(第4卷). 武汉：长江文艺出版社，1993.

② 舒济，舒乙. 老舍小说全集(第4卷). 武汉：长江文艺出版社，1993.

三、自身的焦虑

个人的身份危机主要表现为群体认同上的失落感,还有个体自我认知上的失败感。老舍有很多身份。作为满族人,有关于满族命运的担忧。身在北京,满族同胞的生活老舍看在眼里;作为中国人,有关于民族命运的担忧,面对异族入侵,在看到满族的衰落后,老舍比谁都能体会国破家亡的悲剧。但无论是满族族群,还是面对民族忧患的中国人,这些都只是老舍的"外在"的身份。老舍作为一位作家,还有来自自我内心的焦虑,即在自我认知上,老舍也存在着焦虑。而在《骆驼祥子》里,老舍也借祥子透露了关于自身的焦虑。祥子的婚姻便是老舍关于自我意识从产生焦虑到消除的一个过程。

虎妞是刘四爷的女儿,身上带有一种霸劲儿。她知道自己嫁不出去,因而拴住了祥子,诱惑祥子与她发生关系,进而控制祥子。本来祥子还可以选择拒绝虎妞,可是孙侦探抢了祥子的钱,间接也将祥子推向了虎妞。

> 他没别的办法,只好去投降!一切的路都封上了,他只能在雪白的地上去找那黑塔似的虎妞。他顾体面,要强,忠实,义气;都没一点用处,因为有条"狗"命!①

虎妞与祥子结婚了,她压榨着祥子,祥子在她面前"一切任人摆布,他自己既像个旧的,又像是个新的,一个什么摆设,什么奇怪的东西;他不认识自己了"②。所以,祥子成了一块肉。虎妞嚣张,指使着祥子,不让祥子出车,而是陪她一起逛街。虎妞钻营,瞒着祥子将自己的家变成了小福子卖淫的场所。她霸道地操纵着祥子,压抑着祥子。对于祥子来说,他刚开始只是觉得虎妞丑:

> 想起虎妞,设若当个朋友看,她确是不错;当个娘们看,她丑,老,厉害,不要脸!③

再者是霸道:

> 他不敢正眼看她。她也是既旧又新的一个什么奇怪的东西,是姑娘,也是娘们;像女的,又像男的;像人,又像什么凶恶的走兽!这个走兽,穿着红袄,已经捉到他,还预备着细细的收拾他。谁都能收拾他,这个走兽特别的厉害,要一刻不离的守着他,向他瞪眼,向他发笑,而且能紧紧的抱住他,把他所有的力量吸尽。他没法脱逃。④

最后到厌烦:

> 自己的车,自己的钱,无缘无故的丢掉,而今被压在老婆的几块钱底下;吃饭都得顺脊

---

① 舒济,舒乙. 老舍小说全集(第4卷). 武汉:长江文艺出版社,1993.
② 舒济,舒乙. 老舍小说全集(第4卷). 武汉:长江文艺出版社,1993.
③ 舒济,舒乙. 老舍小说全集(第4卷). 武汉:长江文艺出版社,1993.
④ 舒济,舒乙. 老舍小说全集(第4卷). 武汉:长江文艺出版社,1993.

梁骨下去！他恨不能双手掐住她的脖子，掐！掐！掐！一直到她翻了白眼！把一切都掐死，而后自己抹了脖子。他们不是人，得死；他自己不是人，也死；大家不用想活着！①

虎妞的一切好像都是作为祥子所讨厌的模样而塑造的，就连虎妞拉着祥子去逛街，也成了祥子的难堪。所以，虎妞是作为祥子的对立物而存在的。接着，虎妞怀孕了，祥子第一次觉得开心，因为他可以做爸爸了。他甚至觉得自己已经不再是一块肉，而是可以被称做"爸爸"的伟大人物，可是这时候虎妞却难产死了。祥子与虎妞的婚姻以畸形的方式存在，也快速地结束了。老舍以悲剧的形式对祥子的婚姻做了终结，也释放出自己的焦虑。虎妞实则是祥子自我意识的外化，是内心自我意识的呈现。虎妞老丑、霸道、蛮横，都是祥子所惧怕且不敢面对的东西，想到虎妞，祥子作为一个男子竟觉得自己脏。跟虎妞在一起："他（祥子）觉得混身都粘着些不洁净的，使人恶心的什么东西，教他从心里厌烦。他愿永远不再见她的面！"②当虎妞难产而死时，对于祥子而言是解脱大于悲伤，祥子的束缚没有了，一切焦虑都消除了。很多学者将虎妞的死看成是祥子的一场悲剧。我觉得虎妞是老舍故意塑造的一位让人"焦虑"的人物，她身上"恶"的流露让人厌恶与不舒服。所以，虎妞的死消除了祥子的束缚。

在《作家与白日梦》中，弗洛伊德特别轻视作品的文学性而看重作家的心理。他认为："心理活动创造出一个与代表着实现愿望的未来有关的情况。心理活动如此创造出来的东西就是白日梦或幻想，这些东西带着刺激它发生的场合和引起他的记忆的特征。这样，过去、现在和未来就串在一起了，似乎愿望之线贯穿于它们之中。"虎妞是内心被压抑着的愿望的外化，所以虎妞以一种歪曲的形象出现在祥子面前。作家在创作的过程中其实就是精神的一种外化。通过虎妞的形象可以看到老舍自身的焦虑，继而虎妞死了，老舍也随着祥子的解脱而释放出自身的身份焦虑，老舍可以更坦然地面对自己将来的生活。

正如经历了"生育的苦痛"之后，产毕的母亲就有欢喜一样，释放掉身份危机的老舍，也有了胜利的狂喜和收获。新中国建立之后，老舍当选为北京市文联主席，且还获得"人民艺术家"的称号，这些经历都让老舍变得越来越自信与从容不迫，老舍已经焕然一新。当然，稿费、名声只是外在的满足所获得的快感，更高更大的欢喜则是在创作上收获的。从老舍接下来的创作可以看出，在完成《骆驼祥子》的创作之后，老舍的身份危机已经消除。在《四世同堂》里，我们已经找不到老舍的早期由于身份危机所带来的焦虑，而是更自信宏观地进行创作。且从作品所表现的宏大主题来看，意识形态对作家的影响是足够强大的。若再早些年，老舍是没有这种气魄进行创作的。所以《骆驼祥子》是一部获得别人认可与消除自身危机的杰出的作品，没有它，也许老舍的危机一直存在。

（撰稿人：王小波）

---

① 舒济，舒乙．老舍小说全集（第4卷）．武汉：长江文艺出版社，1993．

② 舒济，舒乙．老舍小说全集（第4卷）．武汉：长江文艺出版社，1993．

曹禺：现代中国的戏剧大师

【作家简介与创作历程】

朱栋霖先生在其《论曹禺的戏剧创作》中高度赞扬了曹禺，对曹禺在中国现代文学史和中国话剧史中的地位做了明晰而肯定的评价。

曹禺是中国现代话剧史上成就最高的剧作家。其作品《雷雨》《日出》《原野》《北京人》的出现，也标志着中国现代话剧艺术的成熟，曹禺因而被称为"中国的莎士比亚"。

曹禺（1910 年 9 月 24 日—1996 年 12 月 13 日），原名万家宝，字小石，小名添甲，曹禺笔名的来源是因为本姓"万"，繁体万字为草字头下一个禺。于是，他将万字上下拆为"草禺"，又因"草"不像姓，故取谐音字"曹"，两者组合而得曹禺。

曹禺的诞辰是在那年中秋节过后的第六天，节日的喜庆尚未散去，家里又添了新丁，大家本沉浸在欢乐之中，曹禺的生母薛氏却因为产褥热于三天后去世。

曹禺母亲死后，其父万德尊怕别人带不好孩子，特地把曹禺的小姨接过来帮忙。这位小姨叫薛咏南，同曹禺的生母是孪生姐妹。不久，万德尊便同薛咏南结婚。继母对曹禺视如己出，凡是曹禺的饮食起居，都亲自动手料理。薛咏南一生没有生孩子，曹禺就是她的儿子。曹禺说："我的母亲是 19 岁生我而死的。大概是为了我，怕别人照顾不好，怕我受虐待，我的亲姨才做了我的继母。我的继母待我很不错，我非常想念她。"①

曹禺的生母是万德尊的第二任妻子。万德尊的原配夫人是同乡的燕氏，育有一子一女。长女家瑛，长子家修。

姐姐万家瑛格外喜欢曹禺这个同父异母的弟弟，她是曹禺人生中的第一个启蒙老师，是她第一个教曹禺识字。曹禺对这个姐姐也是千依百顺，姐姐让他做什么，他都心甘情愿去做。

---

① 田本相，刘一军. 曹禺访谈录. 天津：百花文艺出版社，2010：141.

万德尊格外喜欢曹禺这个小儿子，视其为掌上明珠。对曹禺的教育更是上心，下了不少本钱。

那时，已经有了洋学堂，也有私塾。万德尊却不放心让儿子去学校上学，特意把自己的外甥刘其珂请来做家庭教师。事实上，刘其珂的学问并不见得有多么渊博，胜在旧学的根基尚好，再加上又是近亲，万德尊才会觉得让他来教曹禺更踏实。然而，刘其珂的教学并无多少新意，无非是《三字经》《百家姓》的死记硬背。

在这样的教育环境中，曹禺陆陆续续地读了《论语》《孟子》《大学》《中庸》《诗经》《左传》《史记》《道德经》《易经》等书。背诵这些书目，无疑是痛苦的，对于幼小的儿童而言，更是枯燥乏味。但是，这样的死记硬背也并非徒劳无功，这些沉淀了数千年的传统思想文化就在一遍一遍的诵读中慢慢地渗透进曹禺的心灵。

诚如曹禺自己所言："《左传》《史记》《春秋》，这些书让我眼光宽广。《左传》这些书里有许多故事，让我懂得世事人生和历史。我小的时候就生活在一个书的世界里，书又给了我很宽阔的世界，世界不像我家里这么黑暗，有各种各样的人给我很多社会知识。《二十年目睹之怪现状》《老残游记》《孽海花》这些小说，也给了我很多很多的知识。"①

读书是曹禺生活中不可分割的组成部分，读书也给曹禺带来了无穷的乐趣。还未进入初中，曹禺已经阅读了大量的中国古典小说，《红楼梦》《三国演义》《西游记》《水浒传》《镜花缘》《聊斋志异》……这些小说为曹禺打开了一个生动而又广阔的天地。

> 当时，家里藏书很多，什么《红楼梦》《水浒传》《三国演义》等，许多经典书籍都是我小时候躲在藏书楼里看的……这些书对我都有不同程度的影响和启迪。②

丰富的阅读，让曹禺拥有深厚的文化涵养，为其以后的话剧创作打下了坚实的基础。对戏剧的兴趣爱好的培养，则引导着曹禺走上了话剧创作的道路。

继母薛咏南是个戏迷，没有她不爱看的戏，什么京戏、评戏、文明戏、河北梆子、山西梆子……她都爱看。曹禺还是个小娃娃的时候，继母就抱着他到戏院里看戏。一开始还是被人抱在怀里看戏，等到稍大一些，曹禺就跟着继母站在凳子上看。

锣鼓声声，胡琴悠扬，大花脸、青衣依次登台，紧张的对打，让人目眩神迷，看得幼小的曹禺目瞪口呆。稍大一些，曹禺每次看完戏回来，都会在小伙伴面前扮演一番。曹禺的模仿能力，从这个时候就已经显现出来，学着戏中人物的动作和腔调，表演得活灵活现。在继母的熏陶下，曹禺成了一个小戏迷。

> 小时候看了不少戏，文明戏看得最多。文明戏，那种连台本戏，有讲清末的皇帝的，还有讲如何加官进爵的喽，讲哀艳的喽。都是根据言情、哀艳小说改编成的剧本。
>
> 这种文明戏对我是有影响的，使我感到戏剧的确有一种动人的魅力。中国的观众十分特别，观众和舞台上交流，真叫交流之极了。当时看的人多是小市民。我很喜欢看。我

① 田本相，刘一军. 曹禺访谈录. 天津：百花文艺出版社，2010：9－10.

② 田本相，刘一军. 曹禺访谈录. 天津：百花文艺出版社，2010：9.

是不知不觉地喜欢看文明戏。①

童年时代的看戏生活，在曹禺幼小的心灵中播下了戏剧的种子，让曹禺萌生了想要成为一名演员的念头。

五四新文化运动的浪潮席卷全国，大概其父觉得总是把曹禺关在家里，读那些“之乎者也”的老书，已经不合乎时代的潮流了。曹禺10岁那年，万德尊送他到天津官银号的汉英译学馆学习过英语。曹禺对新文学很感兴趣，万德尊怕耽误了儿子的前途，决定送曹禺去报考中学。

20世纪20年代初，天津已经有了几所官立和私立的中学，最出名的便是南开中学，在全国都享有盛名。1922年秋，曹禺成为南开中学初中二年级的插班生。就在曹禺适应了南开中学紧张而又富有朝气的学习生活后，1923年的冬天，他却因为染上了天花病毒在家休学了大半年。

养病期间，曹禺阅读了大量新文学刊物，他对新文学的兴趣被点燃，阅读了《少年》《东方杂志》《语丝》《创造》等杂志。

我13岁就读了鲁迅的《呐喊》。我正因病休学，一度住在北京，正赶上《呐喊》问世。记得是托北大的一位大学生替我买的，价钱很贵，红皮面，黑字，毛边，现在印象很深。我很爱读，有的能读懂，有的就不理解了。《狂人日记》当时没有读懂，《孔乙己》《社戏》《故乡》《祝福》就给我以深深的感染……读《阿Q正传》觉得写得很好玩，觉得其中有些什么，但琢磨不透。《药》中的人血馒头也没有弄明白，但《呐喊》让我更同情劳动人民。②

1924年秋天，曹禺复学了，原来的同班同学都升到高一一年级。他又结识了许多新的同学。其中有章方叙（靳以），两人成了好朋友。

曹禺15岁这一年，加入了南开新剧团，从童年时代就播下的戏剧种子，终于找到了适宜的土壤。

曹禺第一次参加排演的戏，是洪深根据英国作家王尔德的四幕喜剧《温德米尔夫人的扇子》改译的《少奶奶的扇子》。这次演出，让曹禺收获不少。随后，又在张彭春老师的指导下，排演了丁西林的《压迫》和田汉的《获虎之夜》。在这次排练中，曹禺深深地为张彭春严格而民主的导演作风所折服。同时，张彭春也发现了曹禺的演戏天赋，并将其挖掘出来。

当时的风气，男女不能同台。我在中学时多扮演女角色。我演的头一个女主角戏是易卜生的《国民公敌》。③

《国民公敌》的演出受到观众的热烈欢迎，曹禺扮演的裴特拉，给观众留下了深刻的印象。

张彭春继《国民公敌》之后，又把《娜拉》搬上了舞台，显出他对易卜生戏剧的浓烈兴趣。

---

① 田本相，刘一军. 曹禺访谈录. 天津：百花文艺出版社，2010：12－13.

② 田本相. 曹禺传. 北京：东方出版社，2009：48－49.

③ 田本相. 曹禺传. 北京：东方出版社，2009：88.

《娜拉》，又称《玩偶之家》，是易卜生剧作中社会影响最大的一部。著名挪威评论家艾尔瑟·赫斯特这样说道："这出戏的效果是通过主人公娜拉产生的；成败与否全在于她的表演。《玩偶之家》很特殊的是一出主角戏，而且几乎是一出女主角戏。支撑全剧的是一种情感，它集中于一个人，并且单独从她那里迸发出来。基于这个原因，娜拉·海拉茂在欧洲的保留剧目中成为一个传统的角色；不断有世界上最优秀的演员在这个角色身上检验她们的才能。"①

18 岁的曹禺，在男扮女装的情况下，成功扮演了娜拉这个重要角色，展现了他那天才一般的演技。

"曹禺演的《娜拉》，男人演女主角，演得那么好，确实让我惊呆了。""我总觉得曹禺的天才在于是个演员，其次才是剧作家。我这个结论，你们是下不出来的，别人没看过他演戏，也下不出来，只有像我这样看过的，才能得出这种毫不夸张的结论。"②上述这段话是电影《李双双》的导演鲁韧说的。

对于曹禺来说，他十分留恋这段戏剧生活，他感谢南开新剧团，感谢张彭春老师启迪了他对戏剧的浓烈兴趣："南开新剧团是我的启蒙老师：不是为着玩，而是借戏讲道理。它告诉我，戏是很严肃的，是为教育人民、教育群众，同时自己也受教育。它使我熟悉舞台，熟悉观众，熟悉如何写戏才能抓住观众。戏剧有它自身的内在规律，不同于小说和电影。掌握这套规律的重要途径，就是舞台实践。因此，如何写戏，光看剧本不行，要自己演；光靠写不成，主要在写作时知道在舞台上应如何举手投足。当然剧作家不都是走我这样的道路。"③

除了丰富的话剧活动外，1926 年，曹禺 16 岁，不过是高中一年级的学生，和几个同学一起创办了一个文学副刊——《玄背》。《玄背》的创刊源于几个少年对新文学的共同爱好，也因为几个人对郁达夫的共同崇拜。《沉沦》的出版引起了文坛的热烈反响，也激动了当时许多青年人的心。

受到郁达夫《春风沉醉的晚上》的影响，曹禺写了一篇小说《今宵酒醒何处》，刊登在 1926 年 9 月出版的《玄背》第 6 期上，到第 10 期载完，署名"曹禺"。这是曹禺第一次以此笔名发表作品。

1927 年，曹禺担任了《南中周刊》"杂俎"栏的编辑，他不但自己编辑杂文、短评，而且亲自撰写杂感，他以万家宝和小石的名义发表了几篇文章：《杂感》《偶像孔子》《听着，中国人！》。之后，他又成为《南开双周》的戏剧编辑。

此外，曹禺还翻译过莫泊桑的小说《房东太太》和《一个独身者的零零碎碎》，都发表在当时的《国闻周报》上。

中学时代，曹禺从各方面探索着自己的才能，被兴趣爱好牵引着，投入到他所感兴趣的事业中。

1928 年 6 月，曹禺作为南开中学第 21 届毕业生结束了中学时代的生活。9 月，他被保送进入南开大学政治系。当他演出《娜拉》时，他已经在南开大学读书了。

在曹禺的大学生活中，演戏和钻研戏剧已然占据着主要地位。张彭春总是抓他排戏演戏。

---

① 高中甫. 易卜生评论集. 北京：外语教学与研究出版社，1982：308.

② 田本相，刘一军. 曹禺访谈录. 天津：百花文艺出版社，2010：265.

③ 回忆在天津开始的戏剧生活. 天津文史资料选辑(第 19 辑).

《娜拉》公演之后，他紧接着又参加了《争强》的改编和演出。《争强》的改编，对于曹禺来说是一次很好的锻炼。第一次改编就是一部写劳资矛盾的戏，这对他后来的创作产生了不小的影响。由于改编《争强》，曹禺对改译外国剧本产生了兴趣。1929 年底，他把《太太》和《冬夜》翻译出来，分别刊登在 1929 年 12 月出版的《南开周刊》第 74 期和第 77 期上。

1929 年 2 月 9 日，正是旧历除夕，本该是喜庆的日子，万德尊却突然猝死，时年 44 岁。

> 我父亲死后，亲朋离散，那时，我才 19 岁。他是因为债务生气，一着急便死去了。是我去报丧，都是由我跑的。所有的人对我报丧都不起劲，除了李仲可，别的人都不来过问了。家庭一败，立即脸就变了。……这种体验是平时不可能得到的，这种人生的体验对我来说是太深刻了。①

父亲的死，让曹禺想了很多。他想到了姐姐万家瑛的死。万家瑛的婆家姓柴，柴家人都抽鸦片，把这个家抽得乌烟瘴气的。婆婆挑剔，丈夫在外边赌博嫖妓，不务正业。柴家的生活吞噬着万家瑛的生命，万家瑛最后还是没能受得住煎熬含恨死去。

如果说，曹禺在南开新剧团演戏是体验戏剧里的人生，那么，父亲的死则给了曹禺更多痛的领悟。曹禺并不是一个一味沉浸在痛苦中哀叹人生的人，他伤感、苦闷，却更清楚地意识到自己已经成长为一个大人，他更深沉地去思考自己的未来。

曹禺决心离开南开大学，转学到清华大学，攻读西洋文学。清华大学也有演剧的传统，曹禺在这里自己担当导演和主演，排演了话剧《娜拉》。

九一八事变之后，为配合抗日救亡宣传，又排演了《马百计》，写的是马百计足智多谋，把日本侵略军搞得狼狈不堪的故事。由曹禺、马奉琛、孙毓棠等人演出。

1932 年，曹禺排演高尔斯华绥的《罪》，演员名单基本确定后，女主角却一直没有合适的人选。不知是谁建议由法律系的郑秀来担任女主角。

郑秀是 1932 年由北平贝满女子中学考入清华大学法律系的。她出身于官宦家庭，父亲郑烈是当时南京最高法院的法官，舅舅林文是黄花岗七十二烈士之一，姨父沈璇庆曾在海军部任职。郑秀个子不高，但身材苗条，面容清秀，穿着讲究，举止娴雅，仪态大方，招来一些男同学的热烈追求。

在演出《罪》之后，郑秀更是大出风头，常常收到一些情书。曹禺也是在此时开始了对郑秀的大胆追求。

曹禺对郑秀一见钟情，这份喜欢随着一起排演《罪》逐渐发酵，在演出后，更是如火山一般爆发出来。他经常跑到女生宿舍外边守候着郑秀，有时夜晚也徘徊在宿舍楼旁的小树林里。几次追求未果，却在曹禺的一场大病中，两人开始相恋。

初恋总是热烈而又美好的，他们常常相伴访友，也会去天津探望继母薛咏南，那时，人人都用艳羡的眼光看着他们，谁又能料到花开灿烂后，还会有爱情之花凋零的悲伤呢？

1933 年暑假，《雷雨》这部孕育了五年之久的作品，在清华园图书馆的二楼阅览室中诞生。

---

① 田本相. 曹禺传. 北京：东方出版社，2009：121.

郑秀也留在学校里复习功课，他们正热恋着，她也盼望着《雷雨》的问世。

> 写《雷雨》，大约从我19岁在天津南开大学时动了这个心思。我已经演了几年话剧，同时改编戏，导演戏。接触不少中国和外国的好戏，虽然开拓了我的眼界，丰富了一些舞台实践和作剧经验，但我的心像在一片渺无人烟的沙滩里，豪雨狂落几阵，都立刻渗透干尽，又干亢燠闷起来，我不知怎样往前迈出艰难的步子。
>
> 我开始日夜摸索，醒着和梦着，像是眺望时有时无的幻影。好长的时光啊！猛孤丁地眼前居然从石岩缝里生出一棵葱绿的嫩芽——我要写戏。
>
> ……
>
> 从下种结成果实，大约有五年，这段写作的时光是在我的母校——永远使我怀念的清华大学度过的。我写了许多种人物的小传，其数量远不止《雷雨》中的八个人。记不清修改了多少遍，这些残篇断简堆满了床下。到了1932年，我在清华大学三年级的时候，这部戏才成了一个比较成形的样子。
>
> ……
>
> 终于在暑期毕业前写成了。我心中充满了劳作的幸福。我并不想发表。完成了五年的计划便是最大的奖励。我没有料到后来居然巴金同志读了，发表在1934年的《文学季刊》上。
>
> 写《雷雨》的这段历程是艰苦的，可也充分享受了创作的愉快。①

曹禺写作《雷雨》时，年仅23岁。这个岁数就拿出了这样一部杰出的作品，让人不由得好奇他是哪儿来的灵感，又是什么力量促使他写出了这么一部伟大的作品。

他在《雷雨·序》中这样回答："现在回忆起三年前提笔的光景，我以为我不应该用欺骗来炫耀自己的见地，我并没有明显地意识着我是要匡正、讽刺或攻击什么。也许写到末了，隐隐仿佛有一种情感的汹涌流来推动我，我在发泄着被压抑的愤懑，毁谤着中国的家庭和社会。然而在起首，我初次有了《雷雨》一个模糊的影像的时候，逗起我的兴趣的，只是一两段情节，几个人物，一种复杂而又原始的情愫。"

在写作《雷雨》的同时，曹禺也完成了他的毕业论文《论易卜生》。毕业前夕，曹禺本想出国深造，却没有考取，于是，便考清华研究院，这次倒是很顺利地被录取了。

1933年9月，巴金从上海来到北平，他和郑振铎、靳以筹办了《文学季刊》。因为曹禺和靳以的关系，曹禺常去编辑部坐坐，巴金在阅读了曹禺的作品后，大为赞赏，将《雷雨》发表在《文学季刊》上。

1934年7月《雷雨》发表，一年后，突然传来要在日本东京演出《雷雨》的消息。1935年4月27日至29日，《雷雨》以中华话剧同好会的名义，在东京神田一桥讲堂举行首次公演。当时，郭沫若正流亡日本，观赏了《雷雨》的演出，很是赞赏此剧：这出戏表现了资产阶级家庭错综复杂的恋爱关系，用深夜猛烈的雷雨，象征这个阶级的崩溃。

---

① 田本相. 曹禺传. 北京：东方出版社，2009：156－158.

《雷雨》之后,曹禺同张彭春合作,接连改编了《新村正》和《财狂》两剧,这对他进一步把握戏剧创作的奥秘,熟练编剧技巧是颇有助益的。《财狂》改编自莫里哀的《悭吝人》,其中对金钱的憎恶和认识,或许对曹禺即将创作的《日出》也起了催化剂的作用。

1935 年 3 月 8 日,红极一时的著名电影演员阮玲玉,在恶毒的谣言和漫天的辱骂诽谤声中服毒自杀了。她的死引起社会上极大的震动。鲁迅为此写了《论人言可畏》,为阮玲玉鸣不平。而阮玲玉的死,也是触发曹禺写《日出》的一个诱因。

> 我写陈白露自然有各种各样的生活影子,但创作绝不是生活的照抄。我看见过舞女,我看见过交际花,但写出来就和这些见过的东西有很大的区别。但是艾霞的自杀,阮玲玉的自杀,这些事却往往触动着我,陈白露之死,就同这些有着关联。当时关于阮玲玉的报道那么多,她演的电影我看过,她的自杀激起有良心的中国人的不平,阮玲玉是触发写《日出》的一个因素。①

曹禺写《日出》同创作《雷雨》有所不同,巴金和靳以知道了他的计划,就催促着他交稿,写一幕刊登一幕,采取连载的形式。

《日出》讲述了这样一个故事,交际花陈白露受银行家潘月亭供养,整日与一群游手好闲的寄生虫相周旋,虽厌恶和鄙视周围的一切,却只能抱着玩世不恭的生活态度。昔日的恋人方达生试图拯救她,但她无力自救。潘月亭投机股票失败,陈白露债台高筑,深感前途渺茫,终于服毒自杀。陈白露是继《雷雨》中的繁漪之后,曹禺贡献给新文学的第二个杰出的典型人物。

曹禺在构思《日出》之初,就决心舍弃《雷雨》所用的结构,不再集中于几个人物上,他在《日出·跋》中这样写道:"我想用片段的方法写《日出》,用多少人生的零碎来阐明一个观念,如若中间有一点我们所谓的'结构',那'结构'的联系正是那个基本观念,即第一段引文内'人之道损不足以奉有余'。所谓'结构的统一'也就藏在这一句话里。《日出》希望献给观众的应是一个鲜血滴滴的印象,深深刻在人们心里的,也应是这'损不足以奉有余'的社会,引文挑选的题材比较庞大,用几件故事做线索,一两个人物为中心也自然比较繁难。无数的沙砾积成一座山丘,每粒沙都有同等造山的功绩。在《日出》每个角色都应占有相当的轻重,合起来他们造成了印象的一致。"

1936 年暑假,郑秀大学毕业,她的父亲在南京工作,推荐女儿成了南京政府审计部的科员,主要工作是审核大学经费。曹禺此时在南京国立戏剧学校当老师。郑秀办公的地点离曹禺的住所很近,午饭便到曹禺那里就餐。那时,他们的恋爱还是正常的,虽然免不了有些小摩擦。郑秀的父亲虽然一开始不赞成女儿的婚事,但眼看着两人的关系已经确定下来,也就不再反对。于是,1936 年 10 月,两人在南京平仓巷奥瑞同学会举行了订婚仪式。

与此同时,曹禺正在构思酝酿着新作《原野》。《原野》的故事是在一连串血海深仇的背景下展开的:仇虎的父亲仇荣,被当过军阀连长的恶霸地主焦阎王活埋,仇家的土地被抢占,仇家的房屋被烧毁,仇虎的妹妹被送进妓院而惨死,仇虎的未婚妻金子也被焦家的儿子焦大星强

---

① 田本相. 曹禺传. 北京:东方出版社,2009:192.

占，做了"填房"，仇虎自己也被投进了监狱。

如果说，《原野》只是写了仇虎的复仇过程，那不过是单调地重复一个陈旧的故事。曹禺的独创之处，就在于他把这个复仇过程着重写成仇虎的一个心理潜意识的演变过程。它把性格发展同心理过程演变交织起来，深刻地写出仇虎强烈而又原始的复仇观念。

七七事变前夕，万家修，曹禺的哥哥死了。得知这个消息，曹禺担心继母一人在天津，怕她承受不住打击，连《原野》的公演也顾不上，急忙赶回天津探望继母。曹禺回到天津的这天，正是1937年7月6日。第二天，日军炮轰宛平城，卢沟桥事变爆发。紧接着，天津的日本侵略军也开火了。

曹禺受到日本特务的注意和追踪，再加上得知国立剧校西迁长沙的消息，曹禺化装成一名商人，由海路，坐英国轮船经香港再去武昌。郑秀同曹禺在武昌汇合，接着赶往长沙。在抗战初期的热潮中，曹禺和郑秀结婚了。

重庆遭日军轰炸，国立剧校搬到江安。这个人口不到十万的小城，盛产竹器。因为女儿万黛刚刚出生不久，郑秀不便随同曹禺一起前往江安，留在了重庆。1940年，郑秀来到江安，万黛半岁左右。1941年郑秀怀了万昭，万昭在江安出生。在生万昭前，曹禺完成了《蜕变》的创作。

抗战时期，曹禺辗转各地，他既为抗战这伟大事业激励着，也被那些反动腐败现实煎熬着。他希望在这抗日的运动中产生一种蜕变，他渴望新的力量、新的生命，由艰苦的斗争酝酿着、孕育着，欣欣然发出魅力的嫩芽。在这样的情绪推动下，曹禺创作了《蜕变》。

《蜕变》同曹禺过去写的几部戏有所不同。《雷雨》《日出》都是悲剧，《蜕变》则不是悲剧。在人物塑造上，过去的几部戏里有他同情的人物和鞭笞的人物，却没有歌颂的英雄人物，而《蜕变》则有他倾力歌颂的英雄形象。

《蜕变》的故事发生在一个小县城内撤退到后方的省立医院里。从第一幕开始，展现的就是医院腐败的现象，院长秦仲宣用人办事全凭个人喜好，溜须拍马的得到信任，认真负责的反倒是引来一顿训斥。就在这时，上级派来一位视察专员梁公仰，发现了医院的弊端，将官僚院长赶跑，来了个彻底的革命。不到三年的时间，将这所医院变成了一个规模宏大的伤兵医院。这是一部揭露腐朽、催促新生、鼓舞人们抗战的戏。

曹禺和郑秀的结合，已然蕴藏着危机，在他们共同的生活中，由于性格、爱好、情趣的不同，矛盾频生，感情上也出现了裂缝。大约就在这个时候，一个年轻的姑娘悄悄地进入了曹禺的生活之中。她就是邓译生，又叫方瑞。

1940年夏天，方瑞来到江安看望妹妹邓宛生。方瑞长相清秀，性格娇柔，不爱说话。在不知不觉中，曹禺和方瑞相爱了。《北京人》中的愫方，就有方瑞的投影。

> 见过她的人第一个印象便是她的"哀静"。苍白的脸上宛若一片明静的秋水，里面莹然可见清深藻丽的河床。她的心灵是深深埋着丰富的宝藏的。在心地坦白人的眼前，那丰富的宝藏也坦白无余的流露出来，从不加一点修饰。她时常忧郁地望着天，诗画驱不走眼底的沉滞。像整日笼罩在一片迷离的秋雾里，谁也猜不透她心底压抑着多少苦痛的愿望与哀思，她是异常的缄默。

曹禺把他对方瑞的爱、对方瑞的一片痴情都写了进去，写进愫方的性格血肉之中。当然，愫方不等于方瑞，但愫方的身上却凝聚着方瑞的音容笑貌。

> 我是根据我死去的爱人方瑞来写愫方的。为什么起名叫愫方，“愫”是取了她母亲的名字方愫悌中的“愫”；方，是她母亲的姓，她母亲是方苞的后代。方瑞也出身于一个有名望的家庭里，她是安徽著名书法家邓石如先生的重孙女，能写一手好字，能画山水画，这些都和她的家教有关。她是很文静的，这点已融入愫方的性格之中。她不像愫方那样的具有一种坚强的耐性，也没有愫方那么痛苦。但方瑞的个性，是我写愫方的依据，我是把我对她的感情、思恋都写进了愫方的形象里，我是想着方瑞而写愫方的。我把她放到曾家那样一个环境来写，这样，愫方就既像方瑞又不像方瑞了。……没有方瑞，是写不出来愫方的。①

曹禺善于写人，他讲究人物的孕育，讲究人物的创造。他说：“写《北京人》，我有一种想法，就是把人物的灵魂深挖一下，把人物性格的复杂性挖一下。如果说《北京人》和以前几部戏有什么不同之点就在这里。当时，就觉得这些人物的性格有一种吸引人的魅力。是人物性格使我入了迷，吸引着我，像磁石一样吸引着我，不由得使你要按照他们的性格来写他们的感情和行动。这些活动起来的人物，就引着你去写，他们似乎都有着他们的性格轨迹，非得这样不行，这才是最有趣味的，但又是复杂的，说不清楚的。”②

《北京人》在曹禺的创作历程中是一个高峰，在这出戏里，他更深刻地思考现实，更深邃地体现出他对于戏剧美学的追求。

1942年初，曹禺辞职，由江安来到重庆。为了生计，他应复旦大学之聘，教授英语和外国戏剧。这一年，曹禺改编了巴金的《家》和独幕剧《镀金》。曹禺在改编《家》的时候，张骏祥就约他翻译莎士比亚的名著《罗密欧与朱丽叶》，曹禺欣然接受了这个任务。

此后，一直到抗战胜利，期间，曹禺尝试历史剧的创作，《三人行》是写岳飞、宋高宗和秦桧的故事，可惜只写了一幕，便夭折了。《李白和杜甫》更是没有动笔，只在资料收集阶段就宣告放弃。两部作品的夭折，无疑表明曹禺陷入了一个创作危机之中。

在探索新题材的过程中，曹禺尝试着创作了剧本《桥》，环绕着私营工业懋华钢铁公司被官僚资本吞并摧残的过程，揭露了官僚资本的罪恶，同时展现了爱国知识分子在半封建半殖民地社会，徒具热情而毫无作为的悲愤。这出戏只写了两幕，便迎来了八年抗战的胜利，不久曹禺又接到了美国的邀请，不得不半途搁笔。

1946年，曹禺接到邀请去美国讲学，1947年低调回国，这年秋天，曹禺亲自担任导演，拍摄了电影《艳阳天》。年底，由中共地下党组织安排秘密离开上海去了香港。

1949年，曹禺在中共地下党组织安排下化装成商人，由香港乘船抵烟台解放区。4月，加入以郭沫若为团长的中国和平代表团，参加于捷克斯洛伐克首都布拉格国民议会会场举行的世界和平大会。同年，中华全国文学艺术工作者联合会成立，曹禺当选为常务委员。随后，中华全国文学工作者协会、中华全国戏剧工作者协会、全国电影工作者协会相继成立，曹禺分别

---

① 田本相. 曹禺传. 北京：东方出版社，2009：299－300.

② 田本相. 曹禺传. 北京：东方出版社，2009：302.

当选为常务委员、编辑出版部负责人和委员。

从这些可以看出曹禺当时忙碌的生活内容和紧张的工作节奏。他原本是一个地道的自由职业者、作家兼教书先生。而现在他虽然还从事创作，却基本上是一位社会活动家和文艺活动家。

1950年初，郑秀来到北京，在中国人民银行工作。尽管曹禺和郑秀仍然是合法夫妻，却已名存实亡。曹禺在美国讲学期间，就曾写信给郑秀提出离婚，郑秀一直未同意。这次郑秀到北京，曹禺再次提出离婚。经过双方组织的调查，经过法院的审理，1950年底办理了离婚手续。郑秀对曹禺的同窗好友张骏祥说："过去我爱曹禺，嫁给了他，现在我还是爱他。我同意离婚，因为我希望他幸福。"郑秀于1989年10月去世，始终未再婚。

1951年曹禺与方瑞正式结婚。1952年6月12日，北京人民艺术剧院成立，曹禺担任院长。这一年年初，周恩来总理特意找曹禺做了一次长谈，询问曹禺的生活和创作情况。自从1947年创作《艳阳天》以来，曹禺已经五年没有新作了。周恩来总理希望曹禺能够重新拿起笔来。

曹禺开始收集相关资料和素材，但如何写作始终困扰着他，让他迟迟不能动笔，直到1954年4月初才开始动笔，到7月中旬写完了新剧《明朗的天》。

《明朗的天》在创作之前，就已经明确了写作的思想意图，明确地认识到知识分子必须在党的教育下进行思想改造。在这样一个总的意图下，对作品中的每一个人物和情节加以思考与推敲，尝试着用马克思主义的观点去分析，以达到用社会主义精神教育读者的目的。《明朗的天》是一部勉强却真诚地适应时代的作品。

"大跃进"的口号响起，中苏关系紧张，蒋介石虎视眈眈，印度也在苏联的挑唆下与中国冲突频起。那是一段十分艰难的岁月。正是在这样极度困难的情况下，曹禺同梅阡、于是之一起合作创作完成了历史剧《卧薪尝胆》，后改名为《胆剑篇》。

"文革"时期。曹禺没遭到批斗，被下放到农场劳改。方瑞受到惊吓身体垮掉，靠大量服安眠药才能入睡。1974年的一天，方瑞在自家床上离开了人世，临死时床上各处都散落着大量的安眠药片。

历经浩劫，曹禺已然是个66岁的老人。在即将迎来新中国30年大庆之际，曹禺重新拿起笔，于1978年11月创作完成了剧本《王昭君》。《王昭君》公演后，在评论界引起了热烈反响。

方瑞去世后，郑秀及曹禺的儿女们有意促使两人复合。而曹禺却在1979年和李玉茹结了婚，至此开始了他的第三段婚姻生活。李玉茹陪伴曹禺走完了最后一程，直到1996年曹禺去世。

【经典解读】

《雷雨》：当年海上惊雷雨

"我想起了六年前在北平三座门大街14号南屋中间用蓝纸糊壁的阴暗小屋里，翻读《雷雨》原稿的情形。我感动地一口气读完它，而且为它掉了泪。不错，我落了泪，但是流泪以后我却感到一阵舒畅，同时我还觉得一种渴望，一种力量在我身内产生了。我想做一件事情，一件

帮助人的事情，我想找个机会不自私地献出我的微少的精力。”①

巴金先生发现了《雷雨》这部优秀的作品，以他无私的真诚之心，发现了曹禺的才能，并且把《雷雨》四幕剧一次刊登在《文学季刊》上，这对于一个文学上还没有名声的人，当然是破格的。

1935年8月24日，李健吾写了一篇《雷雨》的评论，刊登在《大公报》上。这是第一篇很有分量的评论：“《雷雨》是一个内行人的制作，虽说是处女作，立即抓住了一般人的注意。《雷雨》现在可以说是甚嚣尘上。”李健吾称赞它是“一出动人的戏，一部具有伟大性质的长剧”。

曹聚仁在他的《文坛五十年续编》中说，《雷雨》的演出，使它与“各阶层小市民发生关联，从老妪到少女，都在替这群不幸的孩子们流泪。而且，每一种戏曲，无论申曲、越剧或文明戏，都有了他们所扮演的《雷雨》”。他甚至说，1935年“从戏剧史上看，应该说进入《雷雨》时代”。茅盾后来也有“当年海上惊雷雨”之赞，说的也是20世纪30年代中期《雷雨》轰动上海的情形。

中国话剧史上，优秀作品很多，而最富有恒久艺术生命力者恐怕要数曹禺的《雷雨》《日出》等剧。《雷雨》面世已60年，历史的风雨尘埃，并未损伤它的殊美丰采。话剧史上其他数以百计的作品大多已完成了自己的历史使命，告别了广大观众和读者，只是在书斋或图书馆里与史家、研究者为伴。而《雷雨》却像是取之不尽、用之不竭的宝藏，一直闪耀着自己的光芒。

《雷雨》是曹禺剧作中影响最大的一部，也是被研究最多的一部。这部剧作的里程碑意义在于，它标志着我国现代话剧文学发展到了真正成熟的阶段，它使舶来的话剧成为纯熟的本地风光的话剧，中国传统戏曲和希腊悲剧以及易卜生、莎士比亚、契诃夫直到奥尼尔等现代西方大师们的优秀剧作的各种长处都被曹禺融入自己的作品，成为他剧作艺术魅力的来源。

《雷雨》的创作受到古希腊命运观念的影响。人们把自己在生活和事业中酿成的悲剧以及一切无法解释的自然现象和社会现象，统统归之于命运。因此，“借神的意志或自然力来体现的命运，是希腊戏剧中的一个重要特色”②。

郭沫若指出：“作者所强调的悲剧，是希腊式的命运悲剧。”

鲁侍萍还在少女时期就被富家少爷周朴园占有并替他生了两个儿子。她被周朴园始乱终弃后曾经投河自尽，遇救后背井离乡，发誓不再见周家的人。她苦苦挣扎30年，却怎么也没想到会在30年后又同周朴园相遇。她一直害怕自己的女儿再遭到同样的不幸，一向不肯让四凤到大公馆当侍女。可四凤偏偏重蹈覆辙，占有她女儿的甚至是她当年同周朴园所生的儿子周萍！

如果说鲁侍萍的悲剧是同命运的抗争，最后却是徒劳无功地被命运狠狠地无情地压倒；那么，周萍的悲剧就犹如棋盘上的棋子，生生地受到了命运的摆布，直到死前，才明白自己的人生

① 曹禺蜕变·后记.成都：四川人民出版社，1984.

② 中国社会科学院外国文学研究所.古希腊三大悲剧家研究.北京：中国社会科学出版社，1986：506.

原来是如此的荒唐，如此的可笑又可悲。

周萍两次对异性的占有都有乱伦罪。与后母繁漪的这一段感情，他是有意识也有责任的，也正是因为意识到了这段感情的背德，他才会避开繁漪火热追逐的呼唤，然后在四凤这个大字不识的简单纯朴的女孩儿身上寻找安静的避风港。

周萍与四凤之间的乱伦关系，如果将周萍放到一个纨绔子弟的角度去思考界定，他自然要对引诱四凤负有责任，甚至应该受到谴责。可如果从同母异父的乱伦角度去看，周萍又是被蒙在鼓里的，他是无意识无责任的。

他被四凤的美丽和充满青春活力的生命所吸引，想借此抓住一根救命稻草，把自己从同后母乱伦的罪恶泥沼中拯救出来，谁知却跌进了更大更让人绝望的深渊。在无意识中犯下了同母异父兄妹乱伦罪，成了父亲周朴园罪恶的替罪羔羊。

命运的造化弄人，让悲剧之花绽放得格外凄美伤感。《雷雨》身上披着的神秘面纱，若隐若现地展露了命运的不可知。而人在命运面前，是如此渺小而又无能为力。曹禺在《雷雨·序》中写道：

> 《雷雨》对我是个诱惑。与《雷雨》俱来的情绪，蕴成我对宇宙间许多神秘的事物，一种不可言喻的憧憬。……我不能断定《雷雨》的推动是由于神鬼，起于命运或源于哪种明显的力量。情感上，《雷雨》所象征的对我是一种神秘的吸引，一种抓住我心灵的魔。《雷雨》所显示的，并不是因果，并不是报应，而是我所觉得的天地间的"残忍"（这种自然的"冷酷"，四凤与周冲的遭际最足以代表。他们的死亡，自己并无过咎）。如若读者肯细心体会这番心意，这篇戏虽然有时为几段较紧张的场面或一两个性格吸引了注意，但连绵不断地若有若无地闪示这一点隐秘——这种种宇宙里斗争的"残忍"和"冷酷"。在这斗争的背后或有一个主宰来使用它的管辖。这主宰，希伯来的先知们赞它为"上帝"，希腊的戏剧家们称它为"命运"，近代的人们摒弃了这些迷离恍惚的观念，直截了当地叫它为"自然的法则"。而我始终不能给它以适当的命名，也没有能力来形容它的真实相。因为它太大，太复杂。我的情感强要我表现的，只是对于宇宙这一方面的憧憬。

曹禺并不认为《雷雨》中所显示的"残忍"和"冷酷"乃因果报应，而是觉得有一股不可知的力量主宰着剧中人物的命运。

《雷雨》完成于1933年，这篇序写于1936年《雷雨》再版时，作者对剧中人物的悲剧根源一方面有着清醒的认识，另一方面又陷入命运不可知的茫然困惑。曹禺在抨击旧中国的家庭和社会的同时，又让人感到冥冥之中似乎有一个主宰，控制着剧中人物的行动，并且将他们推向毁灭。

剧中错综复杂的社会关系，纵横交错的血缘人物关系网，情节推进中无数次的巧合，都受到冥冥之中的这股力量的推动，显示了命运的强大和残酷：鲁侍萍与周朴园时隔30年的鬼使神差般的重逢；四凤与周萍这对同母异父兄妹之间的乱伦关系，这一对青年男女在毫不知情的情况下，被推向了深渊，母亲年轻时犯的罪在女儿身上得到了惩罚，父亲当初造的孽让儿子成了替罪羊。纯洁、善良的周冲与四凤刹那间遭受雷击。周萍在极度痛苦中开枪自杀。繁漪想要抓住周萍不放，想要从牢笼一般的家中冲破而出，却以疯狂告终。眨眼间，剧中人物疯的疯，死的死，显示出了宇宙里斗争的“残忍”和“冷酷”。

这些人物的悲剧性结局，具有冲突性的毁灭，在命运的捉弄下，伴随着不断出现的巧合，走向了暗沉的深渊。而这一步步的沉沦，也并不是作者无的放矢，而是根据人物的性格，一步一步地推演，当每一个人的欲望被放大，矛盾也随之相伴而生，当矛盾膨胀到极致时，一声轰鸣，伴随着雷雨，人物毁灭的毁灭，疯狂的疯狂！

曹禺在人物塑造上花费了许多功夫，倾注了他全部的心血。这部剧他足足花了五年时间去酝酿。期间，他写了许多人物小传，他颇为醉心于人物性格的刻画。《雷雨》中八个人物个个栩栩如生！

在《雷雨》中，每个人物出场都有一段精彩的人物介绍。这是曹禺的发明，在他以前还没有人像他这样做过。

> 她一望就知道是个果敢阴鸷的女人，她的脸色苍白，只有嘴唇微红，她的大而灰暗的眼睛同高鼻梁令人觉得有些可怕。但是眉目间看出来她是忧郁的，在那静静的长的睫毛的下面。有时为心中的郁积的火燃烧着，她的眼光会充满了一个年青妇人失望后的痛苦与怨望，她的嘴角向后略弯，显出一个受抑制的女人在管制着自己。她那雪白细长的手，时常在她轻轻咳嗽的时候，按着自己瘦弱的胸。直等自己喘出一口气来，她才摸摸自己涨得红红的面颊，喘出一口气。她是一个中国旧式女人，有她的文弱，她的哀静，她的明慧——她对诗文的爱好，但是她也有更原始的一点野性：在她的心，她的胆量，她的狂热的思想，在她莫明其妙的决断时忽然来的力量。整个地来看她，她似乎是一个水晶，只能给男人精神的安慰，她的明亮的前额表现出深沉的理解，像只是可以供清谈的；但是当她陷于情感的冥想中，忽然愉快地笑着；当她见着她所爱的，红晕的颜色为快乐散布在脸上，两颊的笑涡（窝）也显露出来的时节，你才觉得出她是能被人家爱的，应当被人爱的，你才知道她到底是一个女人，跟一切年青的女人一样。她会爱你如一只饿了三天的狗咬着它最喜欢的骨头，她恨起你来也会像只恶狗狺狺地，不声不响地恨恨地吃了你的。然而她的外形是沉静的，忧郁的，她会如秋天傍晚的树叶轻轻落在你的身旁，她觉得自己的夏天已经过去，西天的晚霞早暗下来了。

打开新文学的人物画廊，繁漪这个敢爱敢恨的女子，就那么站在那里，眼神里的疯狂可以化作锐利的刀剑，洞穿你的心扉，让人想忘也忘不了。不管你是喜欢她还是不喜欢她，都不得不承认这个人物的深厚丰满，她是《雷雨》中最有特色、个性最鲜明的人物。

在繁漪的具有魅力的却未免有些阴鸷可怖的性格中，折射出封建专制环境的沉重的压力。这是一场精神上的虐杀，把一个女人充满魅力的心灵，扭曲得让人震惊。

> 周朴园：（不高兴地）不。你最好现在喝了它吧。
>
> 周繁漪：（忽然）四凤，你把它拿走。
>
> 周朴园：（忽然严厉地）喝了药，不要任性，当着这么大的孩子。
>
> 周繁漪：（声颤）我不想喝。
>
> 周朴园：冲儿，你把药端到母亲面前去。

周　冲：（反抗地）爸！

周朴园：（怒视）去！

［冲只好把药端到繁漪面前。］

周朴园：说，请母亲喝。

周　冲：（拿着药碗，手发颤，回头，高声）爸，您不要这样。

周朴园：（高声地）我要你说。

周　萍：（低头，至冲前，低声）听父亲的话吧，父亲的脾气你是知道的。

周　冲：（无法，含着泪，向着母亲）您喝吧，为我喝一点吧，要不然，父亲的气是不会消的。

周繁漪：（恳求地）哦，留着我晚上喝不成么？

周朴园：（冷峻地）繁漪，当了母亲的人，处处应当替子女着想，就是自己不保重身体，也应当替孩子做个服从的榜样。

周繁漪：（四面看一看，望望朴园又望望萍。拿起药，落下眼泪，忽而又放下）哦！不！我喝不下！

周朴园：萍儿，劝你母亲喝下去。

周　萍：爸！我……

周朴园：去，走到母亲面前！跪下，劝你的母亲。

［萍走至繁漪面前。］

周　萍：（求恕地）哦，爸爸！

周朴园：（高声）跪下！（萍望着繁漪和冲；繁漪泪痕满面，冲全身发抖）叫你跪下！（萍正向下跪）

周繁漪：（望着萍，不等萍跪下，急促地）我喝，我现在喝！（拿碗，喝了两口，气得眼泪又涌出来，她望一望朴园的峻厉的眼和苦恼着的萍，咽下愤恨，一气喝下！）哦……（哭着，由右边饭厅跑下。）

周朴园作为这个家里的封建大家长，拥有绝对的权威和威望，他不容许哪怕任何一丁点儿的反抗。繁漪不愿意喝药的行为，对他就是一种忤逆，是绝对不容许的。他通过周冲和周萍来给繁漪施加压力，让繁漪在这个沉闷得让人喘不过气的家里，陷入孤立无援的绝望境地。

在繁漪的生命中，交织着最残酷的爱和最不忍的恨，她的身上拥有太多的矛盾。她受过新式教育，追求民主自由和个性解放，却偏偏落入周公馆这样一个封建专制的大家庭，她的一切都不得不被一个比她年龄大得多的资本家丈夫周朴园支配着。

在这个家里，除了家人和仆人，她没有朋友，没有交际，就像是一个被关进牢房的犯人，连个可以说说话的人都没有。

而她又是敢爱敢恨的，对周家人人都怕的周朴园，她并不放在眼里。当然，她对旧制度的反抗是由一种畸形的方式表现出来的，她在重压下，常常无助、自卑，甚至自虐。这是蘩漪无法摆脱的弱点。正像作者所说，她陷入了"一口残酷的井"。她对周家庸俗单调的生活感到难以忍受，对阴沉的气氛感到烦闷，对精神束缚感到痛苦，她要求挣脱这一切。

她将感情寄托在周朴园和侍萍生的儿子周萍身上，将周萍当作救命的稻草，紧紧抓住，偏偏就连这唯一的稻草也要弃她而去，将她永远地抛在这个让人绝望的家里。作为一个被侮辱与被损害者，繁漪最终在压抑窒息而又让人难以抗拒的环境中走向变态的发展：爱变成恨，倔强变成疯狂。她就像是一把利刃，她的爱和恨都带着一道道的血痕与深重的创伤。

曹禺在《雷雨·序》中用诗一般的语言来叙说她：

在《雷雨》里的八个人物，我最早想出来的，并且也较觉真切的，是周繁漪……我喜欢看周繁漪这样的女人，但我的才力是贫弱的。我知道舞台上的她与我原来的企图，做成一种不可相信的参差。不过一个作者，总是不自主地有些姑息。对于繁漪，我仿佛是个很熟的朋友，我惭愧不能画出她一幅真实的像，近来盼望着遇见一位有灵魂有技能的演员扮她，交付给她血肉。我想她应该能懂我的怜悯和尊敬，我会流着泪水哀悼这可怜的女人的。我会原谅她，虽然她做了所谓"罪大恶极"的事情，——抛弃了神圣的母亲的天责。我算不清我亲眼看见多少繁漪。（当然她们不是繁漪，她们多半没有她的勇敢。）

她们都在阴沟里讨着生活，却心偏天样的高。热情原是一片浇不熄的火，而上帝偏偏罚她们枯干地生长在砂上。这类的女人，许多有着美丽的心灵。然为着不正常的发展，和环境的窒息，她们变为乖戾，成为人所不能了解的。

受着人的嫉恶，社会的压制，这样抑郁终身，呼吸不着一口自由的空气的女人，在我们这个社会里，不知有多少吧。在遭遇这样的不幸的女人里，繁漪自然是值得赞美的。她有火炽的热情，一颗强悍的心，她敢冲破一切的桎梏，做一次困兽的斗。虽然依旧落在火坑里，情热烧疯了她的心，然而不是更值得人的怜悯与尊敬么？这总比阉鸡似的男子们，为着凡庸的生活，怯弱地度着一天一天的日子更值得人佩服吧？

有一个朋友告诉我：他迷上了繁漪，他说她的可爱不在她的"可爱"处，而在她的"不可爱"处。诚然，如若以寻常的尺来衡量她，她实在没有几分动人的地方。不过聚许多所谓"可爱的"的女人在一起，便可以鉴别出她是最富于魅惑性的。这种魅惑不易为人解悟，正如爱嚼姜片的，才道得出辛辣的好处。所以必须有一种明白繁漪的人，才能把握着她的魅惑。不然，就只会觉得她阴鸷可怖。平心讲，这类女人总有她的"魔"，是个"魔"便有它的尖锐性。也许繁漪吸住人的地方，是她的尖锐。她是一柄犀利的刀。她愈爱的，她愈要划着深深的创痕。她满蓄着受着抑压的"力"，这阴鸷性的"力"，怕是造成这个朋友着迷的缘故。爱这样的女人，需有厚的口胃，铁的坚韧，岩似的恒心。而周萍，一个情感和矛盾的奴隶，显然不是的。不过有人会问为什么她会爱这样一棵弱不禁风的草。这只好问她的命运，为什么她会落在周朴园这样的家庭中。

繁漪与周朴园的婚姻，并没有爱情的基础，在这段婚姻关系中，她始终处于被支配的地位，她的任何非正常的言论和行动都是对周朴园专制行为的反抗，对当时社会秩序的挑战。繁漪就像是笼中的困兽，她被压抑得发疯，无所顾忌地横冲直撞，试图冲破封建桎梏，无疑，她的破坏性是巨大的。当然，这个角色身上的复杂性也在于她在疯狂之外的软弱，冲动之后的冷静，这是一个立体化的让人又爱又恨的人物，在她的身上，我们看到了震撼人心的艺术魅力。

周朴园也是一个写得很好的典型。这是一个浑身上下，从毛发到每一个细胞都浸透着封建思想的资本家，深刻反映出中国的资产阶级和封建文化意识形态的密切联系。

周朴园的虚伪造作、自私自利，都让人冷不丁打个哆嗦，更可怕之处还在于其本人并不觉得自己虚伪，也并未觉得自己自私。

侍萍未来之前，周朴园将侍萍的一切都保留着，记得侍萍的一切习惯和喜好，不管搬家几次，都将侍萍之前用过的东西随身携带，小心妥善珍藏，他以真诚的心去怀念、美化侍萍的所有。

> 周朴园：你静一静。把脑子放清醒点。你不要以为我的心是死了，你以为一个人做了一件于心不忍的事就会忘了么？你看这些家具都是你从前顶喜欢的东西，多少年我总是留着，为着纪念你。
>
> 鲁侍萍：（低头）哦。
>
> 周朴园：你的生日——四月十八……每年我总记得。一切都照着你是正式嫁过周家的人看，甚至于你因为生萍儿，受了病，总要关窗户，这些习惯我都保留着，为的是不忘你，弥补我的罪过。
>
> 鲁侍萍：（叹一口气）现在我们都是上了年纪的人，这些傻话请你不必说了。

这些在岁月长河中经过美化而沉淀下来的回忆，统统在鲁侍萍时隔30年后再出现时，顷刻间土崩瓦解，只因为这些看似小心翼翼珍藏的回忆不过是海市蜃楼，并没有坚实的根基，稍一碰触，便发现其金玉其外败絮其中的实质。

其他诸如侍萍、鲁贵、四凤、周冲、鲁大海等人物，都写得无可挑剔。曹禺在人物的塑造上花费了诸多功夫，才能将每个人物都写得各具特色。

《雷雨》除了人物的塑造，在话剧史上留下浓墨重彩的一笔，本身在结构上也是极为巧妙的。

《雷雨》的戏剧冲突和结构的安排，表现了曹禺作为剧作家高超的艺术技巧。曹禺纯熟地运用“三一律”，故事发生在不到24小时之内，时间集中，地点也集中，几幕戏下来，线索交织推进，一环套一环，极为精妙。

第一幕到第三幕将戏剧冲突酝酿到极致，蓄积了山雨欲来风满楼的危机，所有的矛盾冲突即将爆发。

这时候，天气闷热，侍萍来看望女儿四凤，但她不知道四凤到大公馆当了佣人，也不知道女儿已经步了母亲当年的后尘。一旦发现这个情况，侍萍便毫不犹豫地决定带女儿离开。

周萍曾经与继母繁漪有一段违背常伦的感情，这段罪恶的感情一直以来只能在夜深人静的夜晚，在没有人的黑暗时刻，才能小心翼翼地绽放。而现在，周萍对这种关系既觉得愧疚不安，也觉得厌烦倦怠。就在这个时候，四凤出现了，年轻善良、浑身上下闪耀着生命的活力的四凤，与让他觉得寝食难安的繁漪是完全不同的一个女子，在四凤身上，周萍重新找到了生命的活力，他爱上了四凤，并且同其发生了亲密关系。周萍试图借着四凤，离开这个让他越陷越深恍如泥沼一般的家，可偏偏繁漪却像抓住救命稻草一样，紧紧抓住他不放，不愿意放他走。

四凤并不知道自己倾心相恋的爱人周萍是自己同母异父的哥哥，在毫不知情的情况下，同周萍坠入了爱河，并且怀上了周萍的孩子。

周冲更是无辜的，这是一个对生活满是憧憬的可怜孩子，他将四凤当作自己最理想的爱人，甚至为了四凤，愿意同一贯惧怕的父亲周朴园谈判，想要送四凤去上学，在明知四凤已经有了相爱的恋人的情况下，还愿意为了四凤付出。

鲁大海是周朴园和侍萍的孩子，他却是以站在与周朴园完全对立面的角色出现的，作为周朴园矿上的工人代表，前来找周朴园谈判。

这些剧情隐隐绰绰，彼此掩护着，隐蔽着，让读者不由得被这个谜一样的故事所吸引，为故事中人物的悲欢喜怒而揪紧了心脏，屏住了呼吸。故事中每一个人物都像是一条线，这些线在第三幕时，已经探出了一个头，而紧随其后的，却是一颗颗地雷，随时都可能被引爆。随着第四幕的开启，在雷声轰鸣中，大雨滂沱而下，一切轰然坍塌！所谓悲剧，概莫如是！

这种以血缘、家庭关系为连接点的写作方式，便于地点和人物的集中。周、鲁两家，一个是位于社会上层的封建资本家，一个是位于社会底层的劳动阶级。两家人之间，侍萍先后为两家男主人孕育了子嗣，是下一代四个男女青年中三人的母亲。剧中人物关系错综复杂，父女、母女、父子、母子、兄妹、兄弟、夫妻、情侣关系，彼此相互纠缠在一块儿，当真是剪不断理还乱。剧情的发展，也因为这混乱的人物关系而环环相扣，前后照应。

曹禺将这复杂的关系处理得得心应手，结构上巧妙的安排，“雷雨”意象的推进穿插，让整出悲剧随着人物死亡的死亡，疯狂的疯狂，而变得越发让人痛彻心扉。

《雷雨》内涵复杂、丰富，将以周朴园为代表的资产阶级的腐坏、冷酷、残忍，抽丝剥茧一般呈现在观众面前，暗示着这些腐朽必将在残忍和冷酷的雷雨中灭亡。剧中人物的思想、性格、情感、心态之复杂、丰富，使其具有不朽的艺术生命力，在话剧长廊的人物画卷中，留下了各自的人物肖像画。正如周恩来同志对《雷雨》的评价：“作品反映的生活合乎那个时代，这个作品保留下来了。这样的戏，现在站得住，将来也站得住。”

（撰稿人：黄佩佩）

卞之琳："深情冷眼"的诗人

【作家简介与创作历程】

为什么将卞之琳冠以"深情冷眼"的名号？除了作者个人性格的缘故外，我们可以从他情感的外化承载物得以知晓——诗作。一个人内心的情绪往往会通过某种特定的个人行为进行表露。卞之琳并未选择大胆的求爱方式向张充和告白，而是通过写诗来含蓄表达爱恋。即便写诗，其诗作也都是较为含蓄、隐约的，有时甚至给人以无指向性的感觉，仿佛并非写给某一个人，而只是一个人物符号。但从这些符号中，还是能真切地感受到作者那份即将喷薄而出，却又竭尽克制的情感。

恋着一个人的时候，仿佛整个世界唯有她的存在。在卞之琳的眼里，张充和这位来自江南、家学渊源的北大才女无疑有着中国传统文人的完美品质，为他描绘了最完美的东方之梦。中国现代文学史上曾出现过卞之琳这么一位深情冷眼的北大才子，他才情横溢却内敛克制，内心炽烈得仿佛装着一颗随时爆发的火球，可却在即将喷射的顷刻间烟消云散，仿佛从未发生过。

人的一生总会在某一个不期而遇的时间点遇到一件事或是一个人，它足以改变你的一生。这个时间节点，我们可以称为人生的转折点。卞之琳迎来的生命中第一个转折点便是1933年的秋天。这一年，卞之琳23岁，正是一个意气风发的年龄。身着白布长衫，戴着考究的金丝边框眼镜，静静地侧坐在未名湖畔，徜徉在诗歌的王国里……

秋风萧瑟，洪波涌起。猛然抬头间，一位婀娜袅袅的姑娘映入眼帘，不早不晚，出现的正是时候。二十三四岁的年纪正是恋爱的绝佳时机，褪去了十七八岁时对爱情的迷狂，显得更为真挚与热烈。然而我们的卞大才子并非是一个情感外露与张扬的热血青年，他选择了将这份热烈又冷凝的深情化作长达半个世纪的守候。正如他在《雕虫纪历自序》中说："我总害怕抛头露面，安于在人群里默默无闻。"①这份默然的心境直接影响到诗人的爱情观，默默相守，不争不闹，将深深的情谊化在笔尖，流淌在书页扉册里弥留清香。然而这样的诗作也并不多。闻一多

---

① 卞之琳. 雕虫纪历. 北京：人民文学出版社，1979.

曾夸奖卞之琳不写情诗,因此在很多现代爱情诗选中都无卞之琳的作品。可凡事也都有例外。依旧是在卞之琳的《雕虫纪历自序》中,我们可以发现诗人因这位北大伊人的出现,而发生的变化。文内写道:“1933 年初秋,例外也来了。在一般的儿女交往中有一个异乎寻常的初次结识,显然彼此有相通的‘一点’。由于我的矜持,由于对方的洒脱,看来一纵即逝的这一点,我以为值得珍惜而只能任其消失的一颗朝露罢了。隐约中我又在希望中预感到无望,预感到这还是不会开花结果。仿佛作为雪泥鸿爪,留个纪念,就写了《无题》等这种诗。我这种诗,即使在喜悦里还包含着惆怅,无可奈何的命定感,‘色空观念’。”

在卞之琳的这段自序中,卞肯定了与这位女子的初识是建立在一定的相通基础上的,即具备了一定的爱情土壤。而随即,卞预感到他俩之间的爱情种子只是一颗朝露罢了,稍纵即逝。于是,诗人在满含喜悦与期待的心绪下,感叹起这段情感的命定感,带有佛学意味的宿命感。

究竟是怎样的一位传奇女子让卞之琳如此魂牵梦萦却又腼于表露?又是怎样的一位女子,让卞之琳产生了一种“得之我幸,失之我命”的感慨呢?她便是民国时代重庆、昆明著名的“张家四姐妹”之一——张充和。她是民国时期的大家闺秀,出生官宦世家,从小接受良好的文化教育,擅长琴棋书画,写得了一手小楷,唱得了一曲《游园惊梦》。性格外向,待人热情。卞之琳第一眼看到她,便深深地爱上了这位知书达理又为人随和热情的姑娘,这一恋便长达半个多世纪。然而,襄王有意,神女无梦,卞张二人并未最终喜结连理,却成就了一位现代文学史上独一无二的“深情冷眼”的诗人。

在一开始她便是他内心世界里爱恋的全部,透过她能看到世界的全部,一颦一笑都能惹动他的情感变化。然而,卞的爱情表达方式并没有像徐志摩那样的展露无遗,不加掩饰,而是显得有一种人为的如城堡护卫般的森严,情感不外露,爱在心口,却止于唇边。卞之琳还是将这份深深的情意藏在了心间,藏在了字里行间。

都说卞之琳《断章》这首诗中的“你”指的就是张充和。我们暂且先来看看这首诗再进行判断。

你站在桥上看风景,
看风景的人在楼上看你。
明月装饰了你的窗子,
你装饰了别人的梦。

诗的前两句撷取的是一幅白天伊人看景的画面。它虽然写的是“看风景”,但笔墨并没有挥洒在对风景的描绘上,而是不经意地露出那桥、那楼、那看景人,以及由此可以推想得出的那流水、那游船、那岸柳……它就像淡淡的水墨画把那若隐若现的虚化的背景留给读者去想象,而把画面的重心落在了看风景的桥上人和楼上人的身上,更确切地说,是落在了这两个看风景的人在观景时相互之间所发生的那种极有情趣的戏剧性关系上。

那个“站在桥上看风景”的“你”,面对着眼前的美景,显然是一副心醉神迷之态,这从她竟没有注意到“看风景的人在楼上看你”的侧面烘托上就可看出。更耐人寻味的是,那个显然也是为“看风景”而来的楼上人,登临高楼,眼里所看的竟不是风景,而是那个正“站在桥上看风景”的“你”。这楼上人为何不看风景专看“你”,是什么深深迷住了那双眼?是什么深深打动了那颗心？这值得玩味的一"看"，真可谓风流蕴藉，它使那原本恬然怡然的画面顿时春情荡漾、摇曳生姿，幻化出几多饶有情趣的戏剧性场面来。

那忘情于景的"你"定是个寂寞思春、知音难觅的多情女，那钟情于人的楼上人定是个俊逸潇洒、云游天下的少年郎，一个耽于风光，憨态可掬，殊不知一举一动搅乱了几多情丝；一个含情脉脉、痴态可怜，可心中情、眼中意羞言谁知？真是"落花有意，流水无情"，而在人生旅途上又有多少这样的萍水相逢、一见钟情，转瞬即逝而又经久难忘的一厢恋情啊！而诗人正是以这短短的两行诗给那电石火花般的难言之情、难绘之景留下了永恒的小照，引人回忆，激人遐想。

诗的前两句，作者以写实的笔法传达了那隐抑未露的桥上人对风景的一片深情，以及楼上人对桥上人的无限厚意，构成了一幕"落花有意，流水无情"的戏剧性场景。但多情总被无情恼，那无情的风景，那忘情于景的桥上人能否会以同样的深情厚谊，来回报那钟情于己的多情之人呢？面对着生活中这司空见惯的，往往是以无可奈何的遗憾惋惜和不尽的怅惘回忆而告终的一幕，诗人在后两句中以别开生面的浪漫之笔给我们做了一个充溢奇幻色彩，荡漾温馨情调的美妙回答。

时间移到了月光如洗的夜晚。桥上人和楼上人都带着各自的满足与缺憾回到了自己的休憩之所。可谁又能想到，在这一片静谧之中，白日里人们所做的感情上的投资竟在不知不觉中得到了回报。"明月装饰了你的窗"，这不就是自然之景对桥上人白日里忘情于景的知遇之恩的热情回报吗？从"你"的那扇被"明月装饰了"的窗口上，我们可以预想到，此刻展现于桥上人眼际的会是一幅多么美丽迷人的月夜风光图啊！那桥、那水、那楼、那船、那柳……那窗外的一切一切都融在这一片淡雅、轻柔、迷蒙、缥缈的如织月色之中，与白日里艳阳照耀下的一切相比，显得是那么神秘，那么奇妙，那么甜蜜，那么惬意。面对这月光下的美景，怎能让人相信自然之景是冷漠无情、不解人意的呢？怎能不唤起人们对大自然的强烈钟爱呢？你爱自然，自然也会同样地爱你——这就是卞诗的理趣所在吧！自然之景以其特有的方式回报了桥上人的多情，而桥上人又该以怎样的方式来回报楼上人的一片美意呢？诗以"你装饰了别人的梦"这一想象，有如天外的神来之笔对此进行了饶有情致的回答，从而使楼上人那在现实生活中本是毫无希望的单恋之情得到了惬意的宣泄。这个被"装饰"了的梦对于它的主人来说无疑是一次心灵奥秘的深切剖白，它再明白不过地显示了那被各种外部因素所压抑的单恋之情是多么强烈灼人。而那桥上人之所以能由眼中人变为梦中人，不正因为她是意中人的缘故吗？诗里虽然没有一句爱情的直露表白，但这个玫瑰色的梦又把那没有表白的爱情表现得多么热烈、显豁，而由这个梦再来反思白日里的那一"看"，不是更觉得那质朴无华的一"看"缠裹了多少风情，又是多么激人遐思无尽吗？

如果仅以"日有所思，夜有所梦"的构图来表现单恋之情的奇妙迷人，那就显得太平庸而流于俗套了。卞之琳的精妙构思就在于此，这个梦的主人不仅仅是梦的主角，而且还从这场爱情角逐的主动者位置上退居下来，而那个桥上人也已不再是毫无知觉的爱的承爱者，她是以主人的姿态在梦里扮演了一个爱的施予者的角色，他在尽其所能地"装饰"着这个梦，而且，她也是在按着楼上人的心愿来"装饰"着这个梦的。我们没有必要，也不可能去详尽地描绘出这个只可意会、不可言传的奇妙梦境，但我们可以肯定地说，这被"装饰"了的梦一定是无比甜蜜、无比浪漫、无比美满的。

总之，楼上人那一片落花之意，终于得到了桥上人那流水之情的热烈的、远远超过希望值的丰盛回报。在这里，“落花有意，流水无情”这句千百年来伴随人生长河，永远给人以惋惜、懊丧的格言也失去了它真理的意义。但梦毕竟是梦，它代替不了现实，装饰也只是装饰，它总会露出虚幻的面目。当第二天红日高照，酣梦醒来，那楼上人“梳洗罢，独倚望江楼”时，又该是怎样的一种心情呢？但我相信，那已经尽情地领略了“落花若有意，流水亦含情”的甜蜜梦境的楼上人，定会从常人所有的那淡淡愁绪之中解脱出来，定会以更美好的憧憬，更深沉的爱心，投入到新的生活中去。

看到这里，相信读者已不自觉地就将诗中的“你”当成了美丽动人的张充和。诸多卞诗的研究者，都将“楼上人”当成她，将“桥上人”当成诗人自己，但我更愿意相信诗中的“桥上人”才是“她”，“楼上人”是诗人自己。同时，更真切地希望“她”和“他”能将这份情愫化作相互的情感，延伸到现实生活中。然而，故事的结尾还是没有按照我们想象的那样，“桥上人”与“楼上人”最终各自走进了别人的画卷。张充和于1948年远嫁美国，卞之琳于1955年与青林结秦晋之好。果然如诗歌题目“断章”所暗示的那样，卞、张二人的爱情篇章并未完成，搁浅在起初相识的时光隧道中。

远在民国时期的卞之琳，在他的爱情观里，连他老师徐志摩那样的恋爱方式也是难以接受的，更何况当下的告白方式呢？卞之琳不是不爱，而是深爱，正是这份深爱，让卞之琳从第一眼见到张充和时就开始写信，写诗，精心汇编《十年诗草》《装饰集》等作品，将那份爱意藏在字里行间，藏得如此之深，让人并不能一眼识别出来。

每晚夜幕降临，诗人临窗而眺，心中充满了对伊人无限的牵挂。内心的热情无处诉说，只好诉诸笔端，将它们化作诗行。又不敢直白表露，便将点点深情藏一半在心间，留一半在诗中。《十年诗草》里许多有名的爱情诗，也都得益于卞对张的爱恋。其中有一首《鱼化石》写得很美，但表述得很含蓄。

《鱼化石》

（一条鱼或一个女子说）

我要有你的怀抱的形状，
我往往溶于水的线条。
你真像镜子一样的爱我呢，
你我都远了乃有了鱼化石。

我不知道卞之琳这首诗中有没有他自己生活的原型。作者在《鱼化石》中，一开始就注明是一条鱼或一个女子说，但我更喜欢把“我”看作是一个男的，这样虽然有悖于作者的创作意图，但是否可以说作者的这种说明正是为了掩饰自己。

诗中第一句是“我”对爱情的渴望，爱情具化为“怀抱”，是一种温馨且浪漫的想象，第二句说“我往往溶于水的线条”，我觉得这句诗理解为作为男子“我”经常倾心于“你”的温柔似水更为贴切。接下来，“我”不知道你是不是像我爱你一样地爱我，既是一种表白，也是一声询问。“我”心里透过一阵怀疑，也充满着一片希望。最后一句点睛之笔，“你我都远了”，你我也没有希望了，你是你，我是我，以后各不相干。但成为的“鱼化石”，使“鱼非原来的鱼，石亦非原来的石"，你我都彼此改变了对方。鱼化石并不是鱼和石的最佳结合体。鱼在石中是禁锢的，是彼此分明的，并不是融为一体的。从意象的选择上看，"鱼"、"石"构成的对比是不是正蕴含着一个脉脉深情、另一个冷冷冰冰，从这个角度看，此诗倒像成了一首怨诗。卞之琳作品中的"冷眼"此时看来也披上了一层温情的女性面纱。

卞之琳的爱情是缱绻的，他对于张充和的爱也是无私的，真挚的，一如既往地相守在侧，直至伊人远嫁美国，过上了幸福生活，他才安心放手，却依旧关心着她。我相信，每一位在情感生活中能够善待对方的人，一定是一个内心纯良且慈悲的爱情个体。卞之琳就是这样一位善良、忠贞的北大才子。虽然爱情并未走向婚姻，但那份真心守候却感染了一代又一代的痴情儿女。

在卞之琳的情感生活中，张充和永远占据着一个角落。这个角落任谁也走不进去，甚至作者自己也很难走进去。因为这个角落已经成了一块心灵的壁垒，虔诚是它的砖瓦，祝福是它的基石，牢不可破。

卞之琳之所以能成为20世纪30年代著名的代表性诗人，除了因为情感这味良剂外，还要归功于诗人自身的写作时间。在这里可以称之为"青春写作"。翻阅了记载卞之琳的年谱，发现诗人创作的高峰期主要集中在20～40岁间：

他于1929年（19岁）秋进入北京大学英文系学习，因"凄凉的现实"、"惘然的无可奈何的感受"刺激而写诗（卞之琳：《开讲英国诗想到的一些体验》）。因为得到徐志摩以及沈从文的赏识，卞之琳的诗得以陆续在《新月》诗刊等一些南方杂志上出现，《夜心里的街心》就是其中的一首。

1933年（23岁）5月5日，他的第一本诗集《三秋草》出版，由沈从文资助。

1935年（25岁）12月，文化生活出版社推出了他的第二本诗集，这就是为他奠定诗坛地位的《鱼目集》。

1936年（26岁）3月，著名的《汉园集》作为文学研究会创作丛书之一，在商务印书馆出版。《汉园集》为卞之琳与何其芳、李广田的诗歌合集，实际编成于《鱼目集》出版之前。其中的《数行集》是卞之琳的第三本诗集。

1937年（27岁）夏，卞将这一年所写18首诗，加上前两年所写的《旧元夜遐思》《鱼化石》编成《装饰集》，题献张充和，未出版。

1942年（32岁），经桂林明日社发行，卞的第四本诗集《十年诗草》（1930—1939）问世。其中除第四辑《慰劳信集》写于抗战爆发后外，其余第一辑《音尘集》，第二辑《音尘集外》（注明1930—1935），第三辑《装饰集》皆为他前期诗的精粹。

自1958年（48岁）后，他就停止了写诗。他认为新中国建立后自己写的诗"把崇高的爱国心和国际正义感，大都写成鄙俚庸俗的谩骂、叫嚣，也算多少完成一点任务以后，再也令自己不能卒读，连提都不愿听人家提说到他们"。

直到"文化大革命"后的新时期，自1980年（70岁）开始，在经历了长期的痛苦历程之后，他才重新握笔陆续写下了《访美杂忆》等新的诗章。

1984年（74岁），北京人民文学出版社出版的《雕虫纪历》增订版收入前期诗69首，其中

《雪》《足迹》写于1937年(27岁),此前从未收入诗集。①

此外,卞之琳还翻译了大量世界名著,译著包括《莎士比亚悲剧四种》《窄门》《浪子回家集》《紫罗兰姑娘》《英国诗选》等。

2000年(90岁)1月,卞之琳获得了首届“中国诗人奖——终生成就奖”。

卞之琳40岁之后,虽然依然有大量的译著出版,但是对于诗歌创作来说,鼎盛时期集中于20~30岁,这个年龄段是卞之琳诗歌创作的高峰期,不论从数量,还是质量来说都是最佳的。青年时期是创作的关键时期,卞之琳抓住了这个时期,成为20世纪30年代著名的现代诗人与翻译家。

其实,在中国现代文学史上,诸多诗人与作家也都符合“青春写作”的特点,如冰心、曹禺等。青春是人的一生中最重要的时期,是情感的迸发期,是灵感的泉涌期。因此,我们每一个热爱文学的人,都应该珍惜青春的美好时光,谱写自己青春乃至人生的新的篇章。

【经典解读】

《寂寞》:生命的无奈喟叹

卞之琳是一个十分珍惜时光,也懂得抓住青春时机的人。他抓住了青春这个创作的绝佳时期,将自己的全部身心投入诗歌的创作中,成就了举世无双的卞式诗歌,丰富了中国现当代诗歌史,也实现了诗人自身的诗歌情怀。古人有“以诗会友”的交流方式,现如今我们也可以遵循“以诗会作者”、“因作者去读诗”的交友方式。在卞之琳的诸多诗歌中,我特意选取了作者于1935年创作的名篇《寂寞》一诗,让我们一起来会会这位20世纪30年代的大诗人。在这里,可以毫不夸张地说:“《寂寞》这首诗是卞之琳诗歌风格的缩影。”

《寂寞》

乡下小孩子怕寂寞,
枕头边养一只蝈蝈;
长大了在城里操劳,
他买了一个夜明表。
小时候他常常羡艳,
墓草做蝈蝈的家园;
如今他死了三小时,
夜明表还不曾休止。

---

① 沈文冲. 卞之琳年谱简编. 南通师范学院学报, 2002(1): 143-149.

一首八行的诗歌，有力地呈现了一个小人物从童年到死亡的静态而缓慢的一生。全诗围绕着"寂寞"这个主题，并努力将"寂寞"挖掘得如此之深。小时候由蝈蝈陪伴为的是寻找乐趣，长大后由夜明表陪伴为的是消磨操劳的时光。"蝈蝈"和"夜明表"这一动一静两个事物成了他对抗寂寞的武器，可也只是解得了一时的寂寞，因为蝈蝈也会死去，夜明表也总有停止的那一天。因此，细细品来总觉得诗作本身飘着一股悲凉之风。"蝈蝈"、"枕头边"、"夜明表"、"墓草"这几个意象让我们感受到了那份如虚弱的血流缓缓地流淌过我们的每一个敏感的毛孔般清冷与肃然。它们成了活着和死亡的见证与承担之物，像一个个呼吸着的黑洞，诉说着生死皆寂寞的生命形态。这些事物之间不是相互温暖着对方，而是相互寒冷、寂寞了对方。

从乡下到城市，从童年到长大到死亡，从蝈蝈到夜明表，从枕头边到墓草丛中，不对称的四组共同演奏着，在空间中，在时间里，在心理暗示的层面上，传达出彻彻底底的荒凉之感。撇开我们对"乡下孩子"执着一面的考虑，将他从普遍意义上来观察，他就是任何一个人，任何一个寂寞无奈的个体。然而，本诗借助"乡下孩子"的这个独特身份来进行观察与描摹"寂寞"这个无形无声的事物，反而显得十分真实。

我们可以看到诗歌的语言朴实无华，就像是诗人从生活中截取的句子，并没有刻意去精雕细琢，而是以最直接的形式呈现出来，以这种直白的笔法写出了小人物无希望的、寂寞聊赖的一生。诗的末尾写道："如今他死了三小时，夜明表还不曾休止。"以"不休止"的"夜明表"衬托出静态的死亡，死亡的寂静由此被加深；而"三小时"——一个如此准确的时间，它把"寂寞"逼近了，"寂寞"更清晰了，"寂寞"也被无形地放大了，最终变成了宿命。这份"宿命感"或是说"命定感"在卞诗中常常会出现，正如他在《雕虫纪历自序》中也曾提及过。诗歌中一旦涉及了这些对人生的追溯，对生命的思考，对命运的解析后，整个诗篇就被蒙上了一层肃杀的薄纱，这也是为什么卞诗能够超越那些只在乎抒发男女青年个人感情纠葛的滥情诗篇的最重要的缘由。我愿意相信卞之琳是相信宿命之说的，且不从个人纯粹的信仰来说，单单从男女爱情这个情感角度来狭隘地理解卞之琳的宿命感和命定感。卞之琳在与张充和的爱情里，始终不是一个平等的男主人公的地位，但当他的内心因久久得不到芳心而空缺时，他会努力去找补回来，来合理地解释这段空缺情感。"找补"的途径有很多，但他并没有选择最直接的方式——另觅佳人，而是选择了上升到命定感的高层次的诉求。期望从不可违逆的宿命角度来为自己在两性情感中的弱势与缺失地位找到合理的解释，来宽慰因寂寞而干枯却又随时可以泉涌相流的内心。

在这首诗中，作者将浓浓的"寂寞"之意贯穿于整个诗篇。作品通过运用如此多的清冷、肃穆意象，营造出一种淡淡的寂寞哀愁。其实，寂寞并不可怕，有理想者才会有寂寞，寂寞有时是使人走向深邃的契机，不懂寂寞的人自然领会不到人生哀痛的真正价值。寂寞促使你开出人生中最绚烂的多情花，也促使那些不懂坚守者，将成功之花扼杀在未施肥的土壤里。

作者在写这首诗的时候26岁，正值创作的好时期，也是一个对于寂寞与坚守比较迷茫的时期。《寂寞》一诗的出现，让作者开始思考什么是寂寞？怎么守得住寂寞？为什么要守住寂寞？寂寞是一种介于孤独、落寞之间的思绪。有时候，寂寞不仅是由于自身一个人的孤单，更多时候是思念另一个人的惆怅。联系到诗人的情感经历，我们可以知道1935年的时候，卞之琳已经与张充和相识两年有余。我们也都知道卞之琳是一个对于感情比较内敛的人，他只是选择在一旁静静地看着张充和与别人热情交谈或是默默地在一旁写写诗，做做翻译工作。我相信卞之琳也是一个凡人，也会在夜幕降临时，因为始终得不到心仪姑娘的芳心而感到寂寞与无奈。或许只有在夜深人静时，那份寂寞才会真真切切地去撕咬失意者的内心。

卞之琳自己曾坦言，他写白话新体诗，是最着力于诗的“欧化”、“古化”或“化欧”、“化古”的。他向西方现代诗人学习，如波德莱尔、魏尔伦、艾略特、叶慈、里尔克等；又向中国古代诗人学习，如姜夔、李商隐、温庭筠等。因此，我们很容易发现他的诗中有“中西合璧”的痕迹，不论是诗歌意象的选择、意境的表达，还是诗意的追求。[①] 但可贵的是，卞诗能够吸收两者的精髓并加入自己独到的写诗风格，使人看后不由得感叹“非卞之琳莫属”。卞之琳的诗风在同时代的诗人中是独一无二的，他是诗国的哲人，他以独特的审美意识去感受生活，在心的牧场浇灌出诗韵智神，表现出他诗人诗心的慧眼和独悟。当绝大多数现代诗人仍致力于主情的探索时，他却自觉地在主智的诗艺途径上艰难探寻（当然这也可以说是中国现代诗歌发展的内在需要）。尽管他的诗气魄不够宏大，数量也并不多，有些内容不免有些冷涩，但他对现代人生存处境和心理骤变的哲理探寻，对中国现代社会的冷峻解剖与智性批判无疑具有独特的审美价值，相较一些专注于风花雪月式的新诗，他的诗具备了极强的人生哲理性与探索性。

卞之琳上承新月派、象征派，下启九月诗派，熔西方现代派技巧与中国古典诗歌神韵为一炉，不仅追求情的抒发效果，更重视思的提炼和凝聚，追求诗歌的智性之美，使他的诗歌彰显生命体验的感悟和精心磨砺的深度，理趣和诗意的和谐。

诗歌不论是“欧化”还是“古化”，这都只是诗人为了表达诗歌的思辨性与艺术性的一种外在的承载方式，关键还在于诗歌的内涵与引起读者的思考。当然，我并不否认一些精妙的诗歌形式本身就在传递诗歌革新的信号，这是为什么中国现代诗歌不断发展与革新的道理。这也是为什么一代新诗的出现，往往从形式开始出发，而后涉及诗歌内涵，或是形式与内涵革新的齐头并进。我觉得真正的诗歌，该是那些能够体现时代精神，能够引发广大民众思考，尤其要涉及人生生命体验的深层次的追问。这样的诗歌，才是对时代、对大众做出贡献的不朽的作品；这样的作家和诗人才是扛起了身为一个时代的话筒的责任。

卞之琳就是这样一位能够在诗中言之有物的现代一流诗人。他的诗作往往具有深刻性，能够触动时代的脉搏，能够对现代社会进行客观、冷静的剖析，能够引发广大民众尤其是青年对人生、对未来的思考。他不仅在做诗，更是在反映社会。就如在卞之琳的诗作中，常常会涉及人生的追问，宇宙的时代感，空间的相对说，甚至会涉及后现代的那种意识流等，涉及的面很广，没有太多的界限，内容上当然也会存在一些干涩，读起来也会有一种不流畅的感觉，但给诗篇创作的研究者们还是提供了巨大的研究价值。

（撰稿人：邱燕青）

---

① 包广莉. 绚烂之极复归于平淡——略论卞之琳诗歌创作的特点. 思茅师范高等专科学校学报，2008（5）：94－97.

沈从文：“乡下人”的诗意情怀

【作家简介与创作历程】

一、湘西少年　小城印象

1902年出生于湖南凤凰县的沈从文，原名沈岳焕，是一位多产的作家，文物研究家。其祖母是苗族，祖父是汉族，母亲是土家族。沈从文的民族身份可以是其中任何一个，但他本人更喜欢苗族，沈从文笔下也常常出现对苗族风情的描绘。沈从文童年时代，家里还算小康。6岁时，沈从文入私塾读书。私塾里呆滞的气氛无法引起他的兴趣，沈从文开始学着跟别人一样说谎骗先生逃课。沈从文渐渐养成了逃课的习惯，但终于被父亲发现。父亲本来希望天资聪明的沈从文能够成为一个著名的京剧演员，身为将军的父亲把这期望看得比当将军还要高些，却发现儿子逃学，愿望落空，生气之极。家里认为私塾先生管教不严，给沈从文换了私塾，却无意中成全了他，在从家到新的私塾之间长长的路途中，他开始用一双眼记录凤凰城的自然与人文风貌。一路上，他先是看剃头，接着看染布、做豆腐、扎冥器等，但这些又都不能让他满足，他又绕道去西城观看。除了看这些让他感到新奇的事情，还有两件是沈从文童年快乐的事，一是看大水，一是捉蟋蟀。在当地，不到10岁的孩子每天各处晃荡，必然会养成剽悍的性格，沈从文也不例外，再加上有个做将军的父亲，更是常常打架斗殴。每每在对打之时，沈从文总能在与自己实力相当的人争斗时，凭借着机智与灵敏取胜。然而，彼此常常逃学为伴，时间一久也就熟悉了，后来反而不再打架了。

我一面被处罚跪在房中的一隅，一面便记着各种事情，想象恰如生了一对翅膀，凭经验飞到各样动人事物上去。按照天气冷暖，想到河中的鳜鱼被钓起离水以泼刺的情形，想到天上飞满风筝的情形，想到空山中歌呼的黄鹂，想到树木上累累的果实。①

① 沈从文.从文自传.北京:北京十月文艺出版社,2013.

被处罚久了就成了习惯，对于这一处罚沈从文也就免疫了。身体虽然为逃学一事吃了苦头，但心里是明净的，在沈从文还是一个孩子的时候，就具备了把看到的景物与事情印记在心头的本领，为日后写作积累了不少素材，正如他自己所说，这处罚反而给他一个练习想象的机会。

武昌起义过后，凤凰城内开始出现紧张的气氛。沈从文在城头看残忍的杀戮达一个月之久，小小的年纪便目睹了血淋淋的现实。

1915 年，沈从文从私塾转入小学读书。沈从文不安心于课堂，几乎每个学童也都是这样，醉心于自然风光。但最让沈家生气的是沈从文学会了赌钱和说下流野话。

沈从文 15 岁进入预备兵技术班之时，家中已经完全破产。时局的转变影响了沈从文的心性。

沈从文作品中很少出现关于父亲和那大家庭的描写，说明沈从文跟母亲的感情比和父亲的感情更深。沈从文自己也曾经说过："我的气度得自于父亲影响的较少，得自于妈妈的较多。"沈从文写母亲影响他一生的事情，教他识字，给他讲故事，识药名，并教他为事情做决定。关于自己的童年生活，沈从文在《从文自传》中写得清清楚楚，他是一个喜欢逃课的孩子，常常逃离课堂去爬树、斗殴、游泳、捉鱼等，过着顽童的生活。

1917 年，沈从文参加湘西游击队，前往辰州。沈从文军营生活的开初还是比较顺利的，他笔下的军队生活惊险而又神秘，但又是在情理之中。军队里的生活给沈从文带来了很大的乐趣，因而，他所写的揭露军队阴暗面的作品显然没有对军队生活乐趣的记载更引人注目。沈从文后转入秘书处，由一本《辞源》开始，沈从文对于读书看报产生了兴趣。在军队生活的后期，沈从文把大量时间花在读古书、历史上，他开始考虑转行。

1922 年沈从文脱下军装，在北京大学旁听。

二、开始创作　弃武从文

沈从文只身来到北京，经过一段艰难穷困的岁月。1924 年，沈从文开始创作，作品在《晨报》《语丝》《现代评论》等上面发表。在《晨报副刊》上发表的《一封未曾付邮的信》被认为是沈从文最早的作品。沈从文想来北京读大学，在学校里当一名正式的大学生。然而，他"半工半读"的想法落空了，想报名参加大学考试，却因为他只有小学文凭被拒之门外。受到以郁达夫为代表的自我暴露小说的影响，沈从文急于写出自己作为"乡下人"的苦闷，倾诉在北京的碰壁，以及对故乡的美好回忆。为了躲避家乡可怕的环境，来到都市，却在都市的巨大生活压力下，又把精神交还给自己的故乡。在一种自卑感的驱使下，沈从文的情感又回归原乡。在一段辛勤的奋斗后，沈从文成为作家，却不加入任何作家团体。沈从文在《棉鞋》中表达自伤贫贱的感叹，小说写得既散漫又折中。1928 年，沈从文的自我书写达到了一个高峰期，篇幅也越来越长。作品中出现《不死日记》与《一个天才的通信》。沈从文广交朋友，同年，他从北京来到上海，与胡也频、丁玲筹办《红黑》杂志与出版社。1929 年任教之时，爱上学生张兆和。1930 年，执教之时，发表作品集《石子船》《虎雏》《月下小景》等 20 多部。

短篇小说《虎雏》是一则文化寓言。"我"作为一个文化人，想用文明的办法，把六弟带来的一个勤务兵改造成一个伟大的人。这个 14 岁的小男孩，生性聪明，在"我"看来，他生存的偏僻的野蛮地区，影响了他天才的发挥，"我"强迫把他留下，不顾六弟的反对，想要用自己的努力，证明人的可塑造性。六弟与"我"代表着两种思想，他明白这个小副兵只适合当兵，虽然看起来乖巧机灵，但骨子里的野性是不可改变的。而"我"奉行文学救国的思想，一心想把这个小豹子一般的乡下人改造成文学界的精英，不惜付出自己物质与精神的代价。六弟是一个军人，他认为当兵之后，就要入武安身立命。他平时话并不多，但听说我想把小副兵留下后，他却不可思议地话多起来，极力劝阻"我"。六弟知道"我"很执着，给"我"一个月的试验时间，仿佛嘲笑"我"的单纯。在培养这个小天才的过程中，许多朋友得知我这里有个小天才，前来看望，也都十分喜欢这个聪明的小孩子。小兵的进步很快，"我"本以为可以把小兵培养成超人。但当自己的同学王军官来"拯救"小兵时，果然小兵不在"我"视线范围内一夜之间就出事，露出了野蛮的本性。"我"对于自己启蒙教育的失败感到挫败，"我"和六弟无疑都是十分喜欢这个小兵的，我们各自所做的事情也都是为了他的未来着想，只是所坚持的方法不同。

"我"是一个理想主义者，企图用城市的文明方式来改造一个聪明的乡下孩子，却发现城市与乡土的两种不同文明还是很有差距的。这如小豹子般的年轻人经历过一些苦难，却也以顽强的生命力熬过来了。这令人讶异的顽强经历，足以打动"我"这个城市文化人，却想不到文明的方式改造不了他的原始野性，对此不得不让人感到忧惧。

> 因为我连一个十三四岁的小孩子，还为他那外表所迷惑，不能了解，怎么还好说懂这样那样。至于一个野蛮的灵魂，装在一个美丽的盒子里，在我故乡是不是一件常有的事情，我还不大知道；我所知道的，是那些山同水，使地方草木虫蛇皆非常厉害。我的性格算是最无用的一种型，可是同你们大都市里长大的读书人比较起来，你们已经觉得我太粗糙了。①

"我"对于启蒙教育的失败，和被这个青年俊美的外表所迷惑产生了自责。两种不同的教育方式正是两种文化的代表，不同的文化培养出不同类型的人，想要改变真是难上加难。这部短篇小说，可以看出沈从文此时对于知识改变国民性的迷茫与困惑。他渴望能够通过对国民性的改造而来的成就感，却出乎自己意料的失败了，流露出一种无奈之情。由此，生发出沈从文对于人性的探讨。

《从文自传》创作于1932年沈从文在青岛执教期间。然而，这时沈从文的创作虽然渐渐步入佳境，但其标志性的传世作品尚未产生，似乎并非一个为自己作传的极好时机。对于这部自传的创作，沈从文在1982年给出了一个直接原因：

> 一个朋友准备在上海办个新书店，开玩笑要我来为"打头阵"，约定在一个月内必须完成。这种迫促下出题交卷，对我并不习惯。但当时主观设想，觉得既然是自传，正不妨解除习惯上的一切束缚，试改换一种方法，干脆明朗，就个人记忆到的写下去，既可温习一下个人生命发展过程，也可以让读者明白我是在怎样环境下活过来的一个人。特别是在生活陷入完全绝望中，还能充满勇气和信心始终坚持工作，他的动力来源何在。

在沈从文这样一个创作的高峰期，这部以童年趣事内容居多的自传十分具有地方特色。

① 沈从文. 虎雏. 南京：江苏人民出版社，2014.

第一篇《我所生长的地方》,为全书定调于一个偏僻的小城。作者在写这句话时,已经为读者来自大城市的身份做了假设。全书的基调是城市与乡村的对照,沈从文写着自己亲身经历的自认为平常的小事,从而想象着来自城市的读者惊讶、好奇的表情。由此可以解释得出,对于一个从自然中走出来,时时回忆美好,走入城市里的作家沈从文来说,用笔记录美好的回忆,为人生的这一过程作一梳理也实属必然。

其中的另一篇《我读一本小书同时又读一本大书》是沈从文以一个孩童的视角来观察大自然的作品,喜欢逃学的沈从文得以在不读学堂里书本的时间中,阅读大自然这本大书。然而,作者于此处连连不肯停笔,并非为了单纯展示逃学的乐趣,而在于他从大自然中受到的教育,大自然这位母亲也果然成为沈从文创作中常见的母题。沈从文认为自然教给他的智慧,远比他从书本上学得的只言片语更能给他以启迪。这部自传大部分内容涉及的还是童年时期的生活,当然,沈从文也不忘联系写作时的实际情况,在书写童年趣事不能驻笔之时,加上一句"正是当年的这些养成了我现在的性格"一类的话作为补充。

《从文自传》并未仔细向人介绍他自己家中的骄人军旅历程,也没有直接而又详细地写出他的直系亲属。在这部书中,沈从文还是注重于自己的亲身经历对于文学创作的影响。在第二部分中,沈从文提及了自己在军队中的生活,述及了与文学相关的秘书职位,也表现出一个小兵在动荡岁月中的艰辛。他在军中的生活也不断地接触文物,与人类的智慧结晶相碰撞,激发了自己对于文学、文化研究的心。对于知识的学习,对于人类灿烂文化的交流,使他觉得寂寞,那些曾经十分聊得来的伙伴,却如今都不能和他对话。可以见得,孩童时代的从自然中汲取的营养以及军旅生涯中对于文化的学习,改变了沈从文的心性。他已不是为了玩耍而只想逃学的孩子,对于知识的汲取使他更加显得异于身边的人。

三、依恋乡土　湘西书写

沈从文在经过都市的挫折后,终于战胜了困难,留在都市里。作为一个以"乡下人"自称的知识分子,他心中的家园还是从小生活在那里的湘西。在这一时期,沈从文以湘西为题材的作品从自叙传的模式中摆脱出来,虽仍是书写自己记忆中的那片土地,却有意构建一个具有文化意义的湘西世界。以文化的视角来审视人生,探索人性。

《月下小景》是沈从文 1932 年至 1933 年写作的一部短篇小说集,收入此集的作品一般是沈从文的得意之作。他自己曾说:"《月下小景》顶不坏,用字顶得体,发展也好,铺叙也好,尤其是对话,人那么聪明,二十多岁写的。"其中除了序曲《月下小景》以外,其他都取材于《法苑珠林》的佛经故事。目的是"能够将各故事对照,明白死去了的故事,如何可以变成活的;单的故事,又如何可以使他成为完全的"。在这部作品集中,沈从文采用了故事套故事的办法,讲故事的远行者把听众与现实拉开距离,以一个凄美的殉情故事,把听者带入说故事的人所处的语境之中。而每一段故事的展开,其目的都不是让听者单纯受到这个故事的感染,而是由前一个故事的一个因由,引发下一个故事的接力。沈从文巧妙地利用了重复的技巧,把每个故事形成有机的环节。这种结构借鉴了《十日谈》与《天方夜谭》。沈从文借《月下小景》表达了对于意志与理性的讴歌,故事的创作心境也与他当时对张兆和的追求有着千丝万缕的联系。即便同样一个故事,在不同的受众心里会产生不同的影响,在《寻觅》与《女人》中,故事的前面情节发展是相似的,而故事的结局却截然不同。可见,故事的完成并不是讲述者一个人的成就,而是经过讲述者与复述者共同作用后而成的结果。

在这部作品集里，作者的叙述视角也是随时变化的，沈从文时而游离于故事之外，时而操控着全局，影响着故事的发展。《月下小景》在沈从文的创作中占据着重要的位置，因为它渗透着作家的人生体验，是对人生重新安排的一个范例。作为序曲的《月下小景》，傩佑与女友为了追求真爱，不顾寨子里奇怪的风俗，双双服毒而死，这正显示出沈从文当时深爱张兆和，却时刻保持警惕，怕自己为了爱情而无任何作为的坚强意志力。沈从文对于情意与理性做了深入的思考，努力做到创作与情感双方不误，成就情与理的统一。由这部短篇小说集，可以看出沈从文对于人性的思考，以及自己的创作艺术态度。

《月下小景》是"传说中的传说"，把整个大自然神秘化了。故事开初，讲述了一个古老的风俗："女人可以同第一个男子恋爱，却只许同第二个男子结婚。"由此进入了佛经改编的故事的情境。沈从文有"文体试验家"的称号，他的创作不拘一格。沈从文关注神性的人格，经过他的塑造，形成了一个个具有神性光辉的人格形象。沈从文重写这些佛经故事并非出于偶然产生的兴趣，而是对佛理熟读消化之后，对于自我人格建构的一种思考。同时，对佛教故事的重新梳理，沈从文也从中得出一种新的叙事方式。

《柏子》这部作品中，沈从文展现了底层人民的生命形式，建构了一种回归真正的人性的可能。这部小说写了水手柏子与妓女的爱情故事，柏子每月花一次性命钱与妓女约会一次。这样的生活，在柏子看来并没有什么辛酸与不易，他甚而觉得十分满足。柏子出身低微，他拼命地活着，工作着。柏子的生命是健康的，他白天在船上唱歌解闷，每个月都可以去和妇人约会一次，而这样的一次，他认为就可以抵消一个月来所受的风吹雨打，甚至还可以预支下个月的快乐。这样的一次的花费，柏子觉得是很值得的。把一切辛劳都在与妇人约会的时候发泄出来，在爱的时候尽情地享受。至于他离开了，会不会有人去与他的妇人约会，他是不予理会的。因为再过一个月，他又会来到这里，满足自己的愿望。

而《柏子》中的妓女又是另一种生命的形式，她并非精明算计的以钱为命的女人。生活将她弃置于此，而这妇人却以一种健康的美的形式活着。她把一颗心交付给水手柏子，关心柏子，并不同于以往作风下贱的妓女。柏子与妓女之间的关系也是那样的健康、明朗。二人的约会就如同其他两个坠入爱河的男女一样，他们的关系不是龌龊的勾当。这种生存的状态，是只有在未被现代文明吞噬的湘西特有的生命形式。抛开所谓的道德标准，水手与妇人的感情是真诚的，二人互相需要彼此，在精神上、肉体上，双方互相满足，相互支撑，彼此的生命因此添上了色彩。柏子花费辛苦钱与妓女相约，而妓女对柏子有情却也爱财，看似并不道德的一对恋人，却大胆地相爱，显露出人性的本色。

沈从文尊重人性，如果人的本性因为道德规约受到压抑和束缚，则这样的社会将是最不道德的。《柏子》消解了道德的约束作用，还原了人应有的野性与原始的力量。柏子是生命力顽强的大自然之子，纯朴而又健康。

每一个船头船尾全站得有人，穿青布蓝布短汗褂，口里噙了长长的旱烟杆，手脚露在外面让风吹——毛茸茸的像一种小孩子想象中的洞中喽罗，毛脚毛手。看到这些手脚，很容易记到"飞毛腿"一类英雄名称。可不是，这些人正是！桅子上的绳索捎着了活车，拖拉全无从着手，看这些飞毛腿的本领，有的是机会显露！毛脚毛手所有的不单是毛，还有类乎钩子的东西，光溜溜的高桅，只要一贴身，便飞快的上去了。为了表示这上下全近乎儿戏，一面整理绳索，一面还在上面唱歌。①

这一段对于水手们的描写，赞扬了生命的原始力量。毛脚毛手更是像未进化完全的表示，是自然之子。生命的本初是有充沛的力量的，水手们动作的灵活，精力的旺盛，显示着自然的本真，显示着生命的勇敢与顽强，作者想把这股新鲜血液注射进中华民族的骨子里，让其不再老态龙钟。

四、都市小说　文明挽歌

沈从文的都市小说虽然不像他为人们建构的湘西世界一样备受关注，但他的都市叙事具有重要的意义。只身从家乡来到都市，亲身感受过两种不同文化氛围的冲击，都市题材的小说是沈从文风格转型探索期的一条必然路径，这类作品也为沈从文找到突破口，为人们创造一个独特的湘西世界做出贡献。

《八骏图》讽刺了一群精神猥琐却有学识的都市里的教授们。教授甲有一张可以看出家庭美满的全家福，"大白麻布蚊帐里挂一幅半裸体的香烟广告美女画"和《疑雨集》《五百家香艳诗》，窗台上摆着保肾丸、鱼肝油和头疼膏。教授乙"从女人一个脚印上拾起一枚闪放珍珠光泽的小小蚌螺壳，用手指轻轻的很情欲的拂拭着壳上粘附的砂子"。而教授丙"好像想从那大理石胴体上凹下处凸出处寻觅些什么，发现些什么"。教授丁"欢喜许多女人，对女人永远倾心，我却再也不会同一个女人结婚"。教授戊"想把女人的影响，女人的控制，——尤其是同过家庭生活那种无趣味的牵制，在摆脱得开时趁早摆脱开。我就这样离了婚"。至于教授庚，小说中说"有一个美丽女子常常来到寄宿舍，拜访经济学者庚"。

这部小说通过一个小说家达士之眼，观察出自己与另外七位教授压抑的性心理。不像是沈从文的湘西之作那样纯净，在这部讽刺性的小说中，人人都戴上厚厚的面具，掩饰着内心的不安。教授——曾是沈从文梦寐以求的一个职位，而在他的笔下，反而成为讽刺的对象。道貌岸然的外表下，装着不堪的灵魂。这一做法显然与他的自卑心理暗合。当初为了寻求知识来到都市，却处处碰壁，沈从文在创作中塑造出人性的小庙，以乡下人人性的纯朴与真实来俯瞰都市人的自私与虚伪，以此求得心灵的补偿。沈从文对于教授名字的安排也颇有心思，排名过程中没有教授"己"，意味着达士先生就是自己。在这样的讽刺之下，沈从文的自卑心理才能得以消解。虽然在初到青岛时，达士也受到"海"与"黄花"的吸引，这象征着情欲的引诱。但在沈从文看来，达士的人格也远比这七位患病的教授好得多，至少，达士还知道深爱自己的未婚妻，以此拯救自己。然而，在结尾处，沈从文对于仿佛自己化身的达士的嘲讽也是一种难以达到的自嘲。达士一直认为自己可以给七位教授治病，自己是有免疫力的，但最后，这位自居为"医生"的达士先生证明自己也是病人。这两相对照下，自我解剖也是十分有力的。

在都市文明面前，人性被扼杀，人们平白受着所谓道德规约的束缚，抑制了人性，实属不该发生的事。性变态、意淫等在教授心中的病，伤害了别人，更伤害了自己，无处释放。以这"八

---

① 沈从文. 柏子集. 长沙：岳麓书社，1992.

骏"的扭曲的灵魂为代表的人们，在都市文明下，人性受到摧残，生命本真受到压抑。他们可以说是最有教养的知识分子，是传统道德的踏实捍卫者，但他们的内心却翻腾着爱欲的浪花，不敢大胆去追求爱。沈从文批判了都市的文明，探讨人的真正健康的生存方式，对于人性进行终极关怀。一个丧失了生命力的知识者，再有教养，也不能称之为一个真正具有人性美的人。

五、湘西历史　探求出路

1939 年，沈从文与张兆和结婚。20 世纪 30 年代，沈从文先后发表了《边城》《湘行散记》《湘西》与《长河》，终于成为著名作家。这一时期是沈从文发展比较顺利的时段，他在北京、青岛构思出了一系列感人的作品。然而，也正是在这一时段，沈从文对于创作的热情有所减退。沈从文与作家群体也是疏离的，国民党政府的作家令沈从文深恶痛绝，而左翼作家指责沈从文胆小懦弱。沈从文怀疑政治能否产生革命的文艺，这些想法都深深地影响着他的创作。这一阶段，沈从文饱尝亲友去世之苦，父母相继逝世，朋友徐志摩死于飞机失事。胡也频和丁玲与沈从文分开，他们奔赴革命。沈从文作品产量虽然减少，但他自觉肩负起一个成熟作家的责任，精心修改自己负责编辑的稿子，也修改着自己的作品。在这一个时期，他开始沉淀，对文学创作进行更加深入的思考。影响他创作进度的另一个原因是沈从文于这一时期开始了新的探索。然而，在沈从文眼里，小说才是他创作的主要成就。经过这一段时期的沉淀，沈从文开始写关于生长、成熟与死亡题材的小说。

《湘行散记》是沈从文于 1934 年母亲生病匆忙赶回湘西途中所作，他与张兆和约定每日写信告知见闻，即为此辑。这部作品集产生的时间也正是沈从文创作达到高潮时期的产物，当时沈从文在城市里生活了十年的时间，但他仍诚恳地以"乡下人"自居，可以想见，他还是时时回忆起自己生活的那片天地的喜怒哀乐。脑海中快乐的记忆与眼前的现实还是有着种种磨不去的差距，这种对于现代都市与纯朴乡村的思考，是对于现代性的一种体悟，也是对于原乡的一次追寻。但沈从文并没有陷入单纯的二元对立来比较城市与乡村，乡村既不是一般人认为的被抛弃的蛮荒之地，也不是用来对抗城市文明的世外桃源，而是作者心中的一点坚守，坚守人性的真善美。记忆中的故乡与眼前所见的故乡两相比照，引发沈从文对历史的思考，进而思索着随着历史而流变的人的生命。对于湘西的"常"与"变"的思虑，将人引入另一个时空。

当然，沈从文笔下的湘西的确有绝美的风景：

> 两岸皆高大壁立的山，山头上长着小小竹子，长年翠色逼人。这时节两山只剩余一抹深黑，赖天空微明为画出一个轮廓。但在黄昏里看来如一种奇迹的，却是两岸高处去水三十丈上下的吊脚楼。①

沈从文工笔描绘出骄人的美景，表达对家乡的热爱。但这诗一样的美文的深刻之处，并非单纯想表现事物的美，而在于作者的忧思。沈从文自己曾经说过：

---

① 沈从文. 湘行散记. 北京：北京十月文艺出版社，2008.

> 你们能欣赏我的故事的清新，照例那作品背后蕴藏的热情却忽略了；你们能欣赏我文字的朴实，照例那作品背后隐伏的悲痛也忽略了。①

近代的军阀割据、混战，已使湘西这片净土受到了不应有的打扰。沈从文从戎的亲身经历，使他清楚此地曾经受过的政治压迫与经济劫掠，不知日后会不会变本加厉，沈从文担忧这样牧歌情调的小乡村的未来。沈从文笔下真实地记录着底层人物的生存状态，虽然他们的职业有着不同的层次，却都是鲜活而又本质朴实的一些人，很少有负面的角色。出于生活的无奈，在不同的生活状态中，这些人演绎着自己的辛酸。面对着与美好记忆有些出入的现实，沈从文的内心是复杂的，他担心那些自己想挽留的终究无法留住。《湘行散记》对于湘西是一种符合现实的想象重构。至于沈从文的忧思，可以看作是一个自觉的知识分子在面对时代变迁中所肩负的责任。以游记形式记录下来的沅水流域的风光美景不过是一个象征的载体，它承载着沈从文的文化思考与历史意蕴。沈从文描写乡村的人性之美，与都市里的婚恋状态也形成一种反观。人们的思想经过大自然潜移默化的影响，也是纯粹、明亮的。

《长河》是沈从文第二次返乡途中创作的作品，这是一部未完成的著作。沈从文原本计划写四卷，却出于种种原因，只创作了第一卷。《长河》的第一卷由看似散文连缀的 11 个短篇组成，书写了在现代文明冲击下的“常”与“变”。于 1934 创作的《边城》是一部纯净而优美的作品，沈从文用细致的笔为人们绘出一幅纤尘不染的湘西风情画。与《边城》不同的是，沈从文在《长河》中表达了对于现代文明冲击下，人性仅有的美好怕也失去的隐忧。常常以“乡下人”自称的沈从文，描写最多的也是乡下的人。他由衷地赞美那种原始自然赋予人性的善与美，沈从文以一个进入都市的“乡下人”的眼光，怀恋那朴素自然的人性美，表达他对都市人抛弃人性美的惋惜与对精神家园的向往。

这部长篇小说虽然是不完整的，但也有着比较广阔的历史视角。《长河》这部小说发生的背景是沈从文熟悉的辰河流域盛产橘柚之处。在小说的开篇，沈从文便展现了这一地区人们的淳朴、好客。橘子可以随便摘，并且不向摘橘子的人收取费用。园主滕长顺有两个儿子三个女儿，最小的女儿是沈从文着墨最多的人物，名为夭夭，人称“黑中俏”。夭夭是一个开朗活泼的女孩子，沈从文在夭夭身上赋予人性最美好的品质。夭夭是一个机灵而又受宠爱的女孩子，是作家对于人性原始生命力赞美的化身。调皮的夭夭对于“新生活”并不恐惧，显得从容而又淡定。夏志清总结沈从文对于人物形象塑造的规律，指出沈从文小说中的人物往往包括一个天真无邪的少女与善良世故的老头。《长河》中也是一样，沈从文对于看祠堂的老水手也进行了细致的刻画——他对于未来“新生活”还是表现出担忧，他不逆来顺受，对于儿女辈的生活还是表现出忧患意识。夭夭和老水手都是人性美的化身。

小说还成功地塑造了三黑子的形象，他带着沈从文寄予的希望，具有反抗意识与抗争精神。“不许欺压人，欺压老百姓。要现钱买现货，公平交易。”滕长顺的身上也可以看到反抗的精神。抗战以后，军阀统治下战乱频仍，这样的时事给湘西这片净土带来了变化。尽管《长河》里大部分人物还保有人性本来的美，但可以发现这美变得不再那样纯粹了，已经受到外界的影

---

① 沈从文. 湘行散记. 北京：北京十月文艺出版社，2008.

响。朴素、善良的乡下人，也渐渐变得工于心计，本来是不计较得失的，却开始受利益驱使。

> 农村社会所保有那点正直朴素人性美，几乎快要消失无余，代替而来的却是近二十年实际社会培养成功的一种唯实唯利庸俗人生观。敬鬼神畏天命的迷信固然已经被常识所摧毁，然而做人时的义利取舍是非辨别也随同泯没了。①

沈从文在题记中表达了自己的隐忧，这也是他创作这部小说的动机，在沈从文看来，这个桃花源式的社会在变化。然而，他并非只想表达湘西世界的变化，沈从文相信文学能够救国，面对外来入侵，他对中华民族的命运也是十分担心的。

1948 年，沈从文开始受到"左翼"作家的猛烈批判，他基本上停止了文学创作，而将工作重心转移到文物研究上。新中国建立后，沈从文主要从事中国古代服饰研究。1950 年因无法承受政治压力自杀获救。1960 年发表《龙凤艺术》。1988 年因病去世。1987 年、1988 年，沈从文入选诺贝尔文学奖候选人终审名单。

沈从文以其趋于浪漫主义的创作风格为人们建构了独特的人性小庙，对人生生命的隐忧与对生命哲学的思考是其一以贯之的主题。

【经典解读】

《边城》："乡下人"的精神建构

在《边城》中，沈从文为人们描绘了一个田园牧歌情调的，不同于都市风貌的纯美的风情图画。作为一个游离于都市文明的自称为"乡下人"的知识分子，沈从文以为生命的本真才是真正能够显示人性美的。去除道德规约的外衣，湘西人的生活是原始生命力的象征，不受外界规约的束缚，不虚假，才是真正人性美的体现。看透了一些城市人的虚伪以后，在都市碰壁之后，沈从文致力于建构一个人性的小庙，认为乡村人的道德反而比受都市文明束缚而变态的城市人的道德更高尚，起码更自然。湘西是沈从文美好的记忆，尤其是在与城市文明比较之后，他更希望以乡下人的原始血液注入城市之中，共同拯救民族的未来。

一、民间文化的建构

20 世纪 30 年代，在川湘交界上的边城小镇里的纯粹、善良的人们身上发生的事情。湘西对于沈从文的影响是一生的，在他经历过对于自我书写的阶段以后，沈从文开始站在历史的高度上思考湘西对于自己的意义。经过"子夜热"的一段时间，沈从文清新牧歌式的《边城》异军突起，引起很多人的关注。沈从文在《从文自传》里曾得

---

① 沈从文. 长河. 北京：北京十月文艺出版社，2008.

意地表示，自己特有的经历让他受到其他人得不到的教育，他为我们刻画了一幅异于城市风貌的风景图。

民间的文化形态在沈从文对于湘西的书写中是占有重要地位的。在城市中，这两种文化的比较之下，沈从文想通过对乡村的想象找回城市文明中失落的部分。谈及端午节的风俗，妇女小孩无不穿新衣，像过年一样热闹。吃过大鱼大肉后，人们都到河边去看赛龙舟。擅于泅水的人还会到水里追赶鸭子。天保与傩送都是追赶鸭子的能手，翠翠与他们之间的故事也是由这一节日开始的。无奈兄弟两人同时爱上翠翠，一个走车路，一个走马路，二人公平竞争。为求偶而唱歌，这是当地的风俗。以及方言、民俗的描写，沈从文为人们展现了有独异物质的湘西世界。

沈从文笔下的边城仿佛是一个与世隔绝的世外桃源，好像在这片土地上，人们都似神仙样栖居着。在这座山城里，有青山小溪，白塔前住着翠翠和爷爷。这里的美景也并不全是静止的，节日里有竞赛的龙舟，平时有横着的渡船。这样似梦境般的仙境，已经让人感到不可思议了。在边城这美丽的仙境里，流传着种种传说，有关于帝王将相的传说，也有关于劳动人民的传说。船总顺顺的二儿子傩送，其名就取自于傩愿神仙的传说。还流传着各种关于屈原、梁祝，以及孟姜女哭倒长城的传说。在这样的传说里，人们有着对美的信仰，踏实勤劳地生活在这片土地上。流传着神仙传说的边城里，人们的精神生活十分充实，他们不做伤人的事，处处为别人着想。虽然现实中也不免有丑恶的存在，但沈从文还是极力渲染美好的一面，淡化丑恶的一面。这里的人生活在天真的灵魂之中。翠翠在大自然中生长着，有着黑黑的皮肤，触目青山绿水，有着一对如水晶般的眸子。行为举止处处流露出健康的、自然的美，不似现代女性那样有交际手腕，或矫揉造作，这正是翠翠这样天真、清纯的女孩的可人之处。沈从文在谈及《边城》创作时提到：

> 我注意不在领导读者去桃源旅行，却想借重桃源上行七百里路酉水流域一个小城中几个愚夫俗子，被一件普通人事牵连在一处时，各人应有的一分哀乐，为人类“爱”字作一度恰如其分的说明，文字少，故事又简单，批评它也方便，只看他表现得对不对，合理不合理，若处置题材表现人物一切都无问题，那么这种世界虽消灭了，自然还能够生存在我那故事中，这种世界即或根本没有，也无碍于故事的真实性。①

可见，由沈从文的这一段话，再加上他一贯的艺术追求，他是想通过对故乡的回忆性想象，把由一件关于翠翠婚事而联系起来的人的人性美充分表现出来。即便这民间的故事是虚构的，也传达出作者对真诚、善良、健康人性的一种渴望。《边城》的故事是简单的，其间所传达的意思也经得起推敲与揣摩。虽然那只是沈从文建构的想象的世界，但这世界又是那么贴合现实，人们对于真诚纯粹的追求，希望拥有美好，而这美好，恰恰是对于生命本身的崇拜。

二、深沉的悲哀

在20世纪30—40年代，中华民族经历了大悲痛、大苦难，作为自觉的知识分子，在民族危

---

① 沈从文. 边城. 南京：译林出版社，2013.

亡之际，往往拿起笔来试图以文学救国，沈从文便是其中的一个典型。他静下心来，以诗意的眼光刻画出一幅美丽而至真至纯的图画。《边城》里的人物都是美丽、善良的，他们对于世事不争夺、不算计，乐天安命，却也要受着命运的支配。天真、纯朴的人们，对于上天的不公平安排无计可施，却也不会诅咒抱怨，伤害别人。

翠翠的父母的结合就上演了一出美丽而哀伤的悲剧。翠翠的母亲15年前与当地一名军人白日里唱歌相恋后，瞒着忠厚老实的爸爸与军人发生了暧昧关系。有了孩子之后，军人本想同翠翠的母亲一起逃走，却发现翠翠的母亲不忍心离开父亲。但他不想回去毁掉军人的名誉，无奈之下，只好服毒死去。翠翠的母亲舍不得腹中骨肉，羞愧地活在父亲的身边。而父亲就当什么事都没发生一样，从未责备过女儿一句话。父亲对于这自然之事表现得十分冷静与泰然，他并不想刺痛真正相爱的人，不加阻拦，也没有让人觉得耻辱的地方。当翠翠出生以后，母亲故意到溪边喝冷水死去。面对爱情的来临，一对青年男女自然而然地相爱了，却一个顾及军人名声，一个顾及家中父亲，不忍一走了之。对于命运，他们坦然接受，为了能永远厮守，只好自尽。

翠翠爱情的悲剧是故事的主线。在端午节赛龙舟之时，翠翠看到了水中追赶鸭子的船总顺顺家二老傩送，两人一见钟情。虽然这小城里的人们真诚自然，对于情感也顺乎事情的发展。翠翠到了情窦初开的年纪，已经朦胧懂得一些爱情的概念。翠翠天真美丽，吸引了顺顺家的两个儿子。但翠翠对于感情一事还是很害羞的，再加上爷爷知道翠翠乖巧，只能暗中探示翠翠的心思，不能把话说得太明白。这样一来，兄弟二人发现自己爱上的是同一个女孩，他们也体恤彼此，没有按照当地的风俗角斗来定胜负，而是通过唱歌来一比高下。大老天保走车路，正式到老船夫家请媒人提亲，而二老走马路，夜里为翠翠唱歌。但二老的歌只唱了一个晚上，翠翠也只听到一晚好听的歌声。她细腻敏感的一颗思春之心，盼望着好听的歌声再次出现，却再也没听到，梦里她梦到自己摘了一大把虎耳草。然而，翠翠分明爱的是二老，可由于翠翠的害羞，二老那里得不到明示。爷爷极力促成翠翠的婚事，想让翠翠得到幸福，却无奈事情不巧，加上爷爷的过于热心，反而让船总那边感到不满，有时甚至不明所以。二老走了，爷爷去世了。留下一个孤单的翠翠守着渡船，等二老回来，却又不知道他会不会回来，什么时候才能回来。《边城》的结尾没有采用惯常的大团圆的方式，而是表示出美好短暂易逝，再美好的事物也有无力挽留之时。

顺顺家的兄弟二人也因与翠翠婚事的关系，出现了意外，只能是无奈。当兄弟二人发现自己同时喜欢上一个女孩时，命运的不公已经开始出现端倪。然而，他们只是用另一种风俗，决定为翠翠唱歌，让翠翠自己决定嫁给哪个人。但大老天保已经走车路提亲在前，他就让弟弟开口先唱，自己后唱。但弟弟一开口，大老发现自己肯定不是弟弟的对手，便不肯开口唱歌。兄弟二人都为对方的感受考虑，大老发现自己已经不是竞争对手了，就决定把翠翠让给弟弟，只身一人开船下海做生意。可不幸的是，大老意外死去。本来船总顺顺并未顾及门第观念，顺着儿子的意思，不干涉他们的婚事。而大老的去世，让船总颇为不悦，总认为大老的死去与翠翠的爷爷含糊、表意不明有关。如果爷爷早把事情说清楚，大老也不至于如此伤心，外出闯滩出事，便不愿意让翠翠做儿媳妇了。二老也觉得哥哥的死与这桩事有关联，生气地离开了。

而翠翠的爷爷则是含憾而终。翠翠的母亲也曾是一个乖巧的女孩，却抛下一个孤雏离开人世。爷爷并没有半句怨言，把翠翠抚养大。翠翠跟她母亲一样清丽可人。翠翠对爷爷十分依赖，但爷爷知道自己年纪大了，总想在生前给已经处于青春期、懂得爱情的翠翠找一个好的人家许配，他才能放心。然而，事情竟是这样的巧合。船总的两个儿子都喜欢翠翠，但翠翠人乖巧，爷爷很想知道孙女心中的真实想法，却又不便直说。只能像讲笑话一样，打探翠翠的心思。他热心于此，以自己的阅历热心促成这桩婚事，却几番被误会。不料大老出事，使本来一桩很好的事蒙上了阴影，爷爷为翠翠担心，又不肯告知翠翠实情，于操劳中无奈死去，没能赶上孙女结婚的一天。

三、人生意义的探寻

青山绿水白塔之下，边城里住着的人们是真诚的、鲜活的。他们不矫饰，不遮掩，为着翠翠的婚事联系到一起。他们的性格里散发着人性的光辉，处处为他人着想，对于命运的安排却也颇显得无奈，但也没有怨言。

翠翠的美是自然的，皮肤黑黑的，行为举止非常得体，但绝不是故意摆姿态，这样娇美的女孩，引来男孩子的喜欢实属情理之中。但喜欢她的是同一家的两个兄弟，而翠翠喜欢的是二老。在爷爷的暗示中，翠翠虽脸红躲闪，不想让爷爷说这个笑话，但她也向懂得她心思的爷爷表示出对于大老提亲一事的拒绝。虽然娇羞，但在当地人看来，到了一定的年龄，对于爱情这样的事情没有避开的必要，也不会觉得谈及这些就属下乘。翠翠对于爱情的追求与期待是自然而然的，是那样的健康美好，同时，也像她母亲一样倔强。在出事之后，翠翠痴情地等待傩送回来，虽然不知道他会不会回来，但翠翠有着对于爱情的坚定。

老船夫守着渡船已经几十年了，他每天在那里义务载人过河，从不收取一分钱。偶有人非要把钱给他，他也会追上去，把钱还给人家，或给人家一把茶叶。翠翠也受爷爷的影响，在她值班看守渡船时，也不收过渡人的一分钱。爷爷为翠翠母亲着想，从未责难女儿一句话，这才能使翠翠这个女孩生下来。而今，爷爷又要为翠翠的婚事操心。翠翠这样乖巧，爷爷觉得船总家是个好人家，不断地热心地为翠翠张罗婚事。然而，翠翠是那样的天真，她的心思不能为二老明确知道。翠翠也无法自己去处理这样的事情，她没有自己商定婚事的心计。而爷爷却以自己的阅历办事，有时也弄不清这其中的情况。通过翠翠的反应，爷爷感觉到翠翠不喜欢前来提亲的大老，而喜欢二老。爷爷热心此事，却从别人口中探听得来，有以碾房争婚之事。爷爷不得不为翠翠心急，因为爷爷清楚自己的家境。但船总也是个善良朴实的人，他听任儿子的要求，并不干涉二老，没有下命令让二老要那陪嫁的碾房，可这一事爷爷并不知道。所以，爷爷总是借故到城里打听。船总与儿子都误认为这老船夫太世故，直到大老出事，爷爷也急出病来，不忍心地丢下翠翠一个人死去了。在许多可以直言明说的时候，当事人都没有机会把事情说明，一个误会接着一个误会。而船总本来由于大老的事正觉伤心，听说翠翠的爷爷死了，便开始为老船夫准备后事安葬。因为大老的死，船总顺顺心疼儿子，不想让翠翠做儿媳妇了。正在自己伤心之时，听说他人的不幸，便又为翠翠考虑，想接翠翠过来住，等二老回来，就让翠翠嫁给二老。

沈从文自觉地关注人性以及生命的哲学，湘西与中国社会都是同样地看似柔弱实则强烈而执着地存在着。沈从文诗意的笔触为人们建构了人性的小庙，使人们无不向往、悲悯其将要失去。在《从文自传》中，沈从文提到：

> 我从这方面对于这个民族在一段长长的年份中，用一片颜色，一把线，一块青铜或一

堆泥土，以及一组文字，加上自己生命作成的种种艺术，皆得了一个初步普遍的认识。①

在《边城》里，沈从文运用自己从小学得的对于大自然的爱，对于人的爱，书写于翠翠之间，这些平凡小人物身上发生的事情之间。对于生命形式、爱情关系而言，这些勤劳纯真的人们表现得十分自然而又主动，抗拒着封建形式的规约，张扬着原始生命的活力。在人生的重大问题上，他们有自己的见解，坚持自己的主张，虽然有着一层薄薄的凄凉，却不会动摇他们的信念。

沈从文以诗意的眼光审视这个社会，他所倡扬的生活并不是高屋建瓴地活在真空里，而是以个人主义、宗教、性爱构建而成的人性的本真。他呼唤自由，不喜欢那些带着都市文明面具而扭曲的灵魂。面对民族危机，作为一个自觉的知识分子，他义不容辞地探寻中华民族之出路，欲以文学拯救国民。

（撰稿人：孙思邈）

① 沈从文.从文自传.北京：北京十月文艺出版社，2013.

萧红:柔弱的心与有力的笔

【作家简介与创作历程】

一、早慧少女 快乐童年

与吕碧城、石评梅、张爱玲并称为“民国四大才女”的萧红,于1911年出生于黑龙江省哈尔滨市呼兰区。原名张迺莹,被誉为“30年代文学洛神”。萧红的家是个封建地主家庭,就住在呼兰县这个宁静、落后的小城,萧红是家中的长女。在幼年萧红的眼中,父亲是位贪婪而失去人性的人,而在萧红9岁时去世的母亲,在萧红眼中也是一个“恶言恶色”的人,而萧红的后母更是虐待她。在萧红三四岁时出生的弟弟张秀珂,对姐姐相当好,但萧红对他却没有好感。真正能给萧红带来快乐的是她的祖父张维祯,童年的萧红所能感受到的爱与温暖全都源于这位慈祥的老人。萧红记忆中最快乐的时光大多是在她家后花园度过的,与大自然的亲密接触启发了萧红,让她能够感受到大自然的爱。在这能够获得快乐的地方,萧红可以逃离家中紧张而令人窒息的气氛,全身心地放松。从萧红的创作中,可以感受到祖父是唯一爱她的人。在祖父的陪伴下,她于成长中体会到自然与美的天性。祖父常常会爱抚地摸着萧红的头说:“快快长吧! 长大就好了!”然而,萧红最快乐的时光就是童年,是与祖父在后花园里玩耍的时光。然而,人是长大了,苦难也变多了。

二、写作之路 苦难开端

1929年,萧红的祖父去世,她对于这个家再没有半点留恋之情。1930年为了反对包办婚姻,萧红逃离家庭,开始了困顿的生活。未婚夫汪恩甲没有钱缴纳房租,把怀有身孕的萧红抛弃于东兴顺旅馆。萧红已经变成了人质,在最后走投无路之时向《国际协报》文艺副刊编辑投出求救通讯。最终,萧红在一次洪水中得救,结识了萧军并相恋。

叶紫、萧红和萧军在鲁迅的支持下结成“奴隶社”,并出版“奴隶丛书”,萧红获得了文学史上的地位。

1933年10月,萧红与萧军合著《跋涉》,萧红署名悄吟,收入五篇小说和一首短诗。虽然萧红在此集中的创作尚显幼稚，但已能通过其抒情的妙笔看出萧红创作的灵感与天分。尤其是处女作《王阿嫂的死》，取材于她所熟悉的农村生活，为作品蒙上了一层淡淡的哀伤。萧红在这部小说中写出了农妇生存的悲哀，落后的农村一般靠男人养家糊口。而王阿嫂的丈夫被地主阴谋烧死了，她不免受到打击，怀孕了也得为地主做工，不然无法生存。而孤女小环，当初找到了同情怜悯自己的王阿嫂做妈妈，虽不能温饱，却可以有个依靠。然而，王阿嫂却死于难产，小环又成为流浪的孤儿。从小说的题目可以感受到，萧红也是结合自己生产的痛苦经历来写作的。虽然这部小说刻画人物之处线条粗糙，作者的情绪却感染着人们，读罢无法不扼腕叹息。小说中的诗化语言尤其突出：

草叶和菜叶都蒙盖上灰白色的霜。山上黄了叶子的树，在等候太阳。太阳出来了，又走进朝霞去。野甸上的花花草草，在飘送着秋天零落凄迷的香气。

雾气像云烟一样蒙蔽了野花、小河、草屋，蒙蔽了一切声息，蒙蔽了远近的岗。①

虽然是那个年代常见的故事，却有着不平凡的气息渗入其中。萧红创作起步之际，就直接切入生殖与死亡的主题，这也是其他作家所不能及的。萧红是凭着天分与情感来创作的，这部作品就已见出其风格的特征。

然而，《跋涉》的出版因其进步意义受到了日军的注意，为躲避迫害，萧红、萧军二人又一次转移居住地。

1934 年 9 月，萧红在青岛完成了《生死场》的写作。萧红和萧军在青岛的生活也是一如既往的贫困，但他们有着一致的目标，生活还算是幸福的。萧军要为二人生计外出，有保暖的衣服，而躲在家里无法御寒的萧红，身体状况越来越差，时常咳嗽，却没钱买药止咳。然而，此时二萧的生活已比之前好多了，起码能解决温饱问题。经济状况有所好转，二人关系就开始有一点裂痕。但由于萧红的忍让，他们的关系并没有立即破裂。

在与鲁迅这位当时文坛祭酒取得联系之后，二萧转移到上海。11 月 30 日，鲁迅与萧红和萧军见面。与鲁迅见面，给了萧红与萧军很大的动力，让他们在人生地疏的上海能够坚持自己的创作梦想。鲁迅和他们经常通信，鲁迅在当时已是青年们的偶像，对于新人的发掘和提拔，鲁迅视为己任。鲁迅为萧红出版《生死场》一事奔忙，最终得以出版。1935 年 11 月 6 日，萧红第一次到鲁迅家中拜访。鲁迅夫妇邀请萧红和萧军吃饭，长谈至深夜。数月后，二人搬家至鲁宅附近，这种梦寐以求的拜访成为每日例行的功课。

《生死场》于 1934 年出版，对于这部让萧红名字响彻文坛的小说的评论，不得不首先提及鲁迅先生当年为其所做的序中对这部作品的品评：

这自然不过是略图，叙事和写景，胜于人物的描写，然而北方人民对于生的坚强，对于死的挣扎，却往往已经力透纸背；女性作者的细致的观察和越轨的笔致，又增加了不少明丽和新鲜。精神是健全的，就是深恶文艺和功利有关的人，如果看起来，他不幸得很，他也

① 萧红. 呼兰河传. 萧红专集. 长春：吉林出版社集团有限公司，2015.

难免不能毫无所得。①

很显然,鲁迅虽然肯定了萧红的创作,但对其称赞也是很有节制的,或许他以为萧红还年轻,对于萧红的成绩还不到定性的时候。然而鲁迅充分肯定了萧红女性视角的观察对于这部作品的增色,也中肯地指出萧红在人物刻画方面的不足,但他对于萧红的创作之路还是充满期望的。

胡风在感叹这力透纸背的书写是出于年轻女作家之手之余,却也对《生死场》做出了批评:

第一,对于题材的组织力不够,全篇显得是一些散漫的素描,感不到向着中心发展,不能够使读者得到应该得到的紧张的迫力。第二,在人物底描写里面,综合的想象的加工非常不够。个别地看来,她底人物都是活的,但每个人物底性格都不凸出,不大普遍,不能够明确地跳跃在读者底前面。第三,语法句法太特别了,有的是由于作者所要表现的新鲜的意境,有的是由于被采用的方言,但多数却只是因为对于修辞的锤炼不够。②

鲁迅和胡风当时对于《生死场》的评价都是有指导性的,无论称赞或批评也都是切中肯綮的。《生死场》的发表被视为萧红事业发展的巅峰期的到来,曾经一度被认为是抗日文学,萧红也由此成为抗日作家中的一员。对于抗日这一部分的描写显然是受到萧军的影响,但是否可以说书写人民的抗日精神就是萧红这部小说的主题,现在已经受到学界的质疑。而综观萧红后来的创作,抗日与时事这样有利的写作因素,并不为萧红所愿意利用。所以说,她的这部小说更接近自然主义,对于《生死场》的主题,可以有多种理解,也许它事实上在当时起到了鼓舞人民抗日情绪的积极作用。而萧红的初衷,也许认为日本侵略不过是影响村民正常日常生活的一个因素。

这部小说有力地展现了乡民在极端物质贫乏之时挣扎的真实生存状态。他们逆来顺受地活着,如蚂蚁一样盲目地活着。面朝黑土、背向蓝天的农民累垮了身体,还得不到温饱。饱受生活磨难的王婆,被第一个丈夫虐待、抛弃后,带着孩子改嫁的第二个丈夫却病死了。她不得不为了生活嫁给第三个丈夫赵三,后不堪生活的痛苦服毒自杀。小说采用空间的叙事方式,在并置的时间里,贫穷人家的女儿金枝只有17岁,但还没享受爱情的甜蜜,却在没过门前怀孕了,因此受到家人和亲友的冷落,结婚后,丈夫却亲手摔死了这小生命。

三、生活好转　情感危机

1936年初,鲁迅称赞萧红:"她是我们女作家中最有希望的一位,她很可能取丁玲的地位而代之,就像丁玲取代冰心一样。"8月,《商市街》出版,这部带有明显自传色彩的作品,同样是一幅社会风情画。

《商市街》这一书名取自萧红与萧军在哈尔滨最后一年半时间里居住的一条街的名称,在这部作品中,萧红记录了那段生活的感受。《商市街》如实记述了与萧军那段时期生活的酸甜

① 萧红.生死场.北京:人民文学出版社,2005.
② 萧红.生死场.北京:人民文学出版社,2005.

苦辣，而写得最深刻的，无疑是饥饿与寂寞。萧红切身体会到吃饭对于一个极度饥饿的人的意义，再加上寒冷与无事可做，肚子就更感到虚空。萧红笔下的食物不再是精致的茶点，而是那样的沉重。在《雪天》一文中，萧红写道：

> 我直直是睡了一个整天，这使我不能再睡，小屋子渐渐从灰色变做黑色。睡的背很痛，肩也很痛，并且也饿了。我下床开了灯，在床沿坐了坐，到椅子上坐了坐，扒一扒头发，揉擦两下眼睛，心中感到悠长和无底，好像把我放下一个煤洞里去，并且没有灯笼使我一个人走沉下去。屋子虽然小，在我觉得和一个荒凉的广场一样，屋子墙壁离我比天还远，那是说一切不和我发生关系，那是说我的肚子太空了。①

萧红是一个细腻敏感的人，她不愿做全职太太，不喜欢做家务，也不到外面赚钱，整天待在家里，找不到一件像样的可以御寒的衣服，更没有一点食物可以为她果腹。萧红与萧军常常是靠着面包与盐来充饥的，但就连这点食物也不是每天可以享受的。她以女性的视角与对细节的观察，写出了男性笔下从未有过的感受，这也是萧红这部书出版不到一个月很快再版的原因之一。因为等待食物，因为在这间屋子里感受到的只有饿，她曾想到去偷别人门上挂着的诱人的列巴（俄文音译：面包）圈，在道德与饥饿之间不断挣扎而终于作罢。这样的细致描写，生动得让人感到刺痛。

在《生死场》这部作品为人叫好之际，萧红为何想起提笔回忆与萧军在哈尔滨的生活情景？显然，上海除了精神导师鲁迅以外，萧红也很少有密切的好友，在这人生地疏的寂寞的城市，她也倍感寂寞。萧红性格内向，不善于描述自己，对于不堪的经历更是绝口不提。所以，萧红的许多事情，至今还是一个谜。但可以肯定的是，萧红从小缺少爱的关怀，没有享受过父爱，对于萧军，是十分依赖的。她试图像孩子一样得到萧军的陪伴与呵护，而粗枝大叶的萧军却需要一个温顺的贤妻。萧军要出去赚钱，为本来不富裕的生活增添一些温饱的可能，便只好留下寂寞的萧红整日独守空房。然而，再怎么贫穷，哈尔滨那段日子还是幸福的。萧红能够感受到萧军是自己的依靠，日子是穷的，而二人的心却想着一处，相互关心，相互鼓励。书中还描述过萧军赚了一点钱后，二萧去饭馆大吃大喝的快乐。可以看出，在上海，二人的生活逐渐稳定，可是感情裂痕越来越深，萧红无处倾诉，只好把曾经美好的回忆记录书中。萧红是敏感脆弱的，萧军是粗心强壮的；萧红是隐忍的，萧军是大男子主义的。有人认为，萧红比萧军创作成就更高，才华在萧军之上，而萧军认为萧红只能算是自己的附属。二人想法的差距再加上萧军对情感的不忠，这些都困扰着萧红。

1936 年 7 月 16 日，一方面，萧红认为鲁迅先生的身体状况已趋好转，度过了危险期；另一方面，为处理二萧的矛盾，萧红选择用短暂的分离来弥合情感的缝隙。萧军的记录中提及，上海与日本的距离不算远，生活费用差不多，环境安静，适合休养，也适合专心读书写作，学习日文对于作品的发表也有益处，因此，萧红只身前往日本。然而，来到日本，她更无依无靠了。虽然当初到上海也是同样感到寂寞，但好在有萧军为伴，而今，不仅没有熟人，更没有熟悉的乡

---

① 悄吟. 商市街. 天津：百花文艺出版社，2005.

音。事实上,萧红到了日本没有享受到萧军当初想象的能带给萧红的种种好处,萧红在《孤独的生活》中描述了自己在日本的生活状态:

晚饭时候,我没有出去找她们,出去买了东西回到家里来吃,照例买的面包和火腿。

吃了这些东西之后,着实是寂寞了。外面打着雷,天阴得混混沉沉的了。想要出去走走,又怕下雨,不然,又是比日里还要长的夜,又把我留在房间里了。终于拿了雨衣,走出去了,想要逛逛夜市,也怕下雨,还是去看华吧!一边带着失望一边向前走着,结果,她们仍是没有回来,仍是看到了两双拖鞋,仍是听到了那房东说了些我不懂的话语。

假若,再有别的朋友或熟人,就是冒着雨,我也要去找他们,但实际是没有的。只好照着原路又走回来了。①

萧红倔强而又任性,却仍是天真地怀着一颗孩童的心。她不会照顾自己,也一直想有一个肩膀给她依靠、休息。萧红也是敏感、脆弱的,在萧军强壮的臂膀下尚可以不受风吹雨打,虽然要忍受寂寞,但与日本这种与人隔绝的寂寞是全然不同的。因为没有朋友,无法倾诉内心的苦闷,语言不通,无法与人沟通,只能任由寂寞不断吞噬自己的心,不想出去怕回来淋雨,也不过全是些借口。本来想去找华的,可她没回来。后来,萧红自己也说,若是有其他朋友,冒雨也要去找他们。可见,萧红在日本的心境更差,更没有丝毫温暖可言。

然而,寂寞无依的心境并没有打断她所有的创作计划。1936 年 10 月发表的《牛车上》,被公认为是萧红最成功的短篇小说之一。结合自己在日本的真实心里感受,在感叹无家可归之时创作了这篇乡土小说,于文字之间寄托了萧红对于家园的悲悯。小说主人公云五嫂是一个平凡的农村妇女,被沉重的现实放逐,在挣扎与反抗都无力的情况下,她只能发出一声叹息。云五嫂把自己的逃兵丈夫被枪毙的过程讲给她帮佣的女孩和赶车的人听,让人为这悲剧故事所震撼着。小说的叙事手法与情节的巧合却有出人意料之处。虽然这篇小说不是完美的,但绝对是拨动人心的一个悲剧故事。

四、鲁迅逝世　深切怀念

对于萧红来讲,对她影响最大的、感情最真挚的两个人,一个是她的祖父,另一个就是鲁迅先生。1936 年 10 月 19 日,鲁迅与世长辞。萧红对此感到很意外和懊悔,没想到已经脱离危险期的鲁迅突然辞世。萧红因未能陪伴精神导师临终前的最后时日而懊恼不已,鲁迅去世后,萧红写下成千上万的哀悼文字。由于鲁迅崇高的文学地位,悼念他的文字也数量颇多,但萧红的《回忆鲁迅先生》是一枝独秀,由于萧红与鲁迅有直接的交往,感情真挚,萧红独有的韵律美的文字更给我们带来巨大的心灵震撼。

鲁迅先生的笑声是明朗的,是从心里的欢喜。若有人说了什么可笑的话,鲁迅先生笑得连烟卷都拿不住了,常常是笑得咳嗽起来。②

---

① 萧红. 孤独的生活. 南京:江苏文艺出版社,2013.

② 萧红. 商市街. 回忆鲁迅先生. 北京:中国国际广播出版社,2005.

这一文的开篇，萧红就为读者展现了一位和蔼可亲的、愿意与之接近的鲁迅形象。萧红的回忆，既记录了实情，又非常鲜活，有着极大的感染力。以往不了解鲁迅为人的人，看了鲁迅的作品，或许以为他是冷酷无情的，但在萧红眼中，鲁迅不仅仅是自己的精神导师和文学导师，更是一位慈祥的父亲，一位可敬可爱的长者。前文说过，萧红的父亲对萧红冷漠尖刻，母亲早逝，她的童年是在祖父的陪伴下度过的。敏感而又稚气的萧红需要父亲的关爱，鲁迅是喜欢单纯的有希望的年轻人的，他对于萧红的提携和宠爱，满足了萧红童年没有得到的、内心真正想要的关爱。于书信来往中，萧红常常孩子气地撒娇式地提出要求，鲁迅对此十分包容。萧红也受女权主义的影响，不喜欢被鲁迅称呼为“太太”，便在信中表示抗议，鲁迅在 1934 年 11 月 12 日的回信中调侃道：“悄女士提出抗议，但叫我怎么写呢？悄婶子，悄姊妹，悄妹妹，悄侄女……都并不好，所以我想，还是夫人太太，或女士先生吧。”可见，鲁迅对于萧红的小孩子似的要求，还是予以包容和父亲般纵容的。

萧红的这篇回忆性的文章是由 50 多个片断组成的，虽然是片断式的描写，却不妨碍文章的连贯性。显然，萧红并未在下笔之前对这篇文章做一个整体构思，而动笔之后，情感就顺着笔尖流淌而出，可以感到萧红情浓得难以抑制。对于鲁迅的回忆是日常的，透过萧红的眼睛，我们看到了一个文学伟人常人的一面，并不是像文学作品中那样的高不可及。萧红与鲁迅有着共同的爱好，喜欢画画，对于美也有着系统的理解，同样对于人民的不幸表示悲悯，所以二人谈话的内容也非常多。在萧军与萧红搬家至鲁宅附近后，萧军去拜访鲁迅的次数反而少了，而萧红常常一个人去鲁迅家做客。就在萧红与萧军感情发生裂隙之时，萧红常常因为苦闷，到鲁迅家里一坐就是很久。许广平后来回忆道，鲁迅那时身体不好，为了减轻鲁迅会客的负担，许广平常常单独陪萧红，因而疏忽了对鲁迅的照料。鲁迅依然关爱着、影响着萧红，也影响着萧红的写作。

萧红这篇怀人散文内容十分细致，真实道来了鲁迅的衣食起居，还有许多不为人知的细节。文中的鲁迅是伟大而有人情味的，萧红以女性独有的叙事角度和笔触书写她心中的鲁迅先生的形象。看似没有联系的片断连接起来，组成一个完整的生活中的鲁迅。

> 一九三六年十月十七日，鲁迅先生病又发了，又是气喘。
>
> 十七日，一夜未眠。
>
> 十八日，终日喘着。
>
> 十九日，夜的下半夜，人衰弱到极点了。天将发白时鲁迅先生就像他平日一样，工作完了，他休息了。①

对于导师鲁迅先生的情谊之深，萧红无法接受鲁迅已逝世的事实，她认为先生只是休息了。鲁迅对于萧红日常的关怀，为她出版《生死场》一书奔忙，让人看到老一辈作家对于青年作家的关爱与提拔。

① 萧红. 商市街. 回忆鲁迅先生. 北京：中国国际广播出版社，2005.

五、民族危亡　自造“孤立”

1937年11月，上海沦陷后，上海的作家要面临道路的选择：一是可以继续在日本占领地区写作；二是像丁玲一样到延安参加共产党的阵营；三是去国民政府控制下的武汉、重庆和桂林等地方。9月28日，萧红和萧军以及一些上海文人迁至武汉，此时，二萧的关系已经十分恶化，萧军不仅在朋友面前揭露萧红的弱点，而且动手打萧红，在萧红无法忍受之时，她常常躲到朋友家去。然而，萧红发现端木蕻良既崇拜自己，又喜欢自己。常常身处人下的萧红，竟然可以在端木蕻良那里占据上风。就在萧军身体上和精神上折磨着萧红的时候，端木蕻良走入了他们之间。

萧红在胡风主持的汉口一次讨论会上发言，与一般要到抗战前线去的作家意见相悖。

> 我看，我们并没有和生活隔离。譬如躲警报，这也就是战时生活，不过我们抓不到罢了，即使我们上前线去被日本兵打死了，如果抓不住，也就写不出来。

萧红认为，写作的好坏优劣与是否去前线无关，不能以不去前线参加革命就没有好的写作题材为由来抱怨写不出好作品。

尽管萧红的发言是有着文学创作本真的倾向的，但大部分作家还是愿意加入抗日战争的队伍。萧军、萧红与端木蕻良来到山西，萧红在这里遇到了丁玲。关于萧红与丁玲的关系众说纷纭，不过通过丁玲的《风雨中忆萧红》可以见得丁玲与萧红的友谊：

> 当萧红和我认识的时候，是在春初，那里山西还很冷，很久生活在军旅之中，习惯于粗犷的我，骤睹着她的苍白的脸，紧紧闭着的嘴唇，敏捷的动作和神经质的笑声，使我觉得很特别，而唤起许多的回忆，但她的说话是很自然而直率的。我很奇怪作为一个作家的她，为什么会那样少于世故，大概女人都容易保有纯洁和幻想，或者也就同时显得有些稚嫩和软弱的原故吧。但我们却很亲切，彼此并不感觉到有什么孤僻的性格。我们都尽情地在一块儿唱歌，每夜谈到很晚才睡觉。当然我们之中在思想上，在情感上，在性格上都不是没有差异，然而彼此都能理解，并不会因为不同意见或不同嗜好而争吵，而揶揄。

由丁玲笔下，可以看到二人的友谊是真诚的，虽然丁玲可能在回忆中还掺杂有其他情感，但可以肯定的是，丁玲和萧红的感情还是真切的。葛浩文在《萧红传》中也提及二人一见如故，成为密友。而近来有文章指出，萧红并不喜欢丁玲，并加入了萧军的因素，但事实上这揭示的未必如亲历者的记录可靠。不仅端木蕻良对萧红与丁玲的密切关系有所记载，骆宾基在萧红病中听其口述，也写下了形象不错的丁玲，虽然萧红本人从来没有写过丁玲。

萧军曾嘱托丁玲要好好照顾萧红，他自己又动了投笔从戎的心思，萧红怎样劝阻也无用。一直在恋爱中扮演“出气包”角色的萧红，终于忍受不住萧军对爱的不忠，以及自大自负。但一向隐忍的萧红，能够在分手时主动向萧军提出，不再优柔寡断，一定程度上是端木蕻良的原因。二萧可以称得上是文坛令人艳羡的眷侣，却无奈分道扬镳，性格上、情感上的不合，最终导致了这个结局。以萧红柔弱的性格，如果没有鲁迅与萧军的帮助是不能独立走上文坛的，但二萧感情破裂到这个地步，分手也是最好的选择。可是，在这段感情中，敏感细腻的萧红显然受到的伤害比萧军更多。她希望端木蕻良是她的更好的归宿，以为在恋爱中不再扮演身处下风的角色就可以过平常日子。但后来证明，事情非她所愿。

萧红虽然与端木蕻良在一起了，但她并不如意。到了西安不久，丁玲与聂绀弩决定去延安，他们不想让萧红浪费生命于端木蕻良身边，甚而提及延安与萧军会面。但萧红此时已经死心，没有同意他们的想法。两周后，丁玲与聂绀弩把萧军带回西安，希望他们二人能和好，却被萧军看到萧红与端木蕻良二人从同一间房间走出。萧军多次想与萧红和好未果，萧红和端木蕻良一起回到武汉，5 月，二人结婚。

武汉许多朋友都是萧军的好友，对萧红非常冷淡。少数来往的朋友劝萧红说，与萧军分手他们并不反对，但何必与一个不爱的人生活在一起，难道不能自己生活？萧红面对这样的好言相劝，争辩道：

我为什么一定要一个人独立的生活呢？因为我是女人吗？

我是不管朋友们有什么意见的，我不能为朋友们理想方式去生活……我自己有自己的方式！

萧红就是这样一个孩子气的、需要人保护的女人。她柔弱、隐忍，却在性格中带着倔强。逃婚离开家门，这样的事情本不是萧红这样的性格能够做到的。或许是受到当时同居者的怂恿，倔强的她放弃锦衣玉食，而能够撑下来过贫苦生活，也在很大程度上多亏了萧军。萧军的坚强，给她的依靠也是不可否认的，尽管萧红对于他的自负和大男子主义，以及对感情的不忠颇多抱怨，但事实上，在生活最困难的时期，二萧以极其乐观的心态，度过了回味起来都觉得美好的饥饿时期，这一段生活的记录可以在《商市街》中找到例证。相比之下，端木蕻良在萧红眼里是胆小鬼、马屁精，飘飘摇摇的，无法作为萧红可以乘凉的参天大树。虽然萧军曾经粗心得不懂得照顾萧红，让萧红感到寂寞。而端木蕻良在崇拜萧红的时候仰望她，厌烦的时候甚而想抛弃她。端木蕻良的懦弱让萧红已经无法再有向前进的勇气，没有人在身边怂恿好出走，没有人在身边支撑最难挨的岁月。端木蕻良这样一个没有担当的男人，只能让萧红想到呼兰河的家，想回却不能回的家。

萧红怀着萧军的孩子在身，端木蕻良以为了萧红的安全为由，抛下萧红先去重庆。但据孙陵所说，端木蕻良似乎厌烦了萧红而抛弃她。1938 年 9 月，萧红待产，前往重庆。在宜昌码头上跌了一跤，后经一船夫扶起才能起身。因端木蕻良的住处无法安置萧红，萧红住在白朗家，却小产，生出死婴。

1939 年这段时间，萧红与日籍好友重逢，常常与闺中密友喝酒谈天，此时萧红恢复了健康，心情也好多了，再次进入写作多产期。然而，优柔寡断的萧红又与端木蕻良和好，这不明智的选择，不仅使萧红在与端木蕻良恋爱时的上风不见了，反而又成为男人的附庸。

六、人生的最后一站

1940 年 1 月，萧红抵达香港。在香港时期，萧红虽然寂寞苦闷，却也留下了传世的佳作。为庆祝鲁迅先生六十诞辰，萧红创作了四幕哑剧《民族魂——鲁迅》。哑剧的形式在当时的中国尚未被采用，而这种形式最适合表现伟人的人格。这种独特的形式与萧红以往的创作有所不同，但无疑是纪念鲁迅的独一无二的佳作。年底，萧红的第二部长篇小说《马伯乐》问世。

《马伯乐》是萧红所有创作中极少受到关注的作品，这部长篇小说已经很难找到萧红的影子，是她作品中的异类。作为一个疏离战争与战场的作家，刻画了一个男性人物，也是同样地疏离，对于家国之难，马伯乐本能地逃难，竟也能从这逃难中生出一些变态的快乐。马伯乐是一个亦文亦商却又不文不商的人，他既念诗又开书店，满口文化，与文化人打交道。萧红在这部小说中以幽默、讽刺的笔调直指抗战文学，表明了自己对抗战文学的疏离。马伯乐先从青岛来到上海，抗战开始，他的太太和孩子也一起逃到上海来。马伯乐带全家经由南京去汉口，到汉口以后的内容是马伯乐的恋爱和失恋，而后又决定逃难到重庆。伯乐，是圣徒“保罗”的意思，马伯乐把一知半解的对于洋教的信仰，全都用于对人性虚伪的解释上。

有论者将马伯乐与《阿Q正传》中的阿Q作比，不过不同的是，阿Q运用精神胜利法，把一切对于自己不利的因素，都在自欺欺人之中，转化为于己有利的条件。精神胜利，是阿Q生存下去的精神支柱。而马伯乐是极端的悲观主义者，他会预想一切坏的可能，把这些不好的方面不断放大，以致事情还未发生就先把自己吓得魂飞魄散，解决问题的办法就只有一个——逃跑。然而，两个形象的共同之处是，同样是弱者，同样是社会底层人，也都将自己的不幸转嫁到更不幸的人身上去。

自私的马伯乐在逃难的过程中，为自己做足了打算，就连太太节省下来没舍得用的手帕，也想到要搜刮来送给心爱的她。萧红的这部作品在当时不受重视是可以理解的，因为她对于战时生活人们这样的自保心理的刻画，无疑是对抗战文学的一种质疑。在马伯乐的心中，是没有什么国家民族观念的，他不过是一直打着自己的小算盘，算计着逃难以及太太能够带来的钱财。萧红以女性的视角，对于以往用来形容男性大气、慷慨一类的性格特征予以消解，通过马伯乐，萧红拿出了一个反面例证。面临逃难的关头，从未想过冲锋陷阵的马伯乐不顾及其他人，只是自己拼命向前冲，其次考虑太太的钱财，以至于小女儿掉进了江里。

> 他们这些弱者，自己走得太慢那倒没有关系，而最主要的是横住了那些健康的，使优秀的不能如风似箭向前进，怎么办？
>
> 于是强壮的男人如风似箭地挤过去了；老弱的或者是孩子，毫无抵抗之力，被稀里哗啦地挤掉江里去了。①

萧红此时与端木蕻良一起过着并不幸福的生活，她自己就是逃难中的弱者，她实在不适合在强者的人流中逃难。在《马伯乐》中，萧红无疑加入了自身的经历，她耳闻目睹了逃亡过程中，弱者的悲剧性命运。

在与萧军分手后，形势对萧红很不利，因为相较之下，萧红就显得不革命了。然而，萧红自认为应该利用自己所长，找个合适的地方写作。事实证明她确实找到了适合写作的地方，在香港这个青山绿水的居所，萧红完成了颇有成就的哑剧《民族魂——鲁迅》和两部长篇小说《马伯

---

① 萧红. 马伯乐. 哈尔滨：黑龙江人民出版社，1990.

乐》与《呼兰河传》。这三部作品各具特色，是萧红在香港居留的短暂时间里完成的。

1941 年，萧红本来虚弱的身体染上了肺病，这一年是萧红生命中最痛苦、最穷困的一年，然而，她却发表了不少作品。《马伯乐》《北中国》《小城三月》等作品接连发表。在家养病时结交了两个新朋友，一位是柳亚子，一位是骆宾基。

1942 年 1 月 22 日，萧红因病逝世，年仅 30 岁。这位私人生活比其作品更受关注的天才女作家，在才华还未完全展现之际去世，实在是文坛之痛。

【经典解读】

《呼兰河传》："一串凄婉的歌谣"

1940 年创作于香港的《呼兰河传》，是萧红创作的一个巅峰，这部作品是典型的萧红式的回忆性小说。然而，从严格意义上的小说创作理论构架来讲，萧红的这部小说被认为不像小说，因为它没有典型的结构与情节，人物和叙事方式都不严谨。但这样一部看似随意为之的作品却受到读者的好评，足以证明其真正的艺术魅力。茅盾在为《呼兰河传》作序时，评价这部小说为"一篇叙事诗，一幅多彩的风土画，一串凄婉的歌谣"。

一、回忆补偿现实

萧红在创作《呼兰河传》时，时值在香港逃难、养病。性格内向的她对于自己的身世和经历一向绝口不提，但她常常在笔下回忆自己丰富的人生经历。尽管呼兰那个家不是她理想中的，但家对于一生漂泊的萧红有着至关重要的归属意义。放弃优越的生活，逃婚出走，过着难以果腹的生活，还好有萧军坚强的臂膀可以依靠，而在写《呼兰河传》时，萧红的伴侣是端木蕻良，一个从小娇生惯养，懦弱、胆小，无担当的男人。萧红在对萧军的大男子主义完全失望，对他感情的不忠无法忍受之际，发现了身边对自己专注，能够照顾自己的端木蕻良，终于下了决心，离开萧军，后来却发现与端木蕻良的结合，却是更大的错误。

萧红的性格是软弱却又倔强的，她有前进的动力，却没有独自前行的勇气，她像个长不大的孩子，总是要依赖别人的引领，才能勇敢无畏，虽然做了出走的"娜拉"，但当初若无旁人怂恿，恐怕也未必真正付诸行动。然而，在端木蕻良身边，萧红实在没有可以依赖的人，这个没有担当的男人，无法给予萧红所需要的庇护。由于对这个男人的不满，萧红开始回忆童年，虽然童年也是寂寞的，但那遥远的寂寞却比当时萧红在香港的寂寞更加亲切。萧红的风格常常是下笔之后还没有理清楚要写什么，在写作之前就更不会有严密的构思了。《呼兰河传》确实对国民性的弱点进行了批判，而作者也不是一味贬低农村人蚂蚁似的生活方式。程式化的回忆却带有一些趣味，那是童年视角的趣味性，对一切充满好奇，尽管有些是年复一年的单调重复。

有人在读这部作品时完全没有头绪,因为萧红并没有循着时间的线索铺展开故事,而是像绘画一样,一笔一笔把呼兰河人的生存状态勾画出来。用空间的方式把不同的故事连缀起来,看似散漫不经心,却以"我"的视角,一个童年的"我"的眼睛来看这些琐碎的事情。

童年时期是萧红一生中最快乐的时期,写出这段回忆的时期,恰恰又是萧红一生中最难过的时候。童年回忆在萧红笔下就变得更美丽、更鲜活。萧红小时候是个聪明而又顽皮的小女孩,在祖父的陪伴下,无忧无虑地在后园玩耍,从小培养了对大自然的观察。虽然后园里只是些花草、果树、蝴蝶、蚂蚱,也没有什么特别的地方,但萧红已经觉得很有趣了,至少比屋子里的怪异气氛好,在后园里可以自由地玩耍,不受束缚。"祖父的眼睛是笑盈盈的,祖父的笑,常常笑得和孩子似的。"萧红在祖父这里感受到爱与温暖,家里就只有祖父一人对她疼爱有加。作者津津有味地讲述小时候跟祖父学诗,祖父给自己捉鸭子吃的事情,心里的甜蜜从笔端流露出来。萧红以一个年幼的"我"的形象,来讲述自己童年的快乐记忆,真实动人,与萧红写作时的无助心情形成强烈的反差。

一到后园里,我就没有对象地奔了出去,好像我是看准了什么而奔去了似的,好像有什么在那儿等着我似的。其实我是什么目的也没有。只觉得这园子里边无论什么东西都是活的,好像我的腿也非跳不可了。①

童年的萧红喜欢大自然的自由,父亲刻薄,母亲早逝,也没有给她什么好印象,祖母骂祖父,用针扎自己的手指。这些让她感受不到爱的长辈她都不喜欢,除了唯一爱她的祖父。在自然的天地里,她早早培养了欣赏这如画风景的能力,早慧的她,年幼就养成了用空间构图的小说创作力。

小说第三章到第七章的叙事人物都是童年的"我",这样一个视点的选取,就扩大了作品的意蕴范围。由于叙事者是儿童,那在"我"眼里对于事情的判断,也就是符合一个儿童的心理的,至于是否有更深层次的含义隐在其中,那要因读者的不同阅历看到不同的层面,而不仅局限于作者所做的判断。正如萧红自己所说:"我所写的并没有什么幽美的故事,只因他们充满我幼年的记忆,忘却不了,难以忘却,就记在这里了。"

二、女体神化的拯救

萧红生长于呼兰这个小城,作为女性的她,同样也在生活中扮演着弱者的角色。但显然,在她心中,是希望女性能够在生活中处于主导地位的。而这一愿望可以从其中一次跳大神的农村活动中看出端倪。

大神是会治病的,她穿着奇怪的衣裳,那衣裳平常的人不穿;红的,是一张裙子,那裙子一围在她的腰上,她的人就变样了。②

首先,从服装上,大神就是与众不同的。她穿的衣服平常人不穿,大神特定的服装是她在

① 萧红.呼兰河传.南京:译林出版社,2012.

② 萧红.呼兰河传.南京:译林出版社,2012.

跳大神之时才会穿的。这一衣着就已赋予她神圣的权力。自然，身着这不同的衣服就可以与常人区别开来，具有平常人没有的地位。日常生活中，农村女人只能甘愿处于被领导地位，而当大神把神下来之后，就全身是劲，开始乱跳，就像能够指挥千军万马一样。

> 开初，她并不打鼓，只是一围起那红花裙子就哆嗦。从头到脚，无处不哆嗦，哆嗦了一阵之后，又开始打颤。她闭着眼睛，嘴里边叽咕的。每一打颤，就装出来要倒的样子。把四边的人都吓得一跳，可是她又坐住了。①

在大神夸张的表演下，她就是大家的领导，人们都密切注视着她的一举一动，并对这位大神心怀虔诚。她仿佛扮演着真神附体，却实际上是骗吃骗喝。萧红对这种行为讽刺的同时，又将女性可以成为众人主宰的意义蕴含其中。虽然在实际的农业生产中，女性永远不能获得如此高的地位，但萧红把这种理想中的地位赋予人们的精神生活之中，在人们的头脑中得以实现。大神所有的道具，是女性地位转化不可或缺的途径。

大神是女人，二神是男人。在跳大神这一仪式中，女人处于绝对的主导地位，二神是头脑清楚的。头脑清晰的男人在现实生活中是女人的领导，而跳大神时，男人负责给大神递鼓，并且要回答大神的问题。好的二神对答如流，坏的二神说错了一个字就会被骂。二神的地位和情形与现实生活中并无两样，变化的是大神的地位。请神的人家都是想给自己及家人治病的，不想听大神说任何不吉利的话，解决的办法就是杀鸡送布，而这些鸡和布也都归大神所有，二神是没有好处可拿的。不仅二神不敢得罪大神，请神的人家更是对大神既尊重，又害怕。虽然这跳大神的风俗是迷信的，但农村女性群体中，也只有大神能够取得这个令人敬畏的地位。而大神在农村人的信仰中是可以治病的。在这种神化的仪式中，不仅这个女性大神本身获得了前所未有的地位，还能够拯救别人，实属女性最理想的生活状态。而男二神只能回答问题，递拿物品，是不能够治病的。

跳大神的地点不再像以往一样在神庙，而是在病人家中。不再需要借助神庙里的神力，便可下神成功，增加了大神的威力。神秘的跳大神仪式是在夜里举行的，只要有人家的鼓声响起，人们便都凑过来看热闹。白天人们正常劳作，晚上跳大神，不耽误农活，也不会平白无故少了观众，大家都来围观，增加了唱响力。白天的时间是现实的世界，而夜晚的时间则属于象征的世界。白天女人还伺候男人，晚上在大神的主导下，女人也能做一回自己甚而是别人的主人。

这一段关于跳大神过程的描写，是有着寓言式的意义的，虽然现实中改变女性的地位几乎是不可能的，但在大神这一媒介下，这个愿望能够实现。

而现实之中的女性地位，却体现在不同于日常平凡生活的另一件大事——野台子戏，看戏的姑娘一个个打扮得花枝招展，心却不在看戏。因为这样一个热闹的场景，不只是为了看戏，而是接姑娘唤女婿的好时机。已嫁的妇女也打扮起来为人品评，不忘女性生来是被人看的资本。而由这看戏而来，会结下许多亲事，其中指腹为亲坏处最多，年轻的女子往往有因此而跳

---

① 萧红．呼兰河传．南京：译林出版社，2012．

井的。萧红对于女子跳井一事颇感不平，已经感受到女子受到的不公待遇，嘲讽节妇坊上为什么总是说女子听话、孝顺，却没人歌颂其勇敢。

三、聚焦悲哀

《呼兰河传》的第五、六、七章，不再像前面那样由着童年的“我”的目光游走于呼兰河之畔，而是聚焦于住户发生的事，不过孩童看来是新鲜有趣的热闹，而实际上是农民人生的悲哀。

团圆媳妇被虐待至死一事让人触目惊心，读者惊讶于这群人的愚昧，也惊讶于他们的狠心。极端好奇的人们，对于胡家新来的团圆媳妇都迫不及待地去看，用看过的人的话来形容，看的人真多，反而没来得及去看的人成了他们中奇怪的人。呼兰河人们的生活就是这样无聊，除了干农活以外，就是聊聊别人家的新鲜事以度过时日。见过团圆媳妇后，人们对这个女孩评头论足，没什么不满意的地方就说人家不害羞，或长太高，这些都成为缺点。能够挑剔地看出别人家团圆媳妇的毛病，好像自己瞬间很有口味似的。只有祖父和“我”觉得这个孩子挺好的。本来长得黑黑的笑呵呵的健康女孩没几天就在老胡家挨打了，她的婆婆还要在人前显威风，更加重打这个才十几岁的孩子。老胡家极端迷信，请人跳大神，不断地给团圆媳妇吃奇怪的偏方，把正常人吃出病来。胡家婆婆还以为自己对团圆媳妇很好，想方设法帮她治病。当云游真人为了骗取钱财，指出虐待团圆媳妇之事，婆婆吓得发抖，因为她觉得自己就是这样活过来的，婆婆教训媳妇是天经地义的事。

可怜的团圆媳妇只有在被折磨得生得如此大病时，婆婆才不敢轻易打骂她，虽然身体已备受摧残，但暂时不用再受罪了。作者讽刺说，这一时期是团圆媳妇最光荣的日子了。然而最残忍的是，胡家跳大神给团圆媳妇当众洗热水澡，撕破衣裳，把团圆媳妇放入滚烫的大缸中，大神像是为了满足众人的看热闹的心思，当晚就给这孩子当众烫了三次。洗一次，团圆媳妇已经被热水烫得通红，很显然，大神看出大家觉得这么一个胜举看起来还不够尽兴，为了虚张声势地引来看客，还要当众洗两次。十几岁的姑娘已经知道害羞了，不肯当众脱掉衣服，是她婆婆下令把衣服撕破的。当团圆媳妇已经被烫得昏迷过去之时，婆婆又将一毯子罩在她身上，埋怨她不知道羞。这时候，她却替团圆媳妇着想了。

娶团圆媳妇，本来就是一个愚昧的风俗。把一个正常的女孩子经过如此折磨，弄出人命来，可以见得女性的地位在农村是多么不值一提。婆婆并不在乎团圆媳妇的死活，只是觉得家中死人了这一事很不吉利，才咬牙为她开偏方，治邪病。治病的方法更不会去看医生，而是任由云游真人、大神一类装神弄鬼的人骗钱胡闹，最后耽误了一条性命。胡家看团圆媳妇确实被折磨得不行，就趁她睡去，剪去她辫子，非说是自己掉的，说团圆媳妇是妖怪。在团圆媳妇被打得无法忍受时，吵着嚷着要回娘家，胡家都不肯。把这孩子折磨得不成人样时，便用迷信惑人不想要她了。埋葬团圆媳妇的过程，人们便不再像当初看热闹那样关心了，甚而根本不关心，因为，死了这样一个人，在他们心中都是微不足道的，人们忘了自己在团圆媳妇洗澡时填上的一把柴火了。

第六章讲述了“我”那性情古怪的有二伯，在“我”看来，有二伯是个有趣的人。他没钱，不受人喜欢，还被“我”看到偷东西。有二伯也是纯粹的社会底层的人，被人看不起。别人嘲笑他穷，嘲笑他偷东西，他都不太在意，唯独受不了人家骂他要绝后。

可不是么！死了连个添坟上土的人也没有。人活一辈子是个白活，到了归终是一场空……无家无业，死了连个打灵头幡的人也没有。①

有二伯虽然游手好闲，不求上进，每天混混日子，但同样有着对幸福的追求，这就是小人物的心酸。他也希望自己能有个幸福的家庭，娶个妻子，生个孩子。恐怕这小小的愿望，在农村人看来也是人生圆满与否的一个最根本的标志。而他这样的人，肯定不会有人愿意嫁给他。有二伯生活在这片土地上，却从未想过像其他人一样踏踏实实地干活，不偷东西，不骂人，老实本分地活着。

有论者说，萧红的这部《呼兰河传》里没有一个积极的人物，如果勉强算得上积极的话，可能最积极的人物就是磨房里的冯歪嘴子。而他最积极之处，也就是他生命力的顽强。当然，除了生命力强，在他身上真看不到其他优点。

《呼兰河传》并没有严密的结构与典型的人物，萧红只是绘画般用空间的构架，画出了呼兰这座小城的风貌。身处香港，度过人生中最困难的时期，萧红并不真正感到寂寞，因为她有回忆为伴，记录了一生中最快活的时光——童年，在后园里与祖父玩耍，也记录了生活在那里的人们平凡而又琐碎的事，他们生活得艰辛、无奈、贫穷而又愚昧。同时，这部书并非完全是对于家乡人民的否定，萧红也肯定人们的纯朴与顽强的生命力。这部典型的萧红式的作品无疑是萧红创作路途上的一个巅峰。

（撰稿人：孙思邈）

---

① 萧红．呼兰河传．南京：译林出版社，2012．

穆旦："九叶诗派"代表诗人

【作家简介与创作历程】

声名辉煌于20世纪40年代，80年代再一次掀起了中国现代新诗的热潮，命途多舛、创作生命不长的彗星一样的诗人穆旦，是这一百年新诗跨越传统、走向现代化进程中一面大呼猛进的旗帜，一座写满历史的烽烟、智慧的光芒、与民族的和个人的生命悲剧的永远的纪念丰碑。①

穆旦原名查良铮，6岁起就在报刊上发表习作，11岁进入南开中学，15岁时，取笔名为穆旦，在《南开高中生》上发表诗作，小小年纪已显露了出色的诗才。1935年，17岁的穆旦同时被三所大学录取，他选择了清华大学外文系。到清华大学时，华北之大却已放不下一张平静的书桌。终于在七七事变之后，校园变成了日本兵的马场。清华、北大、南开三所名校被迫南迁并组成临时大学，这就是著名的西南联大。在流亡的路上，19岁的诗人写下了《野兽》："这是一个苦难民族的悲号——黑夜里叫出了野性的呼喊，是谁，是谁噬咬他受了创伤？…… 在暗黑中，随着一声凄厉的号叫，它是以如星的锐利的眼睛，射出那可怕的复仇的光芒。"

流亡到长沙后，日本人又打来了，为节约经费，也为读懂中国，家境困难的学生，在闻一多等11位老师的带领下，步行转移到昆明。300多名师生开始了横跨湘、黔、滇三省，行程3000多里的长途跋涉，穆旦也在其中。3000里的徒步跋涉酝酿了《三千里步行》诗作。他看见了饥渴的孩子，反省道："坐在高门槛上，晒着太阳，我从来不想起他们的命运。""枯瘦的耕牛，贫苦的山民，深深地印在了我的心上。"他激昂地写道："我们走在热爱的祖先走过的道路上，我们不能抗拒那曾在无数代祖先心中燃烧着的希望。"经过68天的艰难步行，终于到达昆明。此时穆旦的好友诗人王佐良真切地说道："到了昆明，我发现穆旦的诗风变了。他是从长沙步行到昆明的，看到了中国内地的真相。他的诗里有了一点泥土气，语言也硬朗起来了。"

---

① 穆旦. 赞美. 诗八首. 武汉：长江文艺出版社，2011：封底.

1941年，穆旦于西南联大毕业并留校任职。1942年，穆旦加入中国远征军，担任杜聿明和史迪威的翻译官，后又随第五军上了最前线。穆旦是一介文人，其实他完全可以继续待在西南联大教书，但是他为了这个国家，毅然决然弃笔从军。冒着生命危险从可怕的胡康河谷里走了出来，却写下了"欢迎你来，把血肉脱尽"的诗句。王圣思（辛笛的女儿）曾说："穆旦的诗中始终有对于自我的拷问，有对于现实的审视和批判。"笔者非常赞同这一点。

三年后，也就是1945年9月，穆旦发表了《森林之魅——祭胡康河谷上的白骨》①。诗中写道："是什么声音呼唤？有什么东西忽然躲避我？在绿叶后面它露出眼睛，向我注视，我移动，它轻轻跟随。"茂密的树叶背后的这些眼睛是热带动物的眼睛，但是也是死去的那些战士不肯瞑目的眼睛。"在阴暗的树下，在急流的水边，逝去的六月和七月，在无人的山间，你们的身体还挣扎着想要回返，而无名的野花已在头上开满。"好像你还在渴望着你自己还原原来的生活，不知道你的脸上已长满了鲜花，就是已经变成骨头了。这是怎样的残酷，怎样的恐惧，怎样的悲伤啊！但经过穆旦的笔，苦难给了这个民族另一种馈赠，成为永久的财富。"静静的，在那被遗忘的山坡上，还下着密雨，还吹着细风，没有人知道历史曾在此走过，留下了英灵化入树干而滋生。"

穆旦的诗就是这场抗日战争中最真实的身影，遥至今日依然能听到他的呼吸声。我们不得不承认，是这样的一个动荡的时代为他提供了别人不可能有的写诗的生活基础。苦难、受难和忧患孕育了穆旦的诗。诗中充满了血腥，充满了汗味，弥漫着泥土和甘草味，就是这些宝贵的东西铸就了穆旦诗的独特品格。穆旦最让人敬佩或是说最打动人的地方，就是他达到了一个真正的作家诗人的最高要求——对整个人类命运的关注和思考。穆旦在用最新锐的艺术方法传达一种深刻的人类思考，达到了人类意识高度的思考。穆旦热爱大地，热爱天空，用心拥抱自己贫穷的人民。他的辉煌就发自他的内心，屹立在诗的地平线上，这是诗人的品质。当穆旦在我们民族的心灵上刻下这一系列的诗篇时，他还不到30岁。

在美留学期间，他依旧心系祖国。他把自己的主要精力放在选修的俄语课程上，刻苦攻读俄国文学，也是为了回国服务。1949年12月，穆旦与周与良在美国结婚。那时穆旦在美国也是小有名气的诗人，靠写作也能过很好的生活。夫妻俩当时完全可以到美国南方的大学教书。同时，在印度德里大学担任教务长的穆旦堂兄查良钊也寄来了聘书，还有人劝他们去台湾，但穆旦坚持要回国，执意要将满腔热血洒在祖国的土地上。

几经周折，穆旦夫妇终于在1953年初回到祖国，到南开大学任教。穆旦任外文系副教授，妻子周与良创建了南开微生物专业。穆旦自踏上国土，便夜以继日地翻译各种名著和教材，在好友巴金和萧珊的帮助下，短短五年中，穆旦就出版了普希金的几部代表作和《别林斯基论文学》《拜伦抒情诗选》《济慈诗选》等。为了给这个民族增添文学的滋养，穆旦停止了写诗。他译文流畅优美，译作发行量大，以至于当时已没有人知道他就是诗人穆旦，只知道他是翻译家查良铮。他真诚地为新中国忘我工作，教学也出色，有口皆碑。

然而，树大招风，厄运降临。1954年，穆旦仅回国一年多，为挽留一位老教授，穆旦和同事发起了一次座谈会，不料竟成为严重的错误。年末，全国开始批判俞平伯《红楼梦》研究运动。

---

① 穆旦.赞美.诗八首.武汉：长江文艺出版社，2011：95－98.

南开大学外文系也不例外，批判会上穆旦刚说了一句话就被制止。1955年肃反运动中，穆旦受到审查，成为肃反对象。1959年被逐出大学课堂。自此，穆旦沉默了，很少与人说话，也很少与人来往。这年他才41岁，本应是创作的黄金时期。当年穆旦历经波折回到祖国，是要用手中的笔为新中国服务。可如今却只能被迫放下笔和教杆，将诗才默默地收敛起来。“沉重的枷锁会被打断，牢狱会被颠覆。而门口，自由将欢笑地把你们拥抱。弟兄们把利剑交到你们手里。”这是他在1957年翻译的普希金的诗《寄西伯利亚》中的片段。他在诗中深切地探讨沉重的枷锁，却不知道自己的枷锁何时会被打断。

有人说，穆旦译诗之所以那样精妙，正是因为他的诗才还在。但在穆旦生命的最后20年，他从未发表过一首诗，甚至写诗也要偷偷摸摸。回国的最初几年穆旦忙于翻译，几乎没有创作。穆旦再度拿笔写诗已是1957年了。在《葬歌》中，穆旦写了知识分子决心改造思想，与旧我决裂。“我的阴影，我过去的自己，永别。”①诗中传达的就是反思自己作为一名知识分子的弱点，追问自己怎么能够摆脱过去，然后还原一个自我，回归人民所喜欢的歌唱的调子里来。但是就连像《葬歌》这一类的诗也成了批判对象。这一年大鸣大放，穆旦应《人民日报》之约，发表了《九十九家争鸣记》，讽刺少数人对整风学习漠不关心的现象和错误态度。不料，竟被批判成“向党进攻”的“毒草”。于是，厄运再次席卷而来。他被迫在《人民日报》上写检讨，他的诗也开始被批判。无奈之下，诗人不得不舍弃刚刚提起的笔。“诗人穆旦”在以后的岁月中再一次沉默。郑敏说：“穆旦这个人不是那么善于适应环境。”穆旦说：“一和生活有距离，作品就毁了。”其实，抱有这样的诗歌理想，在当时瞬息万变的情况下，穆旦是很难再拿起笔来的。穆旦曾对人坦言：“我搞得那种诗，不是现在能通用的。我喜欢的就是那么一种。”从他的话中，我们体会到了诗人的那份自得与无奈。

1962年，穆旦被解除“管制”，成了校图书馆的普通职员，终于可以提笔了。他开始了一项宏大的计划，翻译英国诗人拜伦的名篇《唐璜》。穆旦认为，《唐璜》是所有他见过的诗里最美的一部。他一定要翻译出来，让中国读者都能看到这部诗。于是，穆旦用了整整三年，完成了《唐璜》的初稿，共两万多行。但就在文稿可以出版时，“文革”爆发了。红卫兵天天来穆旦家“整改”。在穆旦心中，什么东西都可以砸了、毁了，可就是他最心爱的《唐璜》译稿不容有失，于是便将修改好的译稿寄到人民文学出版社，却从此石沉大海。“有一分热，发一分光，就像萤火一般，也可以在黑暗里发一点光，不必等候炬火。”这是鲁迅的名言，穆旦把鲁迅的话写在书的扉页上，走过厄运连连的岁月。

一个年轻人满腔热情地投入抗战，在那恶劣残酷的环境中，即使他在中国远征军做翻译也已是九死一生，他侥幸活了下来，却因此经历了后半生的磨难，但他从未有过抱怨。也总有人认为他当年留在美国就好了，他却从未对自己的回国有过丝毫后悔。他要将世界上美的东西介绍给自己民族的志向也从未改变过。

1975年初夏，穆旦看到一只苍蝇在飞，写下了《苍蝇》寄给诗友，自称“戏作”。人们惊奇地发现诗人穆旦又回来了。打倒“四人帮”后，穆旦高兴地对妻子说，不久又能写诗了，还说相信手中这支笔还能恢复青春。

---

① 穆旦.赞美.诗八首.武汉：长江文艺出版社，2011：171－176.

《冬》写于1976年底,“四人帮”已倒,但这竟成为他的绝笔。三个月后,这个“不被许可展示的天才”却在可以展示他天才的时候走了。有人哀痛:“一颗星亮在天边。”在充满偏见的时代,天才总是不幸的。更令人扼腕的是一生的创伤还没来得及得到阳光的抚慰,他就走了。在生死存亡的搏杀中,他看到了“一个民族已经起来”。当无名的野花已在死去的战友头上开满,但他感受到的是“你们的身体还挣扎着想要回返”。明明早已懂得将“没有人知道历史曾在此走过”,但他仍然相信“留下了英灵化入树干而滋生”。走过了一生的苦难,但他仍然留下了最后的一行诗“人生的乐趣也在严酷的冬天”。

穆旦去世三年后,其译作《唐璜》终于由人民文学出版社出版了。1981年穆旦得到平反,隆重的追悼会上,人们送给他这样的挽联:坦荡荡玉壶冰心,血热热耿介忠魂。其实,无须为他扼腕,因为他就是阳光,他一生的追求与表达会长久地温暖一个民族。

1985年春天,穆旦的骨灰落葬在北京香山脚下的万安公墓,陪伴他的是一部《唐璜》。《唐璜》中有这样一段文字:苏格拉底说过,我们唯一的知识是“知道我们无知”,这真是一种可喜的学问,它把古今的圣贤连未来的也在内都贬为冬烘。牛顿总该是学术界的泰斗吧,虽然迭有发明,呜呼,竟也宣称他自己不过是一个孩子,在真理的海洋之滨拣着石子。穆旦走了,确切地说是查良铮走了。

穆旦离开了,给人们留下了一个特殊时期的知识分子在特殊遭遇下的一段内在的精神历程。这个可能是穆旦后期的诗最重要的价值。那些巴掌大的小纸片寄托着穆旦未尽的理想。在最后的岁月,他仍然说:“我至今仍旧认为人是只能或为理想活着或为物质享受而活着,享受到手可能淡而无味,只有理想使生活兴致勃勃。”穆旦一直坚守着自己的理想,期待着中华民族的繁荣昌盛。

自胡适、郭沫若在1916年倡导新诗,中国的新诗已走过了20年。其间,诗人辈出,流派纷呈。中国的新诗,第一个阶段很抒情很浪漫;第二代的时候,那就变成卞之琳、冯至、闻一多这样的人,受西方影响很大。若把“五四时期”的北大喻为“中国新诗的摇篮”,抗战时的西南联大则代表了中国现代诗的中兴。穆旦的新诗诞生于战乱和灾难,成为西南联大时期中国现代诗的中流砥柱,引领了一个时代的诗潮。有人评说:“穆旦从中国最苦难的土地上走来,但他诗的品质却不仅仅属于中国。”郑敏认为:“穆旦属于后现代了,已经绝对不怕说出他的一些非常痛苦的东西。他提出人类生存的危机,人类历史往哪走的危机。”①穆旦的关注点也已从社会现象表面上升到形而上层面的哲学思考。他试图用诗的形式来概括时代精神,有意识地吸收外国诗作的营养,更加发掘诗的感受力。

穆旦在中国现代文学史上被称为“九叶诗人”,也是“九叶派”最具特色的诗人。他自觉地将现代主义者的追求和强烈的民族意识融为一体,因而现代主义者所关心的人本困境问题和中华民族的苦难与希冀,在他的诗作中交替出现。前者如《诗八首》《隐显》等,后者如《在寒冷的腊月的夜里》《赞美》等。这二者的交织,使他的诗以痛苦的丰富和感情的严峻著称。当然,穆旦除了是一名诗人外,更是一位翻译家;这在前文诗人的个人经历中已经涉及。穆旦对于翻译工作非常专注,尤其爱好翻译拜伦与普希金的诗作,《唐璜》译稿就是他的代表作。然而,也

---

① 电视纪录片——腾飞中国:文化纪事(79)失语诗人穆旦.

正因为他在翻译方面有着令人艳羡的天赋，进而影响到他的诗歌创作。他的诗歌有意识地在寻找新诗更为壮大的旅途，诗风富于象征寓意和心灵思辨的意味。但是，在诗歌的表达方式上总让人读着读着隐隐感受到一股翻译的味道，有时候觉得诗人过于拘谨，太放不开了，才致使诗歌的张力有所欠缺。不过，也正因为如此，才铸就了一个独一无二的现代诗人穆旦，一个严谨治学的翻译家查良铮。

【经典解读】

《诗八首》：用言语照明情感世界

现在，我们一起走进穆旦的诗歌殿堂——《诗八首》，去感受诗人那份现代主义者所关注的人本困境、人类意识和信仰危机等现代性甚至是后现代性的思考。

1942 年 2 月，穆旦 24 岁，刚从西南联大毕业，正当意气风发、风华正茂的年龄，他写下了著名的《诗八首》。这是由八首小诗组成的一组诗，每首小诗均为两节，每节四行。在穆旦的诗中，《诗八首》在形式上也是比较整齐匀称的一类诗。

穆旦为人，怀有一种真诚的痛苦，穆旦的诗亦如此。因其真诚，他以心灵感受生活，不惮于对时代、对民族、对人类的思索。因为思索，他自感于生命的艰难而不懈怠，痛苦而至绝望，真诚而至超越，呈现一种知其不可为而为之的清醒和执着。穆旦通过《诗八首》建立的正是这样一种真诚而痛苦的世界，属于自己，也属于人类。

《诗八首》可以理解为一组现代爱情诗，因其情感具有现代复杂性而著称。但它并非仅指人生历程中爱情的一个截面或是一种经历，而是更多地体现了诗歌组的整体性、代表性与典型性。从更广泛的意义上来说，它指的就是一个随自然生命的起止而萌芽、发展、延续和升华的情感过程。它体现了一个思想者关于爱情的灵肉、苦乐和生死的辩证关系的探索。因此，它既是一组关于人类情感——爱情的诗作，也是一部带有现代人本困境意味的集大成之作。

《诗八首》组诗中的首篇，出现了"你"和"我"这一对相对的人称表达。"我"可以理解为诗人自己，"你"可以理解为作者所爱恋的对象。诗篇的前半节给读者提出了一个疑问："我"和"你"为什么会相隔如重山？并在前三句给出了回答。"我"所爱的"你"，和"我"一样都应该有爱的成熟的年代时那种情感的渴望，但是同时，又由于被爱的少女在理性控制之下产生的冷静表现，这样就造成两个人之间情感的距离。这种恋爱初期的表露行为还是比较易于理解的，少女心的怯露正是对这份情感的懵懂的珍视，不是不爱而是爱得羞涩与克制。虽然"我为你点燃"了"我"的爱，可是它在尚未达到同样境地的"你"的眼睛里，这"爱"却是那么的可怕。"你"就如同看见这是一场"火灾"，而"你"却看不见一个真实的"我"因爱而真诚地"燃烧"。而这"燃烧"，其实一点也不奇怪，它不过是一个成熟的年代的情侣们必然所有的，不管是属于

"你底",还是属于"我底",并不计较彼此。只可惜因为"你"还将这"成熟"的自然感情视为一种可怕的东西,那么这样,两个人感情的距离就远了,"好似相隔如重山"也就可以理解了。

因为爱是人类出生、成长、成熟到衰败过程中一个自然的环节,但在诗中却不能按这个自然"程序"去实现,所以,诗里接着说:"从这自然底蜕变程序里,我却爱了一个暂时的你。""我"有一种失望的感觉。这里爱了一个"暂时的你",就是没有得到"你"的全部。的确如此,在爱情里,谁爱谁都是不能勉强的。"我"如果勉强地追求并做出种种自我的痛苦状,却仍然只是得到了一个"暂时的你",那么就像是"即使我哭泣,变灰,变灰又新生,姑娘,那只是上帝玩弄他自己"。这就是说,即使"我"发誓,"我"苦苦地追求,也没有用处的。这里的"上帝玩弄他自己",意思是说,大自然和一切生物的创造者,既创造了人的爱的情感的成熟,又创造了人类感情的理性,这种它亲手制造的矛盾,只是上帝的自我嘲弄,"自己玩弄自己"罢了。玩弄自身所创之物者如同玩弄自己。

《诗八首》组诗的第二首,一开始就以"水流山石"这个意象总起第一句,暗含时间推移、时光流转之意。"死底子宫"这个意象则象征了一件事物于一定的时间中的孕育诞生。前两行诗的意思是,随着大自然的启示和给予,"你""我"的生命都一起成熟起来,我们的爱的"成长"就在这一段时间里开始孕育、开花。但这所谓的"成熟",也只是人的生命中一种相对的表现。因为,造物者所创造的爱,是丰富而千变万化的。"你""我"的生命本身,"你""我"的爱的"成长",也只能是"在无数的可能里一个变形的生命,永远不能完成他自己"。这个"他",可以理解为"你""我"的爱,也可以理解为造物者对于人类爱的创造。人的生命本身,都是自然创造出来的千万种形态的一种"变形"的存在,创造既无终结之日,生命也永无完成之时,"你""我"的爱,也正是这"不能完成"的生命链条中的一个环节。不要问他完成的结果,要的只是这真实的现实的存在。而这存在,就是成熟了的爱。

"我和你谈话,相信你,爱你,这时候就听见我底主暗笑",这是说,在爱的发展中,"你""我"的理性的因素仍然在起作用,以致使"主"暗笑,"主"也就是造物者——人类生命本能,包括爱的创造者——自然,他也在暗笑,现在的"你""我"太理智了,所以,就"不断地添来另外的你我,使我们丰富而且危险"。这个"另外的你我",就是对于现在的过分理智的"你""我"的一种超越,添加之后的"丰富而且危险",是对于爱的热烈感情的一种抽象性的暗示。"主"的"添来另外的你我",实际上是说自身感情的自然强烈化,或者说生命潜在本能的能动的发扬。

《诗八首》组诗的第三首,"你""我"终于在完全超越了理性的自我控制之后,迎来了爱情热烈的时刻,终于获得了前所未有的爱的狂热和惊喜。"你底年龄里的小小野兽,它和青草一样地呼吸",这里说的"小小野兽"是暗示"你"的爱中萌生的狂热之情,或者说是潜意识中产生的一种爱的冲动。"和青草一样地呼吸"是说这种狂热与冲动之情的发展的表现,呈现一种生机勃勃、不可遏止的生长态势。同时,这里也暗含着女性表达爱的一种较为含蓄的方式。此处是对于少女爱的热烈的比喻。了解了这一点具象而陌生的暗示性的意象之后,也就容易理解后两句诗的含义了。"它带来你底颜色,芳香,丰满,它要你疯狂在温暖的黑暗里。"这是说"你"摆脱了理性的制约,理解了真正的爱之欢乐之后,所表现出来的年轻人的热烈和疯狂。

下半首的四行诗,是进一步分析"我"此时爱的表现与感觉。"我"终于越过了你那"大理石"般的"理智的殿堂",且为这"理智的殿堂"中所"埋藏的生命",感到一种格外的爱的"珍惜"。"大理石"这个意象让人感到非常冷静与肃穆,用在这里来形容"理智的殿堂",就更强化了这个“理智”的印象。两个人的耳鬓厮磨，作者没有直接写出来，而是使用了一个“远取譬”① 的比喻：“你我底手底接触是一片草场。”这样，既与前面的“青草”相呼应，又给读者一种蓬勃生春、辽阔无边、情意绵绵的感觉和想象。最后一句：“那里有它底固执，我底惊喜。”这里的“它”仍然指的是“小小野兽”。可以想象的是，在爱的接触中，女方仍然有她的羞怯、婉拒和执着，这里用一个抽象的“固执”的词来暗示这些复杂的感情。但是，在这场恋爱中，“我”一开始就是主动的，而对方并没有完全理解，甚至感到惊惧，所以，当双方都超越一种界线而进入热恋的时候，作为“我”所感觉到的，当然会是一种爱的获得者所应有的态度，那便是“我的惊喜”。

《诗八首》组诗的第四首，两个人正在用甜蜜的话语真诚地倾诉着各自的心境。这爱的“言语”，是黑暗中唯一能发光的东西。前面说过，“疯狂在温暖的黑暗里”，同这句“所能照明的世界”是一个意思。笔者认为这“黑暗”不是指夜色，而是指感情程度的“黑暗”，因为在下面的第五首诗里才出现了“夕阳西下”这些与夜色相关的字眼。“那未成形的黑暗是可怕的”，从上下文来看，这个“黑暗”与前一个“黑暗”是同一个意思，这里的“黑暗”，仍然说的是爱的情感历程中的一种境界。大概就是我们常常所说的“爱得昏天黑地”的意思。只不过因为他们在热恋中的理智，使他们感到一种警觉，所以才这样说。这是内心所感到的一种强烈的矛盾感，或者说，这是指造物主给予人的一种理性的冷静感。诗人接着说，但是，当前这种爱，究竟是人生成熟时期的一种美好的境界，因此我们在有理性的爱中，有“可能的”，也有“不可能的”，这一切不管是哪一种，都美丽得“使我们沉迷”。

下一节的四行诗，前两句好理解。“那窒息着我们的，是甜蜜的未生即死的言语”。“未生即死的言语”，是指那些欲言又止的话语，笔者猜想很可能是一些甜蜜的情话。穆旦在他的另一首诗《自然底梦》中，这样写道：“那不常在的是我们拥抱的情怀，它让我甜甜的睡：一个少女底热情，使我这样骄傲又这样的柔顺。我们谈话，自然底朦胧的呓语，美丽的呓语把它自己说醒……”想必这“未生即死的言语”是接近“美丽的呓语”的心里话。第三行的“它底幽灵笼罩，使我们游离”，这里所说的“它”仍是指前面第二首所说的“主”，也就是自然界和一切生物的创造者。它给人以爱的本能，又给人以爱的理智。前面是“暗笑”“你”“我”的冷静，“不断地他添来另外的你我”，那时为的是促进爱进入“丰富”和“危险”；现在，在“你”“我”已经进入“沉迷”的爱的境界中的时候，“它”也就是它所创造的人类的“理智”，又幽灵般出来，笼罩“你”“我”，要“使我们游离”，也就是要“你”“我”做到再战胜自我，回归于理智的状态。但是，诗人说，这时的“你”“我”已经是不能完全听凭“它”了。最终，感情还是胜过了理智。不是“游离”到越过“大理石的殿堂”之前的状态，而是相反，“游进混乱的爱的自由和美丽”。他们在一种充满内在矛盾状态中爱得更加深沉与热烈。

《诗八首》组诗的第五首，诗人记录了一个美丽而宁静的时刻，这初恋的爱的爆发，是“你”“我”的爱的感情长久的“积累”。长久的感情，说成“多么久的原因”，又是穆旦常用的把具象的东西抽象化的方法。我的心在随着时间的移动而移动，在这个时间里，我回味刚刚过去的美好的时刻。“移动了景物的”一语，暗指时间。而热恋中的“你”呢，这时候，“从最古老的开端流向你，安睡”。“最古老的”，暗指人类的爱情。在整个人类生命的存在中，爱情，这是一个最

---

① 朱自清先生把比喻分为两类：“近取譬”和“远取譬”。“近取譬”常取形似，“远取譬”常取神似。

古老的，也是一个永恒常新的主题。从爱的热烈的结束之后，"流向"你的是宁静的"安睡"。

下面四行诗，整体上是在讲爱情的热潮过后"我"的内心的凝想。造化与时间是永恒的生命的创造者，它们创造了田野上的高大的树木，创造了屹立着的坚硬的岩石，它们的存在使我此时强烈地感到一种希望——对于爱的"渴望"永存。诗人在大自然的永恒中，寻找自身爱情永存的力量的象征。最后两句诗，是说自己在体味这"永存"的意味。诗句中的"它"，可以指爱，也可以指造物者对于人类爱的创造。一切在这个过程中"流露的美"，是永远难忘的。"教我爱你的方法，教我变更。"这里又来了一句穆旦式的感情抽象化的词句："教我变更"，实际上就是教我成熟，教我更懂得，更忠实于"你""我"的爱情。爱，使人在投入中也改变了自己，"我"也由于爱的纯洁美丽而变得更为理智了。

《诗八首》组诗的第六首，主题为爱是一种永恒的矛盾。人的爱不可能是没有理智支配的，因此，造物主给予的只能是得到了爱又必须"背离爱"，即人类在爱情之中的一种自我控制。这个"背离"使爱进入了一个更高的层次。这个"怠倦"，也就是爱的感情的冷却、沉淀。但是，在"你""我"的爱保留着的"差别"之间，因为过于接近了，进而又会开始"凝固"着一种新的"陌生"。这新的"陌生"，也不是原来意义上的"相隔如重山"那样的"陌生"，而是对于爱的获得的一种重新的再认识。一重矛盾解决了，又一重矛盾随之产生。这就是这首诗中贯穿的爱情的一种辩证法，恋爱双方就是在这样的往复过程中相恋、相知、相守。因此，这种人生的爱本身就是一种人自身"旅行"的"冒险"，是人的生命中的一种勇敢的尝试。

下面四行诗里，诗人把这种爱的矛盾的辩证法，引向它的根源，即创造人类爱的造物主。这首诗里的"他"均指造物主。"他存在，听我的指使"，是说从前，如第一、二首诗写的那样，因为他的存在，故在"自然底蜕变的程序里"，开始是使"我"爱了一个"暂时的你"，但是，由于"我"的"相信你，爱你"，这时候，他又"暗笑"着来"不断地他添来另外的你我"了，等于是改变了他的"伎俩"，又在"听我的指使"。"他保护，而把我留在孤独里"，是说由于他的支配，也就是他创造的人类自身的"理智"的作用，"你""我"不能永远存在于"热恋"之中，"你"已流向"安睡"；这样，就只能"把我留在孤独里"。人可以得到爱的热烈的同时，也就必然会尝到爱的孤独。人类的爱，有其自身的秩序，这是自然的法则。这里的"寻求"在句子中是与"你底秩序"连在一起的。"你底秩序"中的"你"，似泛指爱情，意思就是前面所说的"自然底蜕变程序"，也就是"我"为你所"点燃"的爱的"秩序"。

《诗八首》组诗的第七首，诗人选取"风暴，远路，寂寞的夜晚，丢失，记忆，永续的时间"，这些具体的时间和抽象的语言，组合在一起，构成了"你""我"两个人在获得爱情之后，跋涉于人生的道路上可能会遇到的种种"恐惧"。这里可以包括遥远的共同的跋涉，也可以包括别离的漫长的思念。真正的爱情本身就是一种强大的精神力量。只有这获得了真正的爱的诗人，才可能唱出这样自信的歌："所有科学不能祛除的恐惧，让我在你的怀里得到安憩——"。诗人特别在"安憩"后面加了一个破折号，意在说明这"安憩"并不是一种依赖，而是从相互独立而又形成为一体的爱情中，各自都获得了支撑自己的力量。诗人这是以一段柔美的颂歌的调子来完成他这一思想的传达的。

"呵，在你底不能自主的心上，你底随有随无的美丽形象，那里，我看见你孤独的爱情，笔立着，和我底平行着生长！"至此，全部诗中第二次使用感叹号。第一次是在第一首诗里，"我们相隔如重山！"那时，"你"还是爱的陌生者。现在，经过一番充满矛盾与痛苦的路，两个人都获得了真正的爱。"你"的爱情已经是"孤独"的"笔立着,和我底平行着生长!"这是爱的一个飞跃性的进展,也是诗人唱出的对于爱的力量颂歌的第一支优美旋律。这里的"孤独"一词,笔者以为,不是指一个人脱离对方或其他人而存在的伤感性的那种"孤独",而是"独立支持"的意思。诗人想说的是:这种互为依存又互不依赖的爱,才是一种坚强的人生之爱。也就是说,爱的双方,应该是两棵独立支持的"巨树"。

《诗八首》组诗的最后一首,也是整组诗的升华篇。因为他们获得了真正的爱情,因为他们之间有了互相的深刻的理解和爱,他们之间也就融而为一了。于是"再没有更近的接近,所有的偶然在我们间定型";人生的爱,常含有许多"偶然"的因素,但很多的"偶然"中又含有"必然"。"偶然"与"必然"这一对矛盾哲学命题也为整首诗增添了矛盾统一的哲学意味。这里说"所有的偶然在我们间定型",是一种真实的体认。它包含了"爱莫大于心相知"这样深层的潜台词在里面。这两句诗,将看起来非常抽象的话,放在这里,让人读起来一点也不感到乏味和空洞。因为,这是前面的具体爱的发展过程的必然抽象,在每个读者的心中唤起的都可能是一种易于被理解的具体的感情。何况,在这两句抽象的诗行之后,作者马上就用了一个非常具体的意象的隐喻作为补充:"只有阳光透过缤纷的枝叶,分在两片情愿的心上,相同。"

最后一节诗,这是诗人用他整个的生命体验和认识唱出来的一段对于人类的爱情,也是自我的爱情的永恒的赞歌。这里讲的是人从爱情的获得,到了生命的结束的"季候"。第一句暗示了人的生命的死亡的"季候"的到来;但是,自然或造物主赐给我们的爱情却永不会衰老,也就是这里用诗的语言说的"巨树永青"。"它"这个造物主在最后又一次出现了。自然创造了人,创造了人的生命的爱情,也创造了人的生命对自然的回归。"不仁的嘲弄",与此诗开头相呼应,指的是第一首诗讲的,在"你"的爱情尚未成熟时,使"我的哭泣,变灰"等。所谓"哭泣",指的是前面说的"我的哭泣,变灰",或者是指的"上帝"为他底"痛苦"而"哭泣"。这里是说,到了那个时候,创造了人和万物的大自然的嘲弄与痛苦,也将和我们合在一个"老根"里,一同化为一片平静。人的爱,是大自然的赐予;最终,人的爱又将回归大自然之中去。这就是人类的爱情的价值实现,这就是真正获得了生命"巨树永青"的人生之爱的归宿。①

现代人的爱情困境本就是一个不易被打破的牢笼,且越是挣扎,就越难挣脱。有时候停止思考,安稳地就守在樊笼中,也就没那么觉得痛苦。时间一久,或许甚至还能感受到那一份小小的幸福。当然,这前提条件就是你千万不要去触碰牢壁,决不允许自己去冲破禁锢已久的铜墙铁壁,那么你爱情的困境也就无从而说了。然而,事实并非如此。总有那么些先知先觉的群体,试图去触碰这些铜墙铁壁,想尽一切办法要走出爱情的困境、人生的困境,因为他们产生了难以控制的信仰危机,产生了要不断突破的求生意念,于是他们乐此不疲地挣扎着、努力着。或是成功了,或是就搁浅在冲破的泥潭里……一代又一代的困境一直在延续,只不过是困境类别不一罢了。攀爬的先觉者们,要是在奋斗的路上,感到累了、疲了,不妨让穆旦的诗歌相伴,好让你在前行的路上不再孤单。

(撰稿人:邱燕青)

---

① 参见孙玉石.评穆旦《诗八首》.

张爱玲：繁华落尽的冷眼旁观者

【作家简介与创作历程】

一、天才少女　没落家世

张爱玲是一位多产且真正完成其创作生涯的女作家，天资聪颖、彻悟人性的她是文艺花园里不可多得的一朵奇异花卉。张爱玲，1920 年出生于上海，本名张煐，母亲黄素琼（逸梵）嫌此名太土气，便由“ailing”① 音译，更其名为响彻文坛的张爱玲。张爱玲 2 岁时便搬家到天津，天性聪明的她 3 岁就可以背诵唐诗。张爱玲的曾外祖父李鸿章看中其祖父张佩纶的横溢才华，不计张佩纶直言参奏自己之前嫌，李鸿章反而将幼女李菊耦许配给他，二人过上老夫少妻吟诗对句的悠然生活。及至张爱玲的父亲张志沂（字廷众）之时，清朝灭亡了，这个大家庭也失去了往日的光辉。母亲黄逸梵是清末南京长江水师提督黄翼升的孙女，生长于开明的家庭中，受过新式教育，这样一个新时代朝气蓬勃的女子被迫与一个传统保守却整日无所事事的遗少结婚，家庭中的不和谐气氛是可想而知的。这样不协调的婚姻是两个人的不幸。母亲颇像个西式的女性，美丽而又独立。在张爱玲很小的时候，她就懂得欣赏母亲，视母亲为自己努力的方向。而父亲张志沂这个任性的遗少，与母亲黄逸梵为旧式婚姻所累，二人从未培养出感情。年幼的张爱玲后又随父亲搬到“小公馆”，即其父别置之妾处居住。

历来姑嫂之间难以和睦，张爱玲的姑姑却因看不惯哥哥的作风而与黄逸梵形同姐妹。张爱玲 4 岁那年，母亲和姑姑一同出洋到法国去。与母亲话别，母亲泪湿脸庞却无言，而张爱玲却没在母亲面前流泪，与母亲真正告别之前却痛哭过，可见在张爱玲还是个小女孩时，就已不愿将自己的情感轻易流露。5 岁时，父亲为张爱玲和弟弟张子静请来私塾先生，懂得男女平等

① “‘爱玲’这个字译自哪个英文词，她本人没有说，也没有人考证过。我颇疑心是‘ailing’这个词的音译，直接来源于英文，如果成立，那么‘爱玲’的英文意思就是：烦闷的、景况不佳的。从当时她母亲的心情处境来看，下意识地取这个名字很有可能。张爱玲的一生始终与烦恼为伴，这个名字似乎就是一个不幸的征兆。”——孔庆茂. 流言与传奇——张爱玲评传. 北京：商务印书馆，2013：23.

的张爱玲想在各方面都超越弟弟。张爱玲8岁那年，父亲答应妻子戒掉大烟，想要妻子回来，同时又把家迁至上海。张爱玲虽还生活在家中，却名义上过继给伯父张志潜，所以，喊自己的亲生父母叔叔婶婶。此时，张爱玲已经开始读《三国演义》《西游记》等名著。1930年，由于继承家产一事，家里起了一场风波，父亲和姑姑感情崩裂。但张爱玲确实度过一段快乐的时光。而后，父亲又犯烟瘾，以致母亲绝望，逼迫丈夫离婚。离婚后，一双儿女由父亲抚养，阴沉、冷漠，脾气阴晴不定的父亲，让张爱玲自觉地避之不及，更不用说有亲近感了。母亲不担心儿子的教育问题，因为张家毕竟只有这一个儿子，却担心女儿能否受到教育。在协商未果后，黄逸梵看准时机强制把10岁的张爱玲送到上海黄氏小学。1931年，张爱玲进入上海圣玛利亚女校，幻想着自己美好的未来，却不料接连而至的是种种不幸。姑姑把父亲要娶后母的事情告诉了张爱玲，张爱玲伤心地哭了，回想着自己看过太多的关于后母的小说，已经感觉到家更不会像个家的样子了。但最后父亲还是娶了后母孙用蕃，果然增加了家中的可恶气氛，家里不再拥有片刻安宁。从此张爱玲更少回家，整个人变得更加消瘦，神情呆板，不爱交朋友。

沪战那年，留学的事情耽搁下来，父亲家的"炮火声"让张爱玲无法入睡，她便到母亲那里住了两个星期。后母责难她只跟父亲讲过此事，却没有亲自和后母提起，指责张爱玲不把自己放在眼里，随即一个巴掌打过去，张爱玲本能要还手时，被两个老妈子拉住。后母一路尖叫告状，父亲愤怒地冲下楼打张爱玲。张爱玲想报巡捕房，无奈大门被保安看守，姑姑第二天来说情，却也被父亲打入医院。从此父亲把张爱玲囚禁在家，就在计划出逃的过程中，张爱玲生了一场大病。趁病情有所好转时，张爱玲在一个隆冬的晚上逃离了这个让她生恨的家。虽然母亲说让她熬过这岁月，可以跟着有钱的父亲生活，母亲没有经济能力供她上学，但张爱玲单纯地渴望自由，没有再想为前途做打算。母亲即使与张爱玲比较疏远，也还是一个依靠。而弟弟也因无法忍受后母虐待，投奔母亲，没有职业、生活拮据的母亲无力再供养弟弟，弟弟只好含泪又回到父亲与后母处。

1939年，张爱玲以第一名的优异成绩考入伦敦大学，却因战事改入香港大学。在张爱玲一生少有的朋友中，炎樱就是此期她的至交好友。张爱玲喜欢炎樱的语惊四座，喜欢她的风趣与小气。1941年，太平洋战争爆发，于乱世之中，香港大学三年生活即将结束之际，香港沦陷，她们只好弃学业不顾离开香港回到上海，张爱玲是喜欢上海的，虽然上海也沦陷了，一想到能回到上海也难掩兴奋之情。

张爱玲生于缺少爱的家庭，她笔下的人物也常常与自己的亲身经历有着千丝万缕的联系。在这样宿妓、养姨太太、赌钱、抽大烟的父亲身边，张爱玲丝毫感受不到家的片刻温暖。而在母亲和姑姑那里，张爱玲感到无比的满足，尽管她对母亲的感情颇为复杂，与母亲向来银钱两清，从小她便认识到钱对于一个人的重要性，这也许是她日后自称财迷的根源。家庭氛围为张爱玲处于人生萌芽期的思想奠定了基础，在日后的写作道路上，看透人性的她以一双冷眼看尽人生苍凉。

二、初入文坛　展露才华

1942年，张爱玲与炎樱返回上海，开始写作，步入文坛。起初在《泰晤士报》上写影评和剧评。在香港大学，张爱玲各门功课全优的成绩单毁于战火，想要考上另一所教会办的圣约翰大学却国文成绩没有及格。幸好在香港的三年练就了一手地道的英文，因而用英文给上海一家英文月刊《二十世纪》写稿。《中国人的生活与服装》一文寄到《二十世纪》月刊社时，主编惊讶于其英文风格，手绘插图，以及张爱玲的年轻天分，从此，张爱玲成为每期出现的撰稿人。在投给《二十世纪》的作品中，后来收入作品集的有《洋人看京戏及其他》《借银灯》《银宫就学记》和《中国人的宗教》。

张爱玲最喜欢上海，而关于香港生活的回忆却常常出现在她梦中。在这样的情感发酵之下，张爱玲写出一系列"香港传奇"：《沉香屑・第一炉香》《沉香屑・第二炉香》《茉莉香片》《心经》《琉璃瓦》《封锁》，以及《倾城之恋》。1943 年，张爱玲见到鸳鸯蝴蝶派老作家周瘦鹃，《沉香屑》发表在《紫罗兰》刊物最重要的位置。张爱玲以《沉香屑》的两篇小说走进了上海文坛。

《沉香屑・第一炉香》是张爱玲正式发表的第一篇小说。这篇小说讲述了来自上海的女中学生葛薇龙因战乱，希望继续在香港求学，只好投奔因败坏家门与父亲不往来的姑妈。但支付其学费的姑妈为葛薇龙布下虚荣的陷阱，使葛薇龙难以抽身，最终一步步堕落的故事。初到姑妈家来，涉世未深的葛薇龙单纯、青涩，却对眼前陌生的处所充满了好奇。葛薇龙第一次到姑妈家拜访就受到委屈，两个小丫鬟冷眼相待，且在她们打闹之间受到误伤。正准备不坐等姑妈离去之时，偏偏碰到姑妈因乔琪乔要弄自己一事大发脾气。葛薇龙本不知实情，以为姑妈名声不好是外人眼红谣传，而眼前所见证实了传说中的一切，她欲抽身离去却没有这样做，葛微龙拿出了自欺的本领，觉得如果现在就中止计划，刚刚所受的气就是白受了。

> 至于我，我既睁着眼走进了这鬼气森森的世界，若是中了邪，我怪谁去？可是我们到底是姑侄，她被面子拘住了，只要我行得正，立得正，不怕她不以礼相待。外头人说闲话，尽他们说去，我念我的书。将来遇到真正喜欢我的人，自然会明白的，决不会相信那些无聊的流言。①

葛薇龙为自己爱慕虚荣的行为与思想找到了冠冕堂皇的理由。不可否认，起初天真的葛薇龙内心的想法就是如此。但面对柜子里满满的各色衣服，她待不及有人跟她讲明，主动试穿起来，发现都是量身定制的，葛薇龙恍然大悟。在发现姑妈的真正用意之后，她可以决定不做这样的交换，无奈葛薇龙却抑制不住对这奢华生活的好奇，甚至是向往。她明知姑妈的为人和用心，却一点一点认同了姑妈的逻辑。蜕去天真外衣的葛薇龙没能在不利的环境中分辨出事非，没能在经历这一切后变得成熟、坚定，而是看尽一切繁华，徒增贪恋之情。当司徒协向自己示好时，葛薇龙打算通过和乔琪乔结婚来婉拒司徒协，却发现乔琪乔没有结婚的打算，于是再次认同乔琪乔只能给自己快乐的逻辑。葛薇龙伤心至极，打算离开这个让她堕落的家时，却发现自己早已习惯了衣食无忧、男人追捧的交际生活，在最后的关头，她还是出卖了自己的灵魂。葛薇龙最终变成替梁太太弄人、替乔琪乔弄钱的工具。这个软弱、自愿处于卑下地位的女孩在堕落过程中，其内心活动被作者生动细腻地刻画出来。

---

① 张爱玲. 第一炉香. 广州：花城出版社，1997.

三、事业顶峰　举世无双

1943年张爱玲结识了柯灵，在柯灵主编的《万象》杂志上，发表了《心经》《琉璃瓦》和《连环套》。苏青解救入狱的胡兰成之时，携张爱玲同去。胡兰成因欣赏张爱玲的文采而前去造访，二人长谈以后，坠入爱河。这一年，张爱玲24岁，胡兰成已38岁且已有家室。张爱玲在苏青主编的《天地》上发表了《公寓生活记趣》《道路以目》《烬余录》《谈女人》《童言无忌》《私语》《造人》《打人》《谈跳舞》《我看苏青》等。

1943年7月，张爱玲在《杂志》上发表了《茉莉香片》，此后《杂志》月刊便盛情邀请她写稿，后来张爱玲又相继发表了《到底是上海人》《倾城之恋》《洋人看京戏及其他》《金锁记》《花凋》《红玫瑰与白玫瑰》与《等》。

《倾城之恋》讲述了白流苏与范柳原这两人在不同文化思想冲撞之下而生的爱情。出身于上海一个旧式家庭的白流苏，离婚后住在娘家，钱被兄嫂用光后，兄嫂便逼白流苏趁着已离婚七八年的丈夫死去之时，回婆家守孝。留学生范柳原成为两个侄女和七妹虎视眈眈的对象，七妹顾及两个侄女的竞争，把已经离婚的、她认为没有任何吸引力的白流苏唤去陪同。却不料在这个旧式的腐朽大家庭里，没有人会跳舞，而白流苏以其容貌和舞姿征服了范柳原。白流苏一连与范柳原跳了好几支舞，出乎意料地抢了妹妹的风头，让大家看到了她有与风流倜傥富商结合的可能。

> 如果她输了，她声名扫地，没有资格做五个孩子的后母。如果赌赢了，她可以得到众人虎视眈眈的目的物范柳原，出净她胸中这一口恶气。①

明知范柳原不是那种居家过平实日子的人，但这一次约会也着实改变了白流苏，使她爱上了范柳原。张爱玲一反往常，在这部作品中没有调侃白流苏的心境，而是细致、动情地描写一个人对于未来幸福的向往。以往评论家会套用张爱玲小说中的原句，认为这对男女是自私的，他们之间是没有爱的。然而，仔细研读文本，可以发现，他们之间是有真爱存在的。一个离过婚的女人由于受到过感情上的伤害，当爱情再次叩门时，心里复杂矛盾，一直猜测这个男人是否真爱自己本是常情。但这毕竟是白流苏单方面的想法，这些怀疑，并不代表范柳原事实上就不是真心喜欢她的。介于作者自身的经历，她不屑于花大量笔墨描写他们是如何一见钟情的。但是，即使双方皆有真心，来自中西方完全不同的文化的他们，互相并不了解，以至于二人表达爱意的方式不同，产生误解。然而，这种有情人终成眷属的故事并未能得到傅雷的赞赏，他认为只有像《金锁记》这样的作品才真正具有悲剧意识，才能冲破人性的压抑，给人以震撼人心的力量。

白流苏希望范柳原能供养她，为自己提供经济支持，她既不想如范柳原所愿做他的情妇，也舍不得离开他，只得与范柳原周旋。白流苏坚守一个原则，即不能让范柳原占有她，不然就真的驯顺地成为他的情妇了。白流苏赌气回到上海，在家族的冷眼之下，范柳原催她回香港的

---

① 张爱玲. 倾城之恋. 北京：北京十月文艺出版社，2009.

电话竟使她流泪，白流苏终于发现自己还是处于他的掌控之下，感到了自己对范柳原的依赖。又到香港，范柳原吻了白流苏，第二天范柳原欲只身前往英国之时，却因战火而搁置。二人躲在一起避难，才发现在这倾城的战争面前，一切钱财、地产都不再重要，重要的是睡在身边的人。一刹那间，彼此的心透亮了。故事中的小奸小坏的人物，在大战事面前，终于不再各自拨弄算盘，成为眷侣。在战火之下，整座城市的崩塌，才成全了白流苏。

1944 年 5 月，傅雷以迅雨为笔名，对张爱玲的作品进行严厉批判，却大加赞赏她的《金锁记》。傅雷从《金锁记》中作者运用的心理分析、节略法和创作风格几个方面大力夸奖此篇作品。“毫无疑问，《金锁记》是张女士截至目前为止的最完满之作，颇有《狂人日记》中某些故事的风味。至少也该列为我们文坛最美的收获之一。”

《金锁记》讲述了一个都市里的婚姻家庭故事。曹七巧本是麻油商人家的普通女子，因姜家二少爷有软骨症，得以嫁入姜公馆，成为二奶奶。在众多富家妯娌之间求得生活的一席之地，这于她，是一种莫大的挑战。曹七巧是一个泼辣、粗俗的女人，她凭着这些异类的举动维护自己的尊严和地位。如果她面临的挑战只是忍受这大家庭里人的冷眼与嘲讽，还不至于让她这个市井人家的小女儿崩溃。最使她受不了的是自己的兄嫂为了一点钱，把自己推入火坑，整日伺候瘫痪的丈夫，无法得到情欲的满足。他们享受着一人得道、鸡犬升天的美梦，自己却活在这痛苦的生活之中。丈夫的弟弟姜季泽是个有名的浪荡子，花天酒地，却认为不必在家中惹起闲话，对这二嫂避之不及，使七巧无法近身。小说中最精彩的描写便是曹七巧与姜季泽之间微妙关系的发展，以曹七巧的性格，自是藏不住自己的心思的。更何况七巧人缘不好，家里上上下下没有人会担待她的。在情欲的压抑之下，曹七巧发现世间最真实可靠的还是金钱，她想要大量的金钱，因此盼着丈夫死后分家，可以得到一笔可观的财富，从而挽回尊严，取得手中应掌握的权力，进而得到情欲的满足。而当这种渴望发展到极致，当姜季泽多年后回来向她示好时，她虽开心，但又本能地拆穿他并非对自己真心，而是为钱而来。不过再一回味，曹七巧又追悔莫及。曹七巧一生戴着黄金枷锁，为了守住钱财，变态的性格发展到极致，进而亲手毁掉儿子和女儿的幸福。儿子长白，女儿长安，都是没有性格的如纸糊的人，他们一同成为曹七巧情欲的殉葬品。

《金锁记》的成功之处在于这部作品显示出人性的深度。作品由丫鬟之间的谈话切入，表现出人的出身地位在日常生活中扮演的重要角色。小说中，人人不过是趋炎附势之徒。老太太面前的丫鬟本也是低贱出身，却倚仗自己是老太太面前的红人，自己抬高身价，瞧不起麻油店老板家的女儿，即便七巧做了二奶奶。七巧的出身使她在这个家庭中的行为举止永远是个异类，所以她总是被人嘲笑与提防。然而，在这部好评备至的作品中，鲜活的、有存在感的人物就只有曹七巧一人，其他人的面庞都是模糊的，都作为陪衬而存在，可见张爱玲在创作这部作品时，重点在于华丽的辞藻的运用，而不是人物的刻画。

1944 年 12 月，张爱玲在《苦竹》上发表《自己的文章》回应傅雷的批评。“我不喜欢壮烈。我是喜欢悲壮，更喜欢苍凉。壮烈只有力，没有美，似乎缺少人性。悲壮则如大红大绿的配色，是一种强烈的对照。但它的刺激性还是大于启发性。苍凉之所以有更深长的回味，就因为它像葱绿配桃红，是一种参差的对照。”①张爱玲在与傅雷笔战时，于《自己的文章》一文中表明了自己对文学的看法，表达了自己独特的创作主张。张爱玲认为只有“力”与“美”相互结合才能形成好的作品，运用参差对照的写法，方能给人启示。除了个别形象，张爱玲笔下的人物全是些不彻底的人。早慧的张爱玲于少女时期便看透了人性，随着年龄的增长，再加上本有的天分，自然对人的内心忖度得入木三分。张爱玲长于书写婚恋故事，常常于笔端展现出复杂的人格及人际关系，显然受到《红楼梦》的影响，同时，也与她的出身和家庭环境密切相关。张爱玲喜欢顺着情节的发展来为读者还原真实，不喜欢刻意拔高，不想让书中人按着自己的喜好来设计，毕竟人是复杂的，人人都如一本翻不尽的书。张爱玲少有专门的论著，但在《自己的文章》中，针锋相对地反驳傅雷的批评，但对于傅雷批评的关于《连环套》的问题，她也有所让步，不得不承认。其实，傅雷欣赏到了张爱玲的才华，好意指出她创作中存在的问题。而张爱玲这位向来高傲、冷酷的，不理一切的作家，看到笔名迅雨的文章里指出的问题，也不免提起笔来维护自己的作品。而后得知这篇文章出于傅雷之手时，不免感到自己当年的行为颇为鲁莽。

四、与胡兰成深爱的失落

1944年8月，胡兰成与第二任妻子离婚，在炎樱的见证下，与张爱玲结婚。11月，胡兰成为了自己的政治野心来到武汉，很快与一名姓周的护士开始了同居生活。1945年1月，话剧《倾城之恋》继续上演，张爱玲的散文集畅销一时。3月，胡兰成回到上海，与张爱玲厮守了一个多月，主动告诉张爱玲自己与周护士的事情。5月，借着张爱玲写文反驳傅雷之时，胡兰成趁机献媚，写了《张爱玲与左派》一文，答非所问地为张爱玲辩护。8月15日，日本投降，胡兰成策划“武汉独立”失败，仓皇逃走。胡兰成趁逃跑之际，又与范秀美再筑香巢，张爱玲十分伤心，写信给胡兰成：“那天船将开时，你回岸上去了，我一人雨中撑着伞在船舷边，对着滔滔黄浪，伫立泣涕久之。”她从自己的稿费中拿出钱寄给胡兰成，希望他能生活得好一些。张爱玲的温情没能暖热胡兰成的心，在胡兰成把写有周小姐一事的记录武汉生活的《武汉记》，以及同范秀美姘居的事告知张爱玲时，在胡兰成打她手臂一下之时，张爱玲已不认识现在的胡兰成了。后来，张爱玲写给胡兰成一封响亮决绝的绝交书：

> 我已经不喜欢你了。你是早已不喜欢我了的。这次的决心，我是经过一年半的长时间考虑的。
>
> 彼时惟以小吉故，不欲增加你的困难。你不要来寻我，即或写信来，我亦是不看了的。

五、苍凉启示人生

1950年，张爱玲以梁京为笔名在《亦报》上连载长篇小说《十八春》。7月，在夏衍的邀请下，参加上海市第一届文代会。1951年5月，在《亦报》上连载中篇小说《小艾》。

《十八春》是以张爱玲最为擅长的讲述都市男女情感纠葛为题材的，沈世钧、许叔惠和顾曼

---

① 张爱玲.自己的文章.北京:京华出版社,2006.

桢三人同在一个纺织厂工作。沈世钧通过许叔惠得以和顾曼桢同桌吃饭，三人关系非常要好。渐渐地，温柔的曼桢与老实的世钧相爱了。而他们的爱情遭到世钧家庭的反对，世钧父母希望他能和青梅竹马的南京小姐石翠芝结婚。叔惠却在去世钧家游玩时爱上了翠芝，然而备受注重门第的石家的冷眼，生气出国。曼桢的姐姐顾曼璐，为了养活一家老小，17岁就离开了情人张豫瑾，做了舞女。当她容颜老去，想抓住一个男人过平常日子时，胡乱找到鼠相的祝鸿才。张豫瑾的出现，既让世钧吃醋，又让曼璐误会了曼桢，心生忌恨。曼璐与祝鸿才结婚后，发现自己根本无法拴住他的心，察觉祝鸿才喜欢曼桢，就想出姐妹同事一夫之事，设下骗局，让祝鸿才强暴了曼桢。世钧受了曼璐之骗，回去与石翠芝结婚。而顾母因胆小懦弱，只好依着女儿乱来。曼桢生下一个男孩后逃走，后因姐姐积郁成病去世，自己又思念骨肉，再度回到祝鸿才身边。一晃就是18年，世钧再与曼桢相见，却都回不去了。

张爱玲专心创作，无意于政治，《十八春》是她少有的与时代、与政治有关的作品。她笔下的人物常是一级一级走向没有光的所在，而《十八春》却一反往常，结尾处人物都走向光明。《十八春》是张爱玲正式发表的第一部长篇小说，小说已表现出作者处理人物、组织结构、手法以及语言方面的出色水平。这部小说中的人物形象是十分饱满的，可见张爱玲在刻画人物时下了功夫。沈世钧沉稳、朴实，却也有狭隘、软弱的一面。他有碍于顾曼璐的舞女身份，看到曼桢热情招待哥哥一样的张豫瑾却也胡乱猜忌。以至于他轻信谎话，失去曼桢，没能将曼桢救于水火。而曼璐却也不是一味的面目可憎，她愚蠢，没有其他能力养活家人，只能选择舞女这个职业，更何况17岁的时候，自己还不算懂事。而面对昔日的情人，仍有无尽的惋惜与爱怜之情。自己不能生育，想着自己妹妹的骨肉也可以说是至亲。但她觉得家人以她为耻，颜面尽失，对于纯洁的妹妹心生忌恨，让丈夫强奸妹妹，在她看来，这不仅可以留住丈夫的心，而且可以实现压抑已久的报复。

1952年9月，张爱玲重回香港大学，不过只在那里待了三个月。她一时头脑发热，想要出国，到东京后，发现一切并不如意，1953年2月又重回香港。美国驻港总领事馆新闻处长理查德·麦卡锡正好需要从事翻译的人才，张爱玲就进入美新处从事翻译工作。期间，她翻译了《老人与海》《爱默森文选》等书，又认识了宋淇、邝文美夫妇。张爱玲在翻译之外，首次用英文写了长篇小说《秧歌》，而后又由美新处授意写出《赤地之恋》。张爱玲三见胡适，结下友谊。

1956年2月，张爱玲得到爱德华·麦克道威尔会为期两年的写作奖金。在一个舒适的写作环境中，张爱玲遇到了比自己大29岁的有才气的剧作家赖雅。8月，张爱玲与赖雅结婚。张爱玲于《造人》一文中曾说过："我一向是对于年纪大一点的人感到亲切，对于和自己差不多岁数的人稍微有点看不起。"他们在一起不久，张爱玲便怀孕了，但不巧的是他们没有一个像样的家，这是张爱玲第一次有自己的孩子，她一边忙着写作养家，同时还要照顾身体不好的赖雅，这个孩子便流产了。

1960年7月，张爱玲拿到美国绿卡。炎樱结婚后从日本来看她，炎樱的出现给张爱玲带来极大的快乐。1961年，张爱玲欲出访台湾地区未如愿，却结识了台湾小说家白先勇、王文兴、陈若曦与王桢和等人。由于赖雅中风晕倒，张爱玲取消计划，重回美国。她用英文写的好几部小说却在美国和英国都找不到出版商，连连被退稿。

1966年，张爱玲将《金锁记》改写为长篇小说《怨女》，同时，将《十八春》改写为《半生缘》。

张爱玲何以要将得到如此高评价的《金锁记》改写？原因在于张爱玲历经人世沧桑过后，

清醒地意识到人生的不易，想要按照自己本来的原则来重新塑造曹七巧的形象。人到晚年，也不会像年轻时候那样刻薄，不再那样恶意忖度人心。便在改写为《怨女》之时，将银娣的人物形象复杂化，重新赋予她美丽的外表，回归苍凉的本旨。《金锁记》本是备受读者好评的作品，作家执意要改写此短篇，显示了自己对艺术创作原则的坚守。人性是复杂的，虽然人是有弱点的，但也不是一无是处的绝对化的。由曹七巧的阴险毒辣及至银娣的小奸小恶，且不论艺术表现孰高孰低，却也符合作家的艺术旨归，将变态夸张到至极的曹七巧重写成一个无奈苍凉的普通妇人。在《怨女》中增加了活动的背景、生活细节以及心理描写，用银娣的幽怨取代七巧的极端变态，更令人信服。

张爱玲对于创作有着自己的坚守，明白自己创作的艺术旨归。对照《十八春》的原著可以发现，《半生缘》没有做太大的改动，张爱玲保留了原来的主题和主要情节，矛盾冲突的框架没有做任何修改，只是删掉了那个“光明的尾巴”。《十八春》中的男男女女无论受了什么样的苦难，最终都放弃“自我”，融入“大我”之中。政治氛围的刻画一方面由于当时受到胡兰成的影响，另一方面也是出于无奈。张爱玲没什么政治要求，她的作品中的人物也真实到让人感觉无论哪一方执政，都是要穿衣吃饭的老百姓。在接受《亦报》采访时，张爱玲已从社会根源的角度来看待曼璐对曼桢的陷害。

1967 年，张爱玲任纽约雷德克里芙女子学院驻校作家，开始英译《海上花列传》。同年，赖雅去世。两年后，经夏志清介绍移居美国的伯克利，进入加州大学伯克利分校的中国研究中心。当张爱玲闭门隐居专心研究《红楼梦》《海上花》的时候，胡兰成在日本得意扬扬地撰写回忆录《今生今世》。

1979 年，张爱玲在《中国时报》上发表《色 · 戒》，引来一阵争议，不免有人将其对号入座。7 月 29 日，胡兰成于日本去世。

1995 年，张爱玲于洛杉矶公寓内去世，享年 74 岁。按照她的遗嘱，私人物品归香港的宋淇夫妇所有。不举行丧礼，遗体火化，由林式同、高全之等人将其骨灰撒入太平洋。

颇有一些论者对张爱玲显赫的出身表现出极大的兴趣，就像为她加上这顶李鸿章后代的帽子以后更能使张爱玲显得传奇一些。然而，高贵的出身远没有生活中的挫败感为她提供的写作灵感多，生长于沉闷的遗少家中，很难感到人与人之间真正的无目的的爱。母亲可以与父亲妥协一切，却不能妥协对于张爱玲的教育，正是由于受西式教育的母亲黄逸梵的坚持，张爱玲才能得以有天才施展发挥的平台。可父亲的堕落、喜怒无常，与母亲经常在自己眼前收拾行李的场景，使张爱玲从小就觉得没有依靠。她不曾爱过父亲，却喜欢母亲，但最终还是没能从母亲那里得到真正的母爱。她向来认为欠母亲的钱是一定要还的，母亲对于她的付出与栽培不是理所当然的。与母亲之间的微妙关系发展到无法形容的地步，也正是现实的种种，让张爱玲一直保有对人性的怀疑。

张爱玲是一位真正的女作家，她不像丁玲那样早期有着独特的创作风格，后期却演变为男性式写作，为政治进行宣传，也不像冰心那样甜美得符合传统男性的期待视野。张爱玲一直保持着独立的创作风格，无心参与政治，也不想成为男性的附庸，从未想过要为讨好男性而创作。张爱玲于写作中一直关心女性的生存状况，而其早期的婚恋小说由于自身没有真正的恋爱经历，落到笔下不过是隔岸观火，多的是一份尖刻。张爱玲的小说没有宏大的战争场面、历史叙事，有的只是男男女女的恩恩怨怨，于细节处展现人生的真实。张爱玲长于展现人性的贪婪、对物质和情欲的疯狂追求，作者对于人物的塑造不加干涉，任由不少人物作为一个个不完整的个体而存在。

【经典解读】

《小团圆》：孤寂中的“自传”

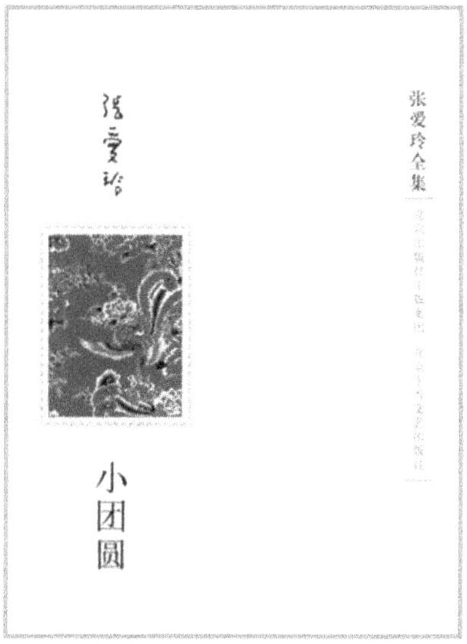

《小团圆》是张爱玲的一部自传体小说，这部神秘的作品作者生前一直修改，没有发表。而张爱玲生前曾说过，《小团圆》要销毁。令人好奇的是，张爱玲有很多机会亲自销毁这部手稿，她却没有这样做，而是留存下来让别人代为销毁，可见，销毁这部作品并非张爱玲的本意。宋淇夫妇之子宋以朗将《小团圆》出版，这部谜一样的作品才得以揭开面纱。张爱玲创作《小团圆》的初衷是朱西宁来信，告知自己想通过胡兰成的资料撰写张爱玲传记一事。张爱玲回信请他不要写，并怕其不听劝告，自己便先动手写传记，欲赶在他前面发表。由此可见，张爱玲并不想让自己的人生为其他流言与误解操控，更不愿让别人通过胡兰成那一方的男性视角来看待自己的人生。因此，才诞生了这部传奇的著作——《小团圆》。

一、“镜”中自己

《小团圆》是张爱玲少有的“自叙传”，向来以笔下不显自身著称的张爱玲写下自传体小说，这件事自然会引人好奇。小说中的人物、事件皆与张爱玲日常生活中的亲戚朋友、生活琐事一一对应。往往有读者混淆艺术真实与现实真实，他们大可不必在张爱玲的这部作品中强加区分，因为作者在创作时就取材于真实。无论其中的事件是不是完全与现实吻合，但有一点是明确的，张爱玲的创作态度是认真的，并非像胡兰成那样模糊一些对自己不利的因素，故意隐去事实，粉饰真相。

小说中的盛九莉就是张爱玲自己，小说的前半部分以速写式推进人物、情节的发展，除了个别人物，如母亲、好友比比等的形象已开始显出轮廓，其他人物都没有用心刻画，没能将人物的心性展开。人物关系复杂，然而结构沉闷，很难让不理解张爱玲的人耐着性子读下去。也许正是因为题材是作者最熟悉的，张爱玲一边说这部作品就是自己想要写的，一边说不断修改，以致想将其销毁。由此可见，张爱玲的取材与书写的感受还是较近真实的。曾经一心想着像母亲一样做个独立的新女性的张爱玲，本来能进入伦敦大学，因战火不得不转入香港大学，而战火却让她没能出色地完成在香港大学的最后一点学业。战争对于张爱玲的影响还是很大的，在她的求学之路上留下了阴影。在琐碎的叙述中，张爱玲提及对于大考的恐惧，而战争的好处就是用不着参加考试了，尽管战争中会死去很多人。张爱玲真实、直接地表露出自己不懂政治，只关心自己书中人物的小奸小恶。然而，对于大考的紧张感，不得不让人联想到对于此书终究将要公诸众人的焦虑。张爱玲自己对于这部作品的想法很复杂，既想让读者看到真正的自己，又害怕见到自己最真的一面暴露之后读者的反应。其实小说开头的大考，以及面对大考无比紧张的复杂心情，不过是个隐喻。

通过以往的作品，人们了解的张爱玲是高傲、冷漠的，而小说中的盛九莉却是个忍让的、把自己地位摆得很低的人。张爱玲就如同将手按在镜子上的曹七巧那样，看着镜中的自己，感叹年华的逝去。《小团圆》的备受关注，是作者意料之中的事，读者看着的正是镜中的张爱玲。张爱玲向来以苍凉、深刻著称，而随着阅历的增长、年岁的增加，张爱玲下笔之时多了一些宽容，不再用那么震颤人心的力，也不再那么尖刻。沉闷的叙述中还原的是一种真实，多了一份平和。《小团圆》的内容与自传性较强的《私语》和《烬余录》重复的内容较多，与《对照记》的细节方面重复更多。张爱玲在《小团圆》里一反往常，不再让人物自行发展，而是自己介入其中，变成一个全知的叙述者，以九莉的视角引导着读者。但同时，张爱玲又没有以第一人称来讲述身边的喜怒哀乐，从而扩大了主观性，不像传统自传体小说那样囿于叙述视角的窠臼。张爱玲在创作这部作品时希求的是平淡而自然，而好友宋淇看过这部手稿以后，希望张爱玲能够加以修改，添加些虚构的情节，回归张爱玲本来的创作方式。然而，张爱玲一支荒凉的笔，还是希望书写发生在自己身上的真实。盛九莉敏感且阴郁，虽然小说中不免有艺术创造的成分，但这形象本身显然是对应了张爱玲自身的身份与处境，这既是这部作品的成功之处，又是让她觉得尴尬之处。盛九莉无疑是张爱玲的一个镜像。

二、精神的不安

张爱玲有过一个不安的童年。从张爱玲的叙述中，可以看出父亲虽然对她和弟弟忽冷忽热，但并没有造成什么情感上的伤害与打击，借用她自己的话来说，她从未爱过自己的父亲。然而，母亲却在她生命中扮演着不一样的角色。母亲是美丽的、独立的、有知识的女性，在张爱玲儿时的印象中，母亲常常处于不断收拾行李、准备出国的状态。父母离婚后，父亲的家里常常是烟雾缭绕的。父亲这个任性的遗少，整日与后母消耗时日于烟榻之中，对于自己和弟弟的日常生活与学习漠不关心。张爱玲不喜欢父亲这里，母亲与姑姑的居所却能给她带来新的感受，虽然这对母女的关系是疏离而有隔阂的，但对于张爱玲来说，母亲毕竟是她的一个依靠。

《小团圆》中提及母女关系时，曾有一个细节，母亲去学校看望九莉时，就连和自己的女儿牵手过马路也还犹豫了一番，然后嫌恶地牵起手，走到路对面，很快地松开手，透露着不自然。很显然，母亲与九莉从未有过比这更亲密的举动。这与以往作家笔下的母亲形象很不同，母爱常常是无私的，母亲与孩子的关系往往是亲密的、呵护的。而九莉与母亲却始终是钱财分明的，九莉认为欠母亲的钱一定要一并还清，她曾不止一次地想象着自己终于能把钱还给母亲的情形。母亲总是和九莉讲明自己的生活多么拮据，供养她上学又是多么不易。但母亲对九莉的感受却总是轻易地忽视。一次，九莉得到历史老师安竹斯自己奖励她的800元奖学金，她感到无比珍视，却还是将这钱如数交给了母亲，而母亲却把这800元钱在麻将桌上轻易地输掉了。九莉的心是刺痛的，但更让她感到心痛的是，九莉洗澡时，母亲闯进浴室的“窥浴”行为。母亲不相信自己的女儿，以为那800元奖学金是九莉用身体换来的。九莉对于母亲是爱过的，可母亲的种种行为只能刺痛九莉的神经，最后只剩下漠然。生活在这样的环境中，张爱玲没有家的归属感。

同样的精神不安更源于张爱玲深爱的胡兰成，一个多情的男人。因此，张爱玲度过了不安的青春。《小团圆》中的邵之雍无疑是以胡兰成为原型塑造的，相比胡兰成的回忆录《今生今世》，张爱玲没有粉饰，只是还原了事实，更没有对此加以口诛笔伐。《小团圆》的后半部分记录了九莉与之雍的感情之路，张爱玲曾坦言自己对年纪大一些的人有好感。正因为她没有感受过真正的父爱，又性格内向，一遇到胡兰成便成为一个狂热崇拜自己恋人的青春女孩。“他走后一烟灰盘的烟蒂，她都拣了起来，收在一只旧信封里。”①张爱玲在这部小说中加入了以往没有的情欲的书写，在与邵之雍亲吻时，九莉心中是幸福的，感到这个人是真爱自己的。每一个热恋中的女孩都是美丽的，九莉也是一样，正如倾城之战成全了《倾城之恋》里的白流苏一样，这战火同样使九莉沐浴爱河，享受着光辉，希望这将成为永恒。为此，九莉写了一首诗：

他的过去里没有我，
寂寂的流年，
深深的庭院，
空房里晒着太阳，
已经是古代的太阳了。
我要一直跑进去，
大喊“我在这儿，
我在这儿呀！”

但很显然，邵之雍的过去是多么丰富多彩——不仅过去，将来也是。这诗不过是九莉最理想的恋爱状态。九莉看中了之雍的才华，也为能真正有个依靠而心满意足，感觉自己空前幸福。但邵之雍毕竟是个多情的人，他为了九莉与自己两个妻子离婚，也难掩心痛，到华中去之后，第一封信上就提及小康小姐。九莉理解之雍对女人的喜欢，原以为这喜欢仅止于欣赏。信件往来之中，九莉不免对于小康小姐有些嫉妒，但她也包容了之雍，正如她自己所言：“他是这么个人，有什么办法？如果真爱一个人，能砍掉他一个枝干？”九莉深爱之雍，而之雍却不断主动地把自己得意的艳遇告知没有好奇心的九莉，可见他没有考虑到这一切会把九莉的心撕碎。

在与邵之雍热恋并着手结婚时，九莉曾与姑姑谈论过如果有孩子，就听之雍的，把孩子交给秀男养，可见，张爱玲也并不是一直没萌生过为胡兰成生个孩子的念头。但后来，张爱玲于书中有一段毛骨悚然地对于打胎的描写，很少有人如此细致地观察马桶中的男胎，这里，让人又找回了那个独特的张爱玲，旁观书中人物，没有怜悯与同情。

> 夜间她在浴室灯下看见抽水马桶里的男胎，在她惊恐的眼睛里足有十吋长，毕直的欹立在白磁壁上与水中，肌肉上抹上一层淡淡的血水，成为新刨的木头的淡橙色。凹处凝聚的鲜血勾划出它的轮廓来，线条分明，一双环眼大得不合比例，双睛突出，抿着翅膀，是从前站在门头上的木雕的鸟。②

这段令人不禁觉得恐怖的描写，使人很难想到本该是母亲的九莉，对于这孩子是有爱的。

---

① 张爱玲. 小团圆. 北京：北京十月文艺出版社，2009：144.
② 张爱玲. 小团圆. 北京：北京十月文艺出版社，2009：157.

这正是深爱的男人让自己死心的表现,张爱玲于极度痛苦之后发觉自己不适合有孩子。

三、梦境团圆

张爱玲在《小团圆》的结尾,以一个梦境收束,并且运用了俗套的首尾呼应的方式。所有复杂的父女关系、母女关系、姐弟关系、恋人关系、朋友关系,以及姑侄关系等,最后真正在现实中的团圆,可称为大团圆。而张爱玲以一个美好的梦结束这一切,在梦中团圆,则被她视为小团圆。这是她的美好愿望,也是张爱玲一直以来的期许。

> 有一次梦见五彩片《寂寞的松林径》的背景,身入其中,还是她小时候看的,大概是名著改编,亨利方达与薛尔薇雪耐主演,内容早已不记得了,只知道没什么好,就是一只主题歌《寂寞的松林径》出名,调子倒还记得,非常动人。当时的彩色片还很坏,俗艳得像着色的风景明信片,青山上红棕色的小木屋,映着碧蓝的天,阳光下满地树影摇晃着,有好几个小孩在松林中出没,都是她的。之雍出现了,微笑着把她往木屋里拉。非常可笑,她忽然羞涩起来,两人的手臂拉成一条直线,就在这时候醒了。二十年前的影片,十年前的人。她醒来快乐了很久很久。①

这个梦里发生的事情与书中所写的现实几乎都是相反的,在梦里,张爱玲实现了自己的愿望,蓝天下,青山上,小木屋前,只有她和自己的几个孩子,还有邵之雍,没有其他女人,只有他们一家,快乐地生活在这里,在这里团圆。小说中有对于打下来的马桶中的男胎的描写,那段描述,仿佛九莉并不是孩子的母亲,冷酷得像堕胎医生,已经见惯了这场景,以致精神麻木的心态。她不喜欢孩子,更不想在任何时候有自己的孩子,哪怕是非常合适的时候,但这不过是与胡兰成分手、心门彻底关上之后的想法。与胡兰成的爱恋无论让她受到多大的伤害,张爱玲都对这段爱情保有一份痴心与怀恋。然而,人生如梦,再美好的境遇,再美好的恋人,都有曲终人散之时。张爱玲在看清胡兰成的博爱、滥情之后终于忍受不住分手了,将爱情画上了句号,可总也有一些怀念,这个梦,九莉说只做过一次,而这一次就足以使她快乐很久很久。九莉借助梦境来完成日思夜想的心愿,张爱玲借此描述表达对过去美好的一种悼念。

虽然这快乐的梦只做过一次,而做过更多次的梦还是大考的梦。“所有的战争片中最恐怖的一幕,因为完全是等待。”在小说结尾,张爱玲重写了开头对于这等待的描述。等待之所以恐怖,因为不知道等来的是什么。经历过种种之后,知道人生不过是一场梦,对于过去已经死心。深爱过的人也同样深深地伤害过自己,张爱玲虽然心灰意冷,但还是对未来有着好奇心,在猜测着是否有大团圆等待着她,也猜测着这部像日记一样可以对号入座的作品公诸众人后,会有怎样的反响。

而在与邵之雍恋爱时,听到之雍一次次和自己提及小康小姐,九莉做了一个梦:

> 她梦见手搁在一棵棕榈树上,突出一环一环的淡灰色树干非常长。沿着欹斜的树身一路望过去,海天一色,在耀眼的阳光里白茫茫的,睁不开眼睛。这梦一望而知是弗洛依

---

① 张爱玲. 小团圆. 北京:北京十月文艺出版社,2009:283.

德式的，与性有关。她没想到也是一种愿望，棕榈没有树枝。

对于这个梦境，暗示了她自己内心的想法。与梦有关的描写，贯穿于九莉与之雍交往的始终。也许真正称心的与胡兰成的爱恋，张爱玲只能在梦里看见。

书中第九章写到九莉看戏，在祠堂里的小戏台子上。九莉眼里看着戏，耳里听着人云亦云的对于扮相的评价。嘈嘈杂杂中，她知道自己随时可以退出去，准备不继续看下去。对于与之雍的这段感情来说是如此，对于人生亦是如此。九莉看戏这一段与作者建构的一段段梦境暗合，表明人生如戏，戏如人生。

《小团圆》这部张爱玲的遗稿，虽然在艺术创作上有明显的缺陷，却对于作者的生平有着重要的研究价值。尽管小说创作有艺术夸张的成分，盛九莉的家事与心事，还有其一生经过的爱情与亲情，都与张爱玲本人的生活经历极度吻合。这部小说是张爱玲历经一生之后而作，渗透着人生的感悟与对往事的追思，在这如梦的人生中，留下苍凉与最真实的底色。《小团圆》不能代表张爱玲创作的最高成就，但对于她生命与心境的考证，其价值却是重大的。

也许这部被挽救回来的遗作无法为张爱玲的传奇一生做一个完美的收束，但由《小团圆》可知，这位曾经高傲冷漠的奇女子，一直生活在美丽的梦中。她怀念的、希冀的，最终都在梦里实现。她写尽人事苍凉，却从未失却希望。

（撰稿人：孙思邈）

钱钟书：学者中的作家

【作家简介与创作历程】

钱钟书(1910—1998)，原名仰先，字哲良，后改名钟书，字默存，号槐聚，曾用笔名中书君，生于江苏无锡，中国现代作家、文学研究家。钱钟书对中国比较文学的复兴起着至关重要的作用，以其《管锥编》为代表，掀起了比较文学中国学派发展的潮流。同时，《围城》作为钱钟书的唯一一部小说，书评家夏志清先生认为是“中国近代文学中最有趣、最用心经营的小说，可能是最伟大的一部”。

钱钟书对文学的敏锐程度令人咋舌，他出生于教育世家，自幼跟着伯父钱基成一家生活，伯父去世之后跟随父亲钱基博学习。1929年，这位才子凭借国语和英文的超高分被清华大学外文系录取，同时声震清华园的还有他15分的数学成绩。在清华学习期间，才气逼人和恃才傲物成了钱钟书的双重标签，他曾挑过朱自清、冯友兰、周作人等教授的错误，作为学生从不拜访老师，更不用说接受学弟学妹的邀请参加学校活动。1933年，杨绛的出现，使这位才子稍稍收敛了锋芒，并且于毕业后双双赴英国牛津大学深造，这段留学经历带给钱钟书学术研究的益处是于旁人所不能及的。抗战爆发后，钱钟书辞去西南联大教职，奔赴湖南宝庆县蓝田镇的国立师范学校任教。这段战乱中的颠簸与磨砺都化作《围城》宝贵的写作素材。钱钟书是少数几个从“文革”灾难中坚强走过来的文人，《管锥编》是在“文化大革命”后期写成的，对于当时的政治状况只字未提，无论是出于何种原因，“文化大革命”对文化传统的破坏一定是他一直在思索的问题，他将古代中国的诗歌散文小说与古代西方的文学作品相并列，就是要表示中国的文学传统与任何其他国家的文学传统一样富有价值，而不是封建糟粕。

1910年11月21日，钱钟书生于江苏无锡，周岁时“抓周”，抓到一本书，因而取名为钟书。因伯父钱基成无子，故钱钟书出嗣给伯父。伯父对钟书很是宠爱，几乎采取“放养式”管教，每日带着他喝茶看戏，加之钱钟书伯母娘家一众亲戚都抽大烟，生活方式更是日夜颠倒，故钟书也养成了懒散的生活习惯，更不用说读书做学问了。这种生活方式一直延续到伯父去世，父亲这才将儿子接过来亲自管教，对其要求甚是严格。钱钟书的父亲钱基博是民国时期有名的教育家、古文学家，因此对儿子的教育既专业又严苛，为他改字“默存”，取意于《易经·系辞》的“默而成知，不言而信，存乎德行”。在父亲的教鞭下，15 岁的钱钟书已经熟读《古文辞类纂》《骈体文钞》《十八家诗钞》等选本，这便是钱钟书治学的开端。

1929 年，钱钟书被清华大学外文系破格录取，在校期间，他广泛接触世界各国的文化学术成果。他学识渊博，记忆力惊人。在清华大学读书时，就与吴晗、夏鼐被誉为“清华三才子”。同时，钱钟书自小就喜欢臧否人物，进入清华，遇到众多名流，愈发恃才傲物。对老师学识的不足，敢于随意挑剔，推及一般普通人，便更瞧不起。他敢于挑剔中文系主任朱自清和哲学系主任冯友兰的学问。更能表现他“狂”的性格的，是他几乎不选修必修之外的课程。据说，他只选修过杨树达、蒋廷黻和赵万里三位教师的课。钱钟书被冠以“清华之龙”之名。钱钟书在其《谈艺录》中忆及其大学时代的读书生活时说：

> 及入大学，专习西方语文。尚多暇日，许敦宿好。妄企亲炙古人，不由师授。择总别集有名家笺释者讨索之，天社两注，亦与其列。以注对质本文，若听讼之两造然；时复检阅所引书，验其是非。欲从而体察属词比事之惨淡经营，资吾操觚自运之助。渐悟宗派判分，体裁别异，甚且言语悬殊，封疆阻绝，而诗眼文心，往往莫逆暗契。①

1932 年，钱钟书在清华的古月堂前结识了杨绛，成为文坛的又一对贤伉俪。杨绛出生在无锡一个书香门第，温婉清丽，知书达理。1928 年，杨绛高中毕业，一心想报考清华大学外文系，孰料那年清华大学南方没有招收女学生的名额，她无奈选择了东吴大学。

1932 年初，由于东吴大学闹学潮停课，杨绛毅然北上京华，借读清华大学。当时，为了去清华，杨绛放弃了美国韦尔斯利女子大学的奖学金，为的是圆梦清华。仿佛冥冥中，清华园的钱钟书正在召唤着姗姗来迟的她。

正值阳春三月，惠风和畅，幽香袭人。杨绛在清华古月堂前，偶遇了鼎鼎大名的清华才子钱钟书。当时钱钟书穿着青布大褂，脚穿一双毛布底鞋，戴一副老式眼镜，目光灼灼，谈吐不凡，满身浸润着儒雅气质。两人一见如故，侃侃而谈。孤傲的钱钟书一反常态地向杨绛解释：“外界传说我已经订婚，这不是事实，请你不要相信。”杨绛也趁机说明：“坊间传闻追求我的男孩子有孔门弟子‘七十二人’之多，也有人说费孝通是我的男朋友，这也不是事实。”两人愈发觉得遇见了知己，对文学相同的爱好及见解使得双方相见恨晚，两颗跳动的心越来越近。

两人的恋爱，除了约会，就是通信。有一次，杨绛的回信落在了钱钟书父亲钱基博的手里。钱父好奇心突发，悄悄拆开信件，看完喜不自禁。原来，杨绛在信中说：“现在吾两人快乐无用，须两家父母兄弟皆大欢喜，吾两人之快乐乃彻始彻终不受障碍。”钱父大赞：“此诚聪明人语！”在钱父看来，杨绛思维缜密，办事周到，这对于不谙世事的儿子，是可遇不可求的贤内助。1935 年，两人完婚，牵手走入围城。

冥冥之中，这段姻缘似早就注定。早在 1919 年，8 岁的杨绛曾随父母去过钱钟书家做客，只是当时年纪小，印象寥寥。但这段旧事却也开启了两人之间的“前缘”。而且钱钟书的父亲钱基博与杨绛的父亲杨荫杭都是无锡本地的名士，两人的结合可谓是“门当户对，珠联璧合”，

---

① 钱钟书. 谈艺录. 北京：中华书局，1984.

两家人是真正的“皆大欢喜”。

1935 年至 1938 年是钱钟书和杨绛同赴英国及法国学习的几年，这几年的留学生涯对钱钟书后来的创作有着不可忽视的作用。1938 年回国期间，钱钟书就开始了《谈艺录》的创作。《谈艺录》是作者于抗战期间撰写的一部诗话性质的诗论批评著作。书名借用明代“前七子”之一徐祯卿的同名诗话，名为谈艺，实为谈诗。《谈艺录》是中国最后一部集传统诗话之大成的书，也是第一部广采西方文艺理论诠释中国古代诗歌的书。该书征引或评述了宋代以来的诗话近 130 种，以论中国诗学为主，包括中国古代文学中数百位诗人及其诗歌，中国古代文学批评中的若干重要理论，旁及西方文论、艺论与美学、哲学、语言学等，内容极其丰富。《谈艺录》不尚空谈，重视微观研究；不分尊卑，重视小家研究；不涉政治，重视文学本体研究。举凡诗人之心思才力、诗歌之沿革因创、理论之发展变化等，无不包容其中。各节论述细致入微，多有创见，行文或综述，或专论，或分析，或评点，长短自如，不拘一格，取得了巨大的学术成绩。

《写在人生边上》是钱钟书的第一个作品集，由杨绛编定，上海开明书店 1941 年出版。这是一本不到 3 万字的小册子，除了《序》外，收入了《魔鬼夜访钱钟书先生》《窗》《论快乐》《说笑》《吃饭》《读伊索寓言》《谈教训》《一个偏见》《释文盲》《论文人》10 篇文章。虽然这本小册子数量有限，但司马长风指出，这是“一部不可忽视的名著。一是风格特异，开拓了散文的新品种；二是钱氏的文字，活泼生动，当代无匹。至于识见的入微出众，倒还是余事，但也另具一种美趣”①。用不到 3 万字来谈人生的大问题，却字字珠玑，大放智慧的异彩，自然地把读者引入一个广阔无限的人生天地，给予我们的是丰富多彩的深刻启迪。他或旁征博引，或侃侃而谈，文风如行云流水，汪洋恣肆，奇思妙想和真知灼见俯拾皆是。而这一切他都以一种幽默的情趣，为之披上一件笑的外衣，轻者令人輾然，重者令人喷饭，笑过之后又让人们沉思良久，咀嚼回味再三，每有会意，无不拍手击节。“人生据说是一部大书”，它明白无误地透露了本书的主旨，即探讨人生问题，这就道出了作者关注的重心和写作的缘起。《写在人生边上》贯穿着钱钟书的怀疑精神、否定精神、批判精神和寻找真理的思辨精神。舒展说：“哲学真是磨炼人的眼力和思维能力的利器。”②而钱钟书的思维就是超常的逆反的创造性的思维。钱钟书的随笔小品，没有受传统文化的多少影响，其艺术渊源主要在西洋。读他的随笔，我们可以直接联想到蒙田、培根等具有浓厚个人色彩的西方现代随笔大师。柯灵称：“钱钟书的《写在人生边上》，戛戛独造，使人耳目一新。思路活跃、深刻、犀利，或天马行空，或鞭辟入里，或一针见血。针世砭俗，或锋利，或婉曲，或反讽，或借喻，都能耐人低回，有会于心。”③无论从哪个角度来说，《写在人生边上》都应该在中国现代散文史上占有一定的位置。

1947 年发表的《围城》是“文化昆仑”钱钟书唯一的一部长篇小说，也是中国现代文学中少数的佳作之一，被称为“新《儒林外史》”，被推崇为“一部近代中国的经典之作”。钱钟书的目光和思想具有极强的穿透力，他敏锐地洞察了 20 世纪 40 年代知识分子群体的人生百态，看清了一系列社会现实和世态景况。基于这些条件的讽刺，更是处处显露锋芒。更为人称道的是，作者不仅做到了语言诙谐幽默、尖锐泼辣，而且注重细节雕琢和自然流露。《围城》中选择的主

---

① 司马长风．中国新文学史（下卷）．香港：昭明出版社，1978.

② 舒展．智慧的魅力——读·钱钟书散文·断想．雨花，1997(11).

③ 柯灵．序．中国新文学大系·散文卷一(1937—1949)．上海：上海文艺出版社，1990.

要社会环境是有着“中西文化在中国的交会地”称誉的大都市——上海以及知识分子云集的大学校园。方鸿渐等人物大多是出身于传统士族家庭，先受中国传统教育，后又留学西洋受西方文明熏陶的知识分子。这种特定的环境和人物使作者有了更深邃、更广泛地展开对历史文化和人生命运的探究的基础。

小说的主人公方鸿渐，“是个无用之人，学不了土木工程，在大学里从社会学系转哲学系，最后转入中国文学系毕业”，“到了欧洲，既不抄敦煌卷子，又不访《永乐大典》，也不找太平天国文献，更不学蒙古文、西藏文或梵文，四年中倒换了三个大学，伦敦、巴黎、柏林；随便听几门功课，兴趣颇广，心得全无，生活尤其懒散”——寥寥数语便将方鸿渐的游手好闲、不学无术形象地勾画出来；而在调侃方鸿渐因经不起父亲和丈人的两面夹攻而决定购买假文凭时，小说引用《圣经》里的故事作比：“这一张文凭，仿佛有亚当夏娃下身那片树叶的功用，可以遮羞包丑。”在嘲讽他的自我解嘲时，又联想到先哲柏拉图和孔子：“撒谎欺骗有时并非不道德，柏拉图《理想国》里就说士兵对敌人，医生对病人，官吏对民众都应该哄骗。圣如孔子，还假装生病，哄走了儒悲。……父亲和丈人希望自己是个博士，做儿子女婿的人好意思教他们失望么？买张文凭去哄他们，好比前清时代花钱捐个官，或英国殖民地商人向帝国府库报效几万镑换个爵士头衔，光耀门楣，也是孝子贤婿应有的承欢养志。”如此调侃讽刺，生动地刻画出主人公的自欺欺人。正如小说中所写的，小小一方纸能把一个人的空虚、寡陋、愚笨都掩盖起来。自己没有文凭，好像精神上赤条条的，没有包裹。试看当今假文凭满天飞的局面，我们无法不承认，钱钟书准确而辛辣的讽刺描述真是字字精辟到位。小说借主人公方鸿渐的“围城”境遇展现了社会现实的种种扭曲与弊端，揭露了人性的虚伪与无奈，而其中揭示的对于人生“围城”之困境的主题更是符合社会与人生的现实，其深刻的内涵与价值值得我们进行更深入的研究与探寻。

《宋诗选注》是钱钟书唯一一篇注作，其诗注部分，结合宋诗史、宋诗选、宋诗评为一体，以其诙谐幽默的语言、旁征博引的品评和独到创新的价值使得《宋诗选注》成为研究宋代文学至关重要而必不可少的参阅书。传统的诗注以帮助读者能够读懂为目的，把诗歌中的难点如用典、字义、中心内容、章法上的起承转合等注解出来，而《宋诗选注》对诗歌所作注解，更多地表现出艺术性及学术性的阐释与分析。语言诙谐幽默，内容涉猎广博，视角独到新颖。在《宋诗选注》中，钱钟书把自己渊博的学识与睿智的思索渗入对每个诗人的评说及每一条注释阐述中，凝成诙谐幽默的论诗方式，成为《宋诗选注》注释的鲜明语言特色。在《宋诗选注・序》中，他反对那种“见经、子古籍便端肃庄敬，鞠躬屏息，浑不省其亦有文字游戏三昧”① 的书呆子做法，剔除了那些所谓押韵的文件、学问的展览、典故的堆积、假的古董、有句无篇、当时传诵而现在看不出好处的六种诗歌，称道“这类作品就仿佛走了电的电池，读者的心灵电线也似的跟他们接触，却不能使他们发出旧日的光焰来”②。

《管锥编》是一部用现代观念反观古代文学，用西方文艺理论分析中国文学，用观念史的方法研究文学现象的著作。钱钟书在书中大量引用中西典籍，精研美学和艺术批评，对许多基本问题提出了自己的独到见解。这类内容是《管锥编》中最主要的部分，也是最有价值的部分。钱钟书因创造过许多绝妙的比喻而素有“比喻大师”的美名，从这部分内容可知，他在比喻理论

---

① 钱钟书. 宋诗选注. 北京：人民文学出版社，1989.

② 钱钟书. 宋诗选注. 北京：人民文学出版社，1989.

上也极有创新和建树。同时,他对于艺术创作和欣赏中的心理学现象也有匠心独运的研究。有些创作方法、表现技巧和心理活动虽然在中国古代文艺中常见,但从未被论者拿来分析、综合并上升到理论高度。这方面的工作也是开创性的。虽然是纯学术性著作,《管锥编》没有、也不可能完全脱离世界和中国的历史进程、社会发展和现实生活。恰恰相反,本书对政治、经济、战争、国际关系、人际关系、人的思想等,都有深刻的见解。

《七缀集》是钱钟书的白话论文集,总共收录了7篇文章。钱钟书在《七缀集·序》中提到,《七缀集》是由《旧文四集》和半部《也是集》拼拆缀补而成的,他由此想到了古代的"五缀衣"、"七缀体"等,遂定名为《七缀集》。集中的7篇文章分别是《中国诗与中国画》《读〈拉奥孔〉》《通感》《林纾的翻译》《诗可以怨》《汉译第一首英语诗〈人生颂〉及有关二三事》《一节历史掌故,一个宗教寓言,一篇小说》。这7篇文章论述的问题各不相同,但读过之后,有一种收获颇丰的喜悦,这要归功于钱钟书学贯中西的、渊博的文化素养。他在文章中旁征博引、追源溯流,又妙喻连连,使得文章妙趣横生,读来意味盎然,引人入胜。文章虽然谈的是艰深难懂的学术问题,可是他能用风趣幽默的譬喻使问题浅显易懂,其处处闪耀的智慧和幽默,更使读者如沐春风。

《槐聚诗存》由钱钟书、杨绛夫妇编订于1994年。其中收录了钱钟书1934年至1991年间所作诗270余首。钱钟书在序中写道:"自录一本,绛恐遭劫火,手写三册,分别藏隐,幸免灰烬。去年余大病,绛亦积劳成疾,衰弊余生,而或欲以余流传篇什印为一书牟薄利者。"可见,这本诗集能够辗转保留至今的不易。据刘梦芙先生统计,《槐聚诗存》"存诗173题278首,诗各体皆备。其中四言诗6首,六言诗6首(含卷末《无题》七首之一),五古16首,七古4首,五言绝句5首,其余为七绝、五律、七律"。按其题材内容大致可分类为人伦、家乡、山川风物、说理谈艺、爱情咏物等。然各类题材非判然分别,多有交叉重叠处。如描绘山川多寓去乡怀乡之思,酬答友人每发说理谈艺之兴。下面分析《槐聚诗存》的几个特点以见之:第一,字字有出处而不尚运典。在此钱钟书将"出处与运典区而为二,窥其意,'出处'当是指遣词造句并非杜撰,均有来历,是出于古人某诗某文而言;'运典'当是指诗中取以类比的故实,如史传小说等"①。而不尚运典,并不是不用典,而是指不在诗中堆砌饾饤,填塞故实,虽有事典亦如盐在水,而能驱遣自然、运化无迹,不妨碍诗境之空灵,实际上是集诗人之诗与学人之诗之所长,并非腐儒学究之诗也。第二,善于创新。钱钟书论诗、选诗贵创新,作诗亦然,如《游雪窦山》(第二首)"我尝观乎山,起伏有水致。蜿蜒若没骨,皱具波涛意。乃知水与山,思各出其位。譬如豪杰人,异量美能备"。把山喻为波涛,古已有之,并非钱钟书的创意,如苏轼有"山为翠浪涌"之句(《郁孤台》),而钱钟书诗"乃知"以下的引申则是人所未言。

关于钱钟书的处世态度、人生哲学乃至学术成就,近年来颇有争议。如刘晓波、葛红兵、蒋寅等人,对钱先生多有批评,或认为他不算真正的知识分子;或谓其精明世故,平生经营声名;或认为他学术无规范,价值被高估;甚至攻击其人品为"刻薄"、"冷血"。"钱学"界诸位先生对此多有回应和反击。笔者以为钱钟书实兼文人与儒者于一身,传统乾嘉朴学和现代学术的精神在他身上都有体现。只不过文人气较重,儒者气偏少;治学则以朴学方法为主,现代眼光为

---

① 徐师曾.文体明辨序·说赋.北京:人民文学出版社,1962.

辅。至若知识分与立场问题，虽不如陈寅恪坚持“独立之精神，自由之思想”，有“九死不悔”、“虽千万人吾往矣”之概；但亦当得起“苏世独立，横而不流”之八字评。若读罢他的《槐聚诗存》，这种感受当更深一层。

在“文以载道”的文学观占统治地位的中国大陆，很多人对“载道”的方法理解单一，运用呆板，即使在文艺政策调整以后，他们对钱钟书那种和政治保持着一定距离的写作仍然不习惯、不理解，甚至有一种本能的排斥。在创作方面，他们认为钱钟书远离抗战，没有写出战斗性的文艺作品，无论散文、短篇小说还是长篇小说《围城》，只不过是对知识界人士的冷嘲热讽。在学术方面，他们认为钱钟书也只是个冷眼旁观者，连批判他他都不置可否，躲在书斋里经营自己的学术天地。应该说这都是事实，却不是钱钟书的缺点，而正是他的长处。在这块土地上，钱钟书以他的知识、智慧洞察上下古今的历史进程，任何诱惑他都能抗拒，任何风浪都不能让他随波逐流，改变常态，故能处变不惊，履险如夷，平心安命，明哲守身。这种处世哲学和好搞斗争的哲学显然是不协调的，因此责难者看到了一个事实，钱钟书不仅躲过了 1957 年，“文革”中也基本上平安无事。至于 1958 年批判他，他当然心中有数。我们可以说他机智，也可以说他狡黠，但应该认识到他的韧性和宽容、坚忍和睿智。

钱钟书在文学研究和文学创作方面显然有着卓越的成就。特别是在科学地扬弃中国传统文化和有选择地借鉴外来文化方面，具有重要的启示意义。他以一种文化批判精神观照中国与世界。在精熟中国文化和通览世界文化的基础上，钱钟书在观察中西文化事物时，总是表现出一种清醒的头脑和一种深刻的洞察力。他不拒绝任何一种理论学说，也不盲从任何一个权威。他毕生致力于确定中国文学艺术在世界文学艺术宫殿中的适当位置，从而促使中国文学艺术走向世界，加入到世界文学艺术的总的格局中去。为此，他既深刻地阐发了中国文化精神的深厚意蕴和独特价值，也恰当地指出了其历史局限性和地域局限性；他既批评中国人由于某些幻觉而对本土文化的妄自尊大，又毫不留情地横扫了西方人由于无知而以欧美文化为中心的偏见。钱钟书对于推进中外文化的交流、使中国人了解西方的学术以及使西方人了解中国的文化，起了很好的作用。

【经典解读】

《围城》：“围城”中的思索

20 世纪 30—40 年代，反法西斯战争已经在全世界范围内爆发。当时的中国更是一片混乱，民不聊生。1938 年 9 月，钱钟书夫妇匆匆回到祖国。回国后，钱钟书应邀去了西南联合大学外文系当教授，杨绛则去了振华女校上海分校任校长。1941 年，钱钟书携妻女辗转回到上海，年底，珍珠港事件爆发，太平洋战争打响，上海沦陷，钱钟书与夫人在上海经历了艰难岁月。此时，杨绛正在创作剧本。得益于她深厚的文学功底，一出手便一鸣惊人，剧作《称心如意》搬上舞台后，反响热烈。随着《称心如意》的成功，杨绛一鼓作气接连又创作了喜剧《弄假成真》《游戏人间》和悲剧《风絮》。在一次夫妇二人一同去看完杨绛创作的话剧之后，钱钟书说：“我想写一部长篇小说！”这便是《围城》的创作由来。

《围城》于 1944 年动笔，1946 年完成。正如钱钟书在《围城 · 序言》中所写的：“这本书整

整写了两年。两年里忧世伤生,屡想中止。由于杨绛女士不断的督促,替我挡了许多事,省出时间来,得以锱铢积累地写完。照例这本书该献给她。”在此,钱钟书的感激之情溢于言表。杨绛说:“《管锥编》和《谈艺录》的作者是个好学深思的钟书,《槐聚诗存》的作者是个‘忧世伤生’的钟书,《围城》的作者呢,就是个‘痴气’旺盛的钟书。”《围城》是钱钟书“锱铢积累”写出来的,也是杨绛“锱铢积累”读完的:“每天晚上,他把写好的稿子给我看,急切地瞧我怎样反应。我笑,他也笑;我大笑,他也大笑。有时我放下稿子,和他相对大笑,因为笑的不仅是书上的事,还有书外的事。我不用说明笑什么,反正彼此心照不宣。然后他就告诉我下一段打算写什么,我就急切地等着他怎么写。他平均每天写五百字左右。他给我看的是定稿,不再改动。”①

钱钟书是在沦陷区完成的《围城》创作,因此《围城》诞生的背景是当时混乱的上海。应该说政治和社会环境从某种程度上影响了当时一大批知识分子的创作和研究方向及内容。这些高级知识分子不论从思维方式还是生活方式,都深受西方文化的影响,钱钟书正是从他熟悉的领域,描写一群人的生活状态和精神状态。正如钱钟书在《围城·序》中说道:“我想写现代社会某一部分社会,某一类人物。写这类人,我没忘记他们是人类,还是人类,具有无毛两足动物的基本根性。”从这点上看,《围城》的创作目的在于探讨“人性”,这种“无毛两足动物”的“人性”及其精神状态。在这个背景下,《围城》的内在寓意可以是多重的,爱情、事业、婚姻处处都有一座城,人在这一座座城里游走,从而使得人生的悲剧变成一种必然性。

方鸿渐本来没有听说过“围城”的说法,后来却“对人生万事,都有这个感想”。或许钱钟书正是想通过苏文纨道出“围城”之寓意,再让方鸿渐用日后的一切,包括旅途困顿、人世险恶、事业无成、婚姻失败等亲身经历去实践和感受这无处不存在的具有广泛现实意义的“围城”之困境。“围城”中的方鸿渐逐渐感到孤独,他认为每个人都是一座孤岛。如果方鸿渐与唐晓芙最终能够走在一起,共赴“围城”,再因生活琐事和婚姻的真实性而走向家庭破裂的悲剧结尾,那么婚姻如同围城的这一层意义,或许将可以得到更加典型和透彻的阐发。

方鸿渐的“围城”悲剧实际上是由于他的性格所造成的,也就是钱钟书要探讨的“人性”。赵辛楣说方鸿渐“你不讨厌,但全无用处”,方鸿渐自己评价自己“是个道义上的懦夫”,孙柔嘉说方鸿渐“你不但本领没有,志气也没有,你不要和我讲什么气节了”。对方鸿渐性格的揭示,在文中比比皆是。方鸿渐在求学、求爱、求职上处处碰壁,除了显示在当时那个环境下知识分子的普遍困境之外,归根结底还是其自身的懦弱导致了这场让人啼笑皆非的悲剧。方鸿渐懦弱,优柔寡断,意志薄弱,故作洒脱,整个故事中他一直处于“梦游”的状态。他无主见,随波逐流,他害怕矛盾和冲突,仅仅是因为不想在冲突中“伤害”别人。造成他这种性格的一个很大原因是他对生活毫无目的和规划。他的懦弱也可以解释为,在物质文明发展过程中人的精神的虚无。

① 钱钟书. 围城. 北京:人民文学出版社,1980.

小说开篇，在方鸿渐乘着法国邮轮回国途中，钱钟书就已经为读者构建了一座“围城”：穿着暴露、被人们戏称为“局部的真理”的鲍小姐在未婚夫远在天涯而邮船飘旅生活又单调、乏味的情境下将方鸿渐视为自己“羁旅”中的感情依托，此时不如说鲍小姐的确是企慕获取方鸿渐内心情感的一片“领地”。鲍小姐是在他“情感围城”之外的，正是身居“城外”而不得的这种急切盼望，让鲍小姐极尽诱惑之能事，然而一夜风流，一夜过后，当目标达到后，既是又非，鲍小姐对方鸿渐如弃草芥。无独有偶，苏文纨在看到鲍方二人亲密画面，而自己则由于“把爱情看得太名贵了，不肯随便施与”，被爱情拒之“城外”。此时。“在水一方、心向往之”的“情感围城”印象具象成了吃不到葡萄只觉葡萄酸的滋味。因为心向往之便妒火中烧，骂他们无耻，而当鲍小姐刚刚下船，她就伏兵四起，从四面八方围袭方鸿渐，发扬“气力回天到此休”之决心，这当中确乎失去了自我：“方鸿渐发现苏小姐有不少小孩子脾气，她会顽皮，会娇痴，这是他一向没想到的。可是不知怎样，他老觉得这种小妞儿腔跟苏小姐不顶配，并非因为她年龄大了；她比鲍小姐大不了多少，并且当着心爱的男人，每个女人都有返老还童的绝技。只能说是品格上的不相宜，譬如小猫打圈儿追自己的尾巴，我们看着好玩儿，而小狗也追寻过去地回头跟着那短尾巴橛乱转，说风趣减少了。”方鸿渐在两人的情感“围城”中徘徊与渴慕，然而在看尽其中的苦笑甜辣，也终觉得事事难遂人愿，邮船抵达上海的一刻，在饱受爱情的忽隐忽现后，他走出了“船”中之城。

回国暂居上海，方鸿渐第一次真正走进了人生之“围城”并饱受着其中“离境羡境，当境厌境”的精神困苦：寄人篱下的苦闷、小银行工作的压抑，鲍小姐的逢场作戏、苏文纨的情爱纠缠、与唐晓芙的爱情破裂，无一不令归国后满怀希冀的他失望至极，这一次他再次选择最终逃离，与赵辛楣一行人同去三闾大学。在远行路上，其前现实生活中的冷暖情长终究让他对“围城”有了自己的一番感悟和印象，发出“狗为着追求水里肉骨头的影子，丧失了到嘴的肉骨头！跟爱人如愿以偿结了婚，恐怕那时候肉骨头下肚，倒要对水怅惜这不可再见的影子了”的人生感慨。

小说写到这里“围城”的印象渐渐明晰起来：“寤寐思服、得之则渐疏渐厌。”我们总是对遥不可及的外物满怀希望，甚至超过了实在事物本身，希望之后带来的“滋味不过尔尔”，抑或是更多一层的失望。

当然，方鸿渐最终没能在三闾大学中寻着一方容身之地。当“纯洁圣土”的大学校园中充满了尔虞我诈、钩心斗角，而方鸿渐本人也成了其他人追求欲望之城的一枚棋子之时，他在围困之中，迷茫彷徨却不知所措，只能继续延续“出走与渴慕”的模式，在大大小小的“围城”中冲进冲出。

小说中的方鸿渐并不安分，也不满足，他有他的热情和对生活的希望，他走出旧苦，又面临新苦。然而最终，在一次又一次的失望之后，他睡着了：“人生最原始的睡，同时也是死的样品。”小说看似没有结果的结局其实正是象征着人在人生的“围城”中冲进逃出，永无止境，人生就是这么一个可怜的“寻梦”。也许当方鸿渐醒来之后，由于生存欲望的本能，我们又可以在大大小小的“城”中看到他奔波的身影。

钱钟书在《围城》物象的选取和使用上无疑是多元的、成熟的，最明显的表现在比喻的使用上。钱钟书比喻中的本体多是实在的具象，而喻体多是较为抽象的事物。可以说《围城》极大地拓展了现代小说的取象范围。到了钱钟书，中国现代小说的取象真正达到了“古今中外”都可以任意拿来的境界了。这里有动物园，里面住着各种鸟类，狗、驴、刺猬、蛤蟆，鳄鱼、蜗牛……有植物园，里面长着杏花、水仙花、石竹花、艾草……有药店，摆有美国鱼肝油、德国维他命、"亚当夏娃根"……有饭店，摆有"好肥肉"、生牛肉、太妃糖，甚至还有"肉芽"……有杂货店，卖有绿绸伞、软木塞、行军热水壶、公事皮包……各类交通工具，轮船、汽车、火车、飞机、潜水艇；此外，还有闻所未闻，也根本无法归类的诸物：外国古代的"贞节带"、中国古代的"穷裤"、饭种子、法兰西雄鸡等。这一方面固然是作家超人的才智使然，但更重要的原因在于中西文化的交融。《围城》固然是中国人写中国人，但其特殊性在于：他是一位致力于比较文学研究、曾在海外留学多年的学者写的一群深受西方文化影响的现代知识分子，作家及作品中的人物都是中外文化交融的产物。

《围城》不仅拓展了小说的取象范围，更是极大地拓展了现代小说物象的功能。深究起来，钱钟书小说物象的丰富性是与其小说所赋予物象功能的丰富性分不开的。物象在现代小说中所具有的常见功能，钱钟书小说中的物象同样具备，或借自然物象渲染气氛："门外地上全是霜。竹叶所剩无几，而冷风偶然一阵，依旧为吹几片小叶子使那么大的傻劲。虽然没有月亮，几株梧桐树的秃枝，骨鲠地清晰。只有厕所前面挂的一盏植物油灯，光色昏浊，是清爽的冬夜上一点垢腻。"接着写方鸿渐听到韩学愈陷害他的真相；或借物象写人物心理："那是旧历四月十五，暮春早夏的月亮原是情人的月亮，不比秋冬是诗人的月色，何况月亮团圆"，接着是"方鸿渐恨不能去看唐小姐"。甚至以方鸿渐故乡几种常见职业所涉及的铁、豆腐、轿子等几种物象就简洁而饶有趣味地写出了"他们的民风"。他对小说物象功能的拓展，突出地表现在两个方面：一是借物象的隐喻功能以深化作品主题。在中国文学深厚的隐喻传统之中，钱钟书的《围城》以其对众多新奇物象的广泛使用为读者的隐喻式解读提供了更多的可能，其中的许多物象都被视为有深意存焉。有的学者看出孙柔嘉那把绿绸小伞"含有毁灭的主题"①，有的学者甚至从"孤独的泥娃娃"来"探索《围城》对'中西文化'的思考"②，而方家那个传家宝——永远要慢一拍的挂钟，也受到论者的广泛关注。小说中那个采自法国的中心物象——围城，使得作品成为一部说不尽的"围城"，同时也是批评家们陷入其中而无法突围的"围城"。

而《围城》除了那些构成隐喻及象征的物象，更常见的是旨在设喻的喻象。如金牙、肉屑之于洋奴张吉民语言里嵌入的英文字；亚当、夏娃下身的遮盖布之于文凭，皆属此类。这些精妙的喻象，具有如下作用：首先，具有明显的修饰性，可使那些未经琢磨的白话文字避免梁实秋所谓"原始的粗陋的自然"；其次，可以经由主句再生发出多寡不一的从句，充分发挥了欧化句式大容量的优势，同时又保持了白话文固有的"清通"；再次，可以化抽象为具象，化议论为描写，避免了议论语言常见的生硬。所有这些都有效地提高了现代白话的文学性，从一个方面促进了现代小说语言的成熟。

《围城》作为讽刺艺术上成就颇高的作品，嬉笑随处可见，以看似喜剧的形式展现实为悲剧的内容，从而达到了喜剧与悲剧的完美交融。初读时我们感受到的大多是《围城》的笑谑成分，

---

① 张泉. 跨文化交流中的钱钟书现象. 钱钟书研究编辑委员会. 钱钟书研究(第3辑). 北京：文化艺术出版社，1992：216.

② 张明亮. 孤独的泥娃娃——探索《围城》对"中西文化"的思考. 钱钟书研究编辑委员会. 钱钟书研究(第3辑). 北京：文化艺术出版社，1992：34.

喜剧特征溢于言表，但在更细致深入的阅读之后不难发现，《围城》笑声的另一面是残酷现实的社会人生之悲剧。众所周知，讽刺的对象是丑陋且应当被否定和抛弃的。这就要求讽刺文学具有强烈的主体性，将叙述人的作用充分发挥出来。而《围城》的叙述视角很好地做到了作者与叙述者的统一，因而“作家的作用体现得十分突出，他仿佛无处不在，无所不知。一方面叙述、描写，一方面又不断地加以评论、讽议结合。这正切合于讽刺文学，它便于编制喜剧故事，构成讽刺话语，也便于将笔触深入到人物的内心世界，展现出心理的现实，达到心理讽刺的深度。在全知视角下，钱钟书的叙述话语机敏、尖锐，充满鲜活的讽刺意味”①。在这样的叙述视角引导下，我们不难走进小说所要阐述的主题意识层面。

《围城》艺术上的最高成就是它比喻的丰富、巧妙和贴切，在塑造人物和描摹情境中与钱钟书特有的讽刺笔墨相得益彰；某些写实手法，尤其是对抗战时期国统区的教育揭露至深，是深受欢迎的。但《围城》真正的用意，即它最深层的主题意蕴：对人类无可救药的本性缺陷的揭露。《围城》从“围城”这个比喻开始，淋漓尽致地表现了人类的“围城”状态：不断的追求和对所追求到的成功的随之而来的不满足与厌烦，两者之间的矛盾和转换，其间交织着的希望与失望、欢乐与痛苦、执着与动摇——这一切构成的人生万事。杨绛所写《围城》电视剧的片头词中说：“围在城里的人想逃出来，城外的人想冲进去。婚姻也罢，职业也罢，人生的愿望大多如此。”正是这人生的愿望，才构成了我们称为“围城心境”的那一种悲剧心理。

（撰稿人：任翠云）

---

① 王卫平. 东方睿智学人——钱钟书的独特个性与魅力. 石家庄：河北教育出版社，1997：61、106.

路翎："未完成的天才"

【作家简介与创作历程】

路翎（1923—1994），原名徐嗣兴，祖籍安徽无为，生于江苏省苏州市，是一位活跃于20世纪40年代的"七月派"著名作家。他的主要成就在小说，代表作有长篇小说《财主底儿女们》，中短篇小说《黑色的子孙之一》《饥饿的郭素娥》《罗大斗的一生》《在铁链中》等，另有四幕悲剧《云雀》、小说散文集《初雪》等。

路翎是一位早慧的天才作家，对创作充满激情，纵观其一生，只要条件允许，他都在笔耕不辍。他15岁时便开始陆续发表散文、副刊文章，长篇小说《财主底儿女们》上、下两部总计近80万字，在他22岁时便已完成。但路翎又是一位折损的天才，1955年，刚过而立之年的他被错划为"胡风反革命集团"成员，在其后20余年的人生遭受了牢狱之灾，生理、心理均受到了难以想象的折磨与伤害，所以即便路翎在20世纪70年代出狱后仍坚持创作，但其中大多数作品的艺术水平却大为下降。

1923年1月23日，路翎出生于苏州市仓米巷35号。徐父是医生，因为是上门女婿，所以孩子随母姓。路翎3岁的时候，生父自杀，举家迁往南京，同年，他母亲改嫁张济东。他5岁开始上小学，其间广泛接触古今中外的文学作品，读过鲁迅、巴金、茅盾的作品，也读过托尔斯泰的《战争与和平》和陀思妥耶夫斯基的《穷人》等外国小说。关于自己的童年，路翎后来在写给胡风的信中曾如是说道：

> 我简直一点也不愿意提这些。在小学的时候，我有绰号"拖油瓶"。我的童年是在压抑、神经质的不可解的爱与憎恨里度过的，匆匆地度过的。我的心理上和生理上都很早熟，悲哀是那么不可分解地压着我底少年时代，压着我底恋爱。①

① 晓风. 胡风路翎文学书简. 合肥：安徽文艺出版社，1994：8.

这说明路翎从小生活在家庭的阴影里，缺少同龄人应有的爱与关怀，内心被孤独、恐惧感所充斥，但同时他又极度渴望爱，所以时常被这两种极端矛盾的情绪所包围，这使路翎陷入压抑，甚至神经质的境地，而这种特质也可以在他日后小说的人物形象上找到影子。

1935 年，时年 13 岁的路翎考入江苏省立江宁中学（今南京市江宁高级中学），但只读了两个学年就因抗战爆发随全家逃难至继父的故乡湖北汉川县。就在这一年（1937 年），他将自己的散文《一片血痕与旧迹》投稿至《弹花》杂志。《弹花》是抗战爆发后的创办一个文艺刊物，寓意为抗战的子弹势必盛开胜利之花，由中国图书公司出版，宣传抗日精神。女剧作家赵清阁是当时的主编，路翎的这篇散文得到了赵清阁的赞赏，最后发表于 1938 年 12 月《弹花》第 2 卷第 2 期上，署名烽嵩，这是目前发现的路翎公开发表的最早的一篇作品。随后，他于 1938 年到 1939 年间陆续在《时事新报》《大声日报》等刊物上使用不同的笔名发表散文、杂文。1938 年 12 月 19 日、20 日连载于重庆《大公报》的《在游击战线上》是他发表的第一篇小说作品，但未载完。这期间，路翎的创作内容大多与时代大背景紧密结合，多是反映抗战形势，宣传人民团结抗日。但就在 1939 年，路翎被当时就读的高中——国立第二中学以"思想左倾"的缘由开除了，所以路翎高中只读了一年半就离开了学校，这也使得他此阶段的创作实践戛然而止，但这一两年间的写作却是他终生文学活动的一次"演习"，一来训练了路翎对时局的敏感性，二来大大激发了路翎的爱国主义热情，为他日后的写作奠定了基调与基本方向。

1940 年 5 月，路翎的第一篇小说《"要塞"退出以后——一个年轻"经纪人"的遭遇》发表在胡风主编的《七月》杂志第 3 季第 3 期上，同时这也是他第一次使用"路翎"这个笔名。说到这里，不得不先介绍一下《七月》杂志。《七月》创刊于 1937 年，是国统区最早的为抗战服务的文艺刊物之一，胡风任主编。该杂志于上海创刊，先是周刊，后改成半月刊，最后定型为月刊，编辑部也辗转于上海、武汉、桂林、重庆等地。《七月》杂志于 1941 年 9 月停刊，后又于 1945 年更名为《希望》出了两集八期，最终在 1946 年因内战爆发而终刊。《七月》杂志与时代政局联系紧密，甫一开始的文艺方针便是宣传抗日救亡主题，提倡以文学的形式反映抗战进程，鼓励人民团结抗争。杂志刊登的文学体裁也丰富多样，有诗歌、报告文学、散文、小说等。同时，胡风在发表当时已成名作家的作品之外，格外重视培养发掘青年作家。得益于此，一批年轻的、有天赋的作家通过这本杂志登上文坛，展露才华，从而形成了中国现代文学史上一个重要的文学流派——"七月派"。"七月派"最主要的成就在诗歌，著名的"七月派"诗人有艾青、阿垅、孙钿、绿原、牛汉、冀汸等。"七月派"诗歌是现实主义的风格，诗人们写的多是自由诗，主张主客观的统一，个人与历史的结合，抒发爱国激情与个体生命意识。除了诗歌以外，"七月派"主要的成就是小说，路翎便是其中的领军人物。路翎能够登上文坛并在青少年阶段就大放异彩少不了胡风对他的鼓励、赞扬与提携。打一个老套的比方，胡风就是慧眼发掘了路翎这匹千里马的伯乐。两人因《七月》杂志得以相识，后来保持亦师亦友的情谊一生未变。

《"要塞"退出以后》是路翎初试啼声的一部短篇小说，路翎小说创作的许多特点在这篇小说中已经初见端倪。小说情节主要讲的是一个名叫沈三宝的年轻人，原本家道殷实做转运生意，但原本的生活被战争所毁，于是他投奔了一处"要塞"，加入军队。但他在军队生活中处处不如意，被上级金主任肆意挖苦嘲笑，加之自己胆小贪生，所以"逃"这个念头一直在他的脑海中时隐时现。但在撤退过程中真的遇到敌军时，他却奇迹般地长了勇气，举起手枪无师自通地击退了敌人。而到小说中后段，沈三宝敏感地察觉到金主任心怀鬼胎，当他发现金主任另留保密文件打算投敌保命后，果断地射杀了金主任。但出人意料的是，这样一个刚刚站定立场并对军队做出积极贡献的人，最终意外地倒在了本连另一位军官杨连副的枪下，无辜丧命。

这篇小说稍显混乱芜杂，但充分展示了路翎在描写人物心理、精神方面的才华。例如，沈三宝杀敌前后的心理起伏，一开始他的内心充满惶恐，然后发展成“已不是麻木的平静了”，等到有机会第一次正面敌人时，他心中充满仪式感，觉得这是分外“庄重的”。这时，主人公的心理发生了转折性的变化，他不顾金主任的阻拦，开始独自射击敌人，并成功打中三个人，沈三宝从中获得了巨大的成就感，“沉浸在一种近乎兴奋的异样的情感里面”。接下来路翎对沈三宝的心态变化进行了充分的刻画，沈三宝一边沉浸于自己意外的成功里，一边又同情被自己射杀的敌人，并感到一种情绪巅峰过后的疲惫，“在夜里面那轰然一枪响过以后，沈三宝便落在一种麻木样的疲劳里了…… ”路翎自始至终都不吝笔墨，格外关注人物心理的发展，并将它细致入微地展现给读者。另外，在这篇小说中，我们也可以发现路翎在描写人、事、物时偏爱使用新奇独特的修辞。例如，在反映主人公内心焦灼状态的“沈三宝的脸色在阴暗的天气里痉挛着苦痛的黑色流质”，又如描写战地战火纷飞时的“巨大的爆炸声把黑暗炸破了”，小说中最与众不同的则是一处暗夜中的环境描写：“那些仿佛脱落了牙齿的口腔样的黑洞洞的门窗带有责备意味地悲哀地张着……”路翎不仅善于描写人物心理，还喜欢对客观事物进行情绪化的刻画，从而使小说在精神气质上更加融为一体。

还是在 1940 年，这年夏天路翎经继父介绍到国民政府经济部矿冶所会计科当办事员，做一些文书杂务工作，尽管路翎因学历问题无法找到更理想的工作，但这毕竟是一份公职，收入虽不高，却已足以维持生计。因为这份工作的缘故，路翎常常需要下矿井，因此接触了许多矿工，深入了解到当时他们的艰苦生活，同年完成的小说《黑色子孙之一》便是他这段时间的观察所得。在这一时期，路翎创作了一系列反映工人生活题材的小说。例如，发表在《七月》上的《家》《何绍德被捕了》等，胡风对此大为赞赏，并鼓励他多写矿工题材的作品，路翎也凭借这些作品打响名号，迅速成为《七月》杂志的主要撰稿人之一。同时，在 1940 年，路翎开始创作《财主底儿子》，于次年完稿，并寄给胡风审阅，但胡风在这一年撤退至香港，这份初稿遗失在太平洋战争的战火中。

1942 年，路翎完成了他重要的中篇代表作《饥饿的郭素娥》，后由桂林南天出版社在 1943 年出版。《饥饿的郭素娥》写的是抗战时期重庆某煤矿矿区居民的生活，郭素娥是整篇小说的中心人物，小说围绕她的命运悲剧展开。郭素娥周围主要有这样几个男性：丈夫刘寿春，情夫张振山和暗恋她的魏海清。刘寿春是个没落的资本家，年老体弱，好吃懒做，为了一点不劳而获的小钱甚至不惜行骗。张振山幼年失亲，四处流浪为生，在小说中是煤矿机器厂的工人，一个充满阳刚气的男性。复杂艰难的人生历程让他对社会对他人心怀憎恶，一句“社会造成了我，负责不在我”是他最恰如其分的自白。而魏海清则是刘寿春的远房表亲，中年鳏夫，有一个儿子，老实巴交的他长久地暗恋着郭素娥。说到郭素娥，她是个年轻妇人，在矿区以摆香烟摊做小生意为生，她比刘寿春年轻 24 岁，充满对生命的渴望。她年轻时一次晕倒在路边，被刘寿春捡到救活，然后成为他的老婆，但事实上，她过着异常艰难的生活。正如小说标题所示，郭素娥无时无刻不在经受着“饥饿”。这饥饿是双重的，一是身体的饥饿，她常常吃不饱；二则是心灵的饥饿，从年迈无能的丈夫身上她无法获得自己所渴求的爱与慰藉，所以她日夜都渴望逃离那间禁锢她人生的小屋，而也正是这种渴望，引诱着她后来投入张振山的怀抱，与他展开了一段被道德所不容许的畸恋。但这不是一篇寻常的描写婚外情的小说,它更多的是一出命运悲剧,而非言情小说。小说从头至尾都紧绷着情绪的线,主要人物均带有强烈的爱憎,故这篇小说的阅读感受也是充满起伏的。小说中后部分,郭素娥与张振山的奸情败露,刘寿春为了一笔钱将她卖给一个变态的老粮商,并放任无赖、保长将她轮奸。最终郭素娥坚决不从,死了,而张振山离开,魏海清则成了殉道者的化身。

在这篇小说中,路翎那种长于刻画人物心理活动、精神斗争的笔法更加明显,也更加有力,尽管有时用力过猛,比如为了表现人物强烈的内心波动时,语言显得邋遢狂乱,人物形象也显得夸张、戏剧化,甚至神经质,他们情绪的爆发有时会让人摸不着头脑。这样的例子在小说中俯拾皆是:

> 但是当她掷一掷头发,把手下意识地抬到脸上去时,这眼睛里就一瞬间被一种苦闷而又欢乐的强烈的火焰所燃亮。
>
> 她伸长赤裸的颈子,在心里狂喜地尖叫了起来,随后,她跃到张振山曾经坐在那里的石头上,把身体向着另一面的沉在深邃的黑暗里的山峡,昂奋地呜咽了。
>
> 魏海清怔忡着,一瞬间不能明了自己,只是向张振山的凶猛的影子凝视,仿佛这个人的在火柴的晕圈里闪亮的刚硬的头发和塌的鼻子有一种特异的美丽,很诱惑他似的。但终于他感到锐烈的失败的痛苦,昏乱地诅咒起来了。
>
> 她开始盼望任何一个人来,不管是魏海清或是刘寿春,由他们的来,她会更感到那种绝望的希望的变态的欢乐;她会奋身哭号,骂,声言她要永远脱离这种生活的,不管到哪里去,纵然去死,死了也就算了。
>
> 她那样急急地奔走,抡着蓬乱的头部,把发烫的手混乱地在空中摇摆,用一种粗野的姿势扭着腰跃过沟渠……

关于自己如此写作的目的,路翎在小说开篇做了如此说明:"我企图'浪费'地寻求的,是人民的原始的强力,个性底积极解放。但我也许迷惑于强悍,蒙住了古国底根本的一面,像在鲁迅先生的作品里所显现的。我只是竭力扰动,想在作品里'革'生活的'命'……"尽管有缺陷,但并不影响这篇小说替"新文学的主题开拓了疆土"①。金彦河也认为:"不是无赖的男人对人世的过度憎恨和不是妓女的女人对爱情的过度追求,它们所编织出来的十分紧张的命运便是路翎拿《饥饿的郭素娥》给现代文学史崭新地树立的贡献。"②其实郭素娥的要求并不过分,饱肚与情爱的需求都是马斯洛需求层次金字塔最底端的部分,是最基本的人类本能。但在小说所处的那个封闭落后的环境中,加上灾年减收的客观因素,这种本能追求最终给郭素娥带去了灭顶的灾难。作者还花笔墨写了矿区内冷漠、势利、盲目的人们,在郭素娥被轮奸的时候,他们站在她家屋外评头论足,虽然有人表示同情,但没有一个人站出来阻止。所以在郭素娥的这一幕悲剧中,他们都是鲁迅曾在作品中笔伐的"看客"之流,是沉默的帮凶。

1944年,路翎一生中最重要的长篇小说《财主底儿女们》于4月完稿,全书共计79万字,同

---

① 胡风.《饥饿的郭素娥》序.杨义等编.路翎研究资料.北京:知识产权出版社,2010:51.

② 金彦河.《饥饿的郭素娥》——疯狂与艺术的张力.中国文学研究,2001(4):58-62.

时这一年路翎还完成了《罗大斗的一生》《王家老太婆和她的小猪》《新奇的娱乐》《瞎子》等短篇小说。除了文学创作外，路翎也收获颇丰，这一年的8月，路翎与余明英结婚。尽管两人在最开始的几年里两地分居，聚少离多，但在后来路翎被冤入狱的漫长年月里，余明英一介弱女子，凭一己之力，靠打零工养活了自己与三个年幼的女儿，在路翎出狱后也不离不弃，悉心照料，是位坚强而隐忍的伟大女性。

以上提到的小说延续了路翎一贯关注社会底层劳苦大众和精神弱者的路子，罗大斗是没落公子，欺软怕硬；《新奇的娱乐》和《瞎子》写的是盲人等。《王家老太婆和她的小猪》讲的是一个年迈孤独贫穷的老太婆，害怕身后暴尸荒野，所以向保长借钱买了一只小猪，期待这头猪仔能为她挣来一套尸衣的钱，好让她体面地获得永久的安息。小说写了在一个寒冷的风雨夜，小猪趁着屋子破门被风吹开之际，逃了出去。王老太忙不迭地冒雨追出去想要将小猪拉回屋子，但小猪东躲西藏，年老体弱的王老太根本奈何不得它，拉也拉不动。最后小猪受到保长毫不怜惜的鞭打后彻底逃跑，而王老太就在此时冻死在这个寒冷潮湿的雨夜。这篇小说虽不长，但王老太这个形象被刻画得十分生动。例如，王老太心急地追出屋子希图将猪仔喊回来时，“因了六十年的单纯的愁苦的生活的缘故，这声音是非常富于表情的”，又比如“她忽然感到安宁，她的内心变得非常的温柔：‘我要死了！唉，可怜这多好啊！’……她觉得她的一生是无罪的，她心里有欢畅”。可惜的是，王老太最终还是像她担忧的那样，毫无尊严地孤独死去，连一套老衣都没有。通过这篇小说，路翎以小见大，描绘了老无所依的穷苦大众的悲惨命运。

又如《瞎子》一篇，公车检票员高国华其实也是一个社会下层的小人物，“穿一条破烂了的灰裤子和一条发黑的老布衬衫”，一张脸“打皱”又“干枯”，但因为手握那一点点小权力，让他极具优越感，爱发号施令。小说这样写工作中的他：“他把左脚踏在车身上，同时叉着左手，这样，他便享有着一种雄伟的姿势了。他兴奋而骄傲，严密地注意着上车的乘客。”目不视物的盲人要上车，携带的铁器掉落，他非但不伸出援手，反而百般刁难、挖苦，同时车上的乘客也纵容他的放肆，这让他倍感满足：

> 他觉得，对瞎子，应该特别忍耐一点。但他突然向瞎子演说了起来。同时他觉得漂亮的乘客们都在赞美着他的演说，不但不怨恨他，反而因他而快乐了。他对那些被他轻蔑的乘客们发生了强烈的好感，他觉得他们都是一些顶好的人。

可事与愿违，高国华的“演说”耽搁了开车时间，惹怒了乘客，他只能仓皇地闭嘴，并将气撒在了盲人身上，“瞎子，被高国华猛力一拖，仰天地跌到地上去了”。在这里，高国华是一个典型的欺软怕硬、仗势欺人的小人物，自命不凡，心理扭曲，路翎对他的气质和心理的刻画颇具鲁迅的风格。与高国华形成鲜明对比的则是盲人这个形象。尽管遭到了恶意谩骂、肆意奚落与嘲笑，但他始终一言不发，显得隐忍而安静。小说最后，汽车启动开远了，高国华在继续用言语侮辱着他，他却只是“用他的瞎子的眼睛，向车子开去的，飞扬着尘土的方向努力地凝视着”，“侧着头，带着沉思的表情，听着遥远了的车声”。这几句极富画面感，也为整篇原本嘈杂混乱的小说添上了一分深远的意味。

1945、1946两年是路翎的创作高峰期，在这两年里，他的创作力惊人，发表了30余篇中短篇小说，还有10多篇书评散文。关于路翎的精力旺盛、创作高效，他的好友化铁后来回忆说：

"他精力充沛，体格健康，擅长游泳……他一方面挣钱养活自己，一方面以每天四五千字的速度，写他的长篇。还要抽出时间来与方管辩论哲学上的问题。不能不令人佩服他在写作上的旺盛力量。"①这两年的作品中不乏经典之作，例如《一封重要的来信》《人权》《两个流浪汉》《旅途》《一个商人怎样喂饱了一群官吏》《嘉陵江畔的传奇》《求爱》《在铁链中》等。这些小说大多延续了路翎鲜明的创作特色，重点刻画人物心理横断面上的各种跳跃、碰撞，难能可贵的是，路翎还能在这些沉重浓烈的描写中穿插戏谑与讽刺。例如《一封重要的来信》，办事员吴器识既对黄司长即将到来感到兴奋，又羞于承认自己经济拮据的现状，一边急于和旁人炫耀自己与黄司长的关系如何好，一边还要假意批判官场的腐败。这种故作压抑的兴奋与得意被路翎刻画得栩栩如生，谐谑意味非常明显。

1947年，路翎开始涉足戏剧创作，《云雀》是他的首部剧本，上演后反响热烈。《云雀》讲的是四个性格迥异的知识分子的精神生活。李立人是一位教师，他认真负责，关心群众，拥有一个战斗者的素质，希望把自己融入大时代，投入与旧社会的战斗中；但同时，他又是一个个人主义者，孤独、冷傲，最终将自己与妻子陈芝庆的婚姻推向悲剧结局。以云雀自比的陈芝庆来自书香世家，但耽于幻想与虚无主义，有时内心又充满矛盾，甚至有些幼稚、轻信，所以后来堕入王品群的陷阱，最终毁灭。王品群则是个异常阴狠毒辣的个人主义者，他两面三刀，夺人之妻后又背叛，是这部剧中的反面角色。而周望海则是理想的知识分子，路翎"在他身上投射了爱的探索和寄寓了爱的理想，由此在人类充满残酷的血腥搏杀后让我们感到了生存的希望"②。在此之后，路翎又陆续写了一系列符合主旋律要求的《反动派一团糟》（1949）、《人民万岁》（1949）、《英雄母亲》（1950）、《祖国在前进》（1950）等。

新中国建立后，文艺政策发生改变，他的《人民万岁》（后改名为《迎着明天》）未能上演，剧作《祖国在前进》和他的一些新中国建立后创作的小说，例如《女工赵梅英》《朱桂花的故事》等一起受到了批判，其中炮轰路翎的领头者是舒芜，即方管。方管在1951年的《致路翎的公开信》中对路翎的作品和创作思想进行了批判，将文艺观点的分歧上升到政治立场的反动上，为路翎后来的"反动"定论埋下了伏笔。

1952年底，路翎申请前往朝鲜前线，次年成行。他在朝鲜待了半年多，很快与志愿军打成一片，这可以算是他那几年中最愉快的时光。路翎在写给胡风的信中说："每天都能接触到新鲜的东西，情绪常常是兴奋的。"根据在朝鲜战场的见闻，路翎创作了一系列关于抗美援朝志愿军的作品，在1953年下半年陆续发表。因为路翎亲临前线，得以近距离接触、观察，所以他的这些作品是非常生动、热情又富于诗意的，其中两部小说最为著名——《初雪》和《洼地上的"战役"》，同时他还在创作长篇小说《朝鲜的战争与和平》，但未能在当时出版发表。纵观路翎的一生，这一年大概就是路翎创作生涯的最后一个高峰。对于《初雪》，巴人曾给出很高的评价：

> 《初雪》所展示的，是中国劳动人民从自己生活和斗争的经验中生长起来的对朝鲜劳动人民的关怀、热情与希望。……只有在共同命运与共同生活的土壤上生长出来的战斗

---

① 化铁. 我所知道的路翎. 新文学史料，1985(2)：172－175.

② 杨根红. 知识分子爱的悲剧：路翎剧本《云雀》细读. 中国现代文学研究丛刊，2012(11)：75－81.

的爱和友谊，战斗的希望，那才是表现了生活的最高真实；那应该说，就是诗。①

这一系列作品让路翎短暂地走出了前两年的创作低谷，重拾写作的乐趣与成就感，但好景不长，到了1954年，国内政治气候突变，他的反映志愿军生活的小说在全国报刊上受到了“个人主义”、“悲观主义”的批判，这让路翎措手不及。他撰写了长文《为什么会有这样的批评?》进行自剖与申诉，他反驳那些批评者先入为主地曲解小说主题，然后扣上政治帽子的做法，并列举出苏联作品证明自己《洼地上的“战役”》的主题有先例可循。最后，他提出批评家们都是从政治角度对他的作品下结论，而非就事论事谈作品本身，这让他感到深深的失望。这是路翎的最后一次发言。

1955年，对胡风的批判经过几年的酝酿后正式爆发，5月16日胡风被捕，路翎一直与胡风过从甚密，很快被作为“胡风反革命集团骨干分子”逮捕并被抄家。这一年，路翎33岁。此后的4年时间，未经任何审判程序，他都被拘押在公安局，面临无休止的提审、拷问、写材料。1959年，他被转移至北京秦城监狱，条件十分困苦，对天性追求自由、崇尚生命“原始的强力”的路翎来说，这样的生活比死亡更痛苦。他在狱中常常大声歌唱，抑或骂人，或是高喊自己不是反革命，为此他又多次被铐锁、捆绑，甚至揍打。没有两年，路翎疯了。1961年，他被送到北京安定精神病院进行医治，相对在监狱里的日子，他的身体和精神都在医院的治疗下得到了一定的康复，但刚42岁的他，已经头发花白，目光呆滞，未老先衰。

1964年，路翎获得保释，得以回家休养，但天性耿直的他按捺不住，在次年开始申诉，直陈自己并非反革命的忠心。在1964年到1965年11月的一年多时间里，路翎先后写了39封申述信，一开始直接写给毛泽东、周恩来，后来写给公安部，再到后来就开始不知所云，通篇都是骂人的粗话，语言妄诞不经，这也从侧面反映出当时路翎不容乐观的精神状态。于是，并不出人意料的，在“文化大革命”爆发前夕，路翎再一次被作为“反革命分子”投进了秦城监狱，这一关又是7年，中途他反复出入监狱和精神病医院。最后，直到1975年，路翎出狱，参加劳改，被作为“监督分子”每天扫大街。从1955年6月到1974年6月，整整19年的监禁，已经将路翎折损得只剩一具空壳，当时52岁的他形容枯槁，满头白发，几乎完全丧失了说话的能力，从前那个充满热情与活力的路翎不复存在。路翎的好友后来撰文哭诉道：

> 1955年那场“非人化的灾难”将你一个人变成了一生二世：第一个路翎虽然只活了32岁(1923—1955)，却有15年的艺术生命，是一位挺拔、英俊、才华超群的作家；第二个路翎尽管活了39岁(1955—1994)，但艺术生命已经消磨殆尽，几近于零，是一个衰老、神情恍惚的精神分裂症患者。②

1980年，“胡风案”得到平反，路翎恢复了原先的职务与工资。

出狱之后，路翎仍然笔耕不辍，他把写作当成生命一般在进行。从1982年开始，他后期的作品陆续出版。这一时期，他创作的主要是新诗和小说，由于艺术水平的下降，其中大多数作

---

① 巴人.读《初雪》.杨义等编.路翎研究资料.北京：知识产权出版社，2010：122.

② 冀汸.哀路翎.新文学史料，1995(1)：137-154.

品遭遇退稿，只有少数得以发表。例如，刊于《香港文学》的《阳光灿烂》和《鹏程万里》(1982)，小说《拌粪》(1985年发表于《中国》)，长篇小说《野鸭洼》(1987年发表于《人民文学》)。值得欣喜的是，平反后，路翎的许多旧作得以再版，像《财主底儿女们》《饥饿的郭素娥》和《蜗牛在荆棘上》等，这些稿费一定程度上改善了路翎一家的生活。

1992年1月，《香港文学》刊发路翎的《错案20年徒刑期满后，我当扫地工》，在这篇8页的回忆录中，路翎详细地描述了自己刑满释放回家后那两三年中当扫地工的往事，写自己在几个友善的工友和邻人的帮助下，将扫地这项他原本全然陌生的工作从一开始的笨拙锻炼到后来的熟练。这是他在世时公开发表的最后一篇文章。在他生命的最后几年里，他埋头写作长篇小说《英雄时代的诞生》，在他去世前得以完稿，全文190万字，反映"胡风集团"、"丁玲集团"等事件，但这部小说在当时未能出版。

1994年2月12日早晨，路翎起床后突发脑溢血，抢救无效，于当天下午逝世。

绿原在谈到路翎的创作时说，他是"用心来写作"。路翎将"他的全部身心、全部热情都投入进去，把自己的理想、气质、精神状态、思维方式、生活方式全部化入他的写作对象之中……所谓的'物我两忘'"①。这样的评价是恰当的，所以在出狱后，即便完成的作品能发表的只有十一，但路翎仍然能每天不顾身体地忘我写作，这正是因为他将写作融入了自己的生命来实践，而非仅是一项事业或是爱好。

路翎的小说重视描写人物心理，他善于抓住一个瞬间，充满激情和力量地全方位呈现主人公内心的挣扎、角斗，这使他的文本带上了较强的弗洛伊德精神分析的色彩。同时他也花了大力气来表现旧中国儿女们"精神奴役的创伤"，路翎在写作中对造成这精神创伤的来源进行积极的探索，并展示这黑暗中那一点微弱的"觉醒"的亮光，从而展示人民的"原始的强力"。对于"原始强力"这个称谓，路翎本人并未对此进行过深入的说明，杨义将之理解为："一种尚未经过民主主义启蒙和无产阶级革命精神洗礼的，却存在于群众之中的带原始状态和自发性质的反抗精神"②，即一种原始的反抗性。所以并未受过教育的郭素娥会无畏地追求爱情，试图逃离困锁住她生命的小屋和丈夫；《黑色的子孙之一》中的矿工会期盼有朝一日可以不再苦苦乞求老板的施舍，甚至可以复仇。很显然，这样一种自然但强烈的，虽然有时不免盲动的激情与诉求，是可以"扰动"那个黑暗的旧有秩序的。路翎充分挖掘了这种"强力"爆发过程中的曲折与力量，这是他小说创作的特色，也是最大的成就。

但路翎的作品并非没有缺陷，那就是有时候他太过于强调这种"强力"了，这便造成了他小说的两个主要问题，一是有时人物形象刻画失真，二是使人物显得神经质甚至病态。例如：

> 他震动了一下，觉得他被当胸刺杀了，他感到无上的甜蜜。(《罗大斗的一生》)
>
> 鞭子火辣地落在他的脸上……鞭挞使他的心理发生了辛辣的快乐。(《两个流浪汉》)
>
> 在黄述泰的拳头的闪耀下，秀姑看见了淡蓝色的辉煌的天空，并看见一只云雀轻盈地翔过天空。秀姑看见，于是凝视，觉得神圣。秀姑咬牙打颤，挣扎着，企图使丈夫注意阳光

---

① 朱珩青．路翎传．郑州：大象出版社，2003：124.

② 杨义．路翎——灵魂奥秘的探索者．杨义等编．路翎研究资料．北京：知识产权出版社，2010：158.

和天空……在她的痛苦中,她是得到了虔敬的感情……她觉得云雀翔过低空,发出歌声。在她嘴边出现了不可觉察的笑纹。(《蜗牛在荆棘上》)

秀姑在受到丈夫毒打时居然会留意到天空中飞翔而过的云雀的歌声,并且从中获得某种解脱甚至愉悦,这在大多数人看来匪夷所思。而且如此诗意的心理产生在一个无知的农村少妇身上,更是不合时宜,"从人物的精神惨痛中寻求艺术的欢乐,几乎成了他的一种偏嗜"①。同时,路翎偏爱塑造社会底层流浪汉和知识分子两大类形象,但他在写作过程中却时常忽略了不同阶层人物会有截然不同的精神气质与心理状态,而往往将之混为一谈,完全凭主观想象来写作,这就使得他笔下的人物显出张冠李戴的怪异感。所以,胡绳会认为路翎"不但没有能真实地写出劳动人民,而且也并没有很好地写知识分子" ② 也就不足为奇了。

【经典解读】

《财主底儿女们》:20 世纪 40 年代家族小说的新范式

《财主底儿女们》的前身《财主底儿子》创作于 1940 年,次年完稿,路翎将书稿寄给胡风审阅,但这份初稿不慎遗失在太平洋战争的战火中。1942 年,路翎开始重新创作这部散佚的小说,并将之更名为《财主底儿女们》,最终于 1944 年完稿,全文将近 80 万字。这是路翎最著名、也是他成就最大的长篇小说。三年不到的时间,能写完一部如此长篇巨制,足见青年路翎的精力之旺盛和创作之高效。

《财主底儿女们》一般被认为是一部家族小说,描绘了苏州巨富蒋家整个家族在历史洪流中分崩离析的过程。正如小说标题所示,这个大家族内有儿有女,巨富蒋捷三作为家族的掌权人,子女众多,分别是长子蒋蔚祖、次子蒋少祖和幼子蒋纯祖,女儿们分别是蒋淑珍、蒋淑华、蒋淑媛和蒋秀菊,另有姨娘所出的阿芳和她的弟弟妹妹等。但很明显的是,女儿们在这部小说中的分量相比三个儿子显得要轻很多,她们要么是标准的贵族小姐,讲究排场;要么缺乏个体意识,安于做丈夫的附庸;又或者是一副新女性的做派,留洋镀金,热衷交际。其中蒋淑华显得善良,温柔,但体弱多病,如林黛玉一般,所以也无甚作为。这部小说真正的主人公,还是个性迥异的蒋蔚祖、蒋少祖和蒋纯祖三兄弟。同为现代文学史上著名的家族小说,《财主底儿女们》与巴金的《家》有诸多类似之处,也存在不少相异之处,现以比较的眼光分析这部小说中的几位主要人物。

蒋捷三身为家族大家长,虽生活刻板,观念保守,掌握经济大权,并且拥有可以决定家族中

① 杨义.路翎——灵魂奥秘的探索者.杨义等编.路翎研究资料.北京:知识产权出版社,2010:158.

② 胡绳.评路翎的短篇小说.杨义等编.路翎研究资料.北京:知识产权出版社,2010:94.

每个人命运的权力，但他与《家》中冷酷、专制的高老太爷有着很大不同。蒋少祖离家出走，虽然父子关系一度闹得很僵，但他默许其他儿女对少祖的经济支持，时间流逝，他最终原谅了儿子曾经的叛逆，两人达成和解。在明白自己的权威意志对儿女的伤害后，他能加以改正，再也不干涉他们的婚姻自由。即使在他去世后，他对子女的爱护与恩情仍能长久地留驻在他们心中。同时，蒋捷三还常常主持慈善活动，帮助穷苦大众，对民族未来表示关注等，这与高老太爷的境界是截然不同的。所以蒋捷三这个形象是中国现代小说史上一个全新的封建家长形象，路翎摆脱了以往作家作品的刻板印象，没有将蒋捷三单纯刻画成一个冷血无情、自觉维护封建家族秩序的扁平人物，而是多面向地将他塑造成一个有血有肉的长者。

长子蒋蔚祖是蒋捷三最疼爱的儿子，他是传统文化熏陶下的产物，聪颖儒雅，知书达理，但他"年轻而美丽"的外貌也让他丧失了一些路翎所看重的生命的"原始强力"。原本这样一个有些怯懦但柔弱正直的人或许也可以如《家》中的高觉新一样，奉行"无抵抗主义"在，高墙大院里得过且过地安度一生，但他不幸地娶了狡猾贪婪的金素痕为妻，后者接受过现代教育，是旧时代讼师的女儿，觊觎蒋家的财产，同时又生性放荡，与年轻的珠宝商有私情。金素痕并非传统的"潘金莲"式的人物，她集西洋现代精神与原始蛮力于一身，有谋略还有胆识，是个王熙凤式的野心家，在她的面前，不仅性格柔弱的蒋蔚祖不是她的对手，就连蒋捷三也最终被她气死。蒋蔚祖在发现妻子的不忠后不堪刺激，愤然倒地，终至疯狂，在南京、苏州等地历经流浪后，最终跳江自尽。但蒋蔚祖的悲剧与高觉新不一样，在巴金的笔下，高觉新的悲剧是社会与其自身的软弱共同造成的，但在《财主底儿女们》里，蒋蔚祖则是完全败在自己性格中的弱点与局限。

同《家》中的高觉民有些相似，次子蒋少祖在少年时代也具有颇为激进的观念，但他的思想比高觉民经历了一个更具思辨性也更复杂的发展过程。在《家》中，觉民是觉新与觉慧两人的折中化存在，他思想进步，比觉新坚强，敢于争取自己的幸福，但又不似觉慧般绝对与极端，所以小说中的他可以获得一个圆满的结局，过上世俗的幸福生活。而蒋少祖与他不同。蒋少祖是蒋家的第一个出走者，16岁就只身前往上海读书，毕业后办报纸宣传自己的信仰，后来又前往日本留学，与一个并不相爱的女子结婚。年轻时候的他是西洋文化的鼓吹者，他崇尚民主、现代化，"颂扬独立自主的精神，说明非工业和科学不足以拯救中国"。然而中国复杂的社会现状并不是单纯靠"德先生"(民主)与"赛先生"(科学)就可以改变的，失望之余，蒋少祖开始重新转向中国传统文化，尽管在这个回流过程中他也经历了质疑与挣扎，"我难道是——复古?"但最终他还是彻底转过头，一心扑进旧文化的怀抱中，搬到乡下过着隐居生活，"快乐的、陶醉的"穿起了长袍，做旧体诗，研究古籍版本。随着对传统文化的重新皈依，蒋少祖对民族、国家、文化也有了新的看法。

> 中国人民必须有自己底道路！……爱好孔子，因为他是中国旷古的政治家和人道主义者，可以激发民族底自信心和自尊心，并不是说就要接受礼教！这就是批判地接受文化遗产这一命题底现实意义！

蒋少祖形成的这套文化观是颇为中肯的，甚至带有朴素的辩证法意味。蒋少祖主张的是批判地对待传统文化，而非照盘全收。同时我们应该看到，他的这种回归与纯粹的文化复古主义也有所不同。小说中有一个细节，即在蒋少祖的书房里，墙上除了有他父亲的大照片以外，还有着“卢梭和康德的优美的画像”，这意味着他并未完全放弃青年时期的信仰。但遗憾的是，他完全否定了“五四”精神，“在那个叫做个性解放的潮流里，在五四运动的潮流里，他做了那一切”，“我对过去毫无留恋，我只是悔恨”。他全盘否定在未来国家民族建构过程里西方文化所能发挥的积极作用，这是矫枉过正的表现，也决定了他的失败结局。

小儿子蒋纯祖与高觉慧相似，是家族中最为激进最为反叛的一员，他们都彻底走出了家族。但对于觉慧离开家后能否实现他所追求的梦想，巴金在小说中并没有给出答案，但他如此形容觉慧——“幼稚而大胆的叛徒”，所以觉慧能成功的概率或许并不大，并且很可能会成为男性版的“娜拉”，未来命运正中鲁迅的预言：堕落、死亡或是回来[①]。与《家》不同，在对出走的叛逆者的形象塑造方面，《财主底儿女们》体现了明显的深化与发展，路翎在下半部中详细地描绘了蒋纯祖离开家庭以后的生活。在内地农村，他与周遭恶劣的封建势力做着搏斗，但就像鲁迅小说《孤独者》中的魏连殳一般，造成主人公生存困境的势力并不仅仅来源于他的敌对方，还来源于那些他投以关心与爱护的人民，但他们带着“被奴役的创伤”，往往并不领他的好意。蒋纯祖在担任石桥小学的校长时，竭力帮助女学生李秀珍避免被母亲将她的初夜卖给一个少爷的厄运，但后来李秀珍却安然自得于富家生活，这不仅让蒋纯祖蒙受了谣言的恶意中伤，更践踏了他对劳苦人民的一片好心，让他陷入无人响应的无边“旷野”之中。同时，在路翎看来，尽管蒋纯祖深入了农村，试图将启蒙思想播撒给中国最底层的人民，从而改变他们愚昧保守的思想，打破他们习以为常的被奴役状态，可他还是失败了，其中一个主要原因便在于他是一个自绝于大众的个人主义者。但蒋纯祖并不是一个自私自利的个人主义者，他只是尊重个体生命的尊严与价值，重视个性自由而已。除了对理想信念的追求失败以外，小说也写到了他性格中的软弱与矛盾，这主要体现在蒋纯祖对爱情的追求上。最后，蒋纯祖的探索终告失败，他病死于那片一直被自己作为斗争力量源泉的旷野，也算是得偿所愿，从此可以永远依偎在旷野的怀抱中。蒋纯祖虽然失败了，但他仍是路翎心目中理想的高贵、勇敢且忠实的英雄，因为他有着为了目标而舍得放弃所有的大无畏精神。

与巴金的《家》相比，《财主底儿女们》这部小说的阅读难度比前者大很多，主要原因在于这部小说中路翎倾注了大量的理性思考与思辨内容，并且他毫不保留地将这种思想过程呈现在读者面前，所以与其说这是一部家族小说，不如说这是一部知识分子的心灵史诗更为恰当。这部小说不同于《家》对反封建主题的通俗化演绎，路翎“所检讨，并且批评、肯定的，是我们中国的知识分子们的某几种物质的、精神的世界”[②]，所以通过前文对两部小说主人公形象的简单比较，我们也可以发现，路翎对《财主底儿女们》中三兄弟思想的复杂性刻画是远超巴金的。同时，在创作手法上，路翎在作品里依旧十分仰仗自己一贯擅长的心理描写，深层次、事无巨细地表现人物心理的动荡、跳跃、转折等，力图最详细地呈现他们的思想变化。但或许因为作者能力有限，这种表现有时显得用力过猛。对此，作者自己也有认识：“当我走进了某一个我所追求的世界的时候，由于对这某一个世界所怀的思想要求和热情的缘故，我就奋力地突击，而结

---

① 鲁迅. 娜拉走后怎样. 坟. 北京：人民日报出版社，2012：9.

② 路翎.《财主底儿女们》题记. 杨义等编. 路翎研究资料. 北京：知识产权出版社，2010：25.

果弄得好像夸张、错乱、迷惑而阴暗了。"①

除了大量的思辨性内容，让这部小说显得难读的另一个原因就是它的结构与语言。毋庸置疑，在小说结构的合理性与连贯性方面，还有语言的流畅优美方面，《财主底儿女们》是比《家》逊色的。前者结构上分为上下两部，两部之间变换了主人公，上部展现的是蒋家群像的横断面，下部展示的则是蒋纯祖个人的奋斗史，所以上部的有些叙事线索便戛然而止，没有得到延续。在语言上，前者躁动不安，后者则洋溢着青春气息。或许是由于作者急于挥洒他那蓬勃激涌的创作热情，所以对语言的雕琢有所忽视，从而让小说的语言显得杂芜与晦涩，甚至神经质。

对于《财主底儿女们》的批评，还有一种观点认为整部小说"有模仿托尔斯泰的《战争与和平》之嫌"②。但若是仔细对比这两部小说不难发现，虽然《财主底儿女们》在小说的开始、结尾的场面安排、人物情节方面带有明显的受《战争与和平》启发与影响的痕迹；但我们更应辨明，两部小说虽有相似的场景、相似的人物，但它们最终的文化指向却是截然不同的。《战争与和平》三大家族之间最后靠联姻方式达成和解，而《财主底儿女们》蒋氏家族走向的却是分崩离析。所以，我们应该看到，路翎在创作过程中已经完成了对托尔斯泰原小说的消化，最终写出了一部深度表现中国封建家族的故事，所以这种模仿"是创造性的模仿"③。

（撰稿人：夏彬彬）

---

① 路翎.《财主底儿女们》题记. 杨义等编. 路翎研究资料. 北京：知识产权出版社，2010：25.

② 司马长风. 中国新文学史. 香港：昭明出版社，1978.

③ 可参见李永东. 故事情节的仿效与中俄家族叙事的分野——《财主底儿女们》与《战争与和平》的比较. 湘潭大学学报，2009(6)：119－123.

北岛：时代的逆流

【作家简介与创作历程】

北岛(1949—)原名赵振开,1949 年 8 月出生于北平一普通家庭,祖籍浙江湖州,其父亲是职员,母亲是医生。高中就读于北京四中,曾积极参加“红卫兵运动”,后对之失望,1966 年因“文革”中断学业,1969 年被分配到北京第六建筑公司当工人,做了五年混凝土工、六年铁匠,期间开始尝试写作。他做过翻译,在《新观察》杂志担任过短时间的编辑。1970 年开始进行文学创作,笔名北岛(意为生活在北方的孤寂而冷峻的岛)、石默,主要写诗歌,但也写小说。1978 年第一本诗集《陌生的海滩》出版,收录了《回答》《宣告》《触电》等诗歌。《回答》初稿写于 1973 年 3 月 15 日,后经修改,最初发表于《今天》1978 年第 1 期上,1979 年被《诗刊》转载。《回答》在当时的知识分子中引起强烈的“震荡”,成为北岛的成名作,同时它也标志着朦胧诗的崛起。

卑鄙是卑鄙者的通行证,
高尚是高尚者的墓志铭。
看吧,在那镀金的天空中,
飘满了死者弯曲的倒影。

冰川纪过去了,
为什么到处都是冰凌?
好望角发现了,
为什么死海里千帆相竞?

我来到这个世界上,
只带着纸、绳索和身影,

为了在审判之前，
宣读那被判决了的声音：

告诉你吧，世界
我——不——相——信！
纵使你脚下有一千名挑战者，
那就把我算作第一千零一名。

我不相信天是蓝的，
我不相信雷的回声，
我不相信梦是假的，
我不相信死无报应。

如果海洋注定要决堤，
那就让所有的苦水都注入我心中，
如果陆地注定要上升，
那就让人类重新选择生存的峰顶。

新的转机和闪闪星斗，
正在缀满没有遮拦的天空，
那是五千年的象形文字，
那是未来人们凝视的眼睛。

——《回答》

在诗中，我们可以感受到诗人对世界强烈的质问，他如石猴般横空出世，发出震荡人心的嘶吼。在这里，到处是“死者弯曲的倒影”，这是个畸形的社会，然而它看上去依然是“镀金的天空”。面对种种的不合理，他发出“我——不——相——信！”这一声嘶力竭的呐喊，他不相信当时的一切，由此也可看出诗人内心郁结着的苦闷与失望。“那就让所有的苦水都注入我心中”是一种英雄主义式的牺牲精神，体现了诗人的伟岸胸怀。诗人以挑战者的姿态站在了这个世界的对立面，宣告了他对这个世界的强烈质疑，同时也建构了自己理想中的美好世界。“新的转机和闪闪星斗”与“五千年的象形文字”暗示了希望，是诗人在发出强烈质疑之后的温暖人心的希望。《回答》如同静谧夜空中的尽情嘶吼，震撼了当时一批又一批的知识青年，具有强烈的颠覆性和破坏性，预示了一个新时代的到来。

1970年，北京学生遇罗克因一些文章言论被判处死刑，诗人写下了《结局或开始》和《宣告》这两首诗献给遇罗克，表达了对逝者的缅怀和对时代的愤怒。

在《结局或开始》中，“以太阳的名义/黑暗在公开地掠夺/沉默依然是东方的故事/人民在古老的壁画上/默默地永生/默默地死去”，在这里，我们很容易联想到鲁迅对国人的评价：沉默的中国人。遇罗克被害，人们哑然，坏人的名义冠冕堂皇，真理、正义被掩盖掠夺甚至践踏，然而没有人站出来大声疾呼,这是怎样的一种悲哀!面对这万马齐喑的社会,诗人发问道:"呵,我的土地/你为什么不再歌唱。""看着不熄的青春之火/在别人手中传递",自己却"感不到体温和呼吸",感受不到生命的痕迹。冰冷的陨石、塑像失去了生命的质感,仅作为象征立在那里,人间的喜怒哀乐,于它没有任何意义,这是多么可悲!于是,诗人发出呐喊:"我是人/我需要爱/我渴望在情人的眼睛里/度过每个宁静的黄昏/在摇篮的晃动中/等待儿子的第一声呼唤。"生活着的人有爱的滋养,情人的眼神、孩子的第一声啼哭、父母的关心等都成为生活的价值所在。诗人呼唤着人文精神,渴望爱与温情。然而,"这普普通通的愿望/如今成了做人的全部代价"。诗人仍然倔强地以一个对抗着的英雄姿态"站在这里/代替另一个被杀害的人",而"在我倒下的地方/将会有另一个人站起",在遇罗克之后,还有更多的遇罗克们,他们是"闪烁的星群",照亮一代又一代。诗人期待着,或许某一天连"太阳变成了萎缩的花环/垂放在/每一个不屈的战士森林般生长的墓碑前"纪念缅怀他们。

在《宣告》中,"我并不是英雄/在没有英雄的年代里/我只想做一个人",与《结局或开始》类似,诗人呼唤人的价值和尊严,然而在一个消解了"英雄"的年代里,连做"人"也成为一种奢望。尽管如此,诗人的姿态仍是倔强的、昂扬的,"我只能选择天空/绝不跪在地上/以显示刽子手们的高大/好阻挡那自由的风"。诗人在绝望中不失希望,认为"从星星的弹空里/将流出血红的黎明"。鲁迅说:"绝望而反抗者难,比因希望而战斗者更勇猛,更悲壮。"①纵然一片黑暗,然而诗人相信黎明终将到来,虽然这黎明是"血红"的。

1978年底,北岛和芒克、黄锐等人创办了诗歌刊物《今天》。1982年,完成诗集《峭壁上的窗户》。1984年,香港中文大学出版社正式出版其小说《波动》繁体中文版及英文版。

《波动》出版后,和靳凡的《公开的情书》、礼平的《晚霞消失的时候》成为当时著名的三部中篇小说,在知识青年中流传较广。《波动》于1974年10月左右开始动笔,11月完成,1976年4月至6月修改,1979年4月再次修改,6月至10月连载于《今天》第4—6期上,署名为艾珊。1981年发表于《长江文艺丛刊》第1期,署名赵振开。小说里,肖凌的父母被红卫兵迫害致死,多年的生活使她敏感而脆弱的心受到外界一次又一次的打击,她选择了自我放逐,拒绝融入这个世界。出身干部家庭的杨讯爱上了社会地位低下的肖凌,然而肖凌的虚无主义和悲观主义使她早就看到了两人之间的差距,知道他们的结合是不可能的。杨讯的父亲林东平更是反对,硬是从中作梗。当杨讯最终在其保护人的安排下离开肖凌,选择另一位官二代时,肖凌再也承受不了,选择结束自己的生命……小说有对"文革",特别是"文革"对人的精神和心灵、对爱情等美好事物的破坏的批判,有一定的伤痕文学的特点,在某种意义上可归属于伤痕文学。也有人认为《波动》不是一般的伤痕写作,还有更深层次的意味。②

1986年,诗集《北岛诗选》出版,收录了《一切》《履历》《语言》《可疑之处》《和弦》《界限》《迷途》和组诗《白日梦》等。《可疑之处》是对整个生活整个世界的质疑。"可疑的是大理石/细密的花纹","可疑的是小旅馆/红铁皮的屋顶","可疑的是楼房里/沉寂的钢琴","可疑的是门下/赤裸的双脚","可疑的是我们的爱情"……诗人质疑生活中的日常现象,为什么人们非常小心地记住自己的年龄?为什么楼房里琴声沉寂?甚至,连美好的爱情也成为可疑的对象。

---

① 鲁迅1925年4月11日给赵其文的信.鲁迅研究资料,第9期.

② 李陀.《波动》修订版序言.现代中文学刊,2012(4):15.

北岛通过一种象征化的隐喻，人们顽固地守着现存的生活秩序，不知改变也不想改变，诗歌表达了对现实生活秩序、规则的不满。“橱窗内的时装模特/用玻璃眼珠打量行人”是对这个世界的有力讽刺。

《履历》是一段社会和个人历史的浓缩。“我曾正步走过广场/剃光脑袋/为了更好地寻找太阳/却在疯狂的季节里/转了向，隔着栅栏/会见那些表情冷漠的山羊”，诗人“剃光脑袋”，以一种赤裸的方式，用“正步”滑稽地“走过广场”，只为了寻找真理“太阳”，然而“太阳”并未出现，出现的是一群严肃而“冷漠的山羊”，在“疯狂的季节里”，“我”受到欺骗，这里象征着在某种特定的历史语境下真理的渺茫与虚无。“我弓起了脊背/自以为找到真理表达的/唯一方式，如同/烘烤着的鱼梦见海洋”，然而，“我”终究没有抵达真理的殿堂。只是“万岁！我只他妈喊了一声/胡子就长出来了”。“我”似乎以历史小丑的角色存在着，被欺骗着。“纠缠着，像无数个世纪/我不得不和历史作战/并用刀子和偶像们/结成亲眷，倒不是为了应付”充满了英雄式的悲壮与无奈。“当天地翻转过来/我被倒挂在/一棵墩布似的老树上/眺望”，诗人以他自己独特的“倒挂”式的视角“眺望”着这个世界，旁观着这个世界，表现出一种局外人的冷静的审视态度。诗人虔诚地参与到那段狂热的历史中，以为可以创建伟大的事业，并寻找到真理，然而事与愿违，他们渐渐清醒，开始用自己的头脑思考问题，与历史作战，与现实反抗。

《语言》中，“理性的大厦/正无声地陷落/竹篾般单薄的思想/编成的篮子/盛满盲目的毒蘑”，在诗人眼中，人类的思想单薄无力，然而他们却自以为是，自高自大，以为能驾驭一切。他们的行为愚蠢盲目，却不自知。诗人似乎以一个局外人的身份质疑人类，反衬出人类的可笑、愚蠢、无知和渺小。

《一切》充斥了虚无主义的味道。“一切都是命运”，“一切都是烟云”，诗歌否定一切，认为一切都是虚无的、无意义的，一切都是虚无缥缈的，一切如过往云烟，没有痕迹，没有意义。诗歌有一定的悲观厌世的消极色彩，充满了对这个时代的厌倦与绝望。当时，舒婷写了一首《这也是一切》来呼应，她认为“不是一切大树/都被暴风折断/不是一切种子/都找不到生根的土壤/不是一切真情/都流失在人心的沙漠里”，诗歌充满温情主义的关怀，表达了对真善美的歌颂，然而和《一切》相比，这首诗在思想和艺术上均显得单薄无力。

同年 10 月，小说集《归来的陌生人》由花城出版社出版，共收 7 篇中、短篇小说，有《波动》《在废墟上》《归来的陌生人》《旋律》《稿纸上的月亮》《交叉点》《幸福大街十三号》等。

1989 年至 1995 年，北岛移居国外，以访问学者、客座教授、驻校作家等身份先后旅居英国、美国、德国、挪威、瑞典、丹麦、荷兰 7 个国家，并参加各地的国际诗歌节，寻找机会朗读自己的诗歌，在此期间创作出诗集《旧雪》(1990)、《走廊》(1992)等作品，1993 年出版诗集《在天涯》。1996 年，完成诗集《零度以上的风景》，并出版。1998 年完成并出版诗集《开锁》和散文集《蓝房子》。《蓝房子》收入 28 篇散文，与其后出版的《失败之书》相比有增删，但多了《证人高尔泰》《家长会》《上学记》3 篇文章。全书分为四辑，辑一主要是对国外朋友的描绘，如艾伦·金斯堡、盖瑞·施耐德、迈克等；辑二则是对东方人的回忆，有《单线联络》中的于泳，《波兰来客》中的老刘，《胡金铨导演》中的胡金铨等；辑三、辑四主要是对作者日常生活中的细节记叙，《搬家记》中玛瑞亚的孤独、拉瑞的狡黠，《赌博记》中郭氏兄弟在街头的出色表演等，生活中遇到的许多人和事都在文中有所体现。

此后，北岛开始着力于散文创作，推出了几部散文集力作。2000 年完成散文集《午夜之门》。2004年,《失败之书》出版。北岛说:“散文是中年心态的折射,与荷尔蒙、血压及心跳速度等生理因素有关。就像一个下山的人,需要调节呼吸,放慢步伐,‘采菊东篱下,悠然见南山’。怀旧在所难免,那是对气喘吁吁的爬山过程的回顾,对山的高度及风险的再认识。”(《失败之书·自序》)从1989年到1995年,北岛先后移居7个国家,搬了15次家,《失败之书》正是其在外漂泊时期的创作。“散文是在文字中的漂泊,为漂泊是地理与社会意义上的书写”(《失败之书·自序》)。《失败之书》记叙了作者在国外漂泊的几年时间里所遇到的人物、经历的故事,全书共分四辑:空山、如果天空不死、乌鸦、他乡的天空。在《艾伦·金斯堡》中,作为“垮掉一代”的代表,艾伦是脱离主流文化的英雄,然而在北岛笔下,他的同性恋癖好,他的能屈能伸,他的念旧,他对工作的狂热和认真,他的骄傲与疯狂,他内心的悲哀和闪烁等,一切都那么真实有味道。在《彭刚》中,彭刚从一个桀骜不驯、个性十足的年轻小伙变成世俗、忙碌,为生活奔波不停的芸芸众生中的一员,文章没有赞美,更没有谴责,只是在平淡地叙述,不掺杂任何个人的褒贬评价,然而有意思的就在这里,它的留白需要读者自己去揣摩去思考。在《开车记》中,作者讲述了自己及朋友购买二手车和开二手车的经历,还有中国留学生在美国如何轻而易举取得驾照,在汽车市场上如何买得一辆好车。散文在叙事写人的同时有着一定程度的反思,然而,作者从不会直白道出,让人在片刻的欢乐之后思考人生、思考生活。正如北岛所说:“我得感谢这些年的漂泊,使我远离中心,脱离浮躁,让生命真正沉潜下来。”(《失败之书·自序》)其实,可以说,北岛在漂泊中完成了对个体的定位与思考,而散文则是其思考的通俗化表现。

接着,于2005年,散文集《时间的玫瑰》出版。2007年,北岛收到香港中文大学聘书,8月,北岛正式定居香港,与家人团聚,结束了近20年的漂泊生活。2008年,散文集《青灯》出版。《青灯》分为两大部分,第一部分是怀念,第二部分是游历。回忆部分是作者对无法忘怀的故人的留恋与不舍。冯亦代,这位翻译界的老前辈,他在“文革”中遭受了巨大的屈辱与打击,但仍然坚持自己。他的温和与宽容,他的教导与鼓励,让作者记忆犹新。散文充满了作者对冯亦代的热爱、尊重与不舍。魏斐德内心的纯粹,人性的光辉与魅力,他的博大与宽容,都让作者感动。《如果天空不死》怀念的是熊秉明。熊秉明的学问、人品让作者钦佩。同时,也是在他的帮助下,作者才得以回国看望病重的父亲。游历部分则记录了一个孤独的漂泊者在异国他乡的所见、所思、所感。“八九至九五的六年工夫,我搬了七国十五家。得承认,这种行为近乎疯狂,我差点没搬出国家以外。深究起来,除了外在原因,必有一种更隐秘的冲动,我喜欢秘鲁诗人瑟塞尔·瓦耶霍的诗句:‘我一无所有地漂流……’”(《失败之书》)在《旅行记》中,北岛说道:“我们这一代人违背了古训,云游四方,成为时代的孤儿。有时深夜难眠,兀自茫然;父母风烛残年,儿女随我漂泊,社稷变迁,美人色衰。而我却一意孤行。这不仅仅是地理上,而是历史与意志、文化与反叛意义上的出走。”(《青灯》)在各国的漂泊与游历中,北岛坚守着内心的某种东西,任岁月沧桑巨变,任生活暗淡晦涩。

2010年9月,散文集《城门开》出版。《城门开》是北岛关于儿时记忆的一部散文,是作者多年以后对那一段历史的重温与回顾,笔调温和而平淡,亲切而自然,有怀旧,当然也有批判与思考。北岛在作品中说道:“我要用文字重建一座城市,重建我的北京——用我的北京否认如今的北京。在我的城市里,时间倒流,枯木逢春。消失的气味儿、声音和光线被召回,被拆除的四合院、胡同和寺庙恢复原貌。瓦顶排浪般涌向低低的天际线,鸽哨响彻深深的蓝天,孩子们熟知四季的变化,居民们胸有方向感。”(《城门开》)关于北京,北岛突出写了光与影、北京味儿和北京的声音。离京多年回到故乡，儿时记忆中很暗很暗的北京早已成为灯火通明的大都市，幼时玩的影子游戏，在黑暗中捉迷藏、讲故事，灯光下各位店主神秘莫测的脸，极度饥饿时产生的幻觉等都构成了北岛对光与影的记忆。而北京的味道，有嗅觉上的，如冬储大白菜味儿，"温柔地杀你"的烟煤味儿，下雪后的薄荷味儿，煤焦油的臭味儿……也有味觉上的，如鱼肝油味儿，"大白兔"奶糖味儿，桂皮味儿，臭豆腐味儿，酸梨味儿……声音则有汽车喇叭声，麻雀叽叽喳喳的叫声，自行车声，脚步声，吐痰声，吆喝叫卖声，蚊子的嗡嗡声，夏秋季节蝉、蛐蛐、蝈蝈的叫声，纺织厂房的噪音，毛驴声……作者还讲述了拥有自己独立的抽屉时的激动，"我终于有了自己带锁的抽屉，那感觉真好——我有了自己的秘密"（《城门开》）。第一次的死亡经验，青春期对异性的关注，养兔子与家人产生的不快，对作者来说都是温馨而宝贵的回忆。后来，全国各地大串连，"文革"中人们像打了鸡血似的疯狂，居住在胡同里的邻居们相继被抄家。北京四中的气氛让人压抑，学校的领导和老师相继被游斗，大字报、批斗会接连不断，一些老师和同学的自杀惨死让人嘘唏；在十三中，作者带领同学对食堂饭菜表示强烈反抗与不满。

这些散文是作者对其国内外生活的追忆和思考。可以看到，与其诗歌的晦涩难懂不同，北岛的散文平易近人，没有浮夸的文字或华美的语言，如同一个老朋友在跟你讲述他的故事，娓娓道来，没有波澜，呈现出另外一种面貌。首先，语言平实，没有雕琢与修饰，质朴而自然。在《城门开》中，作者对保姆钱阿姨的描写真实自然。钱阿姨虽然没有接受什么正规教育，然而她正直无私，质朴善良，她的形象通过作者对一些事件的回忆生动地展现出来。在作者通俗的语言中，我们可以感受到玩弹球、抽陀螺、滚铁环、抖空竹、玩飞刀、放爆竹等游戏的乐趣。其次，作为诗人的北岛，其散文也不可避免地具有一定的诗意性。如《城门开》中，"房檐吸附过多的水分，由白变黑；天空弯下来，被无数枝头染绿；蜜蜂牵动着阳光，嗡嗡作响；女孩儿奔跑中的影子如风筝，谁也抓不到那线头；柳絮纷纷扬，让人心烦"，意象的跳跃和叠加十分明显，而且都呈短句式结构，诗意特征显著。再次，北岛的散文有一定的深刻性。在平淡的文字叙述中，有着一股冷幽默、调侃与自嘲，充满了对人的思考和对生命的思考。李陀认为，北岛的散文具有薄雾般凄清的诗意与温和又刺人的幽默，让读者在发笑之余尝到一种苦涩。在《青灯》中，熊秉明艺术展的远行与回归也是对其本人和人类生命历程的总结与概括。

多年的文学创作，使北岛有了相当数量的代表作品，主要有诗集《陌生的海滩》(1978)、《北岛诗选》(1986)、《在天涯》(1993)、《午夜歌手》(1995)、《零度以上的风景线》(1996)、《开锁》(1999)等；散文集《蓝房子》(1999)、《失败之书》(2004)、《青灯》(2008)、《城门开》(2010)等；小说集《归来的陌生人》(1987)。其作品已被译成20多种文字出版，并获得诺贝尔文学提名奖、瑞典笔会文学奖、美国西部笔会中心自由写作奖等众多奖项。

北岛，在更大程度上是一位诗人。20世纪80年代，朦胧诗派成为一支新兴的诗歌力量出现在中国文坛上，北岛就是朦胧诗派的重要人物。朦胧诗派是当时影响最大的诗歌流派，朦胧诗"以内在的精神世界为主要表现对象，采用整体形象象征、逐步意象感发的艺术策略和方式来隐示情思，从而使诗歌文本处在表现自己和隐藏自己之间，呈现为诗境模糊朦胧、主题多义莫明这样一些特征"①。诗人既有信念失衡，欲超越现实而无法超越的无奈，又有干预社会的

① 朱栋霖，朱晓进，龙泉明. 中国现代文学史1917—2000(下). 北京：北京大学出版社，2007：201.

激情，他们热衷于对社会现实进行反思和控诉，表现出对人的反思、对人的自我价值的反思和对人性复归的呼唤。朦胧诗的命名源于《诗刊》1980 年第 8 期的短文《令人气愤的“朦胧”》，代表诗人有北岛、舒婷、顾城、芒克、多多等，他们以《今天》（《今天》由诗人北岛、芒克等人于 1978 年 12 月在北京创办，出版 9 期后，于 1980 年停刊。1990 年，在北岛的主持下，《今天》在挪威复刊，至今仍在世界各地发行）为主要阵地，创作了一系列朦胧诗歌，形成了对当时主流意识形态的背离与反叛，表现出对五四人文精神的回归和对西方文学的呼应。舒婷以其细腻的女性视角表达出对“人”的关怀，在《致橡树》中，她写道：“你有你的铜枝铁干，/像刀，像剑，/也像戟，/我有我的红硕花朵，/像沉重的叹息，/又像英勇的火炬，/我们分担寒潮、风雷、霹雳；/我们共享雾霭、流岚、霓虹，/仿佛永远分离，/却又终身相依。”诗人希望以这样一种方式来追求“伟大的爱情”。顾城在《一代人》中写道：“黑夜给了我一双黑色的眼睛，/我却用它来寻找光明。”梁小斌在《中国，我的钥匙丢了》中以钥匙的丢失象征理想的失落。北岛则在《回答》中进行了强烈的控诉与反抗：“我——不——相——信！”有人认为，这一代青年诗人，虽然写作风格异彩纷呈，但他们是在同一文化环境即“文化大革命”中成长起来的，他们有着相似的生活体验，同根同源，和兄弟姐妹无异。而在众多兄弟姐妹中，北岛是长子，顾城则是爱撒娇的充满孩子气的幼子。① 北岛的严肃、有责任心、有担当等品行与中国家族文化中长子的特征相吻合。但同时，他也桀骜不驯，他的诗歌多以一种冷抒情的方式表达其对世界的看法。他的作品也常常备受争议，在他的笔下，世界是不可信的，是冰冷的，“到处都是残垣断壁”（《红帆船》），“风孤零零的”，“安全岛孤零零的”，“梦孤零零的”（《和弦》），影子“像一棵被雷电烧焦的树”（《界限》），连“麻雀最后的余温”也被风吹去（《走向冬天》），生活就是一张巨大的“网”，人们生活在其中无法自拔。

根据北岛诗歌题材上的不同，我们可以将其诗歌分为前后两期：国内诗歌创作和 20 世纪 80 年代末至今的国外诗歌创作。在不同的历史语境下，北岛的诗歌题材也有所不同。前期作品有对“文革”这一历史的反思，也有对生活的思考。在当时整个文学大背景下，对“文革”的反思、控诉和批判成为当时文学的重要指向，以《班主任》《伤痕》为代表的伤痕文学大行其道，北岛的诗歌创作自然而然地被打上了伤痕文学的烙印。然而，与伤痕文学那种站在无辜的制高点上批判不同的是，北岛的诗歌具有一种巨大的内在自审力，不仅仅批判“文革”，也反思自我，诗人“在剧场门口幽暗的穿衣镜前/透过烟雾凝视着自己”（《日子》），认为“我们不是无辜的”（《同谋》）。后期诗歌“其音调和意象是内敛的、略显压抑的、对话性质的，早期作品中常见的那种预言和宣告口吻，那种青春期的急迫形象已经甚少看见”②，同时诗歌也“更往里走，更想探讨自己内心历程，更复杂，更难懂”③，更艰深晦涩，诗歌有对故国家乡的思念，游子的怀乡之情，也有对人的存在的思考。在一些国际读者的眼中，北岛被误读为“流亡的政治诗人”，然而，如果我们对北岛诗歌进行泛政治化的阅读，这是狭隘而肤浅的，他的诗歌有深刻的批判性和浓厚的哲思气质，不能仅从政治层面进行解剖分析。

北岛是一位思考者，他用诗歌隐晦地传达了个人主体性对时代、对生活的思考。

---

① 张闳. 北岛或关于一代人的成长小说. 当代作家评论，1998(6)：89.

② 欧阳江河. 站在虚构这边. 北京：三联书店，2001.

③ 北岛. 热爱自由与宁静. 新诗界(第 4 卷). 北京：新世界出版社，2003.

从思想内容上看，其诗歌呈现出这样一些特点。第一，诗歌塑造了一系列英雄者、反抗者的硬汉形象。“我也绝不会交出这个夜晚/我决不会交出你”（《雨夜》），“我——不——相——信！”（《回答》），“我只能选择天空/绝不跪在地上”（《宣告》），每一个形象都勇敢叛逆而大胆，充满了英雄式的气概。第二，北岛的诗歌充满了对爱、正义、真理和人的价值的呼唤。“在没有英雄的年代里/我只想做一个人”（《宣告》），“我需要爱”（《结局或开始》）等都体现了作者的渴望。第三，北岛的诗呈现出一种灰色的黯淡的基础色调，否定、怀疑、绝望、失落、悲观，然而又十分清醒，具有现代主义的某些特征。“自青少年起，我就生活在迷失中：信仰的迷失，个人情感的迷失，语言的迷失，等等。我是通过写作来寻找方向，这可能是我写作的动力之一。”① 源于内心深处的迷惘，作者找不到方向与出路，诗歌成为其内心境况的外现，表现最明显的便是《一切》，诗歌到处弥漫着虚无主义、悲观主义的因子，《可疑之处》处处是质疑，《太阳城札记》中“生活”就是一张巨大无比而又看不见的“网”，乱而无形。然而，与现代主义主体自身存在的荒诞感有所不同的是，北岛在客体荒谬的时候，保持着主体意识的清醒，他在对客体否定的同时，是对主体存在的充分自信，具有世界皆醉唯有诗人独醒的味道。第四，诗歌富于哲学气质，有着深厚的哲学意味。“卑鄙是卑鄙者的通行证/高尚是高尚者的墓志铭”（《回答》）是对人与生活进行深刻的分析后的提炼与升华，用精准的语言表达出对生活、对时代的感悟与哲思。北岛诗歌在一定程度上超越了时空，达到了一种形而上的创作，具有一定的思想性和穿透力。

从艺术手法上看，其诗歌具有以下几个特质。第一，北岛诗歌表现出浓厚的象征主义色彩。在《触电》中，当“我”和一个“无形的人”握手时，“我的手被烫伤/留下了烙印”；当“我”和“有形的人”握手时，“他们的手被烫伤/留下了烙印”；而当“我”自己一个人双手合十时，“在我的内心深处/留下了烙印”。这里象征了诗人与其内心世界及外部世界的矛盾与冲突。《履历》一诗，如果仅从其字面来看，全是一些非寻常的意象和行为的组合，诗歌中那些滑稽的行为、错乱的搭配完全打破了读者正常的审美经验和阅读期待。然而，正是这意象与行为的错乱构成了其言语的不可言说性和浓厚的象征主义色彩。“疯狂的季节”喻示那个动乱而疯狂的年代，“太阳”象征诗人想要追求的永恒的真理，“表情冷漠的山羊”是对某些特定人物的讽刺与嘲弄，而“我被倒挂在/一棵墩布似的老树上/眺望”更是一幅具有浓厚的象征意味的情境，诗人是以“倒挂”的局外人的视角审视这个世界。同样，象征主义在北岛其他诗歌中随处可见，《给父亲》中“掌中奔流的命运/带动日月星辰运转”是对宿命的隐示，《红帆船》中的“海”象征着某种温暖人心的希望，《船票》中的“船票”则是对某种特权的象征。当然，这种浓厚的象征主义与中国传统文化和以艾略特的《荒原》、波德莱尔的《恶之花》为代表的西方文学都有着某种程度的联系。第二个特点体现在意象的使用上。北岛诗歌中的意象十分密集，同时意象之间存在着很大的跳跃性。在《峭壁上的窗户》中，短短 17 行，就出现了“黄蜂”、“花朵”、“火柴”、“狼群”、“雪堆”、“水”、“炊烟”、“利斧”、“阳光”、“石头”、“河”、“弹片”、“阴沟”、“灌木”、“草丛”等众多意象，同样，我们可以看到，在其他诗歌中，意象也是以十分紧凑的方式存在着。《日子》共 12 行，有“抽屉”、“书”、“信”、“邮箱”、“霓虹灯”、“橱窗”、“硬币”、“香烟”、“轮船”、“汽

① 唐晓渡，北岛. 我一直在写作中寻找方向——北岛访谈录. 诗探索，2003(3-4).

笛”、“穿衣镜”、“烟雾”、“窗帘”、“星海”、“照片”等近20个意象,这些意象由信箱到霓虹灯,由橱窗到电话间,由穿衣镜到烟雾……诗歌意象之多,意象之广,意象跨度之大,由此可见。在某种程度上,可以说,是意象构成了北岛的诗歌。

【经典解读】

《白日梦》:诗与人生

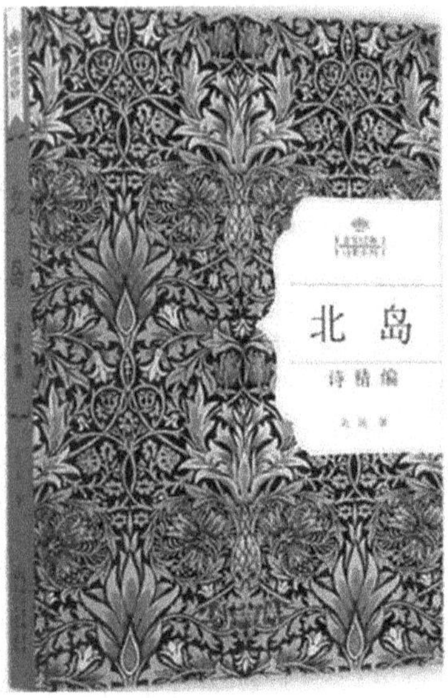

《白日梦》是北岛唯一一首长诗,属于其早期作品。全诗共23节,如果对每一节进行细致解剖,诗歌的艺术性和审美性就会大打折扣,然而如果要对这首诗歌有基本的了解与掌握,我们必须对每一小节进行稍许的解读。下面我们来具体分析一下诗歌的内容,试图从我们的经验出发对诗歌进行赏析。

第1节是对历史的回忆、对现实的思考。“秋天的暴行”是对“文革”历史的影射,在经历“文革”这一历史的“暴行”之后,人们变得“麻醉”起来。“住在钟里的人们/带着摆动的心脏奔走”,这两句写出了在这个被时间建构的世界里芸芸众生的奔波忙碌,讽刺了他们疲于奔命、忙忙碌碌的生活状态。

第2节展现了对人类自身存在的迷惘。“风暴,我们是/迷失在航空港里的儿童/总想大哭一场”,没有方向,不知所措,面对这偌大的世界,我们迷失了。“收集烟尘的鼻子”是对当今环境状况的不满与讽刺。人们处处生活在烟雾、灰尘之中,面对这样的生活境况,人们依然熟视无睹,每天忙忙碌碌,叽叽喳喳“说个不停”。这便是芸芸众生,这便是我们的生活,它写出了人们生活的无知与可笑。

第3节是对人类起源和归宿的思考。从动物进化到现在的人,人类“弃绝了山林湖泊”,“集中在一起”,但最终仍然免不了死亡的命运。“人们从石棺里醒来/和我坐在一起/我们生前与时代合影/挂在长桌尽头”,诗歌打破了人们正常的思维网络,从生前穿越到死后,以死后的视角反观生前的种种行为。诗歌具有反思性质,“时间并不忧郁/我们弃绝了山林湖泊/集中在一起/为什么我们在一起”,这是诗人对人类行为的反思与发问,或者说是其对人类文明的质问,诗人似乎对人类文明有些厌恶与抵触,颇有点西方19世纪浪漫主义的味道。

第4节展现了爱情的曲折。“你没有如期归来/而这就是离别的意义”是对爱情、人生与生活的诗意化概括。“本次列车的终点站是你”则充满了浓厚的象征意味。

第5节展现了人与自然的原初状态。诗人通过对“向日葵”、“石头”、“山”、“晚钟”、“巨蟒”、“绳索”、“鱼群”、“死水”、“虎豹”、“天空”等众多意象的描绘,展现了大自然的原始形态,而人类则是“那自源头漂流而下的孩子”。

第6节中,“我”以一种与世界相对抗的姿态存在着,随时都可能起来反抗、爆发。

第7节中,“我”终于抑制不住,有所爆发,他用诗歌呐喊,朦胧诗出现了。诗人“被列入过期的提货单里/供人们阅读”，被符号化、经典化，被一种固定的意识形态所固化，永远处于他们所“设计的阴影中”。

第8节是对不平凡历史和庸俗现实的对比。历史有无数的逃亡者“使日月无光”，有白马“长长的绷带”，有煤层“殷红的血”，有“火球滚来滚去”，而现在只有“那空荡荡的博物馆”和无聊的展品，人们也如同“沉睡千年的小虫”，成为历史的小丑。

第9节对主流意识的讽刺性很强。医生“赞美着灾难”，向人们宣告，是“没有免疫的自由”害了他们，对人们进行思想意识形态的控制。

第10节展现了一幅颓废的画卷。“手在呻吟”，“流苏在喘息”，纸灯笼“熄灭”，牌位“接连倒下”，子孙们牙齿腐烂……一切都显得颓废不堪。

第11节，“我们终将迷失在大雾中/互相呼唤/在不同的地点/成为无用的路标”，茫茫人海，芸芸众生，在忙忙碌碌的人生中，人类迷失了自我，找不到人生的方向与出路。

第12节展示了一个迷惘的魂灵。“白色的长袍飘向那/不存在的地方/心如夏夜里抽搐的水泵/无端地发泄”，是一颗虚无缥缈、无所适从的悲痛心灵的写照，只有鸟才会认出那灵魂的原形。

第13节，“而我们追随的是/思想的流弹中/那逃窜的自由的兽皮”，“你们并非幸存者/你们永无归宿”，诗人批判生活在世俗之中的人们，精神的荒芜而无知，他们寻寻觅觅，永远生活在混沌无知之中，“永无归宿”。

第14节中，一方面是“权利”，是“计谋”，是“居心叵测”，另一方面是孩子纯真的影子游戏，而“我”则“坐在岸边”洞若观火。

第15节是爱与希望的破灭。曾经的我们相亲相爱，“无法分离”，然而，最终“我们共同啜饮的杯子/砰然碎裂”。爱，不复存在。

第16节，在诗人那里，文明是残忍的“阴郁”的，是以牺牲环境为代价的，永远和春天“在进行斗争”。人类文明的进步是一种“集体冒险”，没有了“春天”，何谈“进步”？何谈“文明”？

第17节展现了“我”对现实的抵触与不相容。

第18节似乎是有些冷眼看世界、“哀其不幸，怒其不争”的意味。“我”孤独地行走着，注视着这个城市：一切都“保持着平衡的睡眠”，“带着折刀般表情的人们/共饮冬日的阳光”，墙“被烟尘粉刷”，连少女也带着“罂粟花般”的“芳香”。

第19节，“你用陌生的语调/对空旷说话，不真实/如同你的笑容”，生活是虚假的、陌生的，人也是虚伪着的真诚。

第20节，“在我们的视野里/只有一条干涸的河道/几缕笔直的烟/古代圣贤们/无限寂寞/垂钓着他们的鱼”，以调侃的笔调写下了当今人类生活的单调，及其与传统的脱离。

第21节，“总是人，俯首听命于/说教、仿效、争斗/和他们的尊严”，写出了人一生的经营。

第22节，内容十分丰富，简单几个字几行诗就写出了生活百态。“曙光瘫痪在大街上/很多地址和名字和心事/在邮筒在夜里避雨/货车场的鸭子喧哗/窗户打着哈欠/一个来苏水味的早晨/值班医生正填写着死亡报告。”在这里，有写信寄信，有失意人的感伤，有对动物的运送和宰杀，有医院司空见惯的死亡……短短几行，容纳了很多“日常生活的琐碎细节”，可以说是现世生活的再现和缩影。生活的无所寄托，在百无聊赖的日子里人们看不到希望，死亡无处不在……

第23节的祭奠仪式是对过往历史的祭奠，也是对未来生活的期待。

从诗歌整体的内容抒写和情感走向来看，《白日梦》呈现的是对人类历史和现状的批判，对人的存在的反思与自审。“悲剧的伟大意义呵/日常生活的琐碎细节”呈现在诗人笔下，爱不复存在，笑容是“不真实”的，古代圣贤“无限寂寞/垂钓着他们的鱼”，人们“永无归宿”。人的生活没有意义，成为虚无，人的存在成为一个困境。

从整体的意象感知和意境把握来看，《白日梦》承继了北岛以往诗歌的特点，基调是灰色暗淡的，质地冷峻生硬。我们可以关注一下诗歌的用词，“暴行”、“冰霜”、“可疑”、“风暴”、“阴影”、“殷红的血”、“毒蜘蛛”、“空荡荡”、“喘息”、“呻吟”、“迷失”、“残月”、“血”、“碎裂”、“阴郁”、“凄厉”、“狡黠”、“凶狠”、“孤独”、“折刀”、“崩裂”、“黑暗处”、“疯狂”、“寂寞”、“沉闷”、“荒凉”、“哭喊”、“瘫痪”、“死亡”、“祭奠”……这些都是很负面的消极的词汇，全诗到处是这类词语的组合，自然而然充满了生冷的悲观主义色彩。

《白日梦》是诗人的成长史，也是对一段历史的回顾。“我”在“新的季节的阅兵式”中迷失了自我；人类由原始动物不断进化，成就了现代的文明；爱情幻灭；“我”与这个世界发生冲突，最终爆发，“我”试图用诗歌阐释自己，却被列入别人所“设计的阴影中”；历史积淀，人们像无知的小丑；世界一片颓废，人类迷失方向，没有归宿；“我”孤独地存在着，洞察着一切；死亡成为司空见惯的现象。

北岛诗歌中的否定、质疑、愤恨很容易让我们想起同时期的另一位诗人舒婷。在20世纪80年代朦胧诗派的代表人物之间，北岛和舒婷可以说是地球的南北两极。舒婷诗歌表达的是“爱”的主题，而北岛诗歌则充满了类似“恨”的元素。在舒婷的诗歌里，我们到处可以看到诗人对生活的热爱，对爱情的追求，对自然的尊重，对亲人朋友的关心，应该说诗歌充满了温情主义的关怀。“站在我的肩上，亲爱的——/你要勇敢些”（《礁石与灯》）充满了鼓励与温情。面对北岛万念俱灰式的《一切》，舒婷写了《这也是一切》，舒婷认为“不是一切大树/都被风暴折断/不是一切种子/都找不到生根的沙漠/不是一切真情/都流失在人心的沙漠里/不是一切梦/都想甘愿被折掉翅膀”。“祖国啊/我是你簇新的理想/刚从神话的蛛网里挣脱/我是你雪被下古莲的胚芽/我是你挂着眼泪的笑窝/我是新刷出的雪白的起跑线/是绯红的黎明/正在喷薄”（《祖国啊，我亲爱的祖国》），充满了对祖国的热爱与尊重。芒果树“再长高，再开花/再把又甜又涩的果实交付给世界”（《芒果树》），是对芒果树无私奉献不求回报的精神的歌颂与赞美。“呵，母亲/我常悲哀地仰望你的照片/纵然呼唤能够穿透黄土/我怎敢惊动你的安眠”（《呵，母亲》），表达的是对母亲无尽的思念与眷恋。可以说，舒婷的诗歌充满了女性主义的温情与关怀。而北岛的诗歌则是愤恨的、怀疑的、否定的、悲观的。他对世界发出“我——不——相——信”（《回答》）的呐喊，认为“到处都是残垣断壁”（《红帆船》），“一切都是烟云”（《一切》），“恶梦依旧在阳光下泛滥”（《恶梦》），“即使在约会的小路上/也会有仇人的目光相遇时降落的冰霜”（《爱情故事》），他对现存社会秩序的怀疑和否定早已根深蒂固。然而即便如此，我们仍然可以感受到，在北岛“恨”的外衣下，隐藏着对这个世界的浓烈的爱意。没有爱何来恨？正是因为北岛太爱这个世界了，所以他“哀其不幸，怒其不争”，渴望建立一个公正的合理的世界，正义、真理不被蹂躏践踏，渴望“每一道真挚的目光”（《结局或开始》），渴望“没有遮拦的天空”（《回答》），渴望“我们之间这唯一的黎明”（《在黎明的铜镜中》）。

历史的远去并没有让北岛淡出我们的视野，然而在当今北岛被经典化、符号化的大背景下，我们需要有自己独立的判断与思考，对北岛诗歌进行更深刻的解读，不能人云亦云。北岛诗歌不仅仅是在政治层面的反叛与背离，更是对人的存在的现状的思考与自审。当我们坐在书桌旁，沉下心来，静静地读着《北岛诗选》时，是否会与诗人有所共鸣，对人生、对人的存在有所思考和领悟？

（撰稿人：王　然）

海子：践行诗歌理想的诗人

【作家简介与创作历程】

帕斯卡尔在《思想录》中说了这样一句话——“每个人都为自己创造了一个上帝”，当代文坛有一个诗人，他的名字叫海子，就是这样一个人。他通过诗歌的表达，努力把自己塑造成上帝的形象。

高河查湾村　农家降聪儿

1964年3月24日，海子出生在安徽省怀宁县高河镇查湾村，取名查海生，父亲叫查振全，母亲叫操采菊。因为家境比较贫困，父亲查振全小学二年级刚念完就辍学在家务农。后来，年幼体弱的查振全跟了一个师傅学做裁缝。裁缝这个职业在当时虽不能获得很高的报酬，但是用来养家糊口还是很容易的。全凭查振全为人老实憨厚，加上又有一门手艺，很顺利娶到了离查湾村四五里地，卫东村操礼章的女儿操采菊。操采菊的父亲操礼章以前是个儒商，开米坊赚了不少钱，在高河和安庆城置办了不菲的田产和房产。操礼章的妻子姓汪，也是一个大户人家的小姐，知书达理。夫妻两人生了一儿一女，儿子叫操乐瑞，女儿叫操采菊。操乐瑞、操采菊小时候，操礼章就送他们去私塾读书识字。可天有不测风云，新中国成立之后，操家因为“家庭问题”被没收了所有财产，操礼章也入狱了一段时间。且祸不单行，由于家道中落，又逢上三年自然灾害，操礼章和自己的妻子、儿子被活活地饿死了，而操采菊则被托付好，嫁给了查振全。查振全和操采菊婚后不久生了两个女儿，大的两岁左右莫名其妙地生了场病死了，小的出生一天就夭折了。两个孩子的相继离开对查振全夫妇打击很大，所以海子的出生对他们来说是获得了一件宝贝，海子的健康成长令他们十分欣慰。

海子出生的查湾村，是一个十分贫穷、极其落后的小村子。村子被连绵的青山围绕着，四周是广阔的田野。全村共几十户人家，大部分人家都是以种田为生，水稻和小麦是主要的农作物，延续传统的农业耕种。查湾村自给自足式的农耕文明一直延续到20世纪80年代，直到改革开放，村子里的一些年轻人才陆续从家乡走出去，到南方打工谋生。今天，村子里有些人家慢慢盖起了新楼，不过很多人家还是以前的瓦房，生活条件并没有得到很大的改善，贫穷和落后依然围绕着整个村子。正因为如此，查湾村也保留了朴素的民风民俗。这里顺便提一下海子的姓氏，查姓，在浙江海宁有一个出著名文人的查氏家族，如查良铮（穆旦）、查良镛（金庸）等，以及清代有一个著名的诗人叫查慎行，可见查氏的文风之鼎盛。这种家族气质也渗透到了海子的性格和创作里。

天才少年　跃入名校

海子从小就好学，记忆力极强。母亲在他上小学之前就开始教他读书识字，虽然那时候只有一些像《毛泽东语录》《毛泽东诗词》这样的“红宝书”，但是就是在这些书上，彰显了他过人的记忆力。据说，他曾经在全村的毛泽东语录背诵比赛中，连续背下了48条而获得了全村的交口称赞，父母为此感到十分自豪。对那个“万般皆下品，唯有读书高”的落后农村的家庭来说，海子让父母看到了这个家未来的希望。第二个儿子查署明的出生，使家庭生活的负担越来越重，父母还是将刚满5岁的海子送去读小学。在他读小学期间，查振全不顾三儿子舜臣、四儿子舜君的出世给家庭生活带来的压力，还是供海子继续读书。父母日夜不分地干活养家，生活还是苦不堪言，一家六口经常吃不饱饭。海子身形瘦弱也与他小时候的营养不良有关。这样艰苦的生活环境让年幼的海子显得有些早熟，他一放学回家就主动帮父母干农活，有时候还跟着他们一起参加生产队的劳动，目的就是能够多分得一点粮食养活家人。虽然干农活占据了海子不少时间，可是他的功课并没有落下，成绩在班里一直不错，这与他的天赋和付出是分不开的。

海子从小就生活在查湾村这片土地上，也是这片土地供养了他。在这样一个封闭落后的村子里，那些最基本的盐、蔬菜、麦子都显得极为重要，是查湾村生命延续的核心要素。在海子的世界里，土地、麦子所代表的不单单是生活环境，更是一种生存条件。正是这些最初的、最原始的物质资料养育了海子，同时海子身上也烙上了查湾村所代表的文化符号。他触碰到了查湾村的生命核心，这些刻在了海子的骨子里，他的身上体现着查湾村最质朴的品质。在这片土地上生长的一切，都成为他日后诗歌里最重要的意象。麦子、盐、蔬菜不仅养活了海子，同样给了海子的诗歌生命的食粮。

1974年，海子从小学毕业，顺利进入高河中学读初中。因为学校离家比较远，所以海子平时寄宿在学校里，每个周末放假回一趟家。回到家里，海子除了帮忙干些农活外，主要的任务就是照顾三个年幼的弟弟。他偶尔会给弟弟们讲一些从同学那里借来的课外书上的故事。周六下午回家，周日下午返校。回学校的时候父母会给他准备一点米，备点咸菜。由于家庭经济困难，父母连给他交伙食费的钱也是捉襟见肘，更别说给他买粮票了。也就是说，他一周六天，基本上都是就着那些自家带的咸菜下饭。20世纪70年代是一个特殊的年代，一方面是因为“文革”运动，另一方面也因为生活的贫困，很多跟海子一般大的孩子都没有继续念书，但是他在父母的支持下一直坚持读书。据海子的一个中学同学何发贵说，作为班上年龄最小、个头最矮的学生，他很喜欢看书，平时大多数时间也都是用来看书，海子不怎么说话，也不怎么跟同学们交流。随着1977年恢复高考的消息传播开来，不仅振奋了老三届、青年工农兵，也鼓舞了即将初中毕业的学生，这就意味着他们可以通过高考这一途径来改变自身的命运。

初三毕业时，海子没有辜负父母的希望，顺利考上了高河高中。那个年代，高中实行的是两年制。在这两年的高中求学生涯里，有两件事最值得一说，也让他的父母印象最为深刻。一件事是关于文理分科，在高一下学期进行，海子的父亲觉得理科将来更容易有出路，对找工作有利，所以希望他选择理科。但是大多数孩子都选择了理科，学校的文理比例差距太大，因此希望在两方面都优秀的海子选择到文科班继续学习。对于海子自己而言，他也比较倾向于读文科。为了说服其父查振全，学校多次派人去查振全家做他的思想工作，最后他终于妥协了，海子进入了文科班学习赴考。另外一件事就是1979年的那次高考，海子的出色成绩给全家带来了极大的喜悦。海子在当年的高考中考出了370分的高分，而那时候安庆的高考文科录取分数线才290分，他远远超了录取线80多分。在填报志愿的时候，查振全为保守起见让儿子填了复旦大学，但是海子当时的班主任则建议他大胆地填报北京大学，考虑到北京大学之前的录取情况，以及他这么高的分数，填报北京大学应该没有什么问题。最后的结果也是令人满意的，海子顺利接到了北京大学的录取通知书，那时他才15岁。海子给这个世代以务农为生的家庭带来了无限的希望。不过在他高中毕业的时候家里已经到了一贫如洗的境地，而且这种情况一直延续到他去世前。

查湾村，赋予了海子取之不尽的财富，让他成为诗歌里最富有的人。这份富有源自这个村子里所存在的一切，是关于原始和最初的富有。海子的诗就根植于这片土地。这是一片伟大的土地，土地上生长的麦子就是整个村子的生命之源，没有这片土地就没有生存在这片土地上的村民，没有这片麦子村民的生活就无法延续。在这样一个村子里，粮食显得极为重要，土地、麦子代表超越了生活意义的生存。煤、盐、蔬菜这些最基本的生存资料成为查湾村最重要的组成部分。另外，这个村子里还住着爱他的家人，含辛茹苦将他供养成才的父母，与他一起生活、受他照顾的三兄弟。可以说，是这些最初的、最原始的物质资料养育了海子，这些人生最美好最纯粹的感情陪伴着海子。在那个最难熬的阶段，海子烙上的是查湾村的文化符号，感受到的是人类最温暖的情感。他身上有着查湾村人最质朴的品质和情怀，麦子、村庄也好，父母亲人也好，在这片土地上生长的一切都成为他日后诗歌里的元素。

一方面是取之不尽的财富，另一方面查湾村也一直让海子摆脱不了贫穷的困境。家境的贫困并没有随着一封北京大学的录取通知书而慢慢远离，反而一直笼罩着这个家庭，也一直追随着海子到了北京。在他生前收到的近百封家书里，都请他寄些钱回家，用于垫付种子、化肥以及三个弟弟的学费。通过海子生前一封给好友万夏的信，我们可以进一步了解他后来的经济状况：

万夏兄：

你好！

冬天来了，北方寒冷。

又快到年底，不知兄弟们怎样？宋炜来成都了吗？向他问好！

也不知道你的《农事》和《黑道》完成得怎样了？

我这里有一本去年美国的书，书的内容在性的内容上很露骨，有几个人在翻，你那里不知能否将包卖出去？

我在写《小店》《大草原》《弑》第二部兄弟会。

紧握

海子

1988.12.16 昌平

关于这封信的相关情况可以参见杨黎《灿烂——第三代人的写作和生活》。在海子现已面世的作品中并没有《小店》这首长诗，可能手稿已经遗失。

后来，从海子的家书上，我们看到了这样热切的句子："妈妈，今年我要发财了，我写了好多东西都要发表了，都给咱们家……"①对于一个有着崇高理想的诗人来说，将自己的作品与物质联系到一块，是一件让人心酸的事。查湾村一直没有离开海子，它带着村子里的粮食和母亲，也带着围绕着它的贫穷，一直围绕在海子的生活中。同时也正是这样一种简单、质朴的观念，牵动着海子。海子生活在一个自我的世界里，不仅在小时候的学习上，在以后的生活上也是如此。因此他的世界没有社会的污染，显得干净、纯粹，同时也缺少了必要的社会交际能力和经验，或许存在于这个世界里的只能是一种理想化、诗意的幻觉存在，而这个陪伴海子一生的世界无法与现实的世界相融合，最后走向了毁灭。有一次，海子走进北京昌平的一家饭店，他对饭馆老板说："我给大家朗诵我的诗，你们能不能给我酒喝?"饭馆老板可没有那种尼采式的浪漫主义，他带有讽刺的口吻说："我可以给你酒喝，但你别在这儿朗诵。"海子封闭的生活在遭受现实世界的挫折后，不是改变自己，适应现实，反而越发封闭，他的人的本性也越发强化，走向更深的虚无。他的好友骆一禾是如此评价海子的，我的"傻弟弟"，"在生活上，他基本是不谙世事的"②。也许海子最终像他所热爱的荷尔德林一样，"永远只是一个梦游人、脱俗者和幻想家"。不管海子后来的生活是怎样的离群索居，他的世界又是怎样的理想化，童年关于查湾村的记忆是最真实的，也是最重要的。在查湾村，有不辞辛苦将他抚养成人的父母，有熟悉美丽陪伴他成长的大自然，有他所有年轻的梦想生根的沃土。这里的一切虽然艰苦，但是温暖，足够让他在以后喧嚣的城市生活中得到安慰，用来怀念。他反复用自己天才般的语言来描绘记忆中的故乡，"每一个诵读过他的诗篇的人，都能从他身上嗅到四季的轮换、风吹的方向和麦子的成长"，"他和大地上的村庄、村庄周围绵延的麦地血肉相通。他的一生都在用饱含汁液和水分的声音，呼唤这生长了谷物和生命的大地"。③ 一直到海子的最后一首诗《春天，十个海子》，他的一生都没有离开对家乡的追随，没有摆脱贫困对他诗歌的束缚，他这个富有又贫穷的诗人在诗歌里徜徉着——

当我没有希望
坐在一束麦子上回家
请整理好我零乱的骨头
放入那暗红色的小木柜
带回它
像带回你们富裕的嫁妆
(《莫扎特在〈安魂曲〉中说》)

在春天，野蛮而复仇的海子

---

① 骆一禾. 我考虑真正的史诗. 张玞. 骆一禾诗全编. 上海：三联书店，1997.

② 骆一禾. 冲击极限. 张玞. 骆一禾诗全编. 上海：三联书店，1997.

③ 崔卫平. 不死的海子·序. 北京：中国文联出版社，1999.

就剩这一个，最后一个
这是黑夜的儿子，沉浸于冬天，倾心死亡
不能自拔，热爱着空虚而寒冷的乡村
（《春天，十个海子》1989.3.14 凌晨 3—4 点）

北大学子　新潮诗人

在北京的四年大学生活，海子接触的是当时全中国最前卫的思想，也是在燕园，他结识了两位一生的挚友——骆一禾、西川。海子在北京大学学的是法律专业，在大学里，他还是一心扑在学习上，如饥似渴地求学。我们从海子发表的几篇论文中可以看出，他在这四年中为学好专业课打下了扎实的基础，而且也进行了自己的思考。在北大期间，他的论文《法的起源与国家产生的不同处试析——从读书笔记到跨学科分析》被学校评为优秀论文，收入法律系汇编的论文集。1986 年，海子在西北政法大学《探讨——跨学科法治系统研究杂志》总第 5 期上发表《从突变理论看国家产生形式和法的运用》，该文运用突变理论来分析国家系统得以产生的形式，同时分析了这一过程中的稳定性等一系列问题。经过七部分严密的逻辑分析，海子针对使法在社会治理中发挥积极效用提出了两个建议，一方面是将新质因素的增强与旧质因素的弱化同步，另一方面是通过口袋机制用新的立法调控利益冲突。这是一篇既显示专业功底，也展示作者非凡才华的文章，得到了很多业内人士的关注和好评。西北政法大学研究生教育学院院长王健教授也曾指出，这篇文章对于社会系统稳定的调控机理研究具有极其重要的参考价值。海子在法律研究方面展现的种种成绩足以显示：他完全能够凭着自己的能力在这一领域大有作为，但是时代却将他引上了另外一条道路。

海子生活的 20 世纪 80 年代，是一个诗人泛滥的时代，海子的创作与那个时代中国社会和知识分子的精神状态密不可分。关于那个时代，曾经有这样一个笑话：如果天上掉石头砸伤十个人，那么其中九个就会是诗人。或者用学者甘阳的话来说，20 世纪 80 年代，也是最后一个"文化人的年代"，"那时候的人，不管干什么的，包括工人农民、普通老百姓，都是有历史观和历史意识的，毛泽东说的那个'人民，只有人民才是创造历史的动力'的说法深入人心，那时候人人都相信自己对历史有责任"。诗界更是热闹非凡，"朦胧诗"方兴未艾，"新生代"又粉墨登场。用西川的描述，当时的诗坛，"全国人民都在写诗"，"一会儿是上海编个杂志要你邮寄诗歌，一会儿又是四川人跑来要跟你见面，弄得你鸡犬不宁"，可以说当时的整个社会都笼罩在高昂的浪漫主义与理想主义的激情里，更不用说是处在人才集中的大本营了。在那个时期的北大校园，学生们创办了许多刊物，油印诗广泛流行，逢到诗歌朗诵会，能容纳三千人的大礼堂被围得水泄不通①。80 年代的海子，和当时许多人一样，都在谱一曲漂泊的诗意，只不过海子用他高度浓缩的一生永远定格在 80 年代。我们现在之所以能够通过海子的一生就能把握住 80 年代的特点，是因为横亘在 80 年代的海子用他的诗参与了时代的书写。他一直在以时代代言人的方式叙述。这种代言人不是贺敬之、郭小川的方式，也不是第三代人嘲笑的这种方式，如

① 西川. 幻觉在创造历史. 新京报，2005－02－22.

韩东《有关大雁塔》所谓的解构了历史，伊莎《黄河》戏讽了传统。海子就是置身在这样的环境里，在那个时代里，每个年轻人都充满了浪漫的激情以及浓厚的理想主义。“尤其在北京，你会出现一种幻觉，觉得自己正在和别人一起创造历史”，但是海子和骆一禾、西川一样，在大的诗歌背景下，努力追求着自己更为崇高的诗歌理想。这种“不合时宜”的追求无疑注定了承载更大的孤独，据说海子在当时的北京诗坛是受排挤的。当时由诗界的前辈杨炼、唐晓渡、多多等创办了一个诗歌组织“幸存者诗歌俱乐部”，海子也加入了这个组织。有一次，海子在聚会上一连朗诵了自己的两首新作，大家都沉默，不发表意见。多多调侃他：海子，你是不是要让大家打瞌睡啊？还有一次，海子到四川成都去串联，希望加强同四川青年诗人的联系，但是当时四川的几个有名的诗人都对海子的诗歌，尤其是他的长诗评价不高。北京诗坛也好，四川诗人也好，对海子诗歌的评价都可以概括为“不合时宜”。正是这种与众不同的追求，成就了海子，使他在孤独中一步步走向了卓越，他身上有种堂·吉诃德式的气质①。

在燕园的生活里，如果说在如饥似渴的阅读中，大量优秀的著作塑造了海子，那么与两位挚友骆一禾、西川的相识最终成就了他，也正是在两人的努力下，我们才有机会去认识海子——这个伟大的诗人。骆一禾比海子大3岁，祖籍浙江杭州，从小就跟随父母被下放到河南农村，在童年的回忆中与海子有共同的地方。1979年，一禾与海子一同进入北大，一禾学的是中文。他们之间的友谊始于1983年初，在同学的介绍下相识，后来两人在日后的交往中感情笃深，最终成为可托生死的挚友。可以说，如果没有骆一禾，海子的作品也许不会这么顺利地面世。从北大毕业后，骆一禾在《十月》做编辑，海子不少诗都是经骆一禾的手才得以发表的。在海子去世之前，曾将自己的诗稿全部交付给骆一禾。一禾不辞辛劳为海子整理诗稿，终于在5月31日，海子去世后的第65天也因为脑溢血离开了世界。燎原在《海子评传》里这样描述他们两人之间的关系，“骆一禾之于海子的重要性，不仅仅在于他对海子诗歌中天才性元素的最早发现、激赏和推崇，也不仅仅在于他此后作为编辑时为海子诗歌大量版面的提供和向其他刊物的推介——尽管一切都是极为重要的，乃至是海子建立信心，进而确立其诗歌雄图霸业的基础。然而，他之于海子的重要性更在于，在诗歌创作上他与海子彼此间是一个互相依持、互为凭借的存在”②。骆一禾对海子的认识是深刻的，他曾这样表述过海子的重要性，“海子不是一个事件，而是一种悲剧，正如酒和粮食的关系一样，这种悲剧把事件造化为精华”。这种认识是建立在他对海子及其诗歌的充分认识上的。而这两位好朋友在创作风格上，可谓迥异，“海子的诗可用‘灼热’一词来形容其风格，而骆一禾的诗始终是沉静的智慧的”③。也许正是诗风上的互补，才使这两个人互相赏识，他们的生活也才靠得更为紧密。

同骆一禾一样，西川之于海子的重要性也是他人无法取代的，而西川与海子的认识则是通过骆一禾这个中间人。西川，1963年生，原名叫刘军，老家是江苏徐州，比海子他们入学晚了两年，学的是英语专业。在一篇怀念挚友的文章中，西川是这样介绍当时跟海子见面时的情景，“还记得那是在北大校团委的一间兼作宿舍的办公室里，海子来了，小个子，圆脸，大眼睛，完全是个孩子（留胡子是后来的事了）。当时他只有19岁，即将毕业，那次谈话的内容我已记不清

① 谭五昌.在北师大课堂讲诗.南昌：百花洲文艺出版社，2012.

② 燎原.海子评传.海口：南海出版公司，2001.

③ 王干.诗与生命.周俊，张维.海子、骆一禾作品集.南京：南京出版社，1991.

了,但还记得他提到过黑格尔,使我产生了一种盲目的敬佩之情”。他们三人在北京诗坛上的友谊是众所周知的,程光炜在《中国当代诗歌史》中称他们为“北大三诗人”。海子在世的时候,并没有多大的名气,大多数作品都是在边缘杂志上发表的,认识到海子才华的也只有骆一禾、西川等几个朋友。在那个时候,西川成名早于海子,学界对西川的评价更高一些,在技术和意识上,“他的诗歌更靠近于庞德和拉美国家的某些诗歌传统,如聂鲁达、博尔赫斯等人的诗风”(程光炜语)。在海子死后,西川最后一次去昌平整理他的遗物时,看到海子的房间整理得像一座坟墓,“门厅里迎面贴着一幅凡·高油画《阿尔疗养院庭院》的印刷品。左边房间里一张地铺摆在窗下,靠南墙的桌子上放着他从西藏背回来的两块喇嘛教石头浮雕和一本16、17世纪之交的西班牙画家格列柯的画册。右边房间里沿西墙一排三个大书架——另一个书架靠在东墙——书架上放满了书。屋内有两张桌子,门边的那张桌子摆着主人生前珍爱的七册印度史诗《罗摩衍那》,在这个安静的‘坟墓’里,永远陪着他的瘦哥哥”。其实,无论是西川,还是海子和骆一禾,他们都是希望用自己隽永明丽的语言,超越生活的庸俗和浮浅,能够直抵生命的本真,所表达的是一种更永恒、更崇高的理想和追求。后来,骆一禾和海子的相继离世,既让西川感到了生命的脆弱,也坚定了他宣扬海子的信念。对海子的宣扬也许有着彼此间深厚的情谊的原因,但更多的是不想让历史淹没这样一个天才。西川历经数年不懈地整理海子的诗稿,对海子诗坛地位的确立功不可没。正如他自己所说:“我要让海子在中国诗歌界立住,成为一个不可磨灭的人物。”(西川:《幻觉在创造历史》)在燕园与骆一禾和西川的相逢,对于海子来说,是除了如海的书籍外最大的收获。没有燕园,没有骆一禾和西川,就不会有今天我们认识的海子。

燕园下成长的海子,除了两位挚友的陪伴,还有就是时代的锻造。“80年代是一个荒凉的、从漫漫长夜中醒来的时代,是一个富有诗的冲动和精神诉求的时代,是一个在‘文革’的废墟上重新为生存寻找根基的时代。”①在那个“意义重建”的时代里,“海子、西川、骆一禾的诗,就确立了超越性的‘个人灵魂’的因素,充任了世俗化的时代硕果仅存的高迈吹号天使角色。他们反对艺术上的庸俗进化论,对人类诗歌伟大共时体有着较为自觉的尊重与理解。对终极价值缺席的不安,使之发而为一种重铸圣训、胸怀广被的歌唱”②。在这样的诗观下,英语系的西川,法律系的海子,都从自己的专业将视角探测到了诗歌,除了受到好友骆一禾的影响,更大的是当时环境的塑造。如西川所言,他是被掌声逗上了写诗的贼船,在那个激情澎湃的年代,全民写诗的背景下,燕园这个凝聚了天下才子的大本营怎么可能落后? 专业课优秀,诗歌才华卓越的海子生活在一个充满了浪漫主义色彩的燕园,自信心极度膨胀,事业友情双丰收,他就以一个瘦弱的身躯笔挺地站在聚光灯下,是燕园培养了海子的诗人梦。他们的创作不愿与朦胧诗的“弑父式”同流,也不愿与先锋式语感追求的新生代合污。

海子真正的诗歌创作始于1983年,毕业前,6月,海子自印了诗集《小站》,共分为五辑,收录了他在4月到6月写的17首小诗。海子是带着希望和热情出发的,“这就是一切。诗的体验就从这里开始”③,海子给予了未来生活莫大的热情,他在《小站——毕业歌》里,这样快乐地

① 王家新. 为凤凰找寻栖所. 北京:北京大学出版社,2008.

② 陈超. 中国先锋诗歌论. 北京:人民文学出版社,2007.

③ 海子. 小站·题记. 西川. 海子诗全集. 北京:作家出版社,2009:1078.

高歌——

我要到草原去
去晒黑自己
晒黑日记蓝色的封皮

去吧，朋友
那片美丽的牧场属于你
朋友，去吧

海子带着希望狂奔向未来，燕园塑造了一个充满朝气、昂首阔步向前走的诗人。燕园给了他赖以生存的技能，赐予他可以生死相依的挚友，他带着他的自信迈向新生活。

任教昌平　才思横溢

从北大毕业，海子被分配到中国政法大学，那时候的中国政法大学在学院路上，到了1985年才搬迁到郊区的昌平。到了中国政法大学，海子先在校刊编辑部工作了一段时间，后来又被调到政治系哲学教研室，教授控制论、系统论和美学课程。海子教授的美学课很受学生欢迎，在谈及"想象"这个问题时，他举例说明想象的随意性："你们可以想象海鸥就是上帝的游泳裤！"当学生知道他是一个诗人时，提出要求，每次下课前用10分钟时间朗诵自己的诗作①。远离了昔日的朋友，加上学生们的热情追捧，在中国政法大学的两三年时间，海子几乎将所有的时间都用来创作诗歌，也产生了不少作品，油印过《河流》（1984）、《传说》（1984）、《但是水、水》（1985）、《如一》（1985）等共计五本集子，其中包括3部长诗和几十首抒情短诗。

在中国政法大学，海子收获了一份为期两年的感情，B是中国政法大学83级的学生，"她是中等身材，有一张圆圆的脸庞"（西川：《怀念》）。在海子的故居中，至今还藏有一张她的照片，照片里的她剪着齐耳的短发，活泼地低着头撩起裙摆，站在北戴河的沙滩上，注视着脚边的浪花。根据西川的讲述，这个女孩与内蒙古诗人雁北（原名薛景泽）是亲戚，最初海子在内蒙古的《草原文学月刊》上发表的一些诗歌很可能与这个女孩有关。对于海子来说，B也许就是他诗歌里的一个意象，是你，是姐姐，是女儿，是新娘。海子1985年左右创作的诗，B几乎就是他诗歌里的一切。爱情的火焰温暖了海子，他用恋人热切的眼光感受着周围的世界，他的世界如同天堂一般珍贵：

活在这珍贵的人间
人类和植物一样幸福
爱情和雨水一样幸福
（《活在珍贵的人间》，1985.1.12）

---

① 西川．怀念．西川．海子诗全集．北京：作家出版社，2009：10.

如果说查湾村赋予了海子诗歌的根基，燕园则让海子的诗歌在肥沃的土壤里成长，那么昌平则赐予了海子诗歌无限的生命力。在昌平，海子开始学会去爱，爱开始在他的诗歌里蔓延，“抒情的一切，无非是为了那个唯一的人，心中的人，B，劳拉或别人，或贝亚德。她无比美丽，尤其纯洁，够得上诗的称呼”①。也许B或者爱情，对于认真、纯粹的诗人来说，就是他心目中的《半截的诗》：

你是我的
半截的诗
半截用心爱着
半截用肉体埋着
你是我的
半截的诗
不许别人更改一个字

当天才与爱情碰撞的时候就会迸发出伟大的火花，近乎疯狂。据海子的父亲查振全回忆，海子在1985年回安庆老家过寒假，整整写了一个假期的诗。除了《活在珍贵的人间》（1985.1.12），海子在很多诗里都热情地歌颂B，其中包括《中午》（1985.1.26半夜）、《为了美丽》（1985.1）、《主人》（1985.1）、《你的手》（1985.2）、《北方门前》（1985.2）等。如果海子是一个十足的幻想家，那么B就是这个幻想家情窦初开世界里的完美人物，伟大的诗人一旦遇上了爱情就会成就伟大或毁灭，海子在这份爱情里用他那无法遏制的情感努力去追寻精神世界的美好。“她是海子一生所爱的人，海子为他写过许多爱情诗，发起疯来一封情书可以写到两万字以上。”②

海子是在1988年正式搬到城东的中国政法大学教师公寓的，在这之前，中国政法大学开始迁到新校区，海子就随同一部分老师提前从大钟寺搬出来，临时住到城西北角西环里小区，这是政法管理干部学院租用的楼。那时候，海子住在15号楼，苇岸住在6号楼。这个远离京城60公里的偏僻小城，西傍太行山余脉，北倚燕山余脉的军都山，在这里海子虽然远离了昔日好友，但是有着女友B的陪伴，他保持着蓬勃的诗歌创造力。在这里海子梦想着故乡，母亲，麦地，少女，那些生活在他记忆里和思想里的一切都在昌平陪伴着他。1986年，与西川合作，海子自印了诗集《麦地之翁》，同时也完成了长诗《太阳》的构想。海子这个不谙世事的天才诗人，“他居然能够知道昌平全县哪家打印社便宜，他和西川合印的《麦地之翁》就是他找的打印社，这真是只有一门心思”（骆一禾：《冲击极限》）。也是在这一年，海子获得了北京大学首届文学艺术节五四文学大奖的特别奖，这与他天才式的诗歌能力的爆发不无关系。苇岸在1986年11月19日的日记中，在读完海子赠送给他的《麦地之翁》后这样认为：“海子已经是成熟的诗人，在语言上，我看不出他的破绽。语言在他手里，像斧头在樵夫手里，海子的诗不指向任何具体事物，而指向实体。幻想和实体是他的两翼，尽管它像精灵一样漫天飞翔，但依然活生生，可感，有质量。海子把他换来的一切幻象，都化作他所熟悉的家乡事物的意象，使他的诗在根源

① 海子.日记.西川.海子诗全集.北京：作家出版社，2009.

② 海子.小站·题记.西川.海子诗全集.北京：作家出版社，2009：1164.

上与民间和大地保持着亲密的联系。读海子的诗，你也许感觉不到实在的意义和目的，但它至少打开了你关闭已久的精神之窗，使你的心头忽然一亮。”①苇岸对海子诗歌的评价与海子自己在文论《寻找实体的接触〈河流原序〉——直接面对实体》里所表达的“诗应是一种主体和实体间面对面的解体和重新诞生”是一样的意思，海子就是这样用自己的实践践行着自己的诗歌理想。

1986年8月，海子诗歌的转折点。这个时候，“后新诗潮”风起云涌，海子也经历着人生中首场风暴的来临。他用一种哀伤的曲调谱写着这场猛烈的风暴——

以前的夜里我们静静地坐着
我们双膝如木
我们支起了耳朵
我们听得见平原上的水和诗歌
这是我们自己的平原、夜晚和诗歌

如今只剩下我一个
只有我一个双膝如木
只有我一个支起了耳朵
只有我一个听得见平原上的水
诗歌中的水
在这个下雨的夜晚
如今只剩下我一个
为你写着诗歌
这是我们共同的平原和水
这是我们共同的夜晚和诗歌

是谁这么说过海子
要走了要到处看看
我们曾在这儿坐过

（《海子小夜曲》，1986.8）

从最初的温暖走向火焰被雨水浇灭后的幻灭，留下的是无穷的黑暗和寒冷，只有一个手足无措的海子，失神地望着眼前的一切。海子，这个缺乏应对生活变化能力的傻弟弟（一禾语），只能在诗中苦苦哀求，“永远、永远不要背弃我的爱情”，但是到了11月，这段维持两年的恋情还是彻底结束了。海子在1986年11月8日的日记里记载道：“我差一点被毁了。两年来的情感和烦闷的枷锁，在这两个星期（尤其是前一个星期）以充分暴露的死神的面貌出现。”

---

① 苇岸．大地上的事情．北京：中国对外翻译出版公司，1995.

痛苦对海子来说，是宝贵的财富，只是这份财富需要从死亡里探寻，为此他已多次在诗中被撕裂。“我差一点自杀了：我的尸体或许已经沉下海水，或许已经焚化；父母兄弟仍在痛苦，别人仍在惊异，鄙视……但那是另一个我——另一具尸体。那不是我。我坦然地写下这句话：他死了。”“我第一次体会到了强者的尊严、幸福和神圣。我又生活在圣洁之中。过去蜕下了，如一张皮。我对过去的一张面孔，尤其是其中一张大扁脸充满了鄙视……我永远摆脱了，我将大踏步前进。”失恋的确给海子带来了巨大的痛苦，不过他将这份痛苦化作了对诗歌的全身心投入，在这种浴火里重生，“《太阳》的第一篇越来越清晰了。我在她里面看见了自己美丽的雕像……日子宁静——像草原上的神的日子”。海子从失恋时的死亡走向了“太阳”的新生，他骄傲地站在自己的诗歌王国里高呼：“我现在可以对着自己的痛苦放声大笑！”可以说是这份爱情让海子在毁灭中成就了自己。

在 B 走后，S、A、P 三个女生相继走进了海子的世界，但是最终也都以失败告终。海子也为她们写下了很多热情洋溢的诗，如《给萨福》《太阳与鲜花》（1988.5.16 夜）、《献诗》（1987.2.11）等，但是她们都没能让海子再度接近现实。茨维塔耶娃在一封给里尔克的信中这样说过：“爱情靠例外、特殊和超脱而存在。它活在语言里，却死在行动中。”海子将自己对爱情的热情转化到诗歌上，同时也意味着他现实爱情的彻底结束。他认为，“因为全身心沉浸在诗歌创作里，任何别的创作或活动都简直被我自己认为是浪费时间”（《日记》，1987.11.4）。西川在怀念海子的文章里说道，海子生前一直迷恋着克利的一句话：“在最远的地方，我最虔诚。”在现实生活中，他也的确像克利一样，“生活在遥远的事物之中”，从查湾村一个人读书开始，海子的世界更多的是个体的自我存在。在诗歌里，他可以尽情地表示爱慕，高歌爱情，甚至生儿育女，展示出旺盛的情欲和繁殖力；但是在现实生活中，他却像个畏首畏尾的孩子，逃避任何一桩婚姻。与诗歌的自由之恋已经完全挤开了他对现实婚姻的向往。1988 年，他的两位好友骆一禾和西川先后结了婚，海子不仅自己坚持不婚，还奉劝他们也不要结婚。

在昌平的几年中，海子一直生活在一个封闭的环境里，很少与外界交往。除了偶尔的几次远行，他大多数时间都蛰居在自己昌平的屋子里。据西川说，海子也曾想在市里另找一份工作，离朋友们近些，大概是觉得在昌平的生活比较孤单，但是最后还是放弃了。如果一开始是因为工作的原因使海子被动地走进了孤独，那么经历过失恋，可以说是他自己主动选择了孤独。正如西川所说：“海子似乎拒绝改变他生活的封闭性。他宁可生活在威廉·布莱克所说的‘天真’状态，而拒绝进入一种更完满、丰富，当然也是更危险的‘经验’状态。”“在他的房间里，你找不到电视机、录音机，甚至收音机。海子在贫穷、单调与孤独之中写作。他既不会跳舞、游泳，也不会骑自行车。在离开北京大学以后的这些年里，他只看过一次电影……除了两次西藏之行和给学生们上课，海子的日常生活基本是这样的：每天晚上写作直至第二天早上 7 点，整个上午睡觉，整个下午读书，间或吃点东西，晚上 7 点以后继续开始工作。”海子似乎进入了尼采所说的“迷醉”的地步，他用酒神狄奥尼索斯般的激情投入到诗歌的创作中，在耗尽自己的同时为他的诗歌注入了生命力。也许他意识到了这一点，他努力通过追求着“三位一体”从而实现自己的诗歌抱负。

1986 年下半年是海子诗歌创作上的分水岭，按海子自己的话说，这一年是他生命中“水火猛撞、龙虎相斗的一年”①。海子所有的诗都是在情感的牵引下触发的，这一年之于海子的重要性，我们也同样可以通过诗歌来感受——

就像两个凶狠的僧侣点火烧着了野菊花地
　——这就是我今年的心脏

或者绿宝石的湖泊中马匹淹没时仅剩的头颅
马脑袋里无尽的恐惧！无尽的对于水和果实的恐惧！

当我摇着脖子漫游四方
　你的嘴唇像深入果园的云彩
　而我脑袋中残存着马头的恐惧
　对于嘴唇和果实的恐惧

我那清凉的井水
　洗着我的脚像洗着两件兵器
　天鹅的遗骸远远飞来
　墓地的喇叭歌唱一个在天鹅身体上砍伐的人

1986 年，海子在诗歌上取得的伟大成就是他关于《太阳·七部书》的创作。《太阳·七步书》是指他的七部长诗集，《太阳·断头篇》《太阳·土地篇》《太阳·大札撒》（残稿）、《太阳·弑》《太阳·你是父亲的好女儿》《太阳·诗剧》《太阳·弥赛亚》，相较于广为人知的海子的短诗，这 1986 年之后创作的七部长诗更为学界所欣赏，评价也更高。海子生前也曾为《太阳·断头篇》画过 14 幅插图，这些插图的画面非常简单，通常是一两条墨线、一个黑点。在西川看来，“绝对的黑点，应该就是海子心中的太阳；这个太阳太绝对了，以致只有纯然的黑色才能表现”。海子对于《太阳》的创作几乎陷入了疯狂的境界，太阳内在的原始力量似乎在不断地摧毁海子。1988 年 7 月 7 日晚，苇岸到中国政法大学的宿舍楼看望海子的时候，发现“开门的海子长发披肩，脸带伤痕。……他的样子使人吃惊。他指给我看屋角扔着的一堆空酒瓶，酒瓶无色，都是纯酒。他每天大量饮酒，须发绕脸一周”。到了 1989 年 3 月 5 日，苇岸再次去看海子的时候，“他正在写作，桌上摊着纸稿，桌下放一只塑料水桶，他坐在椅子上，双脚浸在水里。……他病了，不断地咳嗽”。酒精催化着大火猛烈地燃烧着的海子，他用双脚感受水给他带来的冰冷的感觉，即使在内部已经烧焦的身体不住地颤抖，他还能感受到外部寒冷的刺激。这个孤独绝望的诗人，用悲怆的笔触满怀哀伤地写道：

我走到了人类的尽头

---

① 海子. 日记（1986 年 11 月 18 日）. 西川. 海子诗全集. 北京：作家出版社，2009.

也有人类的气味——
在幽暗的日子里闪现
也染上了这只猿的气味
和嘴脸。我走到了人类的尽头
不像但丁。这时候没有闪耀的
星星。更谈不上光明
前面没有人身后也没有人
我孤独一人
没有先行者没有后来人
在这空无一人的太阳上
我忍受着烈火
也忍受着灰烬。

（《太阳·诗剧》,1988）

山海关隘口　终结与开始

海子于1989年3月26日下午5点半,在山海关到龙家营的一段火车的慢行道上卧轨自杀,这一年他25岁。海子的身体被火车拦腰切断,他死的时候随身带的背包里装了四本书:《新旧约全书》、梭罗的《瓦尔登湖》、海雅达尔的《孤乏重洋》以及《康拉德小说选》。关于海子的自杀,很多人写了不少文章分析,大多数从形而上的角度分析。“诗人自杀”甚至成了一个现象,如果海子是追随他西方偶像的步伐,那么自海子之后,中国很多年轻诗人也选择通过这种方式结束自己的生命,很大程度上与海子的自杀有关。关于海子自杀的原因我们可以从多个角度去解读,但总归是让人伤心的一件事。西川说过:“我不想把死亡渲染得多么辉煌,我宁肯说那是件凄凉的事,其中埋藏着真正的绝望。”

自杀前,海子到深圳见了他的初恋女友B,这个时候的B已经组建了自己的家庭,她跟海子见面的时候态度非常冷淡。见面后的晚上,海子在教研室聚餐,他喝了很多酒,喝醉了,酒后讲了许多与女友相关的事情。第二天酒醒后,海子后悔不已,他恨自己不应该说出伤害女友的话,觉得将这些话讲给他平时所鄙视的人来听,更是对女友最大的侮辱。

到了3月21日中午,从外地出差回来的苇岸,在楼下遇到了正在等他的海子。据苇岸描述,那时的海子脸色憔悴,神情异常,还未走到楼上,海子就对他说:“我差点死了。”还告诉苇岸,自己昨天半夜3点就来过了,从外面看到室内没有灯亮就又走了。苇岸问到底发生了什么事,海子只说很复杂。进了房间,海子说自己已经四天没有吃饭了,苇岸到厨房给他弄了点吃的,然后他们在吃饭的时候,海子对他讲述了教研室聚餐他喝醉酒的事情,并且发誓以后不再喝酒了。再后来,他们转移了话题,谈了《流放者归来》、诺斯特拉达穆斯和他的预言集《世纪绵延》、早逝的班禅大师等。到了下午4点,他们从房间里出来,苇岸要到昌平职业学校去上课,海子说自己暂时不回中国政法大学,想一个人到北面的山上再待会儿。苇岸后来的回忆说,当时海子好像说到他已经在自己的宿舍里留下了遗书,但那个时候苇岸并没有意识到问题的严重性。

到了3月24日，海子出现了严重的精神分裂问题。当天晚上，他在宿舍里为自己写了两封遗书。

3月25日，海子从中国政法大学的西直门火车站坐车前往山海关，在离开宿舍之前，他讲自己的宿舍打扫得干干净净，就像西川说的"坟墓"一样干净，同时给父母、骆一禾、校领导留下了三封遗书。

海子高度浓缩的一生就这样在痛苦和绝望中结束了。著名文艺评论家谢冕评价海子的一生："是一种精华的集中展示。他是彗星的陨落。全部的过程都在燃烧，燃烧成一道发光的弧线。燃烧，而后毁灭。它的熄灭是猝然的，是惊雷和霹雳的闪爆！""他的一生似乎只为了发光。他把非常有限的生命浓缩了，让它在一个短暂的过程里，显示生命的全部辉煌。"

海子生前热爱的诗人荷尔德林中年后被病魔折磨着，凡·高也在剧病发作后开枪自杀了。他们三个人在追求艺术和人生命运上有着不容忽视的共通之处，都早早地离开了家乡，被一股神秘的力量包围着，卷入了艺术的旋涡，最终无法自拔，失去了自己的生命，同时也在自己短暂的一生中为人类留下了珍贵的艺术品。

海子曾在《祖国(或以梦为马)》这首诗里，告诉我们他的事业，也是在告诉我们他想成就的一生——

我的事业，就是要成为太阳的一生
他从古至今——"日"——他无比辉煌
无比光明
和所有以梦为马的诗人一样
最后我被黄昏的众神抬入不朽的太阳

太阳是我的名字
太阳是我的一生
太阳的山顶埋葬诗歌的尸体
——千年王国和我
骑着五千年凤凰和名字叫"马"的龙
——我必将失败
但诗歌本身以太阳必将胜利

(《祖国(或以梦为马)》,1987)

【经典解读】

《太阳·七部书》：理想的诗歌王国

海子从1982年开始写诗，但真正意义上从事诗歌创作是1983年从北大毕业的时候。1984年，他凭着《亚洲铜》和《阿尔的太阳》开始在诗界小有名气，也是在这个时候他第一次使用"海

子”作为笔名。自1982年至1989年，尤其是1984—1989年的5年里，海子创作了近200多首抒情诗，还有七部长诗，《海子诗全集》(2009)由诗人西川主编，作家出版社出版，其中包括他的22幅画作。海子创作的最后一首诗是1989年3月14日的《春天，十个海子》。海子作品的种类非常丰富，包括9篇怪诞小说《初恋》《诞生》《鬼王》《公鸡》《木船》《南方》《取火》《谷仓》《歌手》，1983—1989年创作的诗歌集《小站》《河流》《新娘》《活在珍贵的人间》《传说》《房屋》《五月的麦地》《如一》《村庄》《但是水、水》《祖国》《麦地之瓮》(与西川合作)，长诗集有《太阳·七部书》。还有几篇论文。其中的诗歌代表作是《面朝大海，春暖花开》《五月的麦地》《以梦为马》以及《太阳·七部书》。

海子所有的作品中，最出名的应该是他的短篇诗，但是最为诗界津津乐道的，他本人最满意的则是他的有史诗性质的七部长诗，它们都是用话剧形式写成的，海子将它们归为《太阳》。全书没有写完，但这七部作品有其主干性，称为《太阳·七部书》。骆一禾觉得，“他的生和死都与《太阳·七部书》有关。在这一点上，他的生涯等于亚瑟王传奇中最辉煌的取圣杯的年轻骑士：这个年轻人专为获取圣杯而骤现，唯他青春的手可拿下圣杯，圣杯在手便骤然死去，一生便告完结”。将海子与亚瑟王的故事联系起来略带神话色彩地描述了海子的自杀，但是这跟海子身上浪漫主义的想象是有一点联系的。海子独自高举浪漫主义的旗帜向20世纪80年代发出了自己的呐喊。他是在用毁灭迎接着新生，这可以在他《太阳·七部书》中的最后一篇《弑》里感受到。作为一部仪式剧或者命运悲剧文体，写于1988年7—9月的《弑》，其舞台空间全部是血红的，间或加入一点漆黑的空间，就像一个人走向太阳和一个棺材埋入土地一样。在整个空间的活动中，人类就像置身于一种无穷的境地，对话中也不时地响起鼓、钹、法号以及振荡器的雷鸣。声音上营造出恐怖的效果，色调上血红比黑更带有黑暗的气氛，整个时空布局中都透露出了一种精神压力带来的崩溃边缘。在这样一种压力下的人物又以一种猛烈的速度在奔驰，这类高速带来的危险具有太阳神之子的诗歌中的特征。

西川有一句说得非常好，“你可以嘲笑一个皇帝的富有，但你却不能嘲笑一个诗人的贫穷”。海子没有在现实生活中找到幸福，但是他却在太阳中获得了永生。《太阳·七部书》就是他最伟大的诗歌代言，这份代言中暗含了内在无限的悲剧，体现的是他对于诗歌的原创性以及其伟大的成就。这一切也体现在他诗歌理想《诗学：一份提纲》中。“《太阳·七部书》的想象空间十分浩大，可以概括为东至太平洋沿岸，西至两河流域，分别以敦煌和金字塔为两极中心；北至蒙古大草原，南至印度次大陆，其中是以神话线索‘鲲(南)鹏(北)之变’贯穿的。”这种诗史性质的版图，不仅能给人以结构的线条之美，而且还能呈现一幅辽阔的天地。海子在这样一片广阔的地域中凭借自己天才般的想象力和一些原型类的意象构建了极具象征体系性质的宏伟轮廓。这项工作进展到了他1987年完成的《土地篇》最为典型。在铸造了象征的支撑物之后，海子结构上借鉴了《圣经》的经验，融入了但丁、歌德、莎士比亚这一类主体史诗诗人的经验。

海子想通过《太阳》构建的史诗图应该是泛亚细亚范围内的最伟大的史诗，这必然建立在众多原始史诗的基础之上。海子选择了“太阳”和“太阳王”作为主神的形象，这既是沿袭了古代的太阳神崇拜，更多的则可能是通过希腊、希伯来体系性神话和史诗传统中用光明的原始力量来驱散野蛮、黑暗的原始力量，“他要以‘太阳王’这个火辣辣的形象来笼罩光明与黑暗的力量，使他们等同地呈现，他要建设的史诗结构因此有神魔合一的实质”。

骆一禾的文章对海子的史诗追求、诗歌理想有着深刻的理解，这一方面树立了海子作为一个史诗诗人的形象，另一方面也为我们了解海子提供了一条捷径。一禾死后，很多评论家也加入了对海子《太阳·七部书》的解读。其中包括崔卫平的《海子神话》(1992)、宗匠的《海子诗歌:双重悲剧下的双重绝望》(1994)、崔建军的《海子诗歌的家族谱系与冲击向度》(1999)、谭五昌的《海子论》(1999)、西渡的《海子〈弥撒亚〉中的陌生老人》(2001)、杨四平的《重读海子》(2001)、罗宗强的《论海子诗中潜流的民族血脉》(2002)、柯小刚的《海子的“实体”与“主体”》(2005)、罗振亚的《海子诗歌的思想与艺术殊相》(2007)。这些论文都从不同的侧面对海子的史诗展开了精彩的论述，燎原更是在《海子评传》(2001)中用了一整章的篇幅对《太阳·七部书》进行了剖析。胡庆书在《大地情怀与形上诉求》(2007)一书中借用西方存在主义诗学的观点，对海子的生命哲学中展现的史诗诗人形象进行了强化，还有他2005年发表的《审美与信仰的消长》中，对海子的“生命叙事”展开了形而上的思考。这一系列作品都对海子的《太阳·七部书》给予了很高的评价，但是我们也发现，这些肯定的声音都将海子的《太阳·七部书》与他的一生联系了起来，更多的是从海子其人出发来看他的作品。对于诗歌的解读应该是多元的，特别是像《太阳·七部书》这样伟大的诗歌，我们更应该以一种开阔的视野来认识，这样对这部作品的了解也会更为全面，更有意义。

最后我想引用骆一禾的一番评价:“海子写下了《太阳·七部书》，推动他的‘元素’让他在超密态负载中挺进了这么远，贡献了七部书中含有的金子般的真如之想，诗歌的可能与可行，也有限度的现身——长久以来，它是与世界匿而不见的。海子的诗之于他的生和死，在时间微笑着荡涤了那些次要的成分和猜度、臆造之后，定然凸露出来，他也就生了。”通俗一点，海子就是一个普通的诗人，只不过他用自己的一生来践行自己的诗歌理想。

（撰稿人:杨　玲）

莫言：国民作家

【作家简介与创作历程】

莫言，是中国现当代文学史上一名出色的“国民作家”。原名管谟业，“莫言”为他的笔名，取其“少说话”之意。尽管他对自己的要求是“少说话，多思考”，却始终谨记身为一名作家所应肩负的责任。正如他在作品《蛙》中所说的：“作家还是要勇于写灵魂深处最痛的地方。”①这里的“痛”既是指个体生命中的痛楚，更是指整个国家命脉中的痛楚。

之所以将莫言定义为一名优秀的“国民作家”，而不仅仅是一名文学史上的“先锋作家”，是因为莫言心系国民，试图用小说的形式来概括整个20世纪的中国史。他冷峻地思考国民性与人性，精准地把握时代精神，强有力地批判社会现实，切实深入民族的心灵。

莫言的“国民性”特质与他所处的社会环境是密不可分的。莫言，出生于山东高密，这是一座能在清香的土壤里开出绚烂的文化之花的地方。在这片热土上，莫言读完了小学，后因“文革”而辍学，便开始从事与土壤息息相关的农村劳作。这段经历为莫言今后的文学创作之路奠定了坚实的文化基础。由于他生长于农村，也成长于农村，这一得天独厚的优势，使得他对国民的代表群体——农民，有着比较深刻的了解。

20世纪50年代末，政治上吹来了“极左路线”之风，这也直接造成了农村社会的普遍贫困状态，莫言家也不例外。况且他家还被定性为中农成分，连领取救济粮的资格都没有。这样政治上的歧视和经济上的贫困给他的童年、少年生活留下了不可磨灭的惨痛记忆，再加上父亲过于严厉的约束与管教，也使他备受内心的煎熬与压抑。如此复杂的心理特征直接影响了他后来的小说创作。

1981年，莫言正式开始创作，他立志要将这些社会的变迁、政策的变动以及对社会现实的思考通过小说的形式呈现出来，共同见证一个时代的变迁。20世纪80年代，莫言的作品主要

① 莫言.蛙.上海：上海文艺出版社，2012：封面.

以乡土题材为主，大部分充满着“怀乡”以及“怨乡”的复杂情感，曾一度被归类为“寻根文学”作家。1985年发表了成名作《透明的红萝卜》。在这部中篇小说中，作者描述了一位12岁的“小黑孩”在运河劳作干活，因饥饿难耐而拔萝卜充饥，发现后被上百人批斗、责骂的经历。小说的后半部分，作者突然将笔触转向了“小黑孩”想象的一幅奇特画面：“光滑的铁砧子，泛着青幽幽的光。泛着蓝幽幽光的铁砧子上，有一个金色的红萝卜。红萝卜的形状和大小都像一个大梨，还拖着一条长尾巴，尾巴上的根根须须像金色的羊毛。红萝卜晶莹透明，玲珑剔透。”作者借“小黑孩”“透明的红萝卜”的想象，为我们生动地展现了农村饥饿的特殊现象。在小说的字里行间，我们若隐若现地看到了作者悲惨童年的身影，也许他的身上也曾发生过类似的事件。在某种程度上来说，也许他就是那个“小黑孩”的原型，甚至他们村里许许多多受饥饿灾难的农民都是小说主人公的原型。“小黑孩”既是小说中的主人公，也是当时广泛的农村饥饿现象与农民无知懵懂的缩影。这部作品的主题充满着对农村乡土的思考，但在语言叙事上，莫言还保持着克制，故事的结构和线索也都很传统。

然而，莫言此后的创作发生了明显的变化。他主要受到了美国作家威廉·福克纳和哥伦比亚作家加西亚·马尔克斯的影响。因此，在看莫言的作品时，你似乎是在同时与福克纳和马尔克斯两位作家进行对话，但回过神来，你还是能够发现站在你面前的并非是马尔克斯和福克纳，而只是一位中国作家，他名叫莫言。因此，正如作家张大春所言：“很多人说他（莫言）受马尔克斯的影响，我觉得他是形似神异。他作品中博杂的叙事传统，不是移植过来的，而是他从民间土壤中自然生长出来的。”也就像德国莱布尼茨所说的那样：“世上没有两片完全相同的树叶。”同样，世上也没有两个完全相同的人。

1986年，莫言发表中篇小说《红高粱》，后于2008年出版了《红高粱家族》系列丛书。在《红高粱》这部作品中，莫言在个体的人、人的命运、人的价值、人的死亡、人的生命力、民族精神以及伦理道德等方面都进行了哲学层面上的深刻思考。作家用一种富有表现力的语言，在对民族性进行自我反思和自我认识、自我赞颂与自我批评中，去追寻民族文化心理与民族精神力量。弥漫小说全篇的是一种刚健暴烈、自由激昂的生命状态的赞美基调，让人产生热血沸腾的感觉。

莫言是一个特别会讲故事，也特别重视讲故事技巧的作家。他不想中规中矩地讲一个故事，而喜欢不断改变和挑战自我，所以在他的叙事技巧中，一个最重要的表现就是叙事视角灵活多变，善于将多种叙事视角交替使用。从小说的内容来看，“我奶奶”戴凤莲在“我”出生前就已经死去，“我爷爷”余占鳌也没有对“我”进行直接的讲述，显然，“我”根本不可能从当事人的口中知道一些私密的事件，也不可能从其他人的口中得知。然而作为叙述者的“我”，却凭借历史想象超越时空的界限追述了那些“我”并不在场的历史。不仅如此，“我”还可以根据自己的“所见所闻”对他们发表评论：“我深信，我奶奶什么事都敢干，只要她愿意。她老人家不仅仅是抗日英雄，也是一位个性解放的先驱，妇女自立的典范。”从这里我们可以看出，莫言在创作思想和艺术上受哥伦比亚魔幻现实主义作家马尔克斯的影响很大，魔幻现实主义的一个重要特点就是利用“魔幻”般的视角拉近历史与现实之间的距离。莫言同样引用了这种手法，只不过把“马贡多” 换成了“高密东北乡”，从这一点来说《红高粱》中“我”全知全能的叙事视角是作者对魔幻现实主义创作手法的借鉴和创新。

莫言就是这样一位能用魔幻现实主义将民间故事、历史和现代巧妙地融为一体的文字魔术师。在莫言的小说中，这些具有标志性的创作手法或是说写作特色散落在作品的字里行间，读者只要用心去体会就能发现。然而，毕竟巧妙的创作技巧只是技巧，一切技巧都是为了更好地服务于作者所要表达的真正内涵。纵观莫言的大部分作品，你可以发现他的作品中有一个永恒的主题——关于“生命”的思考。

《丰乳肥臀》这部小说是莫言“生命”主题系列丛书中的一部较为详细地解析生命的繁殖等相关问题的作品。在这部作品中，让我们深刻体会到生命的承传、沿袭是人类赖以永恒存在的源泉。宇宙中的一切事物，因为有了生命的存在才显示了自身的价值和意义。小说或作者的深刻性也就在于将这个简单又深刻的道理蕴含在母亲率领儿女们顽强地求生保种的生命过程中。那么生命的创造者母亲上官鲁氏，无疑要受到人们的尊敬与赞美了。普天下的母亲都是无私的象征，是爱与奉献的代表，是生命的载体。对母亲由衷的尊敬与感恩，也表明了人们对生命的终极崇拜和热爱。作者的母性意识或说女性意识在《丰乳肥臀》中起着主导作用。可以说创造社会历史的是男性，而创造生命历史的却是生命原初的女性（母亲）。在这里，作者通过刻画上官金童这个有着恋乳癖的上官家“种子”，既阐述上官金童在整个生命传承香火过程中的重要性，也在间接表现作家内心深沉的那份恋母情结。在某种程度上来说，上官金童就是作家思想意识的化身。

纵观整篇小说，这是一部具有相当力度与厚度的作品。它蕴含了作家对生命、母亲、历史的深沉思索，对于社会历史与时代问题的独特、新颖的思考与探索，具有很强的思想性与独创性。虽然这样一部巨著存在一些个别不足且是艺术手法上的，但并不影响它整体的价值。从《丰乳肥臀》可以看到莫言对语言的强大控制力，这是一部通过一种解放的修辞性叙述展开的小说。解放与开放不同，开放只是规则和形式方面的，而解放则是超越性的创造。另外，也不得不提及莫言在这本书的卷前语上写下的“献给母亲在天之灵”。实际上，这本书是献给天下母亲的，就像他希望把小小的“高密东北乡”写成中国乃至世界的缩影一样。正如笔者开始所说的那样，莫言有着一份文学界的“宏图伟志”，即试图用小说的形式来概括整个20世纪的中国史。莫言“国民作家”的称号，在这里再一次得到了体现。

当然，关于“生命”主题的作品除了《丰乳肥臀》外，还有2009年出版的长篇小说《蛙》。《蛙》作为莫言的集大成之作，在构思、取材、内涵等方面都是颇费心思的。在主题上有一个很鲜明的意图，那就是对于生命的尊重和热爱，就像文中所说的：“我们对人的生命，从其孕育之始，就保持着最高的尊重。”①在小说的题目名称上也有其作者的独具匠心，那就是首先，“蛙”音同“娃”，“娃”是生命最原初的形态，这里预示着人类生命的开始。其次，“蛙”的鸣叫声也与“娃”的“哇哇”啼哭声相似，因此，从这里可以听到生命最原初的呼唤。小说以从事妇产科工作50多年的乡村女医生姑姑的人生经历为线索，展现了新中国60年波澜起伏的“生育史”，引领读者们去思考人的生命、繁殖的意义。小说通过展现以姑姑万心为代表的医务人员，在响应国家计划生育政策号召而对村民进行结扎等终止生命的强制行为，以及村民们是如何为了保存生命的延续而斗智斗勇的故事，来揭示生命的价值等问题。我们的读者跟随莫言的文字一起参与到了这场关于生命的终止与保存的大战之中，看似双方间存在着不可调和的矛盾，得不

① 邓全明. 救赎：文学无法承受的生命之重. 常熟理工学院学报（哲学社会科学），2013(5)：91－95.

到解决的办法，但其实在作品的字里行间，作者已经给读者留下了一种选择倾向。

小说中提到姑姑万心特别害怕听到蛙的鸣叫声，因为它与娃的啼哭声相似。姑姑从事的职业本就是帮助新生命的诞生，而现在却在违背自己的天职，对其进行无情扼杀，这怎么能不引起姑姑内心的那份不安、愧疚与无奈呢？因此，作品中已经含蓄地表达了作者对于生命的态度，那就是，世间的一切生命，无论卑微、高贵，都不过是在尽一切努力保存自己的生命而已，都只是为了保持自身生命的延续而做出的本能反应。存在的就是合理的，无所谓正义与邪恶、合理与不合理。这种生命的延续观，是对生命本质的一种回归。①

从这里，我们依然能够透过这些惨烈的遏制新生命诞生的极端措施中看到作家莫言对于生命的敬重与虔诚。莫言说过："作家还是要勇于写灵魂深处最痛楚的地方。"莫言做到了，用犀利的笔触揭示了历史深处的罪恶，描绘了人心不愿言说的不安，引发了灵魂的思考。他是一位不折不扣的批判现实与敢于直面历史的国民作家。

莫言，从20世纪80年代初开始创作。20世纪80年代到90年代正是中国文学史上历经"伤痕文学"、"寻根文学"、"先锋文学"的重要时段。莫言正是在这个文学史经历多重转型的时间段横空而出，一经出现便在文学界占据了一席之地，并在21世纪初开创了中国文学一片灿烂的天地，最终带着中国文学界的期望问鼎国际，摘得诺贝尔文学奖的桂冠。莫言的出现，无疑为中国文学界今后的蓬勃发展开了个好头。从莫言个人经历来看，他经历过中国历史上几个重要的灾难期，三年自然灾害，"文革"，上山下乡等，这段人生经历为作者一生的创作奠定了坚实的基础。之所以作者在作品中能如此深切地洞悉村里农民群体最本真的想法与意图，是与他多年的农村劳动经历分不开的；之所以作者能深入探析如作品《蛙》中姑姑万心这类唯党的命令是从的知识分子群体的内心，是与他本身作为一名知识分子对于政治的敏感度和对社会人性的分析是分不开的；之所以作者能避开一些风花雪月类的文学角度去另辟蹊径，而选择打开容易被大家遗忘的农民世界的大门，是与他自身所肩负的社会责任感分不开的。莫言曾坦言："我的文章一点也不好看，而且往往是一些大家都不愿再翻开的东西，但我就是要写出来，就是要揭开历史的疤痕以及人性的缺憾。你可以选择不看，我也可以选择把它写出来。"莫言为了更好地表现主题，给读者、给文学界以更大的艺术冲击，他选择打破常规与原则，采用独特的艺术技巧和方式，来丰富小说界，丰富文学史。借用2012年诺贝尔文学奖对莫言的授奖词："莫言用嘲笑和讽刺的笔触，攻击历史的谬误以及贫乏和政治虚伪。他有技巧地揭露了人类最阴暗的一面，在不经意间给象征赋予了形象。莫言的故事有着神秘和寓意，让所有的价值观得到体现。莫言的人物充满活力，他们甚至用不道德的办法和手段实现他们的生活目标，打破命运和政治的牢笼。"

莫言，就是用这样独特的方式借助笔端来思考社会与人生。他此刻仿佛站在一座云雾缭绕的高山上，目光如炬，一面眺望远方，思考中国小说发展的道路以及作为一名当代知识分子、一名作家的责任；一面鸟瞰山脚那郁郁葱葱的丛林灌木，思考国民现状与人性本质。他冷峻思忖，深入整个民族的内在心灵，挖掘人类最深处的灵魂精髓。他用小说的形式艺术化地再现整个中国20世纪波澜壮阔的社会风貌，寓意深刻，内涵丰富，发人深省。莫言笔下的一幕幕历史

① 邓全明．救赎：文学无法承受的生命之重．常熟理工学院学报（哲学社会科学），2013(5)：91－95.

场景成为历史长河中重要的社会缩影，见证了历史的变迁，社会的日新月异。

莫言，一位平凡又伟大的国民作家。他将中国文学推向世界，将西方文学引入中国，最终以中国独特的文学方式屹立于世界文学的殿堂。在此，笔者不得不承认他是伟大的！然而，莫言又是一位平凡的文字撰稿人，他在以自己擅长的写作方式，表达着自己内心所坚守的东西，书写着作为一个人的一撇一捺。我相信，莫言所创造的魔幻世界是一个真实的文化符号，也期待着如莫言那样，但又不完全是莫言个体的作家群能够在新的时代中涌现，用自己喜欢的方式，存在于中国文化乃至世界文化的长廊中，熠熠生辉。

【经典解读】

《蛙》：对生命的敬重与悲悯

《蛙》是莫言酝酿十余年、笔耕四载、三易其稿，潜心打造的一部触及国人灵魂最痛处的长篇力作，初版于2009年。小说由剧作家蝌蚪写给日本作家杉谷义人的五封书信、四部长篇叙事和一部话剧组成，在艺术上极大地拓展了小说的表现空间。整部作品以从事妇产科工作50多年的乡村女医生姑姑的人生经历为线索，用生动感人的细节和自我反省，展现了新中国60年波澜起伏的"生育史"，揭露了当下中国生育问题上的混乱景象，同时也深刻剖析了以叙述人蝌蚪万足为代表的中国知识分子卑微、尴尬、纠结、矛盾的灵魂世界。①

在这部小说封面的偏右部分排列着这样几句话："他人有罪，我也有罪，反省历史之痛，呈现对生命的敬重与悲悯。"从这几句短小精悍的话中，我们隐约可以嗅到一种"罪恶"与"生命"的双重味道。这是一份怎么样的罪恶？又是如何产生了对生命的敬重感、悲悯感与罪恶感的呢？

笔者从以下四个方面对其进行解析：

一、《蛙》的内涵与主题

在《蛙》这部小说中，在反反复复探讨关于特殊社会政治背景下，生命的产生、存在与控制的问题。笔者在此不得不提及"生命政治"这个概念。这一概念最初是由法国学者米歇尔·福柯在1976年法兰西学院的系列讲座中提出来的。"生命政治"意在将生殖纳入政治，通过政府行为对个人的生殖、对出生率和死亡率、再生产比率、人口的繁殖等进行控制，控制的目的是为了更好地服务于国家政治制度。②

中国20世纪50年代初的鼓励生育政策和其后的控制生育政策也体现了"生命政治"的逻辑，即通过对生命的掌控来实现某种特殊的政治目的。小说《蛙》以莫言式的言说触及这一影

---

① 莫言.蛙.上海：上海文艺出版社，2012：封底.

② 邓全明.救赎：文学无法承受的生命之重.常熟理工学院学报（哲学社会科学），2013(5)：91－95.

响中国千千万万户家庭的重要历史记忆。诚然，在这里涉及了国家的计划生育政策，也涉及了政治工具生命的概念，那么这就是作者想要表达的东西吗？笔者认为，《蛙》真正关心的不是作为政治工具的生命，抑或是批判计划生育对生命的戕害，而是作为个体的生命，一个实实在在活生生的生命个体的价值。小说中折射出来的对于生命的保存与延续，其实只是人类最为本能的一种表现。世间的一切生命，无论卑微、高贵，都不过是在尽一切努力保存自己的生命延续罢了，是对过往的自己的否定，对生命本质的一种回归。存在的就是合理的，无所谓正义与邪恶、合理与不合理之说。正因为如此，莫言大胆地承认这份生命之重，来批判特殊政治年代不合理的社会制度与人性的扭曲。小说花了大量的笔墨描写姑姑万心为了坚决执行党的计划生育政策，而冷血无情甚至有些残暴地戕害了 2800 多个即将出世的婴儿，同时细致地描摹了“一尸两命”导致惊心动魄的抓捕、偷生、逃生的计划外生育事件。在姑姑以计划生育办公室主任的身份去追捕高密乡东风村已怀第四胎的张拳妻子耿秀莲时，遭到了张家的激烈抵抗，被恶骂、侮辱，被张家小孩咬破膝盖，撞翻倒地，又被张拳用棍子打破额头并再次被打倒在地。此时的姑姑丝毫没有退却之意，并义正词严地说了以下一番话：“计划生育是大事，人口不控制，粮食不够吃，衣服不够穿，教育搞不好，人口质量难提高，国家难富强。我万心为国家的计划生育事业，献出这条命，也是值得的。”姑姑的说辞显得如此大义凛然，一心响应党的号召，不敢懈怠。最后致使趁机逃往河里的耿秀莲大出血身亡，此次事件还是酿成了死亡的悲剧。最后的赢家是姑姑吗？回答：不是。从表面上看，姑姑是赢了那些抵抗计划生育的村民，可是她却输给了自己的良心，丢失了人性之重。莫言在这里为读者尖锐地揭示出对于当时不合理的社会制度的批判以及在特殊政治背景下人性的扭曲困境，莫言不惜笔墨触及了历史的伤疤，深度呈现了对生命的敬重和悲悯。

在深思生命之重的同时，莫言也在字里行间探讨了关于“罪感”与“赎罪”的问题。姑姑万心和蝌蚪万足对自己犯下的罪分别进行了救赎。姑姑在经历了无数个因蛙的鸣叫声而失眠害怕的夜晚后，嫁给了民间艺术家郝大手，并拼命地回忆起被堕胎孩子父母的长相，想通过郝大手捏泥娃娃的方式将她引流过的婴儿一一再现出来，来实现她的忏悔。“我让他们在这里集合，在这里享受我的供奉，等他们得了灵性，便会到他们该去的地方投胎降生。”姑姑万心试图用这种近乎幻想的方式，寻求精神上的解脱，但这种救赎明显是失败的，噩梦依旧缠着她。另外，在蝌蚪和小狮子生育的问题上，姑姑重操旧业，给他们带来了一个新的生命，企图弥补年轻时犯下的错，却又犯下了新的罪过——非法接生和代孕本身存在道德质疑。如果说在无法选择的年代尚有为了国家的利益作为借口，姑姑现在的所作所为便无法原谅了。话剧的最后，姑姑走上了自杀的道路，但被蝌蚪救下之后，脱口而出的竟是“我死过了吗”，“这么说我再生了”。这其中又包含着作者的批判，对忏悔方式的批判，对忏悔不彻底的批判。蝌蚪万足选择以写话剧的方式向死去的妻子忏悔，蝌蚪的忏悔无疑又只是一种空想。正如他给杉谷义人的第五封信中所说的那样：“我原本以为，写作可以成为一种赎罪的方式，但剧本完成之后，心中的负罪感非但没有减弱，反而变得更加沉重。”的确这种忏悔是没有任何意义，也是没有任何实际价值的。毫无疑问，这里的忏悔与赎罪是以失败告终的。莫言也是想通过小说主人公们不同的且是徒劳的忏悔方式来深刻地揭示出历史犯下的罪恶。这份罪恶确确实实存在过，也许会被后人淡忘，但作为一名有社会责任感的作家，有这个义务去还原历史，去提醒人类曾经犯下的错误。只有勇于直面历史痛楚的人和国家才是真正的强者。

二、《蛙》的文本结构

翻开《蛙》这部小说，你能惊奇地发现莫言并没有采用以往小说的形式，而是以写信的方式开始，以话剧的方式结束。全书共分五个部分，包括五封写给杉谷义人的信和一部九幕话剧。这种混搭的结构，是莫言创作中的一种创新。他曾说自己希望通过创新，创作与别人不一样的作品。其中的书信体写作就是一个典型的代表。他之所以用书信体和话剧搭配的结构形式，与他小说的主题内容有一定关系，这两种文体的搭配，可以很好地解决对敏感事件进行描述时害怕触碰政治底线的问题。既要强调计划生育，又要对人性以及人的灵魂进行突出展示，则采用这种结构是最好的选择。①

在给杉谷义人的信中，告知对方自己要将姑姑的事迹写成话剧，以信件的方式告诉对方姑姑的故事，作者并没有一封信直通到尾，而是由五封信组成。这五封信中以“姑姑”为中心人物讲述了发生在“高密东北乡” 这块神秘土地上的故事，但是这些故事又不是完全脱离现实的天马行空，莫言将“姑姑”置身于改革的浪潮当中，在经历了三年自然灾害之后，中国人口大幅度增长，控制人口增长势在必行，计划生育政策就在这个时候被提了出来。那么，首当其冲的应该是那些医务人员，“姑姑”这个人物形象只是当时改革浪潮中众多劳苦医务人员的缩影。

这每一封信都是理论与创作相结合的产物。整部作品的最后是以九幕话剧结束的，在经过前几封信的介绍之后，故事的发展到了高潮，而话剧是最能表现冲突与矛盾的艺术形式。在这部话剧中，笔者不得不佩服莫言的掌控力，天马行空的讲述，各色人等的出现，语言的狂乱，甚至将陈眉置身于电视节目的拍摄之中，错乱中的错乱，但依然没有偏离主题，仍然是在写“娃娃”，不过这次是寻找丢失的婴孩，也在寻找我们祖先顽强的生命力。作品中在写到蝌蚪坐船、听船夫讲事情的时候，还用了交叉蒙太奇的手法，现实与回忆的交叉叙述也是一大突破。

三、《蛙》的艺术手法

1051 莫言荣获诺贝尔文学奖后，中国媒体对其的颁奖词做了如下翻译：“莫言将魔幻现实主义与民间故事、历史与当代社会融合在一起，他创作中的世界令人联想起福克纳和马尔克斯作品的融合，同时又在中国传统文学和口头文学中寻找到一个出发点。”这段文字言简意赅地向我们大致介绍了莫言的创作风格。当然，除了这些以外，莫言在自己的小说里还大量运用了意识流的手法，包括内心独白、多视角叙事、慢镜头描写、意象比喻、自由联想等。莫言的中篇小说《幽默与趣味》也经常被拿来与《变形记》做比较。他的《小说九段》也被认为是卡夫卡式的荒诞寓言。西班牙凯拉斯出版社创始人安赫尔·费尔南德斯曾说，莫言的文学作品令人们想起两位熟悉的作家，仿佛是在同时阅读卡夫卡和加西亚·马尔克斯的作品。美国弗吉尼亚大学中国文学教授查尔斯·劳克林说，莫言的大部分小说有一种神话般荒诞的特质。以上这些林林总总的评论，让我们对莫言独特且丰富的艺术手法有了一定的认知。那么，作为莫言诸多作品中的集大成者——《蛙》来说，自然也是这些精妙的艺术手法汇聚的魔幻殿堂。

在这里，重点谈谈莫言小说最重要的特色——魔幻现实主义。“魔幻现实主义”这个概念最早的产生，其实是用来概括德国和欧洲后期表现主义的绘画中体现出来的一种艺术趋向。魔幻现实主义文学是20世纪50年代前后在拉丁美洲兴盛起来的一种文学流派。它不是文学

---

① 钟炯. 莫言小说《蛙》的解读. 小说月刊，2014(4)：15－16.

集团的产物，而是文学创作中的一种共同倾向，主要表现在小说领域。马尔克斯的《百年孤独》就是其闻名遐迩的代表作。莫言的魔幻现实主义艺术手法主要就是从马尔克斯这里借鉴而来的。他的作品《蛙》也深受《百年孤独》的影响。①

在小说《蛙》中，有这样的情节：当姑姑宣布退休的那天晚上，醉晕中不知不觉地走在一片蛙池地里，蛙声如鼓，但姑姑听来蛙声如哭，仿佛是成千上万的初生婴儿在哭。恐怖消解了姑姑的醉意，她头脑非常清楚，想逃离这片蛙地，可是脚上像是被吸盘吸附似的，寸步难行。她看到那铺天盖地、紧紧追逼的青蛙，一只一只地跳到她的身上，撕扯着她的肉体，折磨着她的心灵，不断地增加她心中的恐惧和不安，蛙声中夹杂着怨恨和委屈，仿佛是受伤的婴儿的精灵在发出控诉，无比的惶恐、奋力的挣扎使她在看到郝大手的一瞬间瘫痪，醒来后，姑姑身上许多地方灼热疼痛，但那种冰冷黏腻让人忍不住要嚎叫的感觉逐渐消失，身上起了一层疱疹，又刺又痒又痛，随即是发高烧，说胡话。此后的姑姑头蓬如雀巢、笑声如鸥枭、目光茫然、言语颠倒，她将这一经历视为报复，并为了弥补内心的愧疚，她将经手打掉的孩子通过细节想象，做成泥娃一一再现。这一符号化的象征，暴露了人性于历史解释的病态情节，莫言也是以这种直观的感受来反映魔幻的现实和历史。

另外，高密东北乡中提到的四个人物：姑姑、郝大手、秦河和王肝很值得深思。四个人都患有失眠症，姑姑和郝大手会随着月亮的盈亏出现周期性的失眠，也会经常做梦。一次秦河在马厩中入眠，前来找他的王肝看着酣睡中如婴儿般的他也逐渐入眠并进入梦境，等到醒来时，看见秦河案上捏出的泥娃竟与梦境中的孩子一模一样。日后，王肝便将梦境与秦河分享，共同捏出"心有灵犀"的泥娃。这里也是典型的魔幻现实主义的描写手法，将梦中的情境通过"泥娃"展现出来，再现梦中的场景，或者说将现实的场景移入梦境中；实现了梦境和现实的结合，或者说梦境与现实的混淆，实现了主观和客观界限的抹灭。但是，这又绝不是离开历史现实的捏造，恰恰是结合当时的历史事实，通过魔幻这一特殊表达手法，反映出人们内心渴望表达出来的情感。②

四、《蛙》的语言特色

不得不说，莫言是一个驾驭语言的高手。在整部作品中，莫言没有用文人的语言去表现这个故事，却用了最简单最朴实也是最富有地方特色的语言进行叙述。语言，清新、自然，散发着阵阵泥土的芬芳，极具个性，很有魅力，他的作品不论写多么严肃庄重的题材，所用语言都很有幽默讽刺味。莫言说："我是个出身底层的人，所以我的作品中充满了世俗的观点，谁如果想从我的作品中读出高雅和优美，他多半会失望。这是没有办法的事，什么人说什么话，什么藤结什么瓜，什么鸟叫什么调，什么作家写什么作品。"③

笔者认为，莫言作品的语言有着不同寻常的感召力，人们对莫言作品的喜爱多半缘于对他作品中语言的这种乡韵的喜爱。如小说开头说："我们那地方，曾有一个古老的风气，生下孩子，好以身体部位和人体器官命名。譬如陈鼻、赵眼、吴大肠、孙肩……这风气因何而生，我没有研究，大约是那种以为'贱名者长生'的心理使然，抑或是母亲认为孩子是自己身上一块肉的

---

① 孙青，汪太伟. 从《蛙》看莫言的谵妄现实主义. 语言文学，2014(1)：139－140.

② 孙青，汪太伟. 从《蛙》看莫言的谵妄现实主义. 语言文学，2014(1)：139－140.

③ 魏一媚. 论莫言长篇小说《蛙》. 鸡西大学学报，2013(5)：112－113.

心理演变。”所以文中人物基本上以人体器官为名，如陈耳、陈眉（他们的父亲是陈鼻），还有王脚，儿子王肝，女儿王胆，袁腮、袁脸、肖上唇、肖下唇、李手、陈额、杨心、万口、万心（姑姑）、万足、吕牙、杜脖子、张拳、张金牙等。给作品中人物起这样的名字很有特色，既有乡土味，也非常符合作品所叙述的主要事件——人类生育问题，对人体器官的关注同样表现了对生命的关注、尊重及敬畏。

同时，他还运用了很多乡间俚语和唱词，使大家对那个神秘的“高密东北乡”充满了向往。不过，对于一个从乡村长大的人来说却又多了很多熟悉感，以下就是从文中摘出来的句子：

先出腿，讨债鬼
落时的凤凰不如鸡
瞎子点灯—— 白费蜡
臭杞摆碟——凑样数呢
狗咬泰山——无处下嘴
敲锣卖糖，各干一行
无事胆小如鼠，有事气势如虎
是福不是祸，是祸躲不过
千年的铁树开了花，万年的枯枝发了芽
婴儿若要安，三分饥饿三分寒
……

这些句子通俗易懂，形象生动，却又不乏哲理，这是劳动人民在无数次实践中所得的成果。民间才是人类艺术的大宝库，这里蕴藏着无尽的生命力和无限的创造力。这些句子琅琅上口却又意味深沉，抵得过一切华丽语言的修饰。莫言不愧为“乡土文学”的大家。

作者在小说创作中，也对语言进行了应有的克制，他的很多小说如《红高粱》《丰乳肥臀》《檀香刑》等，其中的语言都十分夸张，使得读者在阅读的过程中要调动所有的感官来应对。但是，在这部小说《蛙》中，作者却对语言进行了克制，用十分朴素的语言对故事情节进行叙述，从作品的字里行间也可以清楚地看到作家克制语言的痕迹。但是夸张地使用语言毕竟是莫言的一种文学创作特征，因此其中也有些夸张语言的成分，比如写到姑姑退休的那晚，“可那晚上的蛙声里，有一种怨恨，有一种委屈，仿佛是无数受了伤害的婴儿的精灵在发出控诉……姑姑说那撕得了一长条绸裙的青蛙，便一口口吞食下去，直噎得举前爪挠腮，打滚露出了白肚皮”。从这里又可以看出，一个熟悉的莫言又出现了，而最后的一部分话剧的内容，则让小说的风格发生了大逆转，最终回到了莫言的本色风格上。这也是莫言之所以被称为一位语言驾驭的高手所在，能收能放，时而克制，时而放肆，相得益彰。

（撰稿人：邱燕青）

后　记

这本《中国现代文学经典解读》，是在我指导的三届研究生的共同努力下完成的。当在写后记时，我就想到在动手之初，我们对本书的“设计”预期：我们希望这本“解读”对作家创作历程的概括分析要注重个性化，生动灵活地把握作家的创作历程，对经典作品的解读，要有新眼光、新角度。以期达致这样的写作目标：(1)力避现行教科书呆板僵死的写作风格；(2)要有鲜明的时代感和敏锐的批判意识；(3)把经典作家作品写活，行文要有立体感、灵动感、优美感。

现在对照实际成果来看，我们的“解读”水平与原来的设想还是有一定的差距，这当然主要是我指导不力，没能真正按“标准”严格要求孩子们所造成的不足。好在有差距，就有努力完善提高的方向，我相信在以后的读书和写作中，我和孩子们都会有提升的空间和可能性。我们都要好好努力！

本书的具体撰写工作，由王小波同学负责分工督促，没有她的奔忙和努力，本书不可能在8个多月的时间里顺利完成。已经毕业的研究生任翠云同学和鞠美同学在繁忙劳累的语文教学之余，认真完成了撰写工作，多谢她们的鼎力相助。南通大学中国现当代文学专业研究生夏彬彬同学和西北师范大学比较文学与世界文学专业研究生杨玲同学，也积极参与了本书的撰写工作，她们的才华和辛劳，为本书增色不少，多谢她们的客串捧场。

本书责任编辑许周鹣老师一如既往地支持和帮助我们，没有她的精心指导和辛勤劳作，我们是不可能完成这本书的撰写工作的。在此特向许老师表示衷心的感谢！

这是我第三次和苏州大学出版社友好合作，多谢社领导和编辑对我的支持和厚爱！

为了编写本书，我们参考、引用了一些文献与图片资料，谨向各位作者深表谢意！

陈子平

2015年10月10日于苏州大学